Stefanie Wally

Rosa

Stefanie Wally

Rosa

Roman

PANIMA

»Wenn du denkst, es geht nicht mehr,
kommt von irgendwo ein Lichtlein her.«

*Spruch über der Küchentür meiner wunderbaren Großmutter,
der dieses Buch gewidmet ist.*

Speisekarte

Kadofflsupp für die Seele

Hejfezopf zum Leichenschmaus

Meereddisch gibt Würze

Sauabrode mit Spätzl – Es gibt Fleisch

Kadeißerkleß: Süßes macht vieles leichter

Elisabeths Rezept für Kranke: *Kräuderwäi*

Sauare Bouhne – Vorrat für den Krieg

Stark bleiben in stürmischen Zeiten mit *Quiddeschelee*

Am Karfreitag war es endlich vorbei: *Backfisch mit Kadofflzalåt*

Sauere Niere mit Buuwespitzln zum Neuanfang

Feier das Leben – *Buddagebackenes*

Wie viel Schmerz kannst du tragen? *Dåmpfnudl mit Wäisoß*

Die Zeiten ändern sich – die *Grienekernsupp mit Måigsknepfl* bleibt

Weinen vor Angst und Freude – *Zwiwwelkuuche*

Wie weiterleben? *Nudln mit Haschee*

Buddakremtort – Der Nachtisch

Kadofflsupp

Man benötigt Gemüse aus dem Garten wie Sellerieknolle und Grünes, Tomaten, Lauch, Karotten, Zwiebel, Petersilie und natürlich Kartoffeln.

Das oft frisch geerntete Gemüse wird in Salzwasser gekocht, gewöhnlich unter Beigabe von ein paar alten Brotkrusten.

Dann wird es abgeseiht, grob gestampft und mit Einbrenn gut verrührt, die Kochbrühe wieder zugeschüttet und nochmals leicht gekocht.

Am Ende schmeckt man die Suppe mit Pfeffer ab.

Zu Festtagen gibt es noch einen Löffel leicht säuerliche Sahne dazu.

Kadofflsupp für die Seele

1905 bis 1914

Rosas Geburt fiel auf einen Donnerstag im August jenen Jahres, das als Beginn der sogenannten ersten Russischen Revolution in die Geschichte eingehen sollte. Nicht allein, dass sie Namensvetterin einer großen Revolutionärin sein sollte; im Sternzeichen des Löwen Geborene versprachen, das Feuer geradezu in sich zu tragen. Unterordnung liegt ihnen nicht. Und so drängte die kleine Rosa an einem heißen Sommertag willensstark auf diese Welt.

Behutsam und gleichzeitig fast emotionslos legte die Hebamme das kleine Mädchen in die Arme seiner Mutter: »Ist noch ein wenig schrumpelig, aber sonst ist alles dran«, sagte sie routiniert, während sie bereits wieder ihre sieben Sachen zusammenpackte, um drei Häuser weiter einem weiteren Leben auf die Welt zu verhelfen.

Elisabeth war noch ein wenig erschöpft nach der schweren Geburt, aber glücklich ihr zweitgeborenes Kind in ihren Armen zu halten.

»Ja, ein wenig schrumpelig bist du schon«, flüsterte sie ihrem kleinen Mädchen zu und ein Lächeln huschte über ihr Gesicht. »Wie eine kleine Rosine siehst du aus.« Liebevoll streichelte sie über die rosigen Wangen.

»Wie soll sie denn heißen?«, unterbrach die Hebamme jäh den innigen Augenblick zwischen Mutter und Tochter. »Rosina wollen Sie sie ja gewiss nicht taufen.«

Überrascht blickte Elisabeth auf und entgegnete ihr mit einer gewissen Schadenfreude: »Rosina! Das ist eine wunderbare Idee, meine Tochter wird Rosina heißen.«

Die Hebamme hob zwar verwundert die Augenbrauen, schrieb aber ohne weiteren Kommentar den Namen auf den Geburtsschein.

»Ich werde Ihrem Mann nun Bescheid geben.«

Mit diesen Worten verabschiedete sie sich und verließ den Raum, um Heinrich, dem Herrn des Hauses, die frohe Kunde zu überbringen, dass das Kind gesund, die Mutter wohlauf sei.

Es blieben Mutter und Tochter nur wenige Minuten der ruhigen Zweisamkeit, dessen war Elisabeth sich bewusst. Wie sie so auf ihre Tochter blickte, fiel ein letzter Strahl der untergehenden Sonne durch das Fenster auf das Gesicht ihres Babys und es wirkte, als würde das kleine Geschöpf ihr zulächeln. Sie machte mit ihrer rechten Hand ein Kreuzzeichen auf Rosinas Stirn, segnete sie und wünschte ihr ein Leben voller Glück und Lebensfreude. Der Zauber der Intimität wurde jäh unterbrochen, als sich die Tür öffnete und die Familie hereinkam. Alle wollten sie den neuen Nachwuchs sehen. Heinrich hatte fast das Gefühl, er würde stören, als er mit ihrer zweijährigen Tochter Barbara und seinen Eltern das Zimmer betrat – bis Elisabeth ihm glücklich und behutsam das neue, kleine Lebewesen in seine kräftigen Arme legte.

»Ich denke, wir sollten sie Katharina nennen«, sagte Heinrich stolz und zu seiner Mutter gewandt, »nach ihrer Großmutter.«

»Nein, Heinrich«, entgegnete Elisabeth sanft aber bestimmt. »Ich habe bereits einen Namen eintragen lassen. Schau sie dir mal genau an, sieht sie nicht aus wie eine kleine Rosine?«

Stille wie kurz vor einer Explosion breitete sich im Raum aus.

»ROSINA?«

Ungläubig wich Heinrich einen Schritt zurück.

Wie konnte sich seine Frau erdreisten, ohne seine Zustimmung den Namen ihres Kindes zu bestimmen. Noch dazu so einen seltsamen. Auf einen Schlag waren die Schnäpse verdaut, die er während der Geburt zusammen mit seinen Arbeitskollegen in der Gastwirtschaft um die Ecke gezischt hatte. Gerade holte er tief Luft, um seinen Unwillen kundzutun, da spürte er eine Hand auf seiner Schulter. Seine Mutter stand mit seiner Erstgeborenen hinter ihm: »Schau mal, Bawett, das ist deine kleine Schwester. Sie heißt Rosina.«

Barbara, von ihrer Familie kurpfälzisch Bawett genannt, griff mit ihren kleinen tapsigen Händchen in das Gesicht ihrer Schwester. Sie konnte bereits ihre ersten Worte sprechen und freudestrahlend fiepste sie: »Osa!«

Heinrich, immer noch in seinem Stolz gekränkt, griff diese Vorlage seiner Tochter dankend auf. Mit etwas beleidigtem Unterton sprach er zu seiner Frau: »Du magst sie Rosina getauft haben, aber wir werden sie Rosa nennen, nicht wahr, Bawett!«

Elisabeth nahm dieses Zugeständnis lächelnd in Kauf. Sollte ihre Tochter später doch selbst entscheiden, wie sie sich nennen wollte. Rosina oder Rosa, ihr gefiel beides, zumal sie erst vor kurzem von einer gewissen Rosa Luxemburg gehört hatte. Einer Frau, die wegen Majestätsbeleidigung ins Gefängnis gekommen war und die Russische Revolution unterstützte. Solch ein starkes Vorbild für ihre kleine Tochter sah sie gern. Außerdem freute sie sich, denn sie hatte sich mit der Namensgebung ihres Kindes durchgesetzt, ob Heinrich das nun gefiel oder nicht.

»Vater, was meinst du denn dazu?«, rief sie ihrem Schwiegervater zu, der die ganze Zeit etwas verloren im Türrahmen gestanden hatte.

Große Emotionen lagen ihm nicht, und überhaupt war es ihm nicht geheuer, in dem Zimmer zu sein, in dem seine Schwiegertochter gerade entbunden hatte. Da hatte ein Mann seiner Meinung nach nichts zu suchen. Wieder war es Katharina, die in die Bresche sprang: »Alles in Ordnung, nicht wahr, Johann? Und nun alle Männer raus hier. Wir wollen die junge Mutter mal wieder alltagstauglich herrichten.«

Rosas Zuhause war ein kleines Dorf, fünf Kilometer nördlich der Stadt Heidelberg gelegen. Von der idyllischen Studentenstadt am Neckar mit ihren barocken Straßenzügen und der romantischen Schlossruine bekam das kleine Mädchen allerdings wenig mit. Das Wahrzeichen und die Haupterwerbsquelle der dörflichen Bevölkerung ihres Heimatorts waren seine Steinbrüche, die man schon aus weiter Ferne sehen konnte. Auch Rosas Vater war Steinbrecher, der Tag für Tag in den Bergen rund um den Ort Porphyr abbaute; eine harte, zehrende Arbeit, die dem jungen Heinrich viel abverlangte. Die Arbeitsbedingungen waren miserabel und die Konkurrenzfähigkeit gegenüber anderen Orten war zu Beginn des Jahrhunderts stark gesunken. Die Arbeiter ertranken ihre Sorgen im Alkohol, nicht selten musste die Polizei ausufernde Wirtshausexzesse auflösen. Auch Heinrich zog es nach der Arbeit oft in sein Stammlokal, ins ›Schnokeloch – Deutscher Kaiser‹, bevor er zu Frau und Kindern nach Hause kam.

Elisabeth versuchte, ihren Kindern eine glückliche Kindheit zu bescheren, auch wenn das Auskommen der Familie am Ende des Monats meistens aufgebraucht war. Aus wenigen Zutaten zauberte sie köstliche Mahlzeiten; wissbegierig und fasziniert schaute Rosa von klein auf ihrer Mutter zu, wenn sie kochte, Marmelade zubereitete oder zum Festtag einen Kuchen backte. Rosas Lieblingsspeise war *Kadofflsupp*. Sie schmeckte immer anders, je nach Jahreszeit, denn das, was im Garten gerade reif war, fand seinen Weg in den Suppentopf. Im Winter machte ihre Mutter dazu *Dåmpfnudl*, im Sommer gab es *Apflkuuche*. Den Mix aus süß und salzig liebten vor allem die Kinder der Familie. Rosa wollte sich alles genau merken, wie und was Elisabeth kochte, weil sie später einmal eine genauso gute Köchin werden wollte, und dachte sich dafür zu den Rezepten Geschichten aus.

Barbara musste der Mutter, die oft krank war und das Bett hütete, schon früh im Haushalt helfen und Rosa beobachtete auch ihre Schwester sehr genau, in der Hoffnung, diese Arbeiten ebenso bald übernehmen zu dürfen. Das Kochen, das war für beide Mädchen der Höhepunkt des Tages. Jede Woche aufs Neue freute sich Rosa vor allem auf den Sonntag, der einen besonderen Hochgenuss bereithielt. Nach dem gemeinsamen Kirchgang gingen die Mädchen mit ihrer Mutter nach Hause in die Küche, der Vater zum Frühschoppen. Kam er zurück, konnte er sich an den sorgsam gedeckten Tisch setzen. Auch wenn die Familie wenig besaß, Elisabeth sorgte stets dafür, dass sie es schön hatten: An Sonntagen wurde die weiße Damasttischdecke aufgelegt und das gute Sonntagsporzellan aufgetischt. Vor dem Essen beteten sie in großer Dankbarkeit dafür, dass der Vater eine Arbeit, die Familie ein Dach über dem Kopf und alle etwas zu essen auf dem Tisch hatten. Rosa fielen sowohl das Stillsitzen wie auch das Stillhalten bei Tisch schwer. Während Barbara zwar auch temperamentvoll, aber ein eher folgsamer Geist war, wollte Rosa entdecken, am liebsten rund um die Uhr. Es brauchte ab und an die Strenge des Vaters und die bestimmten Blicke der Mutter, die ihrem quirligen Sonnenschein klarmachten, dass man bei Tisch den Mund zu halten hatte. Wenn Rosa wieder einmal ansetzte, um eine Frage zu stellen, sah sie in zwei mahnende Gesichter; einzig Barbara senkte aus Solidarität zu ihrer kleinen Schwester ihren Blick.

Als Rosa in die Schule kam, war die Mutter wieder schwanger. Bisher kannte das aufgeweckte Mädchen nur die Rolle der kleinen Schwester. Barbara war die Große und galt als die Vernünftige. In der Schule, die Barbara nun schon im zweiten Schuljahr besuchte, wurde diese noch nie vom Herrn Lehrer, geschweige denn vom Herrn Pfarrer gerügt und geschlagen. Rosa bekam ab und an sowohl vom Großvater als auch vom Vater maßregelnde Worte, wenn sie wieder einmal zu wild war oder ihre Aufmerksamkeit in der Kirche nicht allein dem Pfarrer und dem Allerheiligsten galt.

Das erste Schuljahr verlief ohne weitere Vorkommnisse und Rosa lernte schnell, auch wenn sie die Schule nicht unbedingt mochte, vor allem weil sie so lange stillhalten musste. Umso mehr freute sie sich, wenn sie mit ihrer Schwester nach der Schule Großmutter Katharina in der Küche helfen durfte. Ihre Mutter musste auch am Ende ihrer dritten Schwangerschaft viel liegen und das Kochen ihrer Schwiegermutter überlassen. Katharina war es gewohnt, viele Münder durchzubringen. Sie und Johann hatten immerhin elf Kinder, und die ersten hatten schon wieder eigene, die bei ihnen ein und aus gingen, wie Heinrich mit seinen Mädchen.

An einem kühlen Novemberabend 1911 brachte Elisabeth ihr drittes Kind zur Welt. Die Geburt verlief ähnlich kompliziert wie die von Rosa. Der Vater vertrieb sich trinkend die Zeit im Gasthaus um die Ecke und die beiden Mädchen warteten zusammen mit der Großmutter in der Küche, während die Schreie der Mutter nebenan immer lauter wurden. Im Gegensatz zu Barbara, die diese Prozedur schon einmal erlebt hatte, war die Situation für Rosa neu und unerwartet. Jeder Schrei tat ihr in der Seele weh. Rosa liebte ihre Mutter sehr und sie derart leiden zu hören, konnte sie kaum ertragen. Da half es auch nichts, sich die Ohren zuzuhalten. Angst kroch in ihr hoch. Es überkam sie das ungute Gefühl, dass hier irgendetwas nicht stimmte, vielleicht passierte am Ende sogar etwas Schreckliches. War ihre Mutter in Gefahr? Sie schaute auf Barbara und ihre Großmutter, denen das alles nichts auszumachen schien. Katharina stand am Herd und erhitzte Wasser, Barbara saß am Tisch und machte Schularbeiten. Gerade, als sie die Großmutter fragen wollte, was im Zimmer der Mutter passierte, ertönte ein Schrei, der Rosa durch Mark und Bein ging. Auch Katharina und Barbara erschraken. Rosa sprang unvermittelt von ihrem Stuhl auf.

»Warum hilft ihr denn niemand?«

Voller Panik rannte sie los, ohne eine Antwort abzuwarten. Sie musste Hilfe holen. Schnell, bevor es zu spät war. Noch ehe ihre Großmutter und Barbara überhaupt reagieren konnten, war Rosa bereits zur Tür hinausgestürmt und rannte so lange, bis sie die Schreie nicht mehr hören musste.

»Rosa, was um Himmels willen ist denn geschehen? Wieso rennst du bei der Kälte im Nachthemd und ohne Schuhe auf der Straße herum?«

Malermeister Georg, ein Nachbar und Freund ihres Vaters, stellte sich dem aufgewühlten Mädchen in den Weg und packte es am Arm. Rosa erschrak und ihr wurde mit einem Schlag gewahr, dass sie fror.

»Die Mutter ...«, antwortete sie bibbernd, dann verließen sie die Worte.

»Was ist mit der Mutter? Ist sie etwa ...?« Entsetzen machte sich auf dem Gesicht des Nachbarn breit. Rosa fühlte sich bestätigt, dass Kinderkriegen gefährlich sein musste.

»Ja, sie wird bestimmt sterben. Sie schreit und schreit die ganze Zeit. Da muss doch etwas schieflaufen!«

Georg schaute Rosa mit einem seltsamen Gesichtsausdruck an. Eben noch fühlte sie sich von ihm so verstanden, aber sah sie da plötzlich ein Grinsen in seinem Gesicht?

»Ach so, sie bekommt ihr Kind!«

Georg begann schallend zu lachen.

»Rosa, geh nach Haus, du verkühlst dich. Das ist ganz normal, dass die Frauen da schreien. Das geht vorbei, also kein Grund zur Sorge. Wahrscheinlich ist dein Geschwisterchen schon längst auf der Welt.«

»Rosa, komm sofort hierher!«

»Ich würde deinem Großvater mal ganz schnell entgegengehen«, sagte Georg und ging von dannen.

Rosa blieb noch immer wie angewurzelt stehen und realisierte das wütende Gesicht des Großvaters erst, als er direkt vor ihr stand, sie am Arm packte, ihr noch auf der Straße den Po versohlte und sie dann die Straße nach unten zog in Richtung ihres Wohnhauses. Ohne ein Wort zu sagen, übergab er sie der Großmutter, die sie postwendend in den Bottich mit heißem Wasser steckte, der normalerweise nur einmal pro Woche für die Familie zum Bad bereitet wurde. Seit der Elektrifizierung des Ortes besaß man immerhin Strom, um Wasser zu erhitzen und Katharina war eines klar: Wollte man eine ernsthafte Lungenentzündung verhindern, musste das Mädchen ordentlich aufgewärmt werden.

Keiner sprach mit Rosa. Alle schienen böse auf sie zu sein. Warum nur? Langsam aber sicher bekam sie ein schlechtes Gewissen. Was, wenn es tatsächlich so war, wie der Nachbar ihr erklärt hatte? Dass die Schreie der Mutter ganz normal waren? Auf jeden Fall hörte sie in ihrem Badezuber plötzlich kein einziges Geräusch mehr. Das Haus war gespenstisch still. Die Großmutter hatte wortlos die Küche verlassen und Rosa allein zurückgelassen. Da saß sie nun und wusste immer noch nicht, was genau geschehen war. Lange hielt es sie nicht im Wasser, sie musste wissen, was das alles zu bedeuten hatte. Ungelenk stieg sie aus dem Zuber, trocknete sich halbherzig ab, zog schnell und schludrig das Kleid und die langen Strümpfe an, die ihr die Großmutter gerichtet hatte, und stürmte nach unten, schnurstracks in das Zimmer, in dem die Mutter lag. Dort waren alle versammelt, Großmutter und Großvater, der Vater und Barbara. Etwas verloren stand sie mit offenem Mund im Türrahmen, keiner außer der Mutter nahm Notiz von ihr.

»Rosinchen, komm doch mal her, möchtest du deine neue Schwester nicht begrüßen?«

Die sanfte Stimme der Mutter, die im Bett saß und ein unfassbar kleines Geschöpf in ihrem Arm hielt, ermutigte Rosa und sachte setzte sie sich zu ihr auf die Bettkante.

»Es ist zwar leider wieder kein Junge, aber ...«

Elisabeth unterbrach ihre Schwiegermutter harsch.

»Wir werden sie nach dir nennen, Käthe, nicht wahr, Heinrich?«

Sie wusste, dass sich ihre Schwiegereltern und auch ihr Mann nach den beiden Mädchen einen Sohn gewünscht hatten. Nun war es wieder eine Tochter. Sie brauchte einen taktisch klugen Schachzug, um die Familie zufriedenzustellen. Und es schien zu funktionieren. Alle schwiegen betreten.

»Willkommen, kleine Kätsche«, ertönte nun fröhlich Rosas Stimme und Elisabeth strich ihr liebevoll über die Haare.

Rosa lächelte stolz und freute sich diebisch, nun endlich auch eine große Schwester zu sein.

Als der Vater abends wieder einmal abgekämpft nach Hause kam, wirkte er nachdenklich. Gedankenverloren setzte er sich zu den Mädchen an den Esstisch in der Küche und Elisabeth tischte *Kadofflbrieh* auf. Die kleine Käthe nahm sie auf ihren Schoß, Rosa und Barbara saßen auf der gegenüberliegenden Seite. Man wünschte sich einen gesegneten Appetit, als Heinrich unvermittelt begann, mit seiner Frau über die weltpolitische

Lage zu sprechen. Rosa horchte auf. Noch nie hatte der Vater im Beisein seiner Töchter über Politik gesprochen, überhaupt kam es selten vor, dass in der Familie, die noch dazu außer ihm nur aus Frauen bestand, über Themen gesprochen wurde, die nichts mit Haushalt und Erziehung zu tun hatten. Und schon gar nicht beim Essen.

»Ich mache mir Sorgen, Elisabeth«, begann er das Gespräch mit der Mutter, die damit beschäftigt war, die kleine Käthe auf ihrem Schoß zu füttern. »Der Kaiser isoliert sich. Überall in Europa brodelt es. Ich habe keine Ahnung, wo das hinführen soll.«

Erschrocken von den offenen Worten ihres Mannes blickte Elisabeth auf ihre Töchter. »Heinrich, bitte nicht vor den Kindern.«

Doch es war zu spät.

Rosa blickte ihren Vater mit offenem Mund an, ihre Augen weiteten sich und neugierig fragte sie: »Vater, was bedeutet das: Der Kaiser isoliert sich, in Europa brodelt es?«

»Na bitte«, entgegnete Elisabeth ihrem Mann vorwurfsvoll, hatte sie doch geahnt, dass zumindest ihre mittlere Tochter nachhaken würde.

Heinrich zeigte sich zum Erstaunen seiner Frau offen Rosas Frage gegenüber, und Elisabeth konnte nicht verhehlen, dass es sie auch ein wenig stolz machte, wie ernst ihr Mann ihre Töchter nahm.

»Weißt du, Rosa, Deutschland gerät in letzter Zeit immer wieder in Konflikt mit den anderen Ländern um uns herum. Der Kaiser scheint ein bisschen größenwahnsinnig zu sein.«

Barbara fiel ihrem Vater unverblümt ins Wort.

»Aber Vater, du darfst doch nicht so über den Kaiser sprechen!«

Für einen kurzen Moment schien es, als wollte Heinrich an dieser Stelle das Gespräch abbrechen, denn Widerworte duldete er normalerweise nicht. Aber an diesem Abend war alles anders. Heinrich wollte jetzt darüber sprechen. Auch wenn es mit seinen Töchtern war.

»Bawett, wenn es aber nun mal so ist. Mit den Franzosen haben wir uns wegen Marokko überworfen, weil der Kaiser die Besitzergreifung Marokkos durch Frankreich nicht einfach so hinnehmen wollte und mir nichts, dir nichts ein Kanonenboot nach Agadir geschickt hat.«

Heinrich redete sich in Rage. Er erklärte seinen Frauen, wie Kaiser Wilhelm weiter mit seiner Flotte aufrüstete, als wolle er unbedingt einen Krieg mit Frankreich anzetteln. Und dass die Franzosen ebenfalls weiter ihre Grenzbefestigungen ausbauten. Auch mit Russland und England war eine Annäherung nicht in Sicht. Auf dem Balkan herrschte bereits Krieg. »Wie sich das weiterentwickelt und wie die Europäer sich dazu verhalten, bleibt abzuwarten.«

Die Stille im Raum war bedrückend.

Leise schloss er: »Wenn der Kaiser so weitermacht, befinden wir uns auf direktem Weg in einen Krieg.«

In Rosas Kopf ging alles durcheinander. Unter dem Begriff Krieg konnte sich die Achtjährige wenig vorstellen. Sie lebte in ihrem kleinen Dorf, und es gab ab und an Streitereien zwischen den Eltern, den Großeltern und auch in der Schule gab es Konflikte, zwischen den Schülern oder aber zwischen dem Lehrer und den Schülern. Da wurde man mit einigen Schlägen und Tatzen zur Ordnung gerufen. Aber ein Krieg? Konnte es den denn auch hier bei ihnen geben? Sie wusste nur eines: Krieg war eines der schlimmen Wörter. Angst kroch in ihr hoch.

Als könne ihre Mutter ihre Gedanken lesen, ergriff Elisabeth das Wort: »Aber noch ist es ja nicht so weit. Ich bin sicher, die Großmächte können sich wieder auf einem Kongress einigen. Und der Kaiser wird doch nicht so blind sein und einen ...«, auch ihr ging das Wort nicht leicht von den Lippen, »... Krieg riskieren.«

Elisabeth sah in die entsetzten Gesichter ihrer Kinder.

»Lasst uns doch auch über die guten Ereignisse sprechen. Ich habe heute beim Einkaufen mitbekommen, dass die SPD die Einführung des …«, sie machte eine bedeutungsschwangere Pause, um die folgenden Worte richtig zu zitieren, »… allgemeinen, gleichen, direkten und geheimen Wahlrechts beantragt hat. Das ist doch ein Fortschritt für das Land. Damit darfst vielleicht auch du als Arbeiter bald wählen und bekommst eine Stimme.«

Heinrich sah Elisabeth überrascht an. Er war es nicht gewohnt, dass sie sich politisch äußerte und in die Verwunderung darüber mischte sich bei ihm eine gewisse Bewunderung für seine kluge Frau.

»Das wird doch nie und nimmer durchgehen«, entgegnete er.

Sie aber fuhr positiv gestimmt fort: »Und da wir gerade bei den guten Nachrichten sind, ich habe euch auch etwas mitzuteilen: Wir erwarten nämlich unser viertes Kind.«

Ein zweites Mal an diesem Abend verschlug es allen die Sprache. Die kleine Käthe, die auf dem Schoß der Mutter saß, war die Erste, die mit einem zärtlichen Glucksen die Stille durchbrach. Rosa sprang vom Esstisch auf und fiel der Mutter um den Hals, und auch Barbara erhob sich und umarmte Elisabeth. Heinrich, der immer noch wie angewurzelt auf seinem Stuhl saß, stand langsam auf, ging zum Küchenschrank, holte die Schnapsflasche aus einer der hinteren Ecken, goss sich einen Doppelten ein und leerte das volle Glas in einem Zug. Wortlos ging er in Richtung Tür. Im letzten Augenblick drehte er sich noch einmal um, lächelte Elisabeth zu und verließ den Raum. Elisabeth blickte in die Augen ihrer Töchter und drückte sie noch ein wenig fester an ihre Brust.

Heinrich sollte Recht behalten mit seiner Furcht, die er am heimischen Küchentisch geäußert hatte. Ein Krieg lag in der Luft. Als er kurze Zeit später nach Arbeitsschluss wie immer seinen Feierabendtrunk in der

Gastwirtschaft zu sich nahm, stürmte der Wirt aus der Küche: »Sie haben Franz Ferdinand ermordet. Jetzt geht's los, Männer!«

Der Krieg war nun vom Balkan aus in der Mitte Europas angekommen. Die Nachricht vom Attentat auf den österreichischen Thronfolger in Sarajewo löste am Stammtisch eine heftige Diskussion aus und die Meinungen waren gespalten. Würde Österreich aus Rache einen europäischen Krieg riskieren?

»Wird doch endlich Zeit, dass wir es den anderen einmal zeigen«, machte der alte Schreinermeister Schorsch keinen Hehl aus seiner Kriegsbegeisterung.

»Ja genau, dann lösen wir uns vielleicht endlich aus dem Schatten der Russen und der Franzosen«, blies Heinrichs Vorgesetzter Karl in dasselbe Horn.

»Aber niemand hat uns einen Krieg erklärt, das kommt doch jetzt einem Angriffskrieg gleich«, wagte der Sozialdemokrat Philipp zu widersprechen, der auch Mitglied des Bürgerausschusses war.

Die anderen Männer trauten ihren Ohren nicht.

»Der Philipp wieder mal. Du wirst sehen, auch deine SPD wird sich schnell begeistern und anstecken lassen. Der Kaiser hat uns wirtschaftlich schon zur Blüte geführt, jetzt fehlt nur noch die militärische Weltmacht. Ein Platz, der uns endlich zusteht.«

Die Meute im Gasthaus begann zu johlen.

Still und etwas gedankenverloren saß Heinrich zwischen den grölenden Männern seines Dorfes. Einerseits stimmte es ja, der Kaiser hatte in den letzten Jahren das Reich zu neuer Blüte geführt. Das zeigte sich auch im Ort. Die Steinbrüche prosperierten wieder und waren die bedeutendsten in der Region Baden geworden. Die Kinder lernten in der Schule einen gesunden Drill, alles hatte seine Ordnung. Und man konnte in den letzten Wochen immer wieder in den Zeitungen lesen, Angriff sei die beste Verteidigung. Für den Patriotismus im Land war dieser Krieg sicher sehr förderlich. Aber dann dachte Heinrich an seine Töchter und an seine Frau, die hochschwanger zu Hause ans Bett gefesselt war, weil diese Schwangerschaft der Armen noch mehr zuzusetzen schien als die vorangegangenen. Welche Zukunft würde auf seine Töchter warten? Wer sollte sie ernähren, wenn er am Ende in den Krieg ziehen musste?

»Vielleicht habt ihr recht, und alles ist schnell erledigt«, knickte Philipp unter dem Freudentaumel der anderen Wirtshausbesucher ein.

Als Heinrich daraufhin die Gaststube verließ, hatte er das Gefühl, dass der Ausbruch des Krieges tatsächlich nur noch eine Frage der Zeit war. In der Schublade der Mächtigen, dessen war sich Heinrich sicher, lagen die Kriegspläne ohnehin schon lange bereit und das Volk schien das auch mit Begeisterung zu wollen, das hatten die Männer gerade deutlich gezeigt.

Der Großteil der männlichen Bevölkerung hatte sich im Ratssaal versammelt, auch Heinrich mit den Kindern, seinem Vater und seinen fünf Brüdern. Heute waren so gut wie alle gekommen, der Saal war prall gefüllt. Normalerweise waren keine Frauen zur Versammlung zugelassen, aber Heinrich hatte seine Mädchen dennoch mitgenommen, denn Elisabeth, die im achten Monat war, ging es von Tag zu Tag schlechter. Er nahm hin und wieder ein Getuschel wahr, aber keiner der Anwesenden traute sich, etwas dagegen zu sagen, dass die Mädchen mit im Raum waren. Zu sehr war jeder mit sich selbst und mit den Neuigkeiten beschäftigt, die nun verkündet werden sollten.

Die Mädchen waren nervös, Rosa konnte kaum stillsitzen, und auch Heinrich war angespannt. Das Getuschel im Saal endete abrupt, als der Bürgermeister vor die Dorfbewohner trat und folgende Bekanntmachung verlas:

Seine Majestät, der Kaiser und König, hat die Mobilmachung befohlen. Alle Offiziere, Sanitätsoffiziere, Beamte, Unteroffiziere und Mannschaften des Beurlaubtenstandes einschließlich Ersatzreserve haben ihre häuslichen Angelegenheiten zu ordnen und ihrer Kriegsbeorderung – ohne anderweiten Befehl abzuwarten – Folge zu leisten.

Rosa hatte dem Ortsvorsteher mit offenem Mund zugehört und setzte zu einem »Vater« an, das dieser mit einem deutlichen »Pst« unterbrach.

»Ich verlese nun eine Botschaft des Kaisers«, fuhr der Bürgermeister fort und Rosa nahm sowohl bei ihm als auch bei den meisten Anwesenden im Raum, ebenso bei ihrer Schwester Barbara und beim Großvater, eine veränderte Körperhaltung wahr. Alle schienen sich zu beugen. Einzig der Vater blieb, wie sie, abwartend und wenig untertänig.

An das deutsche Volk!

Seit der Reichsgründung ist es durch 43 Jahre Mein und Meiner Vorfahren heißes Bemühen gewesen, der Welt den Frieden zu erhalten und im Frieden unsere kraftvolle Entwicklung zu fördern. Aber die Gegner neiden uns den Erfolg unserer Arbeit.

Gegner? Rosa verstand nicht genau, worauf der Kaiser hinauswollte.

Es muss denn das Schwert nun entscheiden. Mitten im Frieden überfällt uns der Feind. Darum auf zu den Waffen! Jedes Schwanken, jedes Zögern wäre Verrat am Vaterlande.

»Vater?«, machte Rosa einen zweiten Anlauf und rückte ein Stück näher an ihn heran.

Dieses Mal unterbrach sie der Vater nicht. Überall im Raum begann ein Raunen und Murmeln, die Versammlung löste sich langsam auf. Heinrich saß immer noch starr auf seinem Platz.

»Ist jetzt Krieg?«

Langsam drehte er sich zu Rosa um und nahm sie behutsam auf seinen Schoß. »Ja, mein Kind, jetzt ist Krieg.«

Nun war er es, der auch seine Barbara und die kleine Käthe zu sich heranzog. In aller Öffentlichkeit nahm der Vater die Töchter in seine Arme, als wolle er sie vor dieser Nachricht und der Welt beschützen.

Drei Wochen später wurde die Hebamme erneut zur Entbindung ins Haus gerufen. Nach der schweren Schwangerschaft verlief die Geburt, wie alle anderen auch, nicht ohne Komplikationen. Aber dieses Mal schien Elisabeths Körper noch fragiler als zuvor. Sie verlor extrem viel Blut und die Angst um Mutter und Kind war in der Wohnung allgegenwärtig. Dennoch brachte Elisabeth auch zum vierten Mal ein gesundes Kind zur Welt. Heinrich allerdings musste sich den Spott seiner Arbeitskollegen gefallen lassen, weil es einmal mehr ein Mädchen war.

Die Freude über den Familienzuwachs konnte keiner so richtig genießen, denn Elisabeth ging es auch nach der Geburt ihrer jüngsten Tochter Marie nicht besser und sie musste weiterhin viel liegen. Rosa und Barbara waren im Haushalt gefordert. Nach der Volksschule erledigten sie rasch ihre Hausaufgaben, um der Großmutter zur Hand zu gehen, die sich neben ihrem eigenen Haushalt auch um den ihrer Schwiegertochter kümmerte. Zudem versuchten sie, sich auch noch den beiden kleineren Geschwistern zu widmen. Marie war Gott sei Dank ein stilles, genügsames Baby, doch sie vermisste wohl die Brust der Mutter, die diese ihr nicht geben konnte. Da die Mutter viel schlief, fütterte Barbara ihre jüngste Schwester. Rosa fühlte sich der kleinen Käthe näher und kümmerte sich um sie. Abends fielen die beiden neun- und elfjährigen Mädchen müde ins Bett, um früh morgens das Frühstück für den Vater und den Rest der Familie vorzubereiten. Katharina half, so gut sie konnte, aber sie war auch fast am Ende ihrer Kräfte und auf Elisabeths Mutter konnten sie nicht bauen, sie kam fast nie aus der Stadt herüber.

Nicht nur Elisabeth ging es schlechter, auch ihrem Schwiegervater setzten die Jahre zu. Johann fiel das Gehen immer schwerer und er saß oft apathisch in seinem Sessel. Mit Sorge verfolgte er die politische Weltlage, denn ein schneller Sieg, wie ihn sich das deutsche Heer vorgestellt hatte, war nicht in Sicht. Zum ersten Mal wurden moderne Waffen eingesetzt, wodurch bereits zu Beginn der ersten Schlachten viele Todesopfer zu beklagen waren. Wenn sich der Krieg noch länger hinzog, würde Heinrich über kurz oder lang vermutlich auch eingezogen werden. Aber wer sollte dann für die Familie sorgen? Er selbst konnte nicht mehr, Elisabeth lag im Bett, und Katharina war bereits jetzt überfordert. Rosa kletterte, wie so oft in letzter Zeit, auf Johanns Schoß, während dieser vor sich hin sinnierte.

»Großvater, erzähl mir eine schöne Geschichte.«

Das kleine Mädchen hatte ein besonderes Gespür dafür, zu erkennen, wann es jemandem schlecht ging, um ihn dann aus seiner Lethargie zu reißen. Johann begann eine seiner Geschichte zu erzählen und Rosa lauschte aufmerksam; es waren Geschichten, die ihn glücklich machten und seine Enkeltochter begeisterten. Der Großvater hatte seinen Steinbruch geliebt, auch wenn die Arbeit dort hart gewesen war, und in seinen Geschichten wurde dieser zu einem Wunderland. Rosa liebte es, wenn Johann sie mitnahm in diese Zauberwelt. Er erzählte ihr von den vielen kleinen Helfern, von den Zwergen, die er immer rufen konnte, wenn er nicht mehr konnte. Von dem Nachtwächter, der nachts die Steinbrüche bewachte und darauf achtete, dass keine Menschen vorbeikamen; denn nachts war die Zeit der Hexen und Zauberer, die dort Zaubertränke brauten und andere geheimnisvolle Dinge in großen Kochtöpfen zusammenrührten. Gemeinsam gingen sie auf eine Reise in schöne Welten und verschlossen für einen kleinen Moment die Tür zur harten Realität, die draußen lauerte.

Hejfezopf

Von 2 Pfd Mehl, 30 g Hefe und 1/4 l Milch wird ein Vorteig gemacht, dann kommen 125 g Butter, 200 g Zucker, 3 Eigelb und etwas Salz hinzu.

Der Teig wird geklopft, bis er sich von der Schüssel löst.

Wenn er gegangen ist, wird er in drei gleichen Teilen geflochten, nochmals gehen gelassen, mit Eigelb bestrichen und wer möchte mit Mandeln und Grobzucker bestreut und gebacken.

Hefezopf zum Leichenschmaus

1915 bis 1918

Heinrich hatte sein Bündel gepackt und stand in der Küche der Wohnung, von der er nicht wusste, ob er sie jemals wiedersehen würde. Er musste jetzt tapfer sein – auch und gerade für seine Frau und die Kinder. Das hatte er schon den ganzen Tag über versucht, auch beim Essen, das Elisabeth und Katharina extra für ihn gekocht hatten. Es gab noch einmal seine Leibspeise, *Bayarisch Kraut*, und er wusste es zu schätzen, dass die Frauen von überall her die Zutaten dazu zusammengetragen hatten, um ihm diesen Wunsch zu erfüllen.

Auch Heinrichs Mutter Katharina versuchte, tapfer zu sein, obwohl es ihr beinahe das Herz zerriss, ihren Sohn in den Krieg ziehen zu sehen. Sein Vater Johann brachte seine letzten Kräfte auf und saß auf dem Stuhl, auf dem Heinrich als Familienoberhaupt bis jetzt immer gesessen hatte. Elisabeth, dünn und schwach, hatte sich extra ihr schönes Sonntagskleid angezogen, das mit den kleinen Blümchen, das Heinrich so gerne mochte. Katharina hatte ihr Marie auf den Schoß gesetzt und Rosa hielt Käthe an der Hand; sie und Barbara standen jeweils an einer Seite der Mutter.

»Es wird Zeit!«

Der stolze Heinrich, Arbeiter und Ernährer seiner fünf Frauen, versuchte, sich keinerlei Unsicherheit oder gar Angst anmerken zu lassen.

Er musste stark sein, schon allein für die Menschen, die er nun verlassen musste und die er über alles in der Welt liebte. Er hatte seine Elisabeth geheiratet, weil er sich in das hübsche Heidelberger Stadtmädchen wirklich verliebt hatte. Diese Ehe stand im Gegensatz zu den vielen anderen, die aus Vernunft geschlossen worden waren, weil die Eltern das so wollten oder weil ein Kind unterwegs war. Ihm wurde bewusst, wie selten er es seiner Frau sagte. Erst jetzt, als er gehen musste, weg in diesen Krieg, von dem er nicht wusste, was ihn dort erwartete, kamen Regungen in Heinrich zum Vorschein, die er von sich nicht kannte. Aber er blieb bei seiner Devise, sich nichts anmerken zu lassen. Keine zu großen Sentimentalitäten. Sie machten den Abschied nur noch schlimmer.

Er ging auf seinen Vater zu, der ihm die Hand entgegenstreckte.

»Mach's gut, mein Junge!«

Heinrich war seinem Vater dankbar dafür, dass dieser sich nicht zu Emotionen hinreißen ließ.

»Vater, du bist nun der einzige Mann in der Familie. Du weißt, was du zu tun hast. Ich zähle auf dich«, antwortete Heinrich mit einem leichten Zittern in der Stimme.

Katharina drückte ihren Sohn an ihre Brust.

»Pass auf dich auf, hörst du?«

Zu mehr war sie nicht in der Lage. Nur kurz erwiderte er die innige Umarmung der Mutter. Zu sehr bewegte ihn nicht nur sein eigenes Schicksal, sondern auch die Sorge seiner Mutter, deren Sohn in den Krieg ziehen musste. Nicht wollte. Als Untertan hatte Heinrich keine Wahl. Er wollte kein Held sein, war nicht der, der laut kritisierte. Seine zukünftigen Kameraden hatten auch ihn fast davon überzeugt, dass dieser Krieg wichtig und richtig sei. Heinrich kämpfte für sein Vaterland. Und damit auch für seine Familie. Er würde alles dafür tun, dass die

Schlacht schnell geschlagen, der Krieg schnell gewonnen werden würde, damit er seinen Kindern eine friedliche Zukunft in einem blühenden Deutschland bereiten konnte. Von dieser Standfestigkeit war hier in der Küche jedoch nicht viel geblieben. Er hatte Angst. Aber Elisabeth wollte er damit nicht auch noch belasten, sie hatte jetzt genug Sorgen: Wie sollte sie als kranke Frau ohne ihn vier Kinder über die Runden bringen? In Demut fiel er vor ihr und den Kindern auf die Knie, umarmte seine Frauen und sog noch einmal den Geruch und die Wärme seiner Liebsten ein, diesen kurzen, innigen Moment, um in kalten, langen Kriegstagen davon zu zehren. Dann sprang er auf und verließ so schnell wie möglich das heimelige Nest. Ob er es je wiedersehen würde?

Das neue Jahr hatte gerade begonnen und die Nächte waren bitterkalt. Wieder einmal lag Rosa frierend im Bett und konnte nicht einschlafen. Vom Vater hatten sie zu Weihnachten das letzte Mal etwas gehört, er hatte einen Brief von der Front geschrieben. Er erzählte von dem Versuch, zusammen mit ein paar Kameraden wenigstens ein bisschen weihnachtliche Stimmung zu erzeugen, indem sie Weihnachtslieder sangen. Elisabeth hatte den Kindern immer erklärt, dass Singen gut gegen Angst sei, und so hoffte sie für den Vater, dass ihm die Lieder Mut und Kraft gaben. Sonst wusste sie nichts, auch nicht wo genau der Vater sich befand. Im Dorf war das Leben noch anstrengender und härter geworden. Es gab weniger zu essen, meist nur noch *Millischriwwäles Supp* mit und ohne *Riwwälin*, die Mutter fiel im Haushalt komplett aus und auf den beiden großen Mädchen lastete viel.

Durch die dünnen Wände konnte Rosa die Stimme ihrer Mutter erkennen und eine weitere Stimme, die sie aber nicht zuordnen konnte. Nur Sprachfetzen drangen an ihr Ohr. Ihre Geschwister schliefen selig,

Barbara schnarchte sogar ein wenig. Manchmal wurde es laut im Nachbarzimmer, bis es wieder durch ein deutliches »Pst, nicht so laut, die Kinder« leiser wurde. Irgendetwas Wichtiges mussten sie zu besprechen haben, was keiner mitbekommen sollte, so viel war sicher. Doch so sehr Rosa sich anstrengte, sie konnte nichts Genaues heraushören. Daher entschloss sie sich, etwas näher heranzugehen, um zu lauschen. Schlafen konnte sie ohnehin nicht. Leise und behutsam, damit auch ja keine ihrer Schwestern erwachte, klappte sie ihre Bettdecke zurück und stieg vorsichtig aus dem Bett. Auf Zehenspitzen lief sie in Richtung Tür. Barbara drehte sich um und Rosa befürchtete schon, sie hätte etwas bemerkt, aber die große Schwester schnarchte selig weiter. Vorsichtig drückte Rosa die Türklinke herunter und stand kurze Zeit später im dunklen Flur. Schräg gegenüber lag das Schlafzimmer der Eltern und Rosa näherte sich ängstlich der Tür, die nur angelehnt war. Sie schielte hinein und erkannte die Umrisse des Bürgermeisters, ein Freund der Familie, der auf einem Stuhl neben dem Bett ihrer Mutter saß, und ihre Großmutter, die neben Elisabeth am Kopf des Bettes stand. Nun konnte sie die Worte klar und deutlich verstehen. Verstohlen blieb sie wie angewurzelt stehen und lauschte.

»Es ist nett, dass du uns helfen möchtest«, hörte Rosa die brüchige Stimme ihrer geliebten Mutter. »Aber wir müssen uns mit diesem Gedanken auseinandersetzen. Es hilft nichts.«

»Noch bist du da, und ich werde alles dafür tun, dass ich euch unterstütze, solange Heinrich weg ist. Bis jetzt hat das ja auch funktioniert.«

»Gibt es denn etwas Neues? Kommen die deutschen Truppen voran?«, wollte Katharina vom Bürgermeister wissen.

»Im Westen ist die Front festgefahren, im Osten ist sie in Bewegung. Willst du das wirklich wissen, in deinem Zustand?«

»Ich bin zwar an dieses Bett gefesselt, aber denkst du, mich interessiert nicht, was da draußen auf der Welt passiert? Es geht schließlich auch um die Zukunft meiner Kinder! Ich bin schwach und ich werde sterben, das spüre ich, aber solange ich hier bin, will ich an diesem Leben teilhaben. Ihr braucht mich nicht zu schonen.«

Rosa stockte der Atem. Hatte ihre Mutter gerade »Ich werde sterben« gesagt?

Wovon sprach sie da? Dass ihre Mutter seit Maries Geburt nicht mehr richtig auf die Beine gekommen war, hatte Rosa wohl bemerkt, sie war ja nicht blind. Auch dass Elisabeth weiterhin viel im Bett lag und sich schonen musste, wie der Vater es den Kindern noch vor seiner Abreise erklärt hatte, akzeptierte Rosa. Sie wollte, dass ihre Mutter wieder ganz die Alte wurde. Deshalb nahm sie Rücksicht. Was erzählte ihre Mutter denn da vom Sterben?

»Also gut«, fuhr der Bürgermeister fort.

»Wenn Ihr es wirklich wissen wollt: Irgendwie scheint der Krieg ins Stocken geraten zu sein. Dafür setzen sie jetzt auf allen Seiten Technik ein, die es so bis jetzt nie gab. Stellt euch vor, die Franzosen haben sogar Flugzeuge als Bomben eingesetzt. Der Kaiser nutzt dafür jetzt Zeppeline. Aber die sind natürlich schwerfällig und auch anfällig. Der Krieg wird immer scheußlicher, je mehr Maschinen sie verwenden. Mit diesen neuen Waffen kannst du jetzt viele Menschen auf einmal vernichten. Glaubt mir, mir macht das auch Angst. In der Zeitung stand, dass der Kaiser viel Geld in die Forschung für neue Kriegstechnik steckt. Auch auf See werden neue Unterwasserboote eingesetzt. Und die Firma Krupp hat eine Kanone mit einem Rohr von zweiundvierzig Zentimetern Durchmesser hergestellt. Sie nennen sie ›Dicke Berta‹.«

Vor und auch im Zimmer war es still.

Die Kriegsschilderungen verschlugen Elisabeth und Katharina offensichtlich die Sprache und Rosa sprengten sie ihre Vorstellungskraft.

»Vielleicht entwickeln sie bei so viel Forschung auch etwas für mich«, hörte sie die Stimme ihrer Mutter.

»Aber Heinrich ist davon noch nicht betroffen, oder?«, fügte sie etwas leiser hinzu.

Stille breitete sich im Zimmer aus.

Rosa wagte kaum zu atmen und in ihrem Kopf wirbelte alles wild durcheinander.

»Ich werde wahrscheinlich auch bald eingezogen, aber bis dahin könnt ihr auf meine Hilfe zählen.«

Die Stimme des Bürgermeisters drang durch den Türspalt.

»Mutter, bitte tu mir einen Gefallen und schau, dass die Kinder nicht so viel davon mitbekommen. Ich will nicht, dass sie zu viel über diesen Krieg erfahren. Mir reicht, was Bawett und Rosa aus der Schule mit heimbringen. Sie sind trotz ihrer vielen Aufgaben, die sie übernehmen, noch Kinder und es ist nicht gut, wenn sie spüren, dass wir Angst haben.«

»Natürlich. Aber ich weiß bald nicht mehr, was ich ihnen sagen soll, was dich angeht. Was hat der Arzt aus Heidelberg heute gesagt?«

»Nichts Neues. Er sagt, ich soll mich ausruhen. Mein Rachen sei komplett gerötet und entzündet. Daher wohl meine Schluckbeschwerden. Was auch immer in meinem Körper ist, es will nicht mehr gehen. Und ich verliere langsam die Geduld. Dieses Liegen im Bett macht mich mürbe. Ich werde versuchen, immer mal wieder aufzustehen, vielleicht schaffe ich es ja auch zu kochen, sodass auch bei den Kindern wieder ein Alltag entsteht.«

»Jetzt lassen wir dich erst einmal schlafen, du siehst erschöpft aus. Und dann sehen wir weiter«, hörte Rosa ihre Großmutter sagen.

»Ja, Elisabeth. Mach's gut. Und wenn es etwas Neues gibt, halte ich euch auf dem Laufenden«, verabschiedete sich der Bürgermeister von den beiden Frauen.

Rosa, die die ganze Zeit wie erstarrt vor der elterlichen Schlafzimmertür gestanden hatte, war wie vom Blitz getroffen. Als sie durch den Türspalt einen Schatten bemerkte, blieb ihr Herz für einen Moment stehen.

Sie musste so schnell wie möglich hier weg.

Leise trat sie den Rückweg an und schlich in ihr Bett zurück, das sie mit Barbara teilte.

Sie fror noch stärker als zuvor, zog sich die Bettdecke bis über die Nase und hoffte, dass alles, was sie eben gehört hatte, nur ein böser Traum gewesen war. Doch als sie am Morgen erwachte, kamen ihr die Worte sofort wieder in den Sinn und ihre Gedanken kreisten um diesen einen schrecklichen Satz: »Sie wird sterben«, sagte Rosa vor sich hin.

Barbara, die durch Rosas Selbstgespräch erwachte, legte die Hand auf den Kopf ihrer Schwester.

»Schlaf weiter, Rosa, du hast nur schlecht geträumt.«

Als Rosa das neue schwarze Kleid anzog, das sie sich vom Nachbarskind gegenüber geborgt hatte, schaute sie irritiert an sich herunter und beschloss ab diesem Moment, Schwarz zu hassen. Schwarz, das stand ihr nicht. Der Tod, er stand ihr nicht.

Drei Tage zuvor war der Großvater gestorben.

Nie mehr würde sie seine schönen Geschichten hören können, die ihm und ihr so viel Mut gemacht hatten. Sie musste an die Geschichte mit dem kleinen Jungen denken, der sich nachts im Steinbruch verlaufen hatte. Niemand war da und er hatte furchtbare Angst. Überall knirschten die Steine, es war dunkel, der Neumond war kaum zu sehen und der Junge fand den Ausgang nicht mehr. Erschöpft sank er zu Boden und wollte die Hoffnung schon aufgeben. Aber dann schaute er sich um. Im Dunkeln nahm er plötzlich einen Zauber wahr, den man bei Licht betrachtet weder sehen noch spüren konnte. Er begann vor sich hin zu sprechen, eine Art Gebet, als sich direkt vor ihm Steine in kleine Trolle verwandelten. Anstatt sich noch mehr zu fürchten, freute er sich über die Gesellschaft, über das Gefühl, nicht mehr alleine zu sein, und ging auf die Trolle zu. Diese dankten ihm seine furchtlose Zuneigung und führten ihn im Gegenzug aus der Dunkelheit wieder ins Dorf und damit ins Licht zurück.

Rosa musste lächeln. Wo aber waren ihre Trolle? Selten hatte sie sich so alleine und verlassen gefühlt. Mit Barbara konnte sie nicht darüber sprechen, denn Barbara sprach nicht über Gefühle, Käthe und Marie waren noch zu klein. Die Großmutter war in Trauer, der Vater nicht da und die Mutter ...

Elisabeth lag seit zwei Wochen nur noch im Bett und konnte gar nicht mehr aufstehen. Jedes Wort, das sie sprechen wollte, tat ihr weh. Sie hatte alles gegeben und versucht, den Kindern noch eine Mutter zu sein, bäumte sich auf, ging langsam und gebeugt unter Schmerzen in die Küche und ließ Rosa und Barbara zusehen, wie sie aus nichts etwas zu essen zauberte. Fast so wie früher. Aber eben nur fast. Nach kurzer Zeit musste sie sich setzen, das Sprechen strengte sie an, selbst einfache Schneidearbeiten kosteten sie enorme Kraft. Vor zwei Wochen war sie am Herd zusammengebrochen. Katharina war herbeigeeilt und hatte zusammen mit den Kindern versucht, sie aufzuheben und ins Bett zu tragen. Der einzige Mann in der Familie hatte selbst im Sterben gelegen und in der Nachbarschaft waren mittlerweile alle Männer im Krieg. Die Frauen mussten sehen, wie sie selbst klarkamen. Mit letzter Kraft versuchte Elisabeth ihre Schwiegermutter und ihre Töchter zu unterstützen und sie schafften es gerade so, sie ins Bett zu legen. Katharina schickte die beiden großen Mädchen in die Stadt, um den Arzt zu holen. Während der Untersuchung warteten sie hoffnungsvoll auf die Rückmeldung des Arztes, der aber machte nur ein sorgenvolles Gesicht, als er aus dem Zimmer der Mutter kam. Rosa verwunderte es, dass er lediglich in Katharinas Gesicht blickte, aber nichts sagte.

»Herr Doktor, was ist nun mit Mutter?«, wollte sie fordernd wissen.

»Das wird dir deine Großmutter erklären.«

Er streichelte Rosa sanft über den Kopf und verließ mit einem letzten Blick zu Katharina das Haus.

»Was hat Mutter? Warum geht es ihr immer schlechter?«

Aber Katharina wollte und konnte nicht erklären. Dort lag ihr Mann, der jeden Moment den letzten Atem aushauchte, und hier lag ihre junge Schwiegertochter, die sich ebenfalls auf den Tod vorbereitete. Johann war schneller.

An der Hand ihrer Großmutter ging Rosa mit den Geschwistern den kurzen Weg zum Friedhof. Eine halbe Stunde vor der Beerdigung hatten Schüler aus der Volksschule zuerst im Pfarrhof, dann im Trauerhaus Trost- und Sterbelieder wie ›So nimm denn meine Hände‹ gesungen. Nun lag der Großvater aufgebahrt vor ihnen. Der Pfarrer sprach einige Worte, auf die Rosa sich nicht konzentrieren konnte. Sie sah die ganze Zeit auf den toten Großvater, der aussah, als schliefe er; am liebsten hätte sie sich daneben gelegt, damit sie ihm ganz nahe war, wenn er wieder eine seiner Geschichten erzählte. Der Tod war schon seltsam. Eigentlich hatten sie ihr erklärt, dass der Großvater jetzt im Himmel sei. Aber er lag doch noch hier, direkt vor ihr.

Auf dem Weg zum Grab schaute Rosa auf die Grabsteine, an denen sie vorbeizogen. Junge, Alte, Mann, Frau, Eltern, Kinder ... Fragen über Fragen drängten sich in Rosas Gedanken.

Warum müssen wir eigentlich sterben? Es ist doch so traurig für die, die zurückbleiben. Und wieso wird der Sarg in die Erde gelassen, wo doch der Himmel in genau entgegengesetzter Richtung ist? Großvater soll sie doch von oben beschützen, bewachen, und nicht in dieser dunklen Erde hausen. Auch Großmutter ist traurig, sie weint, bestimmt aus demselben Grund.

Beim anschließenden Leichenschmaus, an dem es für die wenigen Erwachsenen, die man mit nach Hause nahm, dünnen *Zichorienkaffee* gab und Katharina aus den wenigen Lebensmitteln, die ihr zur Verfügung standen, einen kleinen *Hejfezopf* gebacken hatte, setzte sich Rosa plötzlich auf den Schoß ihrer Großmutter.

»Soll ich dir eine schöne Geschichte erzählen?«

Katharina blickte Rosa überrascht an.

»Jetzt?«

»Ja, Großvater hat mir immer Geschichten erzählt und dann wurden wir beide glücklich. Weil er das nicht mehr machen kann, muss es doch jemand anderes machen. Also ich.« Katharina lächelte zum ersten Mal an diesem Tag. Es würde immer etwas von Johann bleiben. Durch Rosa.

»Wie wäre es, du gehst rüber zu deiner Mutter und erzählst ihr eine schöne Geschichte. Ich glaube, sie braucht es noch nötiger als ich.«

Zunächst sah es so aus, als würde sich alles zum Besseren wenden. Rosa saß an Elisabeths Krankenbett und erzählte ihrer Mutter Geschichten. Dabei achtete sie darauf, dass sie alles, was sie erzählte, positiv und optimistisch darstellte. Die geliebte Mutter konnte zwar nicht mehr sprechen, da ihr Schlund erkrankt war, so hatte es ihr der Herr Doktor erklärt, aber Elisabeth war eine geduldige Zuhörerin und Rosa hatte das Gefühl, dass Rosas Stimme ihrer Mutter gut tat. Sie nahm immer wieder Erlebnisse und Geschehnisse zum Anlass, um sie zu einer Geschichte voller Mut und Hoffnung zu machen. War das Wetter miserabel, erzählte sie von der Sonne, die so erschöpft gewesen war, dass sie eine kleine Verschnaufpause brauchte, um hinterher wieder in voller Kraft zu scheinen. Hatte Elisabeth Schmerzen beim Schlucken, erzählte sie ihr, dass Opa Johann ihr gesagt habe, Schmerzen seien dazu da, damit der Körper heilen kann und dass man die Stelle eben schonen muss, damit sie dann wieder die leckeren *Hejfepånnekuuche* nicht nur riechen, sondern auch schmecken könne, die sie so wunderbar zubereitete. Obwohl sie Johann sehr vermisste, liebte sie es, nun in die Rolle der Hoffnungsträgerin der Familie zu schlüpfen.

»Wie schaffst du das, immer nur das Gute in allem zu sehen?«

Barbara, mit der Rosa zusammen von der Schule durch die Pfarrgasse nach Hause lief, ging die gute Laune, die Rosa verbreitete, langsam auf die Nerven. Rosa war der Sonnenschein und sie die Kritische. Sie war die große Schwester, deren Aufgabe es war, seit der Krankheit der Mutter und der Abwesenheit des Vaters die Rolle der Erwachsenen zu übernehmen.

»Wie meinst du das?«, fragte Rosa, während sie schon wieder damit beschäftigt war, nach den blühenden Fliederbüschen Ausschau zu halten, deren Duft sie so sehr liebte.

Vielleicht könnte sie ja mal einen Ast für die Mutter klauen und ihr ans Bett stellen, damit sie den betörenden Frühlingsduft, der gerade die Straßen des Dorfes erfüllte, auch genießen konnte.

»Jetzt hör mir doch mal zu!«

Barbara blieb stehen und stampfte wütend mit dem Fuß auf.

Rosa erschrak.

So laut und energisch hatte sie ihre Bawett selten erlebt.

»Mutter geht es schlecht, Vater ist nicht da, Großvater ist tot und du tust immer so, als wäre alles in bester Ordnung. Hör endlich mal auf, so viel zu lachen. Das passt nicht.«

Rosa schaute Barbara entgeistert an. »Ich soll nicht mehr so viel lachen?« Wollte sie ihr tatsächlich das Lachen verbieten?

»Aber«, fuhr sie mit einem Anflug der Verzweiflung fort, »ich kann doch nicht nur die ganze Zeit weinen.«

Die beiden Mädchen schauten sich an und für einen Moment schien die Welt still zu stehen, bevor sie sich in die Arme fielen. Mitten auf der Straße war ihnen klar geworden, wie unterschiedlich sie versuchten, mit dem Schmerz, der beide erfasst hatte, umzugehen. Da war Barbara, die versuchte, sämtliche Gefühle zu unterdrücken und zu funktionieren, während Rosa in allem irgendwie noch etwas Positives sah und dies auch zuließ. In der Gewissheit, dass sie sich immer unterstützen würden, egal, was in ihrem Leben passierte, liefen sie Hand in Hand den Berg hinunter. An der letzten Kreuzung vor ihrem Haus blieb Rosa stehen und spürte, dass jetzt der Moment gekommen war, um ihrer Schwester von dem Gespräch zu erzählen, das sie vor einigen Wochen in der Nacht belauscht hatte. Barbara hörte ruhig und gefasst zu.

»Muss Mutter ...«, Rosa traute sich kaum weiterzureden, »muss sie auch sterben?«

Obwohl Barbara mit ihren zwölf Jahren auch noch ein Kind war, hatte die Großmutter sie darauf bereits vorbereitet. Sie zögerte, ihrer Schwester die Wahrheit zu sagen, entschloss sich aber, auch ihre Seele zu erleichtern.

»Ja, Rosa, Mutter wird sterben.«

Schweigsam gingen die Geschwister ins elterliche Haus zurück, schlichen auf Zehenspitzen durch den Flur, als sie plötzlich eine vertraute Stimme aus dem Zimmer der Mutter hörten, die ihre Herzen höher schlagen ließ. Rosa lief als Erste los, riss die Zimmertüre auf und stürmte auf ihren Vater zu, der mit Käthe auf seinem Schoß auf der Kante an Elisabeths Krankenbett saß.

»Vater, du bist zurück!«

Auch Barbara hielt es nicht länger an der Tür und so hingen seine großen Mädchen an seinem Hals. Die kleine Marie lag bei Elisabeth im Bett und Käthe juchzte und freute sich mit Rosa und Barbara, die es sich nun auch auf dem Bett gemütlich machten. Vereint saßen sie bei der Mutter, die still vor sich hin lächelte. Selig, alle um sich zu haben, aber auch wissend, warum ihr Mann so plötzlich aus dem Krieg heimgekehrt war. Für einen Moment, einen kleinen Moment, den letzten Moment, schien alles gut.

Seit Heinrichs Ankunft ging es Elisabeth zunehmend schlechter. Barbara und Rosa wussten, dass der Vater nur aus einem einzigen Grund Kriegsurlaub bekommen hatte: Mit der Mutter ging es zu Ende.

Heinrich nahm seine großen Töchter beiseite und erklärte ihnen, dass sie sich ab jetzt vom Zimmer der Mutter fernhalten sollten, da es Elisabeth zu sehr anstrengte und sie absolute Ruhe brauchte. Um die Kleinen werde er sich kümmern. Barbara akzeptierte die Vorgabe ihres Vaters, Rosa protestierte vehement.

»Aber meine Geschichten, Vater. Ich habe Mutter immer Geschichten erzählt, damit es ihr besser geht. Was ist, wenn ich ihr die nicht mehr erzählen kann?«

Heinrich liebte seine Tochter dafür, dass sie nie aufgab, aber er wusste, er musste nun streng sein.

»Rosa, Mutter kann deinen Geschichten nicht mehr lauschen, sie schläft viel und darf sich nicht mehr anstrengen. Du willst doch auch nicht, dass es sie quält, oder?«

Nein, das wollte Rosa auf keinen Fall.

»Aber dürfen wir noch einmal zu ihr?«

Heinrich hatte in diesem Moment verstanden, dass Barbara und Rosa genau wussten, worum es ging und er nichts mehr erklären musste.

»Na gut, kommt mit. Aber seid leise!«

Ganz vorsichtig betraten Barbara und Rosa das Zimmer. Elisabeth lag zugedeckt im Bett und schlief. Sogar im Schlaf war ihr Gesicht schmerzerfüllt. Rosa wollte zu ihr gehen, aber der Vater hielt sie zurück und schüttelte den Kopf. Langsam stiegen ihr die Tränen in die Augen und auch Barbara senkte den Blick, der voller Trauer war. Das genügte. Heinrich nahm seine Töchter und schob sie zur Tür. Rosa blickte sich noch einmal um und murmelte »Gute Nacht, Mutter!« vor sich hin. Dann begann sie bitterlich zu weinen.

Als der Vater am nächsten Morgen zusammen mit Katharina in das Zimmer kam, in dem die vier Mädchen schliefen, und alle weckte, sah Rosa ihm an, dass er ebenfalls geweint hatte. Seine Augen waren rot und es schien, als habe er die ganze Nacht über nicht geschlafen. Er setzte sich auf das Bett der Mädchen, nahm Marie auf den Schoß und Käthe in den Arm. Barbara und Rosa setzten sich daneben. Katharina stellte sich hinter ihren Sohn.

»Ist sie ...?« Barbara fand als Erste ihre Stimme wieder.

Der Vater nickte stumm und Katharina legte ihre Hand auf seine Schulter.

Rosa hatte gestern Abend und die halbe Nacht so viel geweint, dass sie fast keine Tränen mehr übrig hatte. Plötzlich spürte sie eine große Wut in sich aufsteigen.

»Warum?«, schrie sie in die Stille, sprang auf und rannte in das Zimmer der Mutter.

Diese lag genauso da wie am Abend zuvor, als Rosa sich von ihr verabschiedet hatte. Nur ihre Gesichtszüge waren entspannt. Sie sah blass aus. Katharina war Rosa hinterhergerannt und zerrte das verstörte

Mädchen am Arm nach draußen. Dort lockerte sie den Griff und nahm ihre Enkeltochter in den Arm.

»Es ist Gottes Wille, Rosa.«

Dass sie innerhalb eines Monats das schwarze Kleid ein zweites Mal würde tragen müssen, ging über Rosas Verständnis für den lieben Gott hinaus.

»Vater unser im Himmel, dein Wille geschehe ...«

Während der gesamten Beerdigung fragte sich Rosa, wie es Gottes Wille sein konnte, dass er ihre geliebte Mutter so früh von ihr wegnahm. Sie fing zum ersten Mal an, bewusst mit ihm zu sprechen. Keine auswendig gelernten Gebete, sondern ihre eigenen Worte. Umgeben von ihrer Familie und dem halben Dorf, das gekommen war, um dem Vater zu kondolieren und die Mutter auf ihrem letzten Weg zu begleiten, unterhielt sich Rosa während der Beerdigung in Gedanken mit ihrem Gott. Von der Zeremonie selbst bekam sie wenig mit, so beschäftigt war sie damit, ihm Fragen zu stellen.

Warum musste die Mutter sterben? Warum lässt er die Menschen überhaupt krank werden? Musste der Vater auch sterben? Trafen sich Mutter und Großvater nun im Himmel wieder?

Am Tag nach der Beerdigung mussten Barbara und Rosa wieder ihre schwarzen Kleider anziehen und sich und die Kleinen fein machen. Der Vater hatte seine Kriegsuniform angelegt und sie machten sich auf zum Fotografen.

»Wieso müssen wir da jetzt hin?«, fragte Rosa müde und abgekämpft; den gestrigen Tag würde sie am liebsten aus ihrem Gedächtnis streichen.

Es war anstrengend, mit Gott zu sprechen. Viel lieber hätte sie mit ihrer geliebten Mutter gesprochen, die eine schmerzliche Lücke in der

Familie hinterlassen hatte. Auch wenn sie so lange krank war, war sie dennoch da gewesen. Sie war anwesend. Nun wirkte die Wohnung leer. Barbara und Rosa hatten sich nachts in ihrer Trauer eng aneinander gekuschelt und auch Käthe hatte sich an Rosa geschmiegt. Im Zimmer der Eltern hörten sie ihren Vater noch lange herumlaufen.

Auch Heinrich fand keine Ruhe, geschweige denn, dass er hätte schlafen können. Da waren die Kriegserlebnisse, die Bilder, die er ohnehin nicht mehr aus seinem Kopf bekam: Wie viele seiner Kameraden und wie viele Feinde hatte er im letzten halben Jahr qualvoll sterben sehen. Und während er sein Land an der Front verteidigte und jeden Moment damit rechnen musste, selbst getroffen zu werden, starben zuerst sein Vater und dann seine geliebte Frau einen ebenso qualvollen Tod. Nun stand er da, als Witwer mit vier Kindern, die er bereits einen Tag später würde erneut verlassen müssen.

Wie sollte er den Kindern sagen, dass er den Kriegsurlaub nur für die Tage rund um die Beerdigung erhalten hatte?

Und wo sollten die vier Halbwaisen leben, wenn er nicht da war?

Wer würde sie versorgen, sich um sie kümmern?

Katharina, seine Mutter, konnte er nicht noch mehr belasten.

Er beschloss noch in der Nacht, dass nun Elisabeths Mutter am Zug wäre.

Aber bevor er ging, würde er sein Geld zusammenkratzen und beim hiesigen Fotografen ein Bild von seiner Familie machen lassen. Das hätten sie schon viel früher machen sollen, als Elisabeth noch lebte, aber sie hatten es immer wieder verschoben und nun war es zu spät. Diesen Fehler wollte er nicht noch einmal begehen. Er wollte auf jeden Fall einen Abzug für sich, damit er seine Kinder immer bei sich trug. Und einen Abzug sollten die Kinder bekommen, damit sie ihn, ihren Vater, nicht vergaßen.

»Wir machen ein schönes Foto zusammen, das bringt euch auf andere Gedanken«, versuchte er seine beiden lustlosen älteren Töchter davon zu überzeugen, dass dieser Termin eine schöne Abwechslung in dieser tristen Zeit war.

Seine jüngeren Töchter Marie und Käthe hingegen waren aufgeregt und jauchzten vor Vergnügen.

Der Fotograf stellte und setzte sie in die richtige Position und gab ihnen die Anweisung, auf keinen Fall zu lächeln. Das fiel Rosa ausnahmsweise nicht schwer, denn zum Lächeln war ihr gerade nicht zumute. Außerdem dauerte es ihr viel zu lange, bis das Foto den Vorgaben entsprach. Heinrich wollte eigentlich seine Kinder umarmen, aber der Fotograf weigerte sich solche Fotos zu machen. Also stand am Ende Heinrich als Einziger, als Familienoberhaupt, hinter den vor ihm sitzenden, ernst schauenden Töchtern – eine vom Leid gezeichnete Familie.

»Kinder, ich muss mit euch reden.«

Sie saßen beim Abendessen und Barbara wollte gerade den Tisch abräumen. Wenn der Vater so begann, konnte es nichts Angenehmes sein.

»Ihr wisst, dass ich diese Tage bei euch nur erhalten habe, weil wir eure Mutter beerdigen mussten. Das bedeutet ...«

Rosa fiel ihm ins Wort: »Das bedeutet, dass du bald wieder gehen musst?!«

Eine leichte Panik schwang in ihren Worten mit.

Heinrich schluckte: »Ja, ich muss wieder gehen. Aber nicht bald, sondern morgen schon.«

Nun war es raus. Heinrich blickte in geschockte Kinderaugen.

»Morgen schon?«, wiederholte Barbara leise.

Heinrich nickte. Die Stille im Raum war kaum auszuhalten.

Plötzlich begann Rosa zu erzählen: »Ich habe gestern lange mit dem lieben Gott gesprochen. Ich wollte wissen, warum er uns die Menschen, die wir lieb haben, einfach wegnimmt. So eine richtige Antwort habe ich nicht gekriegt, aber er hat gesagt, wir sollen Vertrauen haben, dass alles irgendwie seinen Sinn hat. Weißt du, Vater, ich bin ein bisschen wütend auf den lieben Gott, weil es doch keinen Sinn haben kann, dass Mutter nicht mehr bei uns ist und du wieder in diesen gefährlichen Krieg ziehen musst. Aber ich will, dass du dir keine Sorgen machen musst. Wir schaffen das. Und wenn du zurückkommst, dann machen wir es uns schön miteinander. Und bis dahin kümmern Bawett und ich uns um die Kleinen. Und wir versprechen dir, wir werden in der Schule artig sein. Und auf Großmutter hören und ihr beim Kochen helfen. Wir bleiben doch bei der Großmutter, oder?«

Heinrich blickte seine Zweitgeborene dankbar und stolz an. Sie war mit ihren zehn Jahren noch ein Kind und trotzdem gelang es ihr, ihn zu trösten. Eigentlich sollte es umgekehrt sein, der Vater sollte seine Tochter trösten, doch was war in dieser Situation schon normal? Rosa strahlte so viel Mut aus, und er war derjenige, der sie ein weiteres Mal enttäuschen musste.

»Ja, Kinder, ihr geht zu eurer Großmutter. Aber zu eurer anderen Großmutter nach Heidelberg. Meine Mutter kann sich nicht auch noch um euch kümmern und vier hungrige Mäuler mehr stopfen. Sie hat schon genug mit euren Tanten und deren Kindern zu tun. Ich möchte, dass ihr jetzt eure Sachen zusammenpackt und morgen zu eurer anderen Großmutter Katharina in die Stadt geht.«

Barbara und Rosa schauten sich erschrocken an.

»Aber Vater«, widersprach Barbara, »wir kennen sie doch gar nicht gut. Und dann müssen wir ja hier weg.«

Barbara suchte verängstigt den Blick ihrer Schwester, die verstört zu Boden schaute und langsam den Kopf schüttelte.

Erst starb die Mutter, der Vater musste wieder in den Krieg und nun sollten sie auch noch ihr Zuhause aufgeben?

Was mussten sie denn noch alles ertragen?

Für Rosa brach eine Welt zusammen.

»Du willst uns wegschicken? Wir sollen von hier fort? Zu einer Frau, die wir nicht kennen? In die Stadt, die ...«

Aber Heinrich konnte und wollte nicht mehr diskutieren. Es gab nur diese Möglichkeit. Er unterbrach Rosa, die den Tränen nahe war, und wandte sich an seine Erstgeborene: »Bawett, ich möchte, dass du morgen früh deine Geschwister nimmst und mit ihnen nach Heidelberg gehst. Ende der Diskussion. Und nun geht bitte auf euer Zimmer und packt eure Sachen.«

Betreten und wortlos nahmen Barbara und Rosa je ein Geschwisterchen und verließen die Küche. Heinrich blieb zurück und eine Träne tropfte in den leeren Suppenteller.

Die Verabschiedung vom Vater ließen die Mädchen fast stoisch über sich ergehen. Heinrich nahm jede seiner Töchter noch einmal fest in seine Arme, aber die beiden großen Mädchen waren fast steif vor Trauer, Angst und Wut. Seine Mutter, die ebenfalls gekommen war, blickte abwechselnd auf ihren Sohn und auf ihre bemitleidenswerten Enkelkinder.

Als Heinrich die Straße nach unten lief, hatte er Angst, sich noch einmal umzudrehen. Zu sehr tat es ihm weh, seine Töchter im Stich zu lassen. Alle vier standen auf dem Trottoir und winkten ihm so lange hinterher, bis er nicht mehr zu sehen war. Katharina musste ihre Enkelkinder fast in die Wohnung zurückziehen, um ihnen beim Einpacken ihrer wenigen Habseligkeiten zu helfen.

Marie legten sie in den Kinderwagen, Käthe setzten sie vorne drauf und ihr Gepäck schnallten sie sich auf den Rücken. Katharina sah ihren

Enkelkindern nachdenklich hinterher, als sie sich auf den Weg nach Heidelberg machten.

Fünf Kilometer Fußmarsch lagen nun vor ihnen, eine Strecke, die sie in der Vergangenheit nicht oft gelaufen waren. Den Großvater kannten sie nicht, er war bereits vor Barbaras Geburt gestorben; Besuche bei der Großmutter waren genauso selten wie Besuche von ihr bei ihnen. Beide Großmütter trugen zwar denselben Vornamen, aber nie hatte das zu einer Verwechslung geführt, denn Elisabeth und ihre Mutter standen sich nicht sehr nahe und pflegten so wenig Kontakt wie möglich. Auch die Enkelkinder konnten daran nichts ändern. Katharina konnte ihrer Tochter einfach nicht verzeihen, dass sie gegen ihren Willen diesen Heinrich vom Dorf geheiratet hatte. Für die Kleinsten war es auf Elisabeths Beerdigung sogar die erste Begegnung mit der anderen Katharina gewesen.

Als sie schon ein gutes Stück schweigend gelaufen waren, fasste sich Rosa ein Herz:

»Bawett, meinst du, unsere Großmutter freut sich auf uns?«

Barbara schaute Rosa deprimiert an.

»Ich weiß nicht. Sie kennt uns ja kaum. Und immerhin sind wir zu viert. Das wird ihr sicher nicht gefallen.«

»Ja, aber schließlich sind wir doch die Kinder ihrer Tochter. Vielleicht hat sie schon ein schönes Zimmer für uns vorbereitet.«

»Ach Rosa, deine Zuversicht wollte ich haben«, antwortete Barbara und war bereits wieder in Gedanken versunken.

Auch wenn sie nicht weiter darüber sprachen, malten sich beide aus, wie es sein würde, wenn sie gleich bei ihrer Großmutter ankämen.

Während Rosa zuversichtlich war, dass nun vieles besser werden würde, zweifelte Barbara.

Es war heiß an diesem Tag im Frühsommer und sie mussten immer wieder eine kleine Pause einlegen. Ab und an kamen ihnen wenige ältere

Landwirte entgegen, irritiert darüber, dass vier Kinder alleine mit Sack und Pack unterwegs waren. Aber es war Krieg und in Kriegszeiten war alles möglich.

Nach eineinhalb Stunden Fußmarsch kamen sie verschwitzt und müde vor dem Haus ihrer Großeltern mütterlicherseits an, das sie nur schwer gefunden hatten, da sie sich im Stadtviertel mit den vielen großen Häusern und den gleich aussehenden Straßenzügen verlaufen hatten. Zu selten waren sie hier gewesen.

Eine ganze Weile standen Barbara und Rosa mit Käthe und Marie im Kinderwagen unschlüssig vor dem Haus auf dem Gehsteig.

»Sind wir da?«, unterbrach Käthe die Gedanken von Barbara und Rosa.

Beide Mädchen nickten synchron.

»Warum gehen wir dann nicht rein?«

Rosa war es schließlich, die all ihren Mut zusammennahm und laut an die Tür klopfte.

Es dauerte ein wenig, bis sie sich langsam öffnete und ihre Großmutter ungläubig auf ihre vier Enkelkinder starrte.

»Kinder, was macht ihr denn hier?«, entfuhr es ihr.

Rosa und Barbara tauschten irritierte Blicke.

»Naja, dann kommt erst einmal herein, ihr seid ja völlig verschwitzt.«

Schüchtern und unsicher betraten sie das Haus und folgten Katharinas Bitte, sich an den Tisch zu setzen.

Sie holte für jedes Kind ein Glas Wasser, weil ihr die jungen Geschöpfe völlig ausgedörrt schienen.

Marie wollte nun unbedingt aus ihrem Kinderwagen und Barbara nahm sie auf den Schoß. Katharina setzte sich zu ihren Enkeltöchtern.

»So, und nun erzählt, was ist geschehen?«

Rosa überlegte, wieso ihre Großmutter ihnen so seltsame Fragen stellte.

Wieso fragte sie sie nun schon zum zweiten Mal, was sie hier taten?

Dieses Mal war es Barbara, die als Erste die Sprache wiederfand.

»Der Vater hat uns zu dir geschickt. Wir leben doch ab heute bei dir, weil er im Krieg ist und Mutter ...«, sie brach abrupt ab.

Noch immer konnte sie nicht begreifen geschweige denn aussprechen, dass ihre Mutter tot war.

»Hat Vater dir denn nicht gesagt, dass wir kommen?«, schloss Rosa aus dem überraschten Gesicht ihrer Großmutter.

Katharina blickte ihr tief in die Augen und schüttelte sachte den Kopf.

Rosa erwartete ein »Na ja, nun seid ihr hier, ich werde sehen, wie ich euch ein schönes Heim bieten kann«, aber stattdessen stand ihre Großmutter auf, nahm Marie von Barbaras Schoß, setzte sie in den Kinderwagen zurück und stellte sich hinter ihren Stuhl: »Es tut mir leid, aber ich kann euch nicht hierbehalten. Ihr müsst wieder zurück.«

Weder Barbara noch Rosa waren in der Lage, darauf zu reagieren.

Erstarrt saßen sie auf ihren Stühlen und wagten kaum zu atmen. Zu schwer wogen die Sätze.

Käthe durchbrach das Schweigen.

»Wieder zurück?«, erklang es aus dem Kindermund und sie fing bitterlich an zu weinen.

Marie, die noch nichts verstand, nur ihre in Tränen aufgelöste Schwester sah, begann daraufhin ebenfalls zu jammern.

Rosa hielt die Situation nicht mehr aus.

Sie nahm Käthe an der Hand, gab Barbara ein Zeichen, dass sie den Kinderwagen schieben sollte, und so verließen die vier Halbwaisen ihr großmütterliches Haus, ohne sich noch einmal umzudrehen. Katharina blieb wie angewurzelt an ihrem Platz stehen, neigte den Kopf zu Boden und ließ ihre Enkelkinder davon ziehen. Nie mehr sollte sie eins der Mädchen wiedersehen.

Den Rückweg legten die vier in wesentlich kürzerer Zeit zurück als den Hinweg. Auf der Hälfte der Strecke angekommen, blieb Barbara plötzlich stehen und hielt Rosa fest.

»Warum hat sie uns denn nicht aufgenommen? Wir sind doch ihre Familie!«

Rosa drehte sich um und lächelte Barbara an.

»Warum, warum. Ich weiß es nicht, Bawett. Ich weiß nur, dass sie uns nicht haben wollte. Aber warum? Keine Ahnung. Warum musste Mutter sterben? Warum ist Vater im Krieg? Warum will uns niemand? Und warum gibt uns niemand Antworten?«

»Vielleicht gibt uns der Herrgott Antworten!?«, erwiderte Barbara.

Und leise fuhr sie fort: »Du hast doch nach Mutters Tod mit ihm gesprochen. Was hat er gesagt?«

»Er hat gesagt, ich soll nicht nach dem Warum fragen.«

Rosa wurde zornig.

»Ich weiß, wir dürfen nicht schlecht über den Herrgott sprechen. Aber ich habe mit ihm ein Hühnchen zu rupfen.«

»Rosa! Pst! So etwas darfst du nicht sagen.«

»Ach und wieso nicht? Sag du mir lieber mal, wo wir jetzt hinsollen.«

Rosa und Barbara wussten, dass ihre Großmutter väterlicherseits die einzige Anlaufstelle war, die sie hatten. In noch schnellerem Tempo liefen sie über die Felder in ihr Heimatdorf zurück.

In der Wilhelmstraße angekommen, trommelten sie alle zusammen an die Tür, so aufgeregt waren sie.

Als Katharina öffnete, traute sie kaum ihren Augen.

Ihr »Kinder, was ist denn passiert?« unterschied sich deutlich von dem, das sie heute bereits schon einmal gehört hatten.

Rosa und Barbara erzählten hastig durcheinander und Katharina merkte, wie aufgewühlt die Mädchen waren.

Als sie fertig waren, stellte Rosa die wesentliche Frage:

»Können wir bei dir bleiben?«

Liebevoll nahm Katharina die Mädchen in ihre Arme, was schon Antwort genug gewesen wäre.

Wie zu sich selbst sagte sie: »Wo so viele Münder satt werden, können auch noch vier dazu.«

Der Krieg war auch 1916 noch in vollem Gange. Vom Vater hatten die Mädchen nichts mehr gehört. Sie wussten noch nicht einmal, ob er noch lebte. Aber sie bekamen durch die Großmutter und deren Gespräche im Dorf mit, dass es eine verheerende Schlacht in Verdun in Frankreich gegeben haben sollte, die auf beiden Seiten hohe Verluste mit sich brachte.

Die Kinder wussten, dass der Vater an der sogenannten Westfront kämpfte, und sie waren sich schon sicher gewesen, dass sie sich damit abfinden mussten, Vollwaisen zu sein.

Auch in der darauffolgenden Schlacht an der Somme gab es keinen Sieger, sondern über eine Million Gefallene auf allen Seiten. Ein Abnutzungskrieg von Menschen und Material.

Im weiteren Verlauf des Krieges und ab dem Winter 1916/17 wurden die Belastungen besonders der ärmeren Bevölkerung immer unerträglicher. Die Landwirte bekamen Anbauvorschriften, die kriegsbedingte Planwirtschaft führte zu Höchstpreisen für Lebensmittel, und Katharina wusste nicht mehr, wie sie die vielen Münder stopfen sollte, musste immer kreativer werden, damit alle im Haus regelmäßig etwas zu essen bekamen. Die tägliche Suppe, meist eine *Broudsupp*, wurde mit Wasser gestreckt und an manchem Abend gingen die Kinder hungrig zu Bett.

Rosa träumte nachts immer öfter von den Kochkünsten der Mutter und auch von denen der Großmutter, die sie in den harten Kriegsjahren nicht annähernd unter Beweis stellen konnte. Sie träumte von den kleinen *Knepf mit Brieh*, von *eigemachtem Kalbflåsch* und *Schneggenudl*. Auch wenn sie nie reich gewesen waren und zur Arbeiterschicht gehörten, gab es vor dem Krieg immer genug zu essen. Nun waren die Mittel erschöpft.

Doch nicht nur der Hunger war ein Problem. Durch die Kohleknappheit war es an vielen Abenden kalt im Haus und Barbara und Rosa kuschelten sich eng aneinander, um sich gegenseitig zu wärmen. Oft nahmen sie Käthe und Marie zwischen sich, die unterernährter und dürrer waren als die älteren Mädchen und daher noch mehr frieren mussten.

Der Großmutter versuchten sie nicht zur Last zu fallen und halfen ihr so viel wie möglich, zumal der Haushalt wieder größer wurde. Die meisten ihrer Onkel waren zwar wie ihr Vater eingezogen worden, aber dafür wohnten die Tanten mit ihren Kindern wieder bei Katharina, weil sie ohne ihre Männer die Familie nicht durchbrachten.

Wenn Rosa mit ihrer Großmutter ins Dorf zum Hamstern, Tauschen oder Einkaufen ging, gab es nur noch ein Gesprächsthema unter den Frauen: die wachsende Zahl der Toten und Vermissten und die immer deutlicher werdende Ausweglosigkeit der militärischen und politischen Lage. Die Kinder wurden mit Nachrichten konfrontiert, die sie schneller erwachsen werden ließen, als man es ihnen wünschte. Rosa wollte sich von dieser negativen Stimmung nicht anstecken lassen. Eines Abends beschloss sie, die Tradition ihres Großvaters wieder aufleben zu lassen: das Geschichtenerzählen.

Und so saßen die Frauen und Kinder in Decken gewickelt an diesem und vielen weiteren Abenden zusammen in der Küche und lauschten Rosas Geschichten, mit denen sie ihnen Mut machen wollte.

Obwohl sie mit ihren zwölf Jahren vom Krieg noch keine Vorstellung hatte, erfand sie Heldengeschichten, in denen sich die männlichen

Mitglieder der Familie durch geschickte Schachzüge dem Feind immer wieder entzogen, in denen sie anderen Kameraden und den Feinden das Leben retteten und sie zu Brüdern machten. In denen die einen das Brot mit den anderen teilten. In denen sie zusammenhielten und dem Tod immer wieder von der Schippe sprangen. Der Tod, das wollte Rosa ein für alle Mal klarstellen, würde nicht wieder zuschlagen. Der Tod sollte ihr keine Angst mehr machen, auch wenn sie selbst nicht immer daran glauben konnte. Auch allen anderen in der Familie wollte sie die Angst nehmen. Das hatte sie mit ihrem Gott so ausgemacht.

Großvater Johann hatte ihr vor längerer Zeit erklärt, dass sie die Gabe habe, Geschichten zu erzählen, dass sie sogar aus Rezepten spannende Erzählungen zaubern konnte. Sie wusste zwar nicht genau, was eine Gabe ist, aber sie wusste, dass sie mit ihren Geschichten Menschen zum Lächeln bringen und ihnen Hoffnung geben konnte. Und wenn sie lächelten, dann hatten sie sicher keine Angst mehr.

1918 gab es fast jeden Tag neue Nachrichten aus den Kriegsgebieten. Irgendjemand wusste immer irgendetwas. Es zeichnete sich ab, dass die deutschen Armeen vier Jahre nach Beginn des Krieges erschöpft waren. Nach Eintritt der Amerikaner in den Ersten Weltkrieg war an einen deutschen Sieg nicht mehr zu denken. Spätestens seit August war die deutsche Widerstandskraft vollständig gebrochen, man hielt noch bis November die Stellung. Die vom Leid gebeutelte Dorfbevölkerung wartete nur noch auf ein Ende des Kriegs, von der anfänglichen Begeisterung war nichts mehr übrig.

Am 11. November schwiegen endlich die Waffen. Bereits zwei Tage zuvor hatte Max von Baden die Abdankung des Kaisers verkündet und dem Sozialdemokraten Friedrich Ebert aus Heidelberg das Amt des

Reichskanzlers übertragen. Eine demokratische Republik wurde ausgerufen. Die erste auf deutschem Boden.

Der Bürgermeister war nicht eingezogen worden und versuchte nach wie vor nach besten Kräften, die Geschicke des Dorfes zu lenken. Weil fast alle Männer eingezogen waren, durften nun sogar Frauen an den Gemeindeversammlungen teilnehmen; trotz der vielen Arbeit, die Katharina zu Hause hatte, nahm auch sie die Gelegenheit wahr. Rosa, neugierig und interessiert an all den neuen Entwicklungen, quengelte so lange, bis ihre Großmutter endlich einverstanden war, sie zu begleiten.

Schon zu Hause fragte sie sie Löcher in den Bauch, denn im Unterricht, der mit den wenigen verbleibenden Lehrern ohnehin nur noch sporadisch stattfand, bekam sie keine Antworten mehr.

»Großmutter, ist der Krieg nun vorbei?«

»Großmutter, kommt Vater bald nach Hause?«

»Großmutter, was bedeutet das denn nun, wenn wir in Zukunft eine demokratische Republik haben werden?«

Katharina fühlte sich von Rosas vielen Fragen überfordert. Politik war bisher Sache der Männer gewesen, die Domäne der Frauen der Haushalt. So war es bis zu Johanns Tod auch bei ihnen gewesen. Doch seit dem Krieg war alles anders. Plötzlich standen die Frauen nicht nur am Herd, sondern auch ihren Mann. Das musste auch Katharina erfahren. Die Söhne im Krieg, der Mann gestorben. Ihr fiel nun die Versorgung der Familie zu. Die eine ihrer Schwiegertöchter wurde als Kriegskrankenschwester gebraucht, die andere als Arbeiterin in der Rüstungsindustrie. Ihre Schwägerin musste als Bäuerin ihren abwesenden Mann auf dem Feld ersetzen. Was offiziell als ›Dienst an der Heimatfront‹ bezeichnet wurde, war für die Frauen gleichzeitig ein großer emanzipatorischer Schritt. Sie übernahmen – notgedrungen – mehr Verantwortung. Plötzlich arbeiteten Frauen in ihrem Ort in Berufen, die sie vor dem Krieg gar nicht ausüben durften, wie zum Beispiel als Straßenbahnschaffnerinnen bei der OEG, der Oberrheinischen Eisenbahn-Gesellschaft.

Und nun saß Katharina mit Rosa in der Dorfversammlung und das junge Mädchen lauschte gebannt den Worten des Bürgermeisters. Um sie herum fast nur Frauen. Rosa erinnerte sich daran, dass sie als Kind mit Vater einmal bereits bei einer solchen Versammlung gewesen war – aber da waren nur Männer erlaubt gewesen und sie und ihre Geschwister waren die einzigen weiblichen Teilnehmer. Nun zeigte sich deutlich, dass sich etwas verändert hatte.

Gerade führte er aus, dass sich ein sogenannter Rat der Volksbeauftragten gegründet hatte, der das demokratische Wahlrecht ausgerufen habe, als Rosa ihrer Großmutter zuflüsterte: »Großmutter, was heißt demokratisch?«

»Pst, sei bitte jetzt still.«

»Liebe Frauen«, fuhr er unter zögerlichem Lachen des weiblichen Publikums fort.

Die Anrede und die Situation waren für alle ungewohnt.

»Das bedeutet, dass nun nicht nur das Dreiklassenwahlrecht abgeschafft ist, sondern in ganz Deutschland auch das aktive und passive Frauenwahlrecht eingeführt wurde.«

Nach einem kurzen Moment der Ungläubigkeit brandete im Versammlungssaal Jubel auf.

»Siehst du, Rosa«, lächelte Katharina ihre Enkeltochter an, »das bedeutet zum Beispiel Demokratie. Dass alle wählen dürfen und bestimmen können, wer Politik macht.«

Auch Rosa freute sich, wenngleich sie etwas Wehmut überkam, was Katharina nicht entging.

»Aber Rosa, das ist etwas ganz Großartiges. Dafür haben viele Frauen seit Jahren gekämpft. Warum freust du dich denn nicht?«

»Ich freue mich ja.«

»Was schaust du dann so?«

»Ich musste gerade an Mutter denken – als wir klein waren, hat sie Vater mal erzählt, dass sie gehört hat, dass auch Arbeiter bald wählen dürfen. Und das darf er ja jetzt auch – er muss nur zurückkommen.«

Katharina legte ihren Arm um ihre Enkelin und beide schwiegen.

Meerreddisch

2 gut gewaschene Meerrettichstangen werden geschabt und auf dem Reibeisen am offenen Fenster gerieben, wobei man darauf achtet, dass man die Stange stets gerade hält, da sonst der Meerrettich faserig wird.

Um Schwarzfärben des geriebenen Meerrettichs zu verhindern, mit Milch oder Mehl bedecken.

Nun bringt man 50 g Butter zum Kochen.

Der Meerrettich wird 5 bis 8 Minuten gedämpft, 50 g Mehl darüber gestreut und nach weiteren 5 Minuten mit ½ l Fleischbrühe und ⅛ l Milch abgelöscht.

Man würzt mit Salz, gibt Zucker zu und lässt den Meerrettich in gut verschlossenem Topf je nach Schärfe ½ – 1 Stunde kochen.

Nach Belieben kann man zum Sämigmachen an Stelle des Mehls rohe, gekochte oder geriebene Kartoffeln oder geriebene weiße Brotkrumen verwenden.

Meerreddisch gibt Würze

1919 bis 1926

Es war ein ganz besonderer Tag. Auch wenn der Vater noch nicht wieder aus dem Krieg zurückgekehrt war und man nach wie vor kein Lebenszeichen von ihm erhalten hatte, war man zu Hause in aufgeregter Freude. Katharina hatte vor kurzem eine an sie persönlich adressierte Wahlbenachrichtigung erhalten und war ganz außer sich. Nun konnte sie tatsächlich ihre Stimme abgeben.

»Es gibt jetzt also keinen Kaiser mehr, der alles bestimmt?«, fragte Barbara noch etwas skeptisch.

»Nein, und stell dir vor, er muss jetzt sicher auch aus seinem Schloss ausziehen, kann jetzt nicht mehr jeden Tag *Wildbrode* und *Viktoriatort* essen«, witzelte Rosa. »Der arme Kaiser!«

Gerade noch rechtzeitig konnte Rosa aufspringen um Barbaras Faust ausweichen. Kreischend rannten die beiden Mädchen in der Küche hintereinander her.

»Kinder, aufhören jetzt!«, rief Katharina, der alles ein bisschen zu viel wurde, gereizt.

Die Mädchen kehrten an den Tisch zurück, sie durften die Nerven ihrer Großmutter nicht noch weiter strapazieren.

Rosa aber ließ wie immer nicht locker. Sie erinnerte sich an das Gespräch mit den Eltern, als der Vater mit ihnen das erste Mal über die politische Lage gesprochen hatte. Wie hieß noch gleich die Partei, die sich für das allgemeine Wahlrecht ausgesprochen hatte?

»Großmutter, was wählst du heute?«

»Wenn ich das wüsste.«

»Wieso? Steht da so viel drauf auf der Liste?«, wollte Barbara wissen.

»Ihr seid heute aber auch anstrengend!«

Katharina war klar, dass vor allem Rosa keine Ruhe geben würde, und setzte sich zu den beiden an den Tisch.

»Also, ich habe die Wahl zwischen verschiedenen Parteien. Einige davon gibt es schon länger, wie zum Beispiel die SPD, andere haben sich jetzt nach dem Krieg neu gegründet, wie das Zentrum. Jede Partei hat einen anderen Plan für diese Republik und will jeweils auch ganz bestimmte Menschen mit ihren eigenen Wünschen und Bedürfnissen ansprechen.«

»Und welche spricht dich am meisten an?«

»Wenn ich das wüsste. Weißt du, wir kommen aus einer alten Arbeiterfamilie. Euer Großvater hätte sicher die Sozialdemokraten gewählt, deswegen mache ich das wahrscheinlich auch.«

Katharina hätte auch gar nicht genau gewusst, was sie sonst hätte wählen sollen. Das Zentrum – offiziell Deutsche Zentrumspartei – wäre die Alternative, denn gute Katholiken waren in dieser Partei beheimatet. Und sie war eine gute und gläubige Katholikin.

»Wie gut, dass es ein Wahlgeheimnis gibt, und deshalb geht euch das auch gar nichts an.«

In das Lachen der drei hinein fragte Rosa: »Dürfen wir dich zur Wahl begleiten?«

»Nein, das ist nichts für junge Mädchen.«

Und damit war die Diskussion beendet.

Als die Wahl vorbei war und die Ergebnisse am Rathaus ausgehängt waren, nahm Katharina ihre neugierigen Enkelinnen aber mit und sie lasen voller Anspannung die Zahlen auf der Wand: Weit über Dreiviertel der Wahlberechtigten hatten ihre Stimme abgegeben, das Zentrum hatte mit etwas Vorsprung gewonnen, aber auch die älteste deutsche Partei, die SPD, wurde von vielen Mitbürgern gewählt.

»Schau mal, Großmutter, in den Bürgerausschuss wurde sogar eine Frau gewählt!«

Rosa klatschte vor Begeisterung in die Hände.

»Bist du jetzt traurig, dass deine Partei nicht gewonnen hat?«, hakte indes Barbara nach.

Katharina blieb gelassen.

»Weißt du, es gibt bei einer Wahl eben Gewinner und Verlierer. Aber selbst die Verlierer haben viele Stimmen erhalten und insgesamt kann ich mit dem Ergebnis gut leben. Außerdem sind das ja nur die Ergebnisse aus dem Ort. Vielleicht sieht es in ganz Deutschland ja wieder anders aus.«

Damit sollte sie recht behalten.

Der Frühling hielt Einzug und nach der langen Kriegszeit erschien er Rosa noch schöner als sonst. Sie genoss es, draußen zu sein, und brachte ihrer Großmutter immer wieder kleine bunte Frühlingssträuße mit. Der Geruch des Flieders erinnerte sie an ihre Mutter, die nun schon so lange nicht mehr bei ihnen war und über die wenig gesprochen wurde.

Mit dem ersten Nachkriegsfrühling gab es in Rosas Dorf auch wieder mehr zu essen. Je nachdem, welche Lebensmittel sie gerade bekommen konnte, bereitete Katharina mit ihrer begeisterten Enkelin neue Gerichte zu, die sie sich gemeinsam ausdachten. Brachte ihr Rosa Holunderblüten mit, machte sie daraus kurzerhand *Hollermus*. Sie liebte den Duft dieser Blüten, die wie winzige Sternchen aussahen, weshalb Rosa die

Marmeladengläser mit »Sternchenmus« beschriftete. Und wie die Marmelade erst duftete, wenn Katharina sie einkochte.

Insgesamt begann sich auch die wirtschaftliche Situation zu stabilisieren. Die ersten Ärzte ließen sich in zwei der ehemaligen Gaststätten nieder, die ohnehin leerstanden, und versorgten dort ihre Patienten, vor allem Kriegsinvaliden mit mehr oder weniger starken Verwundungen. Neue Betriebe wurden gegründet, viele gesunde Kriegsheimkehrer fanden eine Anstellung in der ortsansässigen Füllhalter- oder Konservenfabrik. Die Steinbruchbetriebe jedoch verloren zunehmend an Bedeutung. Die steil aufragenden und zerklüfteten Felswände der Steinbrüche dienten an den Wochenenden zeitweise nur noch als wild-romantische Landschaftskulisse für Filmaufnahmen. Rosa trieb sich gern dort herum, wenn gerade wieder ein Filmteam drehte. Auch wenn sie die fertigen Filme nie zu Gesicht bekam, beflügelten der magische Ort, die bunten Kostüme und die aufregenden Schauspieler ihre Fantasie.

Als sie an diesem Samstagnachmittag beschwingt den weiten Weg von den Steinbrüchen bis zum Haus ihrer Großmutter hinter sich gebracht hatte, machte sich kurz vor dem Ziel ein Magengrummeln bei ihr breit, ein ungutes Gefühl. Die Haustür stand weit offen, Männer und Frauen aus dem Dorf, die zum Teil schon lange nicht mehr bei ihnen gewesen waren, Freunde der Eltern gingen ein und aus; es herrschte ein geschäftiges Treiben. Keiner nahm Notiz von der jungen Frau. Rosa hatte Angst, dass wieder einmal etwas passiert war, etwas Schlimmes. Schließlich nahm sie sich ein Herz und stürmte hinein.

Sie hatte Stille und betretene Mienen erwartet, aber die Stimmung war laut, fröhlich, gelöst.

Barbara nahm als Erste Notiz von ihr und lief freudestrahlend auf ihre Schwester zu, umarmte sie und sagte unter Tränen: »Schau mal, Rosa, wer da ist.«

Rosa traute ihren Augen kaum. Auch wenn sie ihn nur von hinten sah, erkannte sie ihren Vater in seiner zerschlissenen Uniform sofort.

Im selben Moment drehte er sich zu ihr um und Rosa fiel ihm ungestüm in die Arme.

»Ich wusste es«, rief sie übermütig, »ich wusste, dass du zurückkommst.«

Ihre Gebete waren tatsächlich erhört worden. Voller Ehrfurcht fiel sie auf die Knie.

»Danke, lieber Gott, dass du unseren Vater heil zu uns nach Hause zurückgebracht hast.«

Katharina begann leise zu schluchzen und auch die Umstehenden waren ob dieser Geste mehr als berührt. Heinrich nahm seine Rosa zärtlich an den Armen und half ihr wieder aufzustehen.

»Mein Gott, was ist aus meinem kleinen Mädchen geworden. Du bist ja eine richtige Frau.«

Noch lange an diesem Abend feierte die ganze Familie Heinrichs langersehnte Rückkehr.

Wenn er auch sehr erschöpft war, gestattete er seinen vier Mädchen, dass sie sich in dieser Nacht ganz eng an ihn kuschelten, und er ihre Wärme und ihren ruhigen, gleichmäßigen Atem spüren konnte.

Nie mehr wollte er sie alleine lassen. Nie mehr in den Krieg ziehen.

Am Tag ihrer Schulentlassung konnte Rosa ihr Glück kaum fassen und ausgelassen ging sie Arm in Arm mit ihren Freundinnen die Dorfstraße entlang. Rosas Schulzeit war wegen des Krieges von vielen Unterbrechungen gekennzeichnet. Obwohl sie wissbegierig und offen war, konnte sie der Schule nie wirklich etwas abgewinnen. Dieses Stillsitzen und Artigsein, wie es der Herr Lehrer von ihr erwartete, war für das junge

Mädchen die reinste Geißel. Besonders der Religionsunterricht forderte ihr einiges ab. Der Herr Dekan duldete keine kritischen Fragen. Als sie sich einmal traute ihm in der Beichte zu erzählen, dass sie regelmäßig mit Gott sprach und sich auch öfter mal mit ihm stritt, wurden ihr einige Ave Maria und Vaterunser auferlegt. Immer wieder wurde Rosa im Schulunterricht darauf hingewiesen, dass man keine Fragen zu stellen hatte. Schon deshalb empfand sie die Schulentlassung wie eine Befreiung.

Gedanken, wie es danach weiterging, machte sie sich nicht. Dafür war der Vater zuständig.

Am Abend, nachdem Käthe und Marie von den beiden großen Mädchen ins Bett gebracht worden waren, setzte Heinrich sich mit Barbara und Rosa zusammen, um über seine Pläne für ihre Zukunft zu sprechen. Seit kurzem wohnten sie wieder in einer eigenen Wohnung und Barbara führte als älteste Tochter den Haushalt. Sie hatte vor allem die Rolle der Köchin gern übernommen, hatte sie doch die Liebe zum Kochen von der Mutter und Großmutter geerbt. Doch die Familie brauchte dringend Geld. Noch immer war der Vater arbeitslos und konnte nur ab und an Tagelohnarbeiten nachgehen. Als Kriegsopfer plagten ihn starke Schmerzen in den Beinen, vor allem beim Stehen und Gehen, was eine regelmäßige körperliche Arbeit nicht mehr zuließ.

»Bawett, Rosa, ich habe gute Nachrichten.«

Er machte eine bedeutungsschwangere Pause und lächelte die beiden Mädchen an, die sich erstaunte Blicke zuwarfen.

Heinrich wusste genau, dass Rosa es kaum aushalten konnte zu hören, was er ihnen zu verkünden hatte. Er wollte sie noch ein wenig auf die Folter spannen, stand auf, lief zum Schrank, um drei Gläser und einen Krug Wein zu holen, den er vom Nachbarn extra bekommen hatte, um den Erfolg zu feiern, mit dem er bei seinen Töchtern aufwarten wollte.

Rosa rutschte nervös auf ihrem Stuhl hin und her und biss sich vor Aufregung fast auf die Zunge.

»Ihr wisst, dass Georg und Hermann vor nicht allzu langer Zeit ihre eigene Federhalterfabrik eröffnet haben.«

Heinrich schenkte sich noch einen großen Schluck und seinen beiden Töchtern einen kleinen Schluck ein. Die Mädchen freuten sich zwar, dass der Vater den Wein mit ihnen teilte, aber besonders gut schmeckte er ihnen nicht.

»Vater, haben sie dir eine Arbeit angeboten? Das ist ja wunderbar!«

Freudestrahlend erhob Barbara ihr Glas.

Doch Heinrich blieb ruhig sitzen und blickte zu seiner zweitältesten Tochter.

»Nein, mich als Kriegsversehrten können sie da leider nicht brauchen, aber ich habe mit Hermann ausgehandelt, dass Rosa dort einen Arbeitsplatz bekommt.«

Nun erhob auch er sein Glas und sah in Rosas verdutztes Gesicht.

Während Barbara und Heinrich Rosa ihre Gläser entgegenstreckten, blieb sie reglos.

»Du sagst ja gar nichts, das ist doch großartig!«, versuchte Barbara Rosa eine Reaktion abzuringen.

»Rosa?«

Auch Heinrich war irritiert, hatte er doch erwartet, dass seine Tochter vor Freude in die Luft springen würde.

»Danke, Vater«, antwortete Rosa kleinlaut und nahm einen winzigen Schluck aus dem Glas.

Wenn sie ehrlich war, dann wusste sie nicht, ob sie sich freuen sollte.

Einerseits hatte ihr der Vater eine Arbeitsstelle besorgt und in Anbetracht der finanziellen Situation der Familie war dies ein Glücksfall. Andererseits wäre es ihr viel lieber gewesen, sie hätte das Kochen und den

Haushalt übernehmen können und Barbara wäre einer geregelten Arbeit nachgegangen.

Ihre neu gewonnene Freiheit nach der Schule musste sie also sofort gegen eine harte Arbeit in der Fabrik eintauschen.

Warum nicht Barbara? Sie war doch die Ältere?

Aber offenbar hatte ihr Vater seine Entscheidung wohl durchdacht getroffen und sie wollte ihn auf keinen Fall enttäuschen. Sie wusste, wie wichtig diese Entscheidung für sie alle war.

»Das ist wirklich eine sehr gute Nachricht«, fuhr Rosa mit gespielter Freude fort. »Ich freue mich riesig und ich danke dir, Vater.«

Heinrich überging die Zurückhaltung seiner Tochter und stieß erleichtert mit seinen Mädchen an.

»Also, morgen früh um sechs geht es los mit der Einarbeitung. Den Lohn kriegst du am Ende des Monats. Ich habe hier im Schrank schon eine kleine Dose als Kasse eingerichtet, in der wir dann unser Geld zusammenlegen. Dann kommt sonntags auch mal wieder ein Fleisch auf den Tisch!«

Voller Übermut trank er sein Glas in einem Zug leer.

Barbaras Blick ruhte auf ihrer kleinen Schwester. Sie wusste genau, was in Rosa vorging.

Als sie kurze Zeit später in ihren Betten lagen, nahm Barbara Rosa fürsorglich in den Arm.

»Ich weiß, dass du das schaffen wirst. Besser als ich. Du bist jetzt die Versorgerin unserer Familie. Das ist eine große Ehre, die dir der Vater zuteilwerden lässt.«

Und nach einer kurzen Pause fügte sie hinzu: »Und wenn es sonntags wieder Fleisch gibt, dann machen wir *Rindflåsch mit Meerreddisch* und du hilfst mir beim Zubereiten. Den scharfen *Meerreddisch*, den kannst du eh viel besser als ich. «

Rosa schmiegte sich dankbar und angenommen an die Schulter ihrer großen Schwester und schlief halbwegs versöhnt ein.

Die Arbeit in der Federhalterfabrik war hart, die Arbeitsbedingungen besonders für die Frauen nicht einfach. Rosas Aufgabe glich einer Fließbandarbeit, aber es erforderte viel Fingerspitzengefühl, die Kleinteile für die filigranen Füllhalter zusammenzustecken. Hinzu kamen lange Arbeitszeiten und die ohnehin niedrigen Löhne fielen für die Frauen noch geringer aus. Aber der rasche Aufschwung des Betriebs zu Beginn der 1920er-Jahre und die Ausweitung der Produktion auf die Fertigung von Schreibfedern sicherten Rosa immerhin dauerhaft ihren Arbeitsplatz.

Die Inflation führte auch in Rosas Dorf zu immer mehr Not und Armut, vor allem für die kleinen Handwerker, Tagelöhner und Arbeiter. Das Geld, das sie in der Fabrik verdiente, war schon bald nichts mehr wert und die Familie kam gerade so über die Runden. Wieder einmal musste die Familie mit viel Phantasie und Geschick ernährt und versorgt werden.

Die großen Mädchen setzten alles daran, ihren jüngeren Geschwistern einen gewissen Standard zu ermöglichen: Barbara achtete darauf, dass die Wohnung und die Kleider immer ordentlich und sauber waren. Jeden Abend saßen alle am liebevoll gedeckten Tisch und genossen ihr Abendbrot mit den wenigen, mittlerweile kalten, aber liebevoll zubereiteten Speisen.

Rosa nahm ihre Tradition des Geschichtenerzählens wieder auf und sorgte für Aufmunterung in diesen harten Zeiten. Allerdings zog es die junge quirlige Frau auch zunehmend nach draußen unter andere Menschen. Da sie nicht nur gern erzählte, sondern auch gerne sang, konnte sie den Vater dazu überreden, dass sie in den Kirchenchor eintreten durfte.

Das Singen mit anderen und vor allem für Gott machte ihr große Freude. Und sie musste an ihre Mutter denken, die ihnen damals erklärt hatte, wie der Vater im Krieg gesungen hatte, um sich seine Ängste zu nehmen. Singen, das bedeutete Freiheit. Rosa liebte es, sich frei zu fühlen. Singen entspannte sie nach einer harten Arbeitswoche, und es bedeutete auch Befreiung von den Sorgen um die Familie.

An einer der Freitagsproben feierten die Sängerinnen und Sänger nach der Chorprobe noch ein wenig den runden Geburtstag eines Chormitglieds. Sie stimmten nicht nur liturgische Gesänge an, sondern auch alte Volkslieder, zu denen heftig geschunkelt wurde. Rosa hatte viel Spaß, trank auch ein Gläschen Wein und erschrak beim Blick auf die Uhr. Wahrscheinlich kam der Vater bereits um vor Sorge, weil sie noch nicht zu Hause war. Schnell schlupfte sie in ihren Mantel und verabschiedete sich von den anderen. Sie stürzte zur Tür und lief direkt dem Baritonsänger Karl in die Arme. Rosa blieb vor lauter Schreck fast das Herz stehen, so nah war sie einem Mann außer ihrem Vater noch nie gekommen.

»Hoppla, Rosa, wo willst du denn so schnell hin? Bist du auf der Flucht?«

Ein schelmisches Lächeln huschte über sein Gesicht.

Rosa spürte, wie sich die Röte auf ihrem Gesicht ausbreitete.

»Äh, nei-ein«, stammelte sie unsicher. »Ich ... ich muss nur nach Hause, es ist schon sehr spät ... und der Vater macht sich sicher schon Sorgen, weil ...«

»Ist ja gut«, unterbrach sie Karl. »Aber ich glaube, dein Vater wäre sicher froh, wenn du nicht alleine durch den Ort laufen würdest. Wenn es dir nichts ausmacht, begleite ich dich gern nach Hause.«

Galant bot er Rosa seinen Arm an.

Rosa wurde heiß und kalt. Es war das erste Mal, dass ein Mann sie nach Hause begleitete, noch dazu mitten in der Nacht. Was würde der

Vater sagen, wenn sie mit Karl am Arm vor ihrer Haustüre stand? Sie war sich nicht sicher, was weniger Aufruhr verursachen würde: dass sie so spät nachts als Frau alleine durchs Dorf lief oder ein Mann sie dabei begleitete. Sie hatte sich für Letzteres entschieden. Schließlich war Karl kein Unbekannter. Seine Familie war im Ort sehr angesehen, besaß ein eigenes Haus und mehrere Grundstücke. Heinrich und Karls Vater Adam kannten sich noch von ihrer Arbeit im Steinbruch. Karl arbeitete als Gipser und war Mitglied des Handwerkervereins. Sie mochte ihn. Kurz entschlossen hakte sich Rosa bei ihm unter und die beiden liefen durch die sternenklare Nacht.

Als die beiden vor Rosas Haus angekommen waren, wagte sie es nicht, Karl in die Augen zu schauen. Just in diesem Moment fehlten ihr die Worte.

Was war nur mit ihr los? So kannte sie sich gar nicht.

Sie betete zum lieben Gott, dass Karl irgendetwas sagen oder tun würde.

Es dauerte eine gefühlte Ewigkeit, bis er ihre Hand in seine beiden Hände nahm und ihr eine gesegnete Nacht wünschte.

Rosa blickte auf und wieder schoss ihr die Röte ins Gesicht, als sie Karl in die Augen schaute.

»Gute Nacht, Karl«, flüsterte Rosa sanft und drehte sich um Richtung Tür.

Karl verschwand in der Dunkelheit.

Rosa blieb noch einen Moment stehen, ehe sie die Haustür aufsperrte, spürte seinen warmen Händen auf ihrer Haut nach. Ein wohliger Schauer lief ihr über den Rücken und es kribbelte wie verrückt in ihrem Bauch. Mit einem Lächeln auf dem Gesicht öffnete sie die Tür und ihr wurde klar, dass sie sich nun noch mehr als sonst auf die Kirchenchorproben freuen würde. So also fühlte es sich an, wenn man sich verliebte.

Beim Blick in die Küche fand sie ihren Vater schlafend am Tisch. Er musste beim Warten eingeschlafen sein. Rosa entschied, ihn nicht zu wecken, sondern sich heimlich, still und leise ins Bett zu schleichen. Lange hatte sie nicht so tief und selig geschlafen wie in dieser Nacht.

Die darauffolgenden Monate erlebte Rosa in großer Glückseligkeit. Jeden Freitag fieberte sie der Singstunde entgegen, denn da konnte sie Karl treffen, ohne dass sich irgendjemand etwas dabei dachte. Längst hatte sie sich in die Stattlichkeit des großen Mannes und seine tiefe Stimme verliebt. So manches Mal ließ sie sich nach der Probe absichtlich Zeit und zog ihren Mantel etwas langsamer an, in der Hoffnung, er würde sie nach Hause begleiten. Oft ging dieser Plan auf, denn auch Karl hatte sich längst in die freche, hübsche Rosa verguckt. Allerdings wussten beide, dass es gerade nicht an der Zeit war, ihre Familien mit einer Romanze zu behelligen. Rosa fühlte fast so etwas wie Scham in sich aufsteigen, wenn sie an die Situation ihrer Familie und der vieler anderer in ihrem Dorf dachte.

Die Inflation hatte der gesamten Bevölkerung hart zugesetzt. Die Versuche der Gemeinde, die Arbeitslosigkeit und die Wohnungsnot aus eigener Kraft zu überwinden, blieben im Wesentlichen ohne Erfolg. Über Jahre hinweg wurde ein Teil der Arbeitslosen durch sogenannte Notstandsarbeiten besonders beim Wegebau und bei Kanalisationsarbeiten beschäftigt, um die unzureichenden Arbeitslosenunterstützungen aufzubessern. Auch Heinrich verschaffte dies zeitweise wieder einen geringen, aber immerhin sicheren Lohn. Allerdings verschuldete sich der Ort immer weiter und so konnte Heinrich nicht sicher sein, ob er morgen seine Arbeit und sein Auskommen noch haben würde – was die Familie aber dringend brauchte; immerhin lebten alle Töchter nach wie vor zu Hause. Vor allem Barbara sollte seiner Ansicht nach langsam unter die Haube gebracht werden, aber seine älteste Tochter dachte nicht im Entferntesten daran, sich mit jungen Männern zu treffen. Sie führte den Haushalt, Rosa steuerte mit ihrem Verdienst aus der Federhalterfabrik einen Großteil zum monatlichen Salär bei. An ihr nahm Heinrich in letzter Zeit eine Veränderung wahr. Sie wirkte gelöster, weicher als sonst. Und war ständig unterwegs. Immer öfter fragte sie ihn, ob sie sonntags zum Tanzboden gehen durfte.

Rosa liebte es, Kirchweihen zu besuchen. Mit ihren Freundinnen lief sie zu jeder Kirchweihe in der Umgebung und konnte die in ihrem eigenen Dorf kaum abwarten. Vor allem der Holzäpfeltanz, den sie am liebsten selbst mitgetanzt hätte, begeisterte sie. Dank des neu gegründeten Heimatvereins wurde dieser alte Brauch, der traditionell Bauern vorbehalten und im 19. Jahrhundert abgeschafft worden war, wieder aufgenommen. Auf dem Tanzboden lagen lauter Äpfel aus Holz, die normalen Äpfeln nachempfunden waren. Die Junggesellen unter den Bauern standen zunächst im Kreis und tanzten dann durch die Äpfel hindurch. Rosa und ihre Freundinnen mussten oft lachen, denn der ein oder andere landete dabei unsanft auf dem Hosenboden und das Mitleid der Zuschauer hielt sich in Grenzen. Spannend wurde es immer dann, wenn auf ein Zeichen die Bauernmädchen zum Tanz geholt wurden. Während des Tanzes wurde unter den Tänzern eine Rute so lange weitergegeben, bis ein Schuss fiel. Wer bei diesem Schuss die Rute hatte, war der Sieger und gewann den vorher ausgesetzten Preis.

Immer wieder versuchte Heinrich, Barbara zum Mitgehen zu bewegen, in der Hoffnung, dass sie endlich einen Mann finden würde. Doch während Rosa sich gern vergnügte, war Barbara lieber die Aufpasserin und große Schwester. Sehr zum Bedauern ihres Vaters, schien sie überhaupt nicht ans Heiraten zu denken.

Und noch eine weitere Sorge trieb ihn um. Seiner Mutter Katharina hatten die letzten entbehrungsreichen Jahre hart zugesetzt. Bei jedem seiner Besuche sah er einen schrittweisen Verfall der einst so starken Frau, die elf Kinder großgezogen und seine eigenen durch den Krieg gebracht hatte. Er wusste, dass es wieder an ihm liegen würde, seine Töchter auf einen weiteren Verlust vorzubereiten.

Zumindest für die beiden Großen kam die Nachricht nicht überraschend. Barbara und Rosa hatten mittlerweile schon so viel Erfahrung mit Krankheit und Tod gesammelt, dass sie die Nachricht gefasst aufnahmen. Abwechselnd kümmerten sie sich nun um die Frau, die sie in ihrer Kindheit vorbehaltlos aufgenommen und angenommen hatte – bis zu ihrem Tod im April 1926.

Wieder einmal war es soweit. Die ungeliebten schwarzen Kleider mussten angezogen werden. Wieder standen sie auf dem Friedhof und nahmen Abschied. Wieder hielten sie sich an den Händen, stützten sich, erklärten den beiden jüngeren Geschwistern, warum der geliebte Mensch gehen musste und dass die Großmutter nun im Himmel sei. Marie und Käthe hingen an Rosas Lippen, als diese ihnen abends zum Trost Geschichten von Großmutter Katharina erzählte, von ihrem Einfallsreichtum in Kriegszeiten, wie sie immer tat, als würde sie nicht bemerken, dass Rosa aus den Töpfen naschte, und von dem Gespür, das sie für andere hatte.

»Wenn wir die Toten in unseren Erinnerungen bewahren und im Herzen, dann sind sie gar nicht richtig tot. Dann sind sie für uns nach wie vor ein Teil unseres Lebens.«

»Ist Mutter denn auch noch da?«, fragte Marie schüchtern. »Ich erinnere mich nicht mehr an sie.«

»Ja, auch Mutter ist noch da. Weißt du, die Erinnerung verblasst auch bei mir, aber ich habe immer noch ihren guten Geruch in der Nase.« Rosa atmete tief ein und alle anderen taten es ihr nach.

Fast war es, als sei Elisabeth im Raum.

Der Vater unterdrückte eine Träne, die ihm bei dem Gedanken an seine Frau in die Augen gestiegen war.

Wie stolz wäre sie auf ihre Töchter gewesen.

Auch wenn ihm die materielle Not oft sehr zusetzte, waren es Augenblicke wie diese, die sein Leben immer noch lebenswert machten – und das in einem Moment, an dem doch eigentlich wieder einmal der Tod in ihr Leben gedrängt war.

Sauabrode mit Spätzl

Für 8 Personen rechnet man 2 Pfd mageres Rindfleisch.

Man legt das Fleisch 2 bis 3 Tage, im Winter 4 bis 5 Tage in Essig mit Zwiebeln, Lorbeerblättern, Nelken und Pfefferkörnern und dreht das Fleisch jeden Tag um.

Beim Zubereiten lässt man in einem Topf reichlich Fett heiß werden, legt das Fleisch hinein, schüttet den Essig dazu und lässt ihn eindämpfen.

Man röstet einen Löffel voll Mehl gelb, der mit kochendem Wasser und Salz aufgefüllt wird und lässt das Fleisch damit aufkochen.

Die Soße wird durchgeschlagen.

Für die Spätzle bringt man 2 Pfd Mehl in eine Schüssel und gibt 3 bis 6 Eier und eine Prise Salz dazu. Dazu kommen Milch und Wasser und man macht damit einen ziemlich festen Teig. Derselbe muss lange geklopft werden, bis er sich vom Löffel löst und Blasen wirft. Er wird nun in kochendes Salzwasser geschabt, auf eine Platte angerichtet und mit in Butter geröstetem Brot oder Weckmehl begossen.

Sauabrode mit Spätzl – Es gibt Fleisch

1927 bis 1932

Karl wirkte schon länger gedrückt und niedergeschlagen. Im letzten Jahr hatte ein Brand im Schlossbruch die dortigen Werksanlagen vernichtet. Seither steckte die Steinbruchindustrie seines Heimatdorfes erneut in einer Krise. Wie Rosas Vater damals drohte nun seinem Vater, dass er seine Arbeit verlor. Auch im Gipserbetrieb, in dem Karl arbeitete, gab es immer weniger Aufträge. Viele seiner Freunde und Bekannten hatten keine Ersparnisse mehr, weil sie durch die Inflation vernichtet waren. Wegen der schlechteren Auftragslage hatte Karl mehr Zeit und begann, sich bei der neu gegründeten AWO zu engagieren. Karl war von der Solidarität der Arbeiterwohlfahrt für die Arbeiter begeistert, war er doch auch einer von ihnen. Er wollte seinen Beitrag leisten und half, wo er nur konnte, nicht nur beim Mittagstisch sondern auch als Losverkäufer der Wohlfahrtsmarken. Nicht zuletzt, weil er fürchtete, dass in seinem konservativen Heimatdorf und unter dem neuen Reichspräsidenten Hindenburg, der aus seiner monarchistischen Gesinnung nie einen Hehl gemacht hatte, die Arbeiter noch mehr ins Abseits gedrängt wurden, als sie es ohnehin schon waren. Er wollte niemand sein, der dabei einfach nur zusah, er wollte etwas tun.

»Was ist denn in letzter Zeit los mit dir?«, wollte Rosa denn auch wissen, als sie wieder einmal gemeinsam von der Singstunde nach Hause liefen und er ungewöhnlich still war.

»Ich weiß nicht, ob ich mit dir darüber reden kann ...«, und nach einer kleinen Pause fügte er hinzu: »... sollte. Ich meine, du bist eine Frau und ...«

Rosa blieb abrupt stehen und unterbrach ihn barsch: »Und was?«

Karl wusste nicht, wie und was er antworten sollte und lief unbeirrt weiter.

»Ich will dir mal was sagen, und dazu solltest du besser stehenbleiben und mir in die Augen schauen«, drohte ihm Rosa, aus der es geradezu herausbrach. »Als die Männer im Krieg waren, da haben die Frauen das Leben hier gestemmt. Wir gehen arbeiten, um ganze Familien zu ernähren. Wir haben das Wahlrecht erhalten. Ich habe von Frauen in der Stadt gehört, die diese neuen Sportarten ausüben wie Tennis oder Golf, sie schneiden sich ihre Haare kurz, rauchen und tragen knielange Röcke. Von deren Moralvorstellungen will ich gar nicht sprechen. Und du, der du dich so bei der AWO einsetzt, wer hat sie gegründet, na? Eine Frau. Und jetzt komm du mir nicht daher mit diesen Sprüchen, dass du mit mir nicht über ein bestimmtes Thema sprechen kannst. Mein Vater hat schon vor dem Krieg mit uns Kindern über Politik gesprochen. Ich bin nicht dieses verhuschte Mädchen. Wenn du so eines willst, dann gehe ich jetzt alleine nach Hause.« Erst jetzt kam Rosa wieder zu Atem, so sehr hatte sie sich in Rage geredet.

Langsam begann Karl, der ihr mit halboffenen Mund wie angewurzelt gegenüber gestanden hatte, sich zu bewegen und ging auf sie zu.

Sie war über sich und ihren Wutausbruch mindestens so erstaunt wie dieser junge Mann, der ihr gerade gefährlich nahekam. Und ehe Rosa sich versah, hatte Karl sie mitten in der Nacht und vor allem mitten auf der Straße geküsst.

Etwas leiser und ihre Lippen immer noch nah an den seinen fügte sie hinzu: »Und im Übrigen solltest du nicht so verzagt sein: Wir haben endlich Frieden in Europa und Arbeiter haben jetzt einen Rechtsanspruch auf Arbeitslosenunterstützung. Das sind doch gute Neuigkeiten.«

Karl blickte Rosa überrascht, verliebt und vor allem bewundernd in ihre stahlblauen Augen.

»Rosa, du bist wirklich die außergewöhnlichste junge Frau, die ich kenne.«

Heinrich freute sich, dass Rosa sich für Karl entschieden hatte, war seine Familie finanziell doch relativ gut situiert. Ihm ging es gesundheitlich schon länger nicht besonders gut und er war froh, seine Tochter in guten Händen zu wissen. Gerne gab er dem jungen Paar seinen Segen. Allerdings hätte er sich noch mehr darüber gefreut, wenn seine älteste Tochter als Erste geheiratet hätte. Außerdem wusste er nicht so recht, wie er die Hochzeit finanzieren sollte. Zum Glück erklärte sich die Familie des Bräutigams bereit, etwas mehr zur Hochzeit beizusteuern als er.

Es würde eine kleine, beschauliche Hochzeit geben. Am Sonntag vor dem Fest im September 1928 wurde das Brautpaar im Hauptgottesdienst in der Kirche ausgerufen und nicht nur der gesamte Kirchenchor freute sich mit dem jungen Paar. Auch von ihren Schwiegereltern wurde Rosa freudig in die Familie aufgenommen. Friederike, ihre Schwiegermutter, erinnerte sie sehr an ihre eigene Mutter und vor allem hatte sie eines mit den Frauen ihrer eigenen Familie gemeinsam: Sie kochte leidenschaftlich gern. Rosa konnte es kaum erwarten, ins Haus der Schwiegereltern zu ziehen, in dem sie und Karl nach der Hochzeit eine kleine Wohnung im ersten Stock ihr Eigen nennen würden.

Nur ihre zukünftige Schwägerin Elisabeth schien sehr kühl und distanziert, aber das würde sich sicher legen, wenn man sich erst einmal richtig kennenlernte.

In der Woche vor der Hochzeit stand Rosa gedankenverloren im Schlafzimmer vor ihren Kleidern, als Barbara mit Käthe zur Tür hereinkam. Barbara merkte sofort, dass mit ihrer kleinen Schwester etwas nicht stimmte, während Käthe freudig auf sie zulief.

»Ach Rosa, ich freue mich so für dich. Nur, dass du dann nicht mehr bei uns wohnst, das ist ganz schön traurig.«

»Ja, Kätsche«, erwiderte diese, vielleicht etwas zu ruhig für ihre Verhältnisse.

»Was ist los?«, fragte Barbara.

»Seht ihr dieses Kleid hier?«

Vorsichtig nahm sie das schwarze Kleid aus ihrem Fundus und streckte es ihren Schwestern hin.

»Ja, es ist dein Sonntagsstaat«, antwortete Käthe begriffsstutzig.

»Genau, es ist mein Sonntagsstaat und es wird damit nächste Woche auch mein Brautkleid sein«, schleuderte Rosa ihr spöttisch und angriffslustig entgegen.

Käthe erschrak.

»Rosa, was hast du?«, fragte Barbara erneut.

»Es ist doch völlig normal, im Sonntagsstaat zu heiraten. Und du hast wirklich ein schönes Sonntagskleid. Also, wo ist das Problem?«

Rosa setzte sich zu ihren Schwestern aufs Bett, atmete tief ein und stand sofort wieder auf.

»Das Problem ist, es ist schwarz. Das Problem ist, ich habe das Kleid schon auf Beerdigungen getragen. Auf Großmutter Katharinas Beerdigung zum Beispiel. Das Problem ist, ich hasse schwarze Kleider, weil ich sie schon auf so vielen Beerdigungen anziehen musste. Das Problem ist, dass ich nicht in einem Totenkleid heiraten möchte. Das ist das Problem.«

Während ihres Gefühlsausbruchs war sie vor Barbara und Käthe hin und her gelaufen.

»Ich weiß, wir sind keine Frauen der Oberschicht, die für ihre Hochzeit ein extra Kleid geschneidert bekommen, noch dazu in Weiß, aber Schwarz! Schwarz, das steht mir nicht. Und kommt mir nicht damit, ich sei doch eine fromme Frau.«

Käthe fand als Erste die Worte wieder. »Sieh es doch mal so. Es wird auf jeden Fall nicht so schnell schmutzig wie ein weißes. Und du willst doch keine Flecken an deinem Hochzeitstag.«

Nun musste Rosa schmunzeln.

Normalerweise war es doch immer sie gewesen, die die anderen aufmunterte. Käthe hatte gut von ihr gelernt und sie teilte ihren Humor. Barbara jedoch stand auf und verließ das Zimmer.

Erschrocken schauten sich Rosa und Käthe an.

Womit hatten sie die große Schwester vertrieben?

Kurze Zeit später kam Barbara mit einer Hutschachtel zurück, die Rosa bisher noch nie gesehen hatte.

»Ich denke, du solltest ihn bekommen.«

Die Überraschung stand ihr ins Gesicht geschrieben, als sie die Schachtel entgegennahm und auf ihr Bett stellte. Sie traute kaum ihren Augen, als sie diese öffnete: Vor ihr lag ein weißer Schleier.

»Woher ...?«

»Es ist der Hochzeitsschleier unserer Mutter«, erklärte Barbara.

»Vater hatte ihn für mich aufbewahrt, weil er dachte, ich sei die Erste, die heiraten würde. Aber nun bist du vor mir dran und ich denke, Mutter hätte es so gewollt.«

Rosas Augen füllten sich mit Tränen und sie drückte ihre geliebte Schwester fest an sich.

Käthe blickte glücklich auf den Schleier und tippte Rosa auf die Schulter: »Siehst Du, jetzt hast du doch etwas Weißes, das Du bei Deiner Hochzeit tragen kannst.«

Glockenklänge und Böllerschüsse verkündeten das Ereignis. Rosa hatte sich in ihren schwarzen Sonntagsstaat gezwängt, der ihr inzwischen ein wenig zu eng geworden war. Sie hatte etwas zugenommen in den letzten Wochen und so zwickte das Kleid an der ein oder anderen Stelle. Aber mit dem weißen Schleier ihrer Mutter, dem Familienkreuz um den Hals, das sie von der Großmutter geerbt hatten, und ihrem opulenten Brautstrauß, den ihr Karl geschenkt hatte, sah sie wunderschön aus. Auch Karl hatte sich richtiggehend fein gemacht. Beim Fotografen hätten sie so gerne gelächelt, aber es galt immer noch als unschicklich und Rosa musste an ihre Kindheit zurückdenken, als sie mit dem Vater kurz nach Mutters Tod das letzte Bild hatten machen lassen. Aber im Gegensatz zu damals war heute ein Freudentag und Rosa und Karl kosteten ihn zusammen mit ihren Familien aus. Wie schon ihre Eltern heirateten die beiden aus Liebe zueinander. Und sie nahmen beide ein Geheimnis mit in ihre Ehe, das sonst keiner wissen durfte: Drei Monate zuvor, in einer bereits lauen Frühsommernacht, hatten sie beide ihre Unschuld verloren. Ein zweites Mal hatten sie sich nicht mehr getraut, weil sie Angst hatten, man könnte es ihnen ansehen. So standen Rosa und Karl zwar nicht ganz unschuldig vor dem Traualtar, aber sie hatte es mit ihrem Herrgott geklärt und seinen Segen erhalten.

In den Wochen nach der Hochzeit fühlte sich Rosa nicht besonders gut, sie war ständig müde. Der Umzug in die Friedrichstraße strengte sie unglaublich an. Wo war ihre Stärke geblieben? Karl beobachtete es mit Sorge, dass seine Frischvermählte so niedergeschlagen und blass wirkte, sie entweder keinen Appetit hatte oder die eingemachten *Senfgurge* aus dem heimischen Keller geradezu verschlang, und holte schließlich den Arzt. Nervös lief er vor dem Schlafzimmer hin und her, bis plötzlich die Tür aufsprang und Rosa ihm um den Hals fiel. Der Arzt packte gerade seine Tasche zusammen und Karl brauchte einen Moment, bis er verstand.

»Bist du …?«

»Ja, Karl, wir bekommen ein Kind.«

Freudig wirbelte Karl seine Rosa umher, die ihn bremsen musste, weil ihr schwindelig wurde.

»Herr Doktor, wann ist es denn soweit?«, drehte sich Karl nun dem Arzt zu.

Dieser grinste ein wenig schelmisch zu Rosa hinüber, die verschüchtert den Kopf senkte: »Die Niederkunft wird für Ende Januar erwartet.«

»Aber das ist ja …« Karl begann zu rechnen und es dauerte wieder ein paar Sekunden, bis er begriff. »Wie erklären wir das den Eltern und dem Herrn Pfarrer?«

Am 18. Januar 1929 kam ihre erste Tochter zur Welt: Priska. Rosa war von Anfang an verliebt in ihr kleines Mädchen und auch Karl war der stolzeste Vater, den man sich vorstellen konnte. Beim Antrittsbesuch, den Heinrich seinem ersten Enkelkind abstattete, witzelte er mit seinem Schwiegersohn: »Das fängt ja gut an! Pass bloß auf, am Ende hast du auch fünf Frauen im Haus!«

»Na, so schlecht ging es dir damit nicht, Vater!«

Rosa konnte schon wieder Kontra geben.

Jetzt, da sie verheiratet war und ein Kind versorgen musste, war klar, dass sie nicht mehr in der Federhalterfabrik arbeiten konnte. Schließlich wollte sie ihrer neuen kleinen Familie eine gute Hausfrau sein.

In den letzten Monaten ihrer Schwangerschaft war sie oft bei ihrer Schwiegermutter Friederike im Erdgeschoss gewesen und hatte ihr beim Kochen über die Schultern geschaut. Im Haus ihres Mannes herrschte im Gegensatz zu ihrem eigenen Zuhause durchaus Wohlstand. Es war groß und gut eingerichtet, die Familie besaß noch ein weiteres Grundstück und einen Acker, auf dem Obst und Gemüse angebaut wurden. Friederike konnte sich Lebensmittel leisten, die man in Rosas Familie in den letzten Jahren entbehren musste. Daher gab es hier nicht nur am Sonntag Fleisch, sondern auch manchmal unter der Woche. Rosas Lieblingsgericht war *Sauabrode mit Spätzl*, die sie so gerne in die sämige, süß-säuerlich schmeckende Soße tunkte. Fast schämte sie sich ein wenig, wenn sie bei ihrem Vater und ihren Geschwistern vorbeischaute und den Unterschied nun schmerzhaft wahrnahm. Doch Neid war den Mädchen fremd, zu sehr freuten sich alle darüber, wie gut es Rosa ging, und dass sie auch gleich nach der Hochzeit ein Kind erwarten durfte. Gott sei Dank schien niemand in ihrer Familie nachzurechnen, wann das Kind entstanden war; zumindest verlor niemand ein Wort darüber, wofür sie sehr dankbar war. Auch ihre Schwiegereltern nicht.

Nach den Kriegsjahren und der entbehrungsreichen Zeit der Inflation traf die Wirtschaftskrise das kleine Dorf im Südwesten hart. Einerseits mussten die Steinbrüche stillgelegt werden, andererseits sah sich die Gemeinde gezwungen, sämtliche Arbeiter zu entlassen, die Ansprüche auf staatliche Sozialfürsorge hatten, auch Heinrich. Er war nun viel zu Hause, was seiner psychischen Verfassung nicht gerade zuträglich war. Heinrich wirkte abgespannt und entkräftet. Da kam das Enkelkind gerade recht.

»Komm, Vater, lass uns heute den ersten Ausgang mit Priska unternehmen«, ermunterte ihn Rosa, die spürte, dass ihr Vater die Lust am Leben langsam, aber stetig verlor.

Sie liefen die Friedrichstraße in Richtung Hauptstraße entlang.

Auch Rosa tat die frische Luft gut, sie wollte endlich wieder unter Menschen sein. Als sie ein paar Schritte gegangen waren, kam ihnen ein älteres Ehepaar entgegen, ein ehemaliger Kollege von Heinrich mit seiner Frau. Erwartungsgemäß gratulierten sie zum neuen Erdenbürger, aber Rosa spürte die missbilligenden Blicke, vor allem die der Frau, die wohl genauer nachgerechnet und sie damit gebrandmarkt hatte.

»Für eine Frühgeburt ist sie gut entwickelt, finden Sie nicht auch?«, ging Rosa in die Offensive.

Lächelnd quittierte sie innerlich den missbilligenden Gesichtsausdruck. Ihre Provokation hatte sichtlich gesessen.

»Wenn der Adolf endlich an der Regierung ist, dann hört ein solches Lotterleben hoffentlich auf. Auf Wiedersehen, Heinrich«, antwortete stattdessen ihr Mann, hielt seiner Frau den Arm hin und beide würdigten Heinrich und Rosa keines Blickes mehr.

Wie versteinert stand Rosa einen Moment lang mit ihrer kleinen Tochter auf dem Trottoir und blickte ihnen nach.

»Vater, was meint er damit?«

»Ach, Rosa, du sollst doch die Leute nicht immer so reizen. Was hat sie dir denn getan? Kannst du es nicht lassen?«

»Nein Vater, ich kann es nicht lassen. Hast du ihren Blick gesehen – als wollte sie mich ermorden. Aber das meinte ich gar nicht. Wie hat er das mit Adolf und dem Lotterleben gemeint?«

»Adolf Hitler. Er und seine Partei, die NSDAP, sind gerade im Aufwind. Ein ziemlich strammes Programm, wenn du mich fragst. Ich kenne mittlerweile einige, die den Hitler richtig gut finden; vor allem die, die das Vertrauen in unsere Demokratie weitestgehend verloren haben.«

»Und wie findest du ihn?«

»Rosa, das ist der erste Ausflug deiner kleinen Tochter und du willst mitten auf der Straße mit mir schon wieder über Politik diskutieren. Ich bin müde. Vielleicht begleitest du deinen alten Vater besser nach Hause. Im Übrigen, ich wäre froh, ich müsste diesen Hitler nicht mehr erleben.«

Heinrichs Wunsch ging in Erfüllung. Im Januar 1930 versuchte sich Rosa das erste Mal nach ihrer Hochzeit wieder in ihren schwarzen

Sonntagsstaat zu zwängen. Ihr Hochzeitskleid sollte zum wiederholten Mal zum Beerdigungskleid werden. Doch es passte nicht. Während ihr geliebter Vater von ihnen ging, erwarteten sie und Karl bereits das zweite Kind. Rosas Gefühle fuhren Achterbahn; und wieder einmal wurde ihr bewusst, dass Leben und Tod ganz nahe beieinander lagen.

Zur Freude aller gebar Rosa als zweites Kind, das nur vier Monate nach dem Tod ihres Vaters zur Welt gekommen war, einen Jungen, und der Familienbann war gebrochen. Auch wenn sie sich sehr über die Geburt ihres Sohnes freute, machte es sie unendlich traurig, dass ihr Vater das nicht mehr erleben durfte. Sie beschloss, ihren Sohn nach ihm zu nennen. Ihr Heinrich, den alle nur Heinz nannten, war ein starker Junge, ein schwerer Brocken im wahrsten Sinn des Wortes, wenn die Geburt auch abermals leicht verlief. Die alte Hebamme gab es zwar immer noch, aber sie hatte Verstärkung bekommen und ihre junge Kollegin, deren Passion es war, Kindern das Licht der Welt zu schenken, war im Gegensatz zu ihr sehr geduldig und fürsorglich.

Aus Rosa war inzwischen eine gute Köchin geworden. Oft ging sie mit ihrer Schwiegermutter einkaufen und besuchte auf dem Weg fast immer ihre ältere Schwester. Barbara litt sehr unter dem Tod des Vaters. Sie musste für die kleineren Geschwister nun Vater und Mutter zugleich sein. Das ›Dreimäderlhaus‹ hatte sie zwar gut im Griff, aber für Käthe und Marie war es nicht leicht, beide Eltern in so jungen Jahren zu verlieren. Marie weinte viel und Barbara musste ihr tröstend zur Seite stehen. Sie hatte keine Zeit auszugehen, war aber doch in einem Alter, in dem sie normalerweise längst hätte verheiratet sein müssen. Dieser Makel haftete ihr an und ließ sie so manche Nacht unruhig schlafen. Dazu kam, dass sie irgendwie durchkommen mussten. Zum Glück hatten sie Rosa, die sich trotz eigener Familie rührend um ihre Schwestern kümmerte. Oft brachte sie vom Kaufmann Lebensmittel mit, die nicht in Barbaras Budget passten. Oder sie schenkte ihnen überschüssiges Obst und Gemüse wie Weißkraut, Bohnen und Kartoffeln, das ihr Schwiegervater vom eigenen Feld nach Hause brachte. Ohne Rosas Hilfe hätte es düster ausgesehen für die drei, denn sie hatten kaum etwas geerbt und kamen gerade so über die Runden. Barbara hoffte im Geheimen, dass Käthe bald einen Mann finden und auch heiraten würde. Dann hätte sie nur noch Marie und sich selbst zu versorgen.

Am 14. September 1930 machten sich Karl und Rosa fein und ließen die Kinder bei den Großeltern, denn es war Wahltag. Es standen wieder einmal Reichstagswahlen an; langsam wurde die Bevölkerung der Notstandsgesetze überdrüssig, mit denen Reichspräsident von Hindenburg mittlerweile regierte. Viele Menschen litten unter den katastrophalen Auswirkungen der Weltwirtschaftskrise und wurden damit zum Ziel antidemokratischer Propaganda. Hitlers NSDAP machte sich die Stimmung im Volk zunutze und spielte alle Mittel aus.

Das Wahlverhalten in Rosas Dorf war bisher stabil: Das Zentrum war die stärkste politische Kraft, die Sozialdemokraten, denen Karl und Rosa ihre Stimme geben wollten, hatten in der Arbeiterschaft ihren verlässlichen Wählerstamm, während bei den liberalen Parteien der Stimmenanteil schwankte. Seit 1924 stand auch die NSDAP auf den Wahlzetteln, aber Rosas christlich-katholisches Heimatdorf blieb sich und seinen Wahltraditionen treu. Dass die Gemeinde damit auf das Reich und die Region gesehen aus dem Rahmen fiel, sah man hier mit Gelassenheit. Für radikale Strömungen schien man nicht anfällig zu sein.

Als Rosa und Karl das Wahlbüro betraten, kam ihnen gerade Egon Müller entgegen.

Egon war ein guter Bekannter von Karl, eine sympathische Erscheinung, wie Rosa fand.

Die beiden Männer begrüßten sich kühl und knapp.

»Du weißt, Karl, heute ist ein wichtiger Tag. Also wähle richtig.«

»Da hast du so was von recht, Egon. Aber ich wähle seit vielen Jahren richtig.«

Karl ließ Egon stehen, nahm Rosa an der Hand und zog sie weiter.

Egon blickte sich noch einmal um und murmelte vor sich hin: »Das werden wir ja sehen.« Dann ging er seines Weges.

Rosa zupfte Karl am Hemd und schaute ihn fragend und fordernd an. Karl hatte eigentlich keine Lust mehr auf Konversation, aber wie immer ließ Rosa nicht locker: »Bevor ich jetzt da ins Zimmer hineingehe und wähle, will ich wissen, was das gerade sollte. Habt ihr Streit?«

»Streit? Nein, so würde ich das nicht nennen. Vielleicht eher eine Meinungsverschiedenheit«, antwortete Karl zynisch. »Du kennst seine politische Gesinnung, Rosa, oder?«

Rosa fühlte sich ertappt. Seit den Geburten von Priska und Heinz hatte sie sich nicht mehr so intensiv um das politische Leben im Dorf gekümmert, sie war einfach zu beschäftigt mit anderen Dingen. Die Familie verlangte ihre gesamte Aufmerksamkeit.

Welche politische Gesinnung konnte Egon denn haben, dass es Karl so erzürnte?

Rosa kannte ihren Mann als toleranten Menschen, der auch andere Meinungen zulassen konnte.

»Nein, Karl, ich kenne seine politische Gesinnung nicht«, gab sie schließlich kleinlaut zu.

Karl zog Rosa zu sich heran, weil er im Wahllokal nicht so laut über seine Einstellung sprechen wollte und weil er ein großer Verfechter geheimer Wahlen war.

»Egon hat dieses Jahr die nationalsozialistische Ortsgruppe gegründet. Er ist ein Hitler-Anhänger, verstehst du?«

Rosa war entsetzt.

Der freundliche Egon sollte ein Vertreter dieser Partei sein, die sich offen gegen die Demokratie stellte, die Weltwirtschaftskrise als »Komplott gegen Deutschland« sah und die zwei scheinbar ideologisch entgegensetzte Strömungen, den Nationalismus und den Sozialismus, in ihrer Bewegung auf sehr radikale Art und Weise zu vereinigen suchte? Einer Partei, die der jungen Mutter höchst suspekt war.

»Komm, dann lass uns schnell wählen, damit wir den Egon überstimmen«, versuchte Rosa Karl aufzuheitern.

Doch ihre zwei Stimmen für die SPD sollten nicht helfen. Das gegenüber dem Nationalsozialismus bisher standhafte Dorf drohte in den sogenannten Erbitterungswahlen zu kippen. Ähnlich wie im Deutschen Reich führte die hohe Wahlbeteiligung zu einem starken Anwachsen der radikalen Parteien. Die NSDAP wurde sowohl zweitstärkste Kraft im Reichstag als auch hier, obwohl die demokratischen Kräfte entgegen dem Reichstrend immer noch stabil blieben.

Drei Jahre später und um ein weiteres Kind, ein Mädchen mit Namen Rösel, reicher, mussten Karl und Rosa resigniert feststellen, dass der Kampf um Parlament und Demokratie, den der kleine Ort lange gekämpft hatte, verloren gegeben werden musste.

Mit den Reichstagswahlen vom 5. März 1933, bei der es der NSDAP gelang stärkste Kraft zu werden, begann auch in dem Ort an der Bergstraße die Zeit des Nationalsozialismus.

Kadeisserkless

Zu 6 Weck rechnet man 3 Eier, ½ l Milch und 1 Esslöffel Zucker.

Von den Weißbrötchen wird die Rinde abgerieben, jeder Weck in 4 Teile geteilt und in Milch, welche man mit Zucker und Eiern verrührt hat, gelegt, bis sie durchgeweicht sind; dann bringt man sie auf ein Sieb zum Abtropfen, wendet sie in Weckmehl um und backt sie in heißem Fett schön gelb.

Die gebackenen Klöße werden in Zucker und Zimt umgewendet und mit Obst oder süßer Soße serviert.

Um Fett zu sparen, kann man die panierten Klöße auch auf ein bestrichenes Backblech setzen und in heißem Ofen 20 bis 30 Minuten backen.

Kadeißerkleß: Süßes macht vieles leichter

1933 bis 1936

Rosa hatte Otto gerade einen Krug frisch angesetzten *Rosmarinwäi* aus dem Keller geholt. Karl war noch nicht zu Hause. Im Gegensatz zu vielen anderen Männern im Ort, die unter Arbeitslosigkeit litten, hatte er als Gipser immer noch genügend zu tun. Der Ort sollte in kürzester Zeit herausgeputzt werden und der neue Bürgermeister fackelte nicht lange. Kurz nach seiner Ernennung fand eine regelrechte Säuberungsaktion statt, bei der praktisch die gesamte Gemeindeverwaltung durch Nationalsozialisten ersetzt wurde. Neuerdings gab es einen Adolf-Hitler-Platz, auf dem schon die ersten Aufmärsche stattgefunden hatten, in das ehemalige Armenhaus des Dorfes waren verschiedene nationalsozialistische Einrichtungen eingezogen, darunter die Hitlerjugend. Und auf einer Felswand des Steinbruchs wurde ein riesengroßes Hakenkreuz aus Holz angebracht. Schon von Weitem sollte man sehen können, dass in Rosas Dorf der Nationalsozialismus gelebt wurde.

»Karl wird gleich da sein«, sagte Rosa und wandte sich wieder den *Salzkadoffln* zu, die sie gerade in längliche Viertel geschnitten hatte, um sie nun im Wasser weichzukochen.

Otto saß gedankenverloren am Küchentisch. Stumm schüttelte er immer wieder den Kopf. Halb zu Rosa, halb zu sich selbst sagte er nach einer Weile: »Ich hätte nie gedacht, dass Egon sich so instrumentalisieren lässt.«

Eigentlich geziemte es sich als Frau nicht, sich zum Gast ihres Mannes an den Tisch zu setzten, solange dieser noch nicht anwesend war. Aber da Otto ganz offensichtlich etwas bedrückte, schenkte sich Rosa kurzerhand auch ein Glas *Rosmarinwäi* ein und setzte sich zu ihm.

»Otto, was hast du auf dem Herzen?«

Otto war für einen Moment irritiert, überlegte, ob er mit einer Frau darüber sprechen konnte.

»Kurz vor der Machtergreifung der Nazis«, begann er zögerlich, »fand in Heidelberg noch eine Versammlung des Reichsbanners Schwarz-Rot-Gold statt.«

Offensichtlich wusste Rosa nicht, wovon er sprach.

»Wir sind ein Wehrverband und unsere Aufgabe ist es, die Republik zu schützen«, erklärte Otto. »Als Sozialdemokrat gehöre ich auch dazu, oder sollte ich sagen gehörte? Ich fuhr jedenfalls in Uniform mit dem Fahrrad im Dunkeln aus Heidelberg zurück. Man muss vorsichtig sein. Es gibt ständig handfeste Auseinandersetzungen zwischen uns und den Nazis. Zum Glück ist nichts passiert, aber ...«

Er hielt einen Moment inne.

»Unser neuer Bürgermeister macht Tabula rasa, Rosa. Ich fürchte Schlimmes.«

»Otto, ich ...« Sie kam nicht dazu weiterzusprechen, da Karl zur Türe hereinkam.

»Otto, das ist ja eine freudige Überraschung. Was gibt's zu feiern?«

Rosa war aufgestanden und holte für ihren Mann ein weiteres Glas aus dem Küchenbuffet.

»Bleibst du zum Essen? Rosa kocht immer so ausreichend, dass wir auch noch einen Gast satt kriegen, nicht wahr, Rosinchen?«

Sein Rosinchen hatte sich wieder an den Herd zurückgezogen, um die Petersilie für die *Salzkadoffl* zu schneiden, auch weil sie ein wenig verschämt war wegen des Weins, den sie sich einfach auch eingeschenkt und mit Otto getrunken hatte.

Aber Karl verstand das bestimmt, denn schließlich saß ein Freund am Küchentisch, dem es offensichtlich nicht gut ging.

»Also, Otto, was gibt's?«

»Karl, Rosa, ich möchte euch warnen.«

Karls Lächeln wich aus seinem Gesicht.

Rosa drehte sich unvermittelt um und beide schauten sie fragend in Ottos Gesicht.

»Warnen? Wovor?«

Karl stutzte.

»Ich weiß, ihr habt eigentlich nichts zu befürchten, denn ihr seid redliche Leute. Aber du, Karl, stehst uns Sozialdemokraten nahe, und dein Vater, Rosa, tat das auch schon. Es wird jetzt ganz genau hingeschaut. Karl, unser Bürgermeister ist ein Hitler wie aus dem Lehrbuch. So wie der seinen Einstand hier zelebriert hat, habe ich die schlimmsten Befürchtungen. Meine Frau und ich überlegen, ob ich nicht aus dem Ortsverein austreten soll. Wer weiß, was noch kommt. Nach dem, was ich bis jetzt schon mitbekommen habe, bin ich mir sicher, die Nazis werden uns die Hölle heiß machen. Darum bitte ich euch: Haltet euch zurück. Keine politischen Äußerungen, in Ordnung? Es ist auch zum Wohl eurer Kinder.«

Otto stand auf und zog sich seine Jacke über. Rosa und Karl wussten nicht, was sie erwidern sollten.

»Otto, ich ...«

»Karl, besprecht es erst mal unter euch. Ich muss jetzt los. Das war alles, was ich euch sagen wollte.«

Schnurstracks und ohne sich noch einmal umzudrehen verließ Otto die Küche.

Bilder einer düsteren Zukunft schossen durch Rosas Kopf. Sie wollte sich nicht ausmalen, was das für ihre Kinder bedeutete. Langsam ging sie auf ihren Mann zu und setzte sich neben ihn.

»Karl, ich habe Angst«, flüsterte sie leise.

Karl legte seine Hand auf Rosas und beugte sich zu ihr.

»Das musst du nicht. Ich beschütze euch.«

Ein Lächeln der Dankbarkeit huschte über ihr Gesicht.

Zu gerne würde sie Karl glauben können.

Die politischen Ereignisse des Jahres 1933 überrollten Deutschland und damit auch Rosas junge Familie. Knapp zwei Monate nach Hitlers Machtübernahme stimmten fast alle Abgeordneten im Reichstag für das sogenannte Ermächtigungsgesetz. Lediglich die Abgeordneten der SPD stimmten gegen die praktische Selbstentmachtung des Parlaments. Karl war stolz auf die Haltung seiner Sozialdemokraten, ihm schwante jedoch nichts Gutes. Und so wirkten sich im Lauf des Frühjahrs und Sommers die darauffolgenden Gleichschaltungsgesetze nicht nur auf alle demokratischen Parteien aus, sondern auch auf Verbände und Vereine sowie auf die Presse, die dem Willen der NSDAP zu folgen hatten.

Der Gemeinderat in Rosas Dorf bestand inzwischen nur noch aus Nationalsozialisten, die immer größere Zustimmung erhielten. Alle anderen waren mit Hilfe von Sondergesetzen ausgeschlossen worden. Und dann war etwas geschehen, das Rosa und Karl sich nie hätten vorstellen können: Die SPD wurde verboten. Gemeinderäte, mit denen sie lange schon befreundet waren, hatten ihren Rücktritt erklärt, Parteiakten und Mitgliedslisten wurden größtenteils vernichtet, um schlimme Konsequenzen für die Mitglieder der ehemals so stolzen Partei zu verhindern. Viele Gemeindeangestellte verloren ihre Arbeit, wenn sie nicht Parteimitglied der NSDAP werden wollten. Gleichzeitig gelang es dem neuen Bürgermeister, die Steinbrüche für den Autobahnbau wiederzubeleben und damit neue Arbeitsplätze zu schaffen. Der überzeugte Nationalsozialist gewann so viel Zustimmung, dass man bei Abstimmungen über die neue Machtposition Hitlers als Führer und Reichskanzler oder über den Austritt aus dem Völkerbund sogar weit über dem Reichsdurchschnitt lag.

Rosa war hin und her gerissen. Sie war im Kaiserreich aufgewachsen und konnte sich noch gut an den Drill dieser Zeit erinnern. Die demokratischen Strukturen der Weimarer Republik, vor allem das Wahlrecht für Frauen, gefielen ihr. Allerdings waren die Lebensbedingungen während der letzten Jahre im ganzen Land schlechter geworden; Hitlers Politik schaffte es immerhin, die Menschen wieder in Arbeit zu bringen. Doch die Rigorosität, mit der ihr Bürgermeister vor allem gegen die Kirchen vorging, missfiel ihr zutiefst. Das Christentum als überholte Weltanschauung zu bezeichnen, ging der gläubigen Rosa definitiv zu weit.

Warum sollten politische Leiter und Parteigenossen aus der Kirche austreten?

Konnte man nicht gleichzeitig einer politischen Partei angehören und gläubig sein?

Sollte es nicht möglich sein, die Arbeit eines Politikers zu akzeptieren und gleichzeitig an Gott zu glauben?

Rosa betrachtete kritisch, welche Stellung dieser Adolf Hitler einnahm.

Große Einschränkungen hatte ihre Familie noch nicht erlebt, seit die Nationalsozialisten an der Macht waren. Sich eingehender mit Politik zu beschäftigen, dazu fehlte Rosa ohnehin die Zeit. Barbara stand endlich kurz davor zu heiraten, und daher gab es viel zu organisieren. Ihrer geliebten Schwester bei den Vorbereitungen zu helfen, empfand sie als

Ehrensache, konnte sie doch auch immer auf Barbaras Unterstützung vertrauen. Außerdem verlangten ihre drei Kinder all ihre Aufmerksamkeit. Jedes hatte seinen ganz eigenen Charakter und es fiel Rosa manchmal nicht so leicht, ihnen gleichermaßen gerecht zu werden: Priska, ein ruhiges Mädchen, folgte brav, war allerdings auch sehr pingelig, gerade was das Essen anging. So manches Mal musste Rosa ihre Tochter geradezu zwingen, das zu essen, was auf den Tisch kam. Extrawürste konnte sie sich nicht leisten, das musste auch ihre älteste Tochter einsehen. Heinz hatte ein lautes Organ und begriff früh, dass er sich gegen zwei Schwestern durchsetzen musste. Immer wieder musste Rosa Heinz ermahnen und ihm Einhalt bieten, wenn er mal wieder zu grob und zu laut wurde. Das jüngste Kind Rösel, genannt Res, war wie ihr Bruder eher quirlig und laut und das ständige Schlichten zwischen ihr und der größeren Schwester, die unterschiedlicher nicht sein konnten, verlangte der Mutter einiges ab. Darüber hinaus ging Rosa täglich mit ihrer Schwiegermutter aufs Feld, um das Obst und Gemüse zu ernten, das die Familie ernähren sollte. Neuerdings hielten sich die Schwiegereltern auch eine Ziege und ein Schwein sowie ein paar Hühner im Stall hinter dem Haus, die auch versorgt werden mussten. Wenn die Männer abends von der Arbeit kamen, hatten Rosa und Friederike gekocht, die Wohnung geputzt und die Kinder versorgt. Zeit für anderes, wie ihren Kirchenchor, geschweige denn sich mit der aktuellen politischen Lage zu beschäftigen, blieb ihr nicht. Erschöpft fiel sie abends ins Bett und reagierte zunehmend gereizt, wenn Karl noch etwas von ihr wollte.

»Rosa, ich muss mit dir reden.«

»Karl, muss das jetzt sein? Ich bin wirklich furchtbar müde«, brummelte Rosa, die beinahe schon eingeschlafen war.

»Es ist wichtig.«

Widerwillig setzte Rosa sich auf.

»Noch mehr schlechte Nachrichten verkrafte ich gerade nicht.«

Karl nahm Rosa liebevoll in den Arm: »Keine Angst, es ist keine schlechte Nachricht, eigentlich ist es sogar eine sehr gute.«

»Na, dann rück' schon raus mit der Sprache ...«

»Stell dir vor, die große Stuckateurfirma Becker aus Heidelberg hat mir eine gut bezahlte Stelle angeboten. Damit verdiene ich wesentlich mehr und erhalte sogar eine Führungsposition.«

»Ich wusste gar nicht, dass du dich nach einer neuen Stelle umgesehen hast. Gefällt es dir hier nicht mehr?«

Karl machte eine kleine Pause, bevor er fortfuhr.

»Rosa, ich weiß nicht, wie sich das politisch hier im Ort alles weiterentwickelt. Wenn ich in Heidelberg angestellt bin, dann sind wir auf der sicheren Seite. Wer weiß, wer hier noch Aufträge kriegt. In Heidelberg bin ich aus dem Schlamassel raus und muss mich nicht vor meinen Freunden erklären. Außerdem fühle ich mich wirklich nicht mehr so wohl. Ich weiß nicht, auf wessen Seite der Chef steht.«

Rosa gefiel die Weitsicht ihres Mannes und sie strich ihm zärtlich über die Wange.

»Das ist sicher eine gute Idee. Nur ... Wenn die neue Firma so erfolgreich ist, ist sie dann nicht auch Hitler wohlgesonnen?«

»Na ja, möglicherweise. Du hast schon recht. Aber wir haben drei Kinder, Rosa. Wir müssen vielleicht einen Kompromiss eingehen. Ich habe beim neuen Chef eine gute Figur gemacht. Das Gespräch mit ihm war sehr freundlich. Ich denke, er ist ein guter Mensch und er wird uns auf keinen Fall schaden, da bin ich mir sicher.«

Zuversichtlich lächelten sie sich an und hofften, dass es die richtige Entscheidung sein würde.

»Kind, was ist denn los? Komm, setz dich erst einmal hin, du bist ja ganz aufgedreht.«

Ungewöhnlich laut war Priska die Treppe hinaufgerannt und stand völlig außer Puste und aufgewühlt vor Rosa in der Küche.

»Mama, stell dir vor!«

Unter den strafenden Blicken ihrer Mutter schmiss Priska ihre Schultasche achtlos auf den Fußboden.

»Mama, stell dir vor, Hitler kommt und wir von der ersten Klasse basteln Fähnchen und dürfen am Straßenrand stehen und ihm zuwinken, und beim BDM und in der Hitlerjugend üben sie schon die Lieder. Mama, wann darf ich zu den Jungmädel? Da bekommt man eine ganz schöne Uniform und ...«

Rosa hatte mittlerweile mit dem Rühren der Milch für den *Reisbrei* aufgehört und starrte auf ihre sechsjährige Tochter.

»Stopp!«, unterbrach sie Priska barsch in ihrem Redefluss.

»Nun noch einmal langsam. Hitler kommt hierher und du willst zu den Jungmädel, habe ich das richtig verstanden?«

»Ja genau!«

Stolz richtete sich Priska vor Rosa auf.

»Mama, die Milch verbrennt«, wies sie ihre Mutter zurecht, ohne sich von der Stelle zu rühren.

Rosa interessierte sich nicht mehr für die Milch, lief an ihrer Tochter vorbei in die Stube und ließ das aufgekratzte Kind in der Küche stehen.

»Hier riecht es so verbrannt, habt ihr ...«

Großmutter Friederike streckte gerade ihren Kopf zur Türe herein und eilte blitzschnell an den Herd, um den angebrannten Topf von der Flamme zu nehmen.

»Priska, was ist hier los? Warum stehst du wie angewurzelt hier mitten im Raum? Wo ist deine Mutter?«

Beschämt blickte diese zu Boden.

»Priska!«

Auf den fordernden Ton ihrer Großmutter antwortete sie mit einem Kopfnicken in Richtung Stube.

»Du machst jetzt diesen Topf sauber und ich knöpfe mir deine Mutter vor«, erwiderte Friederike streng.

»Aber ...«

»Kein Aber, haben wir uns verstanden?«

Während Priska sich langsam und sichtlich angeekelt an den angebrannten Milchtopf machte, ging Friederike in die Stube.

Rosa saß mit gesenktem Blick auf dem Canapé, Tränen rannen ihr übers Gesicht.

Friederike setzte sich neben ihre Schwiegertochter und die Wut, mit der sie das Zimmer betreten hatte, wich Mitgefühl, als sie sah, wie emotional aufgelöst Rosa war. Als Friederike deren Hände ergriff, brach es aus Rosa heraus.

»Womit habe ich das verdient?«, schluchzte sie und legte hilfesuchend ihren Kopf an Friederikes Schulter.

»Sie ist doch noch so klein und sie haben sie schon verblendet. Was habe ich nur falsch gemacht?«

Rosa erzählte ihr von Priskas Begeisterung für die Bewegung und von der ideologischen Beeinflussung, der sie in der Schule ausgesetzt waren.

»Du musst dich beruhigen, Rosa. Besprich es heute Abend mit Karl. Aber wenn sie wirklich begeistert ist, dann lass sie. Lass sie dem Führer ein Lied singen, wenn er hier vorbeikommt. Wenn du gegen sie kämpfst und ihr das verbietest, wird sie es hinter deinem Rücken tun. Und wir versuchen, ihr hier zu Hause ein anderes Bild zu vermitteln, sie immer wieder zum Nachdenken anzuregen. Du hast doch selbst gesagt, sie ist noch so jung. Wir kriegen das hin, Rosa.«

Dankbar trocknete Rosa mit dem Zipfel der Schürze ihre Tränen und gemeinsam kehrten die beiden Frauen in die Küche zurück.

Karl und Rosa gaben in der darauffolgenden Zeit ihr Bestes. Sie erlaubten Priska zu den Jungmädel zu gehen, doch die Sorge, den Einfluss auf ihr Kind zu verlieren, blieb. Als sie eines Abends an der Tür lauschten, ob die Kinder schliefen, hörten sie, wie Priska leise betete.

»Händchen falten, Köpfchen senken und an Adolf Hitler denken. Er gibt uns täglich Brot, er hilft aus aller Not. Amen.«

Das hatten sie ihr nicht beigebracht.

Am 20. März des Jahres 1935 stand der ganze Ort Kopf. Die Durchgangsstraße entlang versammelten und drängten sich die Menschen, um einen Blick auf ihren Führer in seinem Automobil zu erhaschen. Auf seiner Deutschlandreise hatte Adolf Hitler Station in Heidelberg gemacht und fuhr nun weiter in nördliche Richtung durch die Dörfer an der idyllischen Bergstraße. Priska stand mit ihrer Klasse samt Lehrern, dem Bund deutscher Mädel und der Hitlerjugend Spalier. Seit Wochen hatten sie sich in der Schule darauf vorbereitet und vor allem den Hitlergruß geübt, damit sie ihn perfekt ausführen konnten, wenn der Führer ihn sah. Priska war besonders eifrig gewesen. Zu Hause jedoch hatte man ihr diese Handbewegung nicht erlaubt. Sie konnte zwar nicht verstehen, warum die Eltern so strikt dagegen waren, aber meistens hielt sie sich daran. Wann immer sie sich beim Üben unbeobachtet fühlte, streckte sie dennoch auch im Elternhaus ihren Arm in die Höhe. Als Heinz sie eines Tages dabei erwischte, machte er sich über die komischen Bewegungen seiner Schwester lustig. Sie musste ihn mit einer zusätzlichen Scheibe Brot bestechen, damit er den Eltern nichts verriet. Und so stand Priska in ihrer Uniform, die sie extra für diesen Anlass von der Schule bekommen hatte, am späten Nachmittag am Straßenrand und streckte ihrem Führer den perfekten Hitlergruß entgegen.

Es war nach wie vor schwer für Rosa, die Begeisterung ihrer ältesten Tochter für die Bewegung zu ertragen; ihre beiden jüngeren Kinder wollte sie so gut es ging davor bewahren. Bei Heinz gelang es ganz gut, weil er sich über Priskas Angepasstheit und Folgsamkeit gerne lustig machte. Ihre Jüngste war da schon anfälliger, denn die ältere Schwester hatte großen Einfluss auf sie, auch wenn Res ihrem Bruder charakterlich mehr ähnelte. Allerdings waren die beiden Jüngeren auch gar nicht so erpicht darauf, sich im kalten März die Beine in den Bauch zu stehen, um vielleicht für ein paar Sekunden einen Blick auf Adolf Hitler zu erhaschen.

Rosa behalf sich einer Notlüge, damit sie mit Heinz und Res zu Hause bleiben konnte: Sie waren krank. Es gab warmen Kakao aus frischer Ziegenmilch und alle genossen es, daheim bleiben zu können. Da Karl nicht mehr vor Ort arbeitete, hatte auch er eine gute Ausrede, warum er bei der Durchfahrt des Führers nicht anwesend sein konnte.

Rosa hatte ihre Schwester Barbara eingeladen, die sich ebenfalls nicht an der allgemeinen Begeisterung und dem Trubel im Dorf beteiligen wollte. Sie war gerade zum ersten Mal Mutter geworden und Rosa liebte ihren Neffen Helmut über alles. Nach wie vor hatten die beiden Schwestern ein enges Verhältnis zueinander und trafen sich so oft es ging. Ihre jüngste Schwester Marie, die im Oberdorf wohnte und inzwischen ebenfalls verheiratet war, konnte leider nicht kommen. Käthe lebte mittlerweile mit Mann und Kind in Heidelberg und Rosa konnte sich gut vorstellen, dass sie auch zuhause geblieben war, anstatt auf der Neckarbrücke dem Führer zuzujubeln.

»Bist du gar nicht neugierig, wie unser Führer in echt aussieht? Ich meine, auf den Bildern sieht er ja ganz adrett aus.«

»Bawett, was redest du da? Gefällt dir Hitler etwa? Bereust du es, dass du nicht hingegangen bist?«

»Nein, natürlich nicht, aber ich kenne viele Frauen hier im Ort, die ihn nicht nur als Politiker, sondern auch als Mann sehr attraktiv finden. Du warst schon lange nicht mehr bei den katholischen Frauen. Die schwärmen regelmäßig von ihm.«

Rosa konnte sich ein Grinsen nicht verkneifen. »Na ja, schau dir die Frauen doch mal an. Ihre Ehemänner machen ja auch nicht unbedingt etwas her.«

Die beiden Schwestern begannen wie kleine Mädchen zu kichern.

»Im Ernst, Bawett. Attraktiv ist für mich ein Mann, der auch etwas Gutes ausstrahlt. Der von innen strahlt. Hitler mag ja auf viele eine Anziehungskraft haben, aber wovon werden die denn angezogen? Ich finde, er hat etwas Unheimliches. Wem das gefällt. Mir auf jeden Fall nicht.«

»Da ist was dran, Rosa. Ich glaube, er ist kein guter Mensch. Und unser Bürgermeister bläst ins gleiche Horn. Hast du mitbekommen, dass sie dem Josef Kraft die Drogerie geschlossen haben? Meine Nachbarin hat mir erzählt, dass sie vorgestern zwei Männer gesehen hat, die nachts bei ihm an der Tür geläutet haben. Kurz darauf kam er mit einem kleinen Koffer aus dem Haus und ging mit den beiden davon. Seitdem ist er verschwunden. Von einigen darauf angesprochen, behauptete sie, sie hätte nichts gesehen. Mir kommt das alles komisch vor.«

Nachdenklich rührte Rosa mit dem Löffel in ihrem Kakao.

»Der war doch Sozialdemokrat, oder? Vielleicht hat das was damit zu tun. Das würde zu dem passen, was Karl mir erzählt hat. Er war neulich bei der Familie Rosenberg in der Futtermittelhandlung und Herr Rosenberg erzählte ihm, dass Juden immer öfter drangsaliert werden würden und er ein wenig Angst habe. Vielleicht will man ja alle mundtot machen, die anderer Meinung oder anderen Glaubens sind.«

»Na, dann müssen wir jetzt ganz vorsichtig sein.«

Rosa nickte ihrer großen Schwester sorgenvoll zu.

Als Priska euphorisch zu Hause ankam, hörten sich Mutter und Tante ihre begeisterten Erzählungen zwar an, ließen sie aber weitgehend unkommentiert.

Eines war Rosa allerdings klar geworden: Nach zwei Jahren nationalsozialistischer Herrschaft gehörte die Republik definitiv der Vergangenheit an. Im ganzen Land zeugten die nahezu allgegenwärtigen Hakenkreuze und Hitler-Porträts von der Macht der NSDAP und dem Personenkult um den Führer. Rosa hatte nicht einmal mehr Spaß an den Dorffesten, weil sogar ihre geliebte Kerwe der Selbstinszenierung und Machtdemonstration des Nazi-Regimes diente, allen voran ihrem Bürgermeister. Der sogenannten Volksgemeinschaft konnte man sich kaum mehr entziehen. Einzig in Vereinen wie dem Kirchenchor gab es auch mal kritischere Stimmen zu hören. Aber man musste auch hier wachsam sein, schließlich machte der Bürgermeister keinen Hehl daraus, wie negativ er den Kirchen gegenüber eingestellt war. Sie ließ es sich trotzdem nicht nehmen, sonntags mit ihrer Familie den Gottesdienst zu besuchen. Auch wenn der Führer inzwischen in der Bevölkerung eine gottähnliche Stellung eingenommen hatte, für sie gab es nur einen Gott.

An diesem Sonntag gab es auf dem Weg zur Kirche nur ein Gesprächsthema: der Streik im Steinbruch. Und das, obwohl Hitler die Gewerkschaften abgeschafft hatte und politische Aktivitäten jenseits der Partei lahmgelegt waren.

»Wenn du mich fragst, war das ein echter Akt von Zivilcourage. Man muss sich doch nicht alles bieten lassen. Mir gefällt das«, kam Karl mit seinem Vater ins Gespräch.

Die beiden liefen vor den Frauen und Kindern die Straße zur Kirche hinauf.

»Karl, nicht so laut in der Öffentlichkeit. Ich verstehe ja, dass dir das gefällt, aber ohne Konsequenzen wird das nicht bleiben.«

»Was wollen sie denn machen? In der Republik war es üblich, dass gestreikt wurde. Darf man denn nicht mehr um sein Recht kämpfen?«

Karl wurde wieder lauter und von seinem Vater mit einem deutlichen »Pst« zur Zurückhaltung ermahnt.

»Seit du in der Stadt arbeitest, sind dir die Verhältnisse hier im Ort wohl nicht mehr bewusst. Karl, du kannst doch nicht so blind sein und nicht sehen, dass die Führung keinen Widerstand duldet. Und wenn doch, dann ...«

Heinz hatte sich unbemerkt zu seinem Vater und Großvater gesellt und lauschte den beiden Männern neugierig.

»Was dann, Großvater?«

Adam warf Karl einen warnenden Blick zu und wandte sich an seinen Enkel.

»Heinz, das Gespräch ist nichts für dich, geh sofort wieder zu deiner Mutter.«

Als er nicht sofort parierte, drohte Adam mit seiner Hand, dass es gleich eines auf den Po geben sollte, und Heinz rannte schnell zurück zu Rosa.

»Was dann, Vater? Die Frage von Heinz ist doch berechtigt.«

»Du hast doch letzthin mit der Familie Rosenberg gesprochen.«

Adam trat näher an seinen Sohn heran, aber Karl begriff immer noch nicht.

»Mir haben sie erzählt, dass sie einen Brief bekommen haben, in dem steht, dass sie ab jetzt keine Reichsbürger mehr sind. Und ich habe läuten hören, dass sie den Krafte Josef in ein Lager gebracht haben.«

»In was für ein Lager?« Karl schüttelte verständnislos den Kopf.

»Ob Jude oder politischer Gegner. Die nehmen uns unsere Freiheit, Karl. Deshalb sei vorsichtig!«

Als Karl gerade antworten wollte, kam ihnen August, Karls ehemaliger Klassenkamerad, aufgeregt entgegengerannt.

»Karl, Rosa, Kinder, habt ihr's schon gehört? Das riesengroße Hakenkreuz im Steinbruch ist seit heute Morgen verschwunden.«

Während Priska entsetzt aufschrie, warfen sich Rosa und Karl verschwörerische Blicke zu.

In ihren Augen hatte der Dieb eine Heldentat vollbracht.

Karl brauchte Zeit. Zeit zum Nachdenken. Deshalb hatte er sich entschieden, den weiten Weg von seiner Arbeitsstelle nach Hause zu laufen. Zu viel hatte sich in den letzten Wochen in seinem Kopf angesammelt. Er war froh, in Heidelberg eine gute Anstellung gefunden zu haben. Sein Vorgesetzter war selbst ein passionierter Baumeister und Stuckateur, ein Handwerker der alten Schule, der seine Arbeit von der Pike auf gelernt hatte. Die Aufträge flossen. Und durch die Arbeitsstelle in Heidelberg konnte Karl der Enge in seinem eigenen Dorf ein Stück weit entfliehen. Umso mehr hatte es ihn aufgewühlt, als er vergangene Woche von seinem Chef zu einem »wichtigen Gespräch« gebeten wurde.

»Karl, kommen Sie, setzen Sie sich. Möchten Sie einen Kaffee?«

Karl fühlte sich geehrt und war zugleich ein wenig angespannt, weil er den Gesprächsanlass nicht kannte. Aber gegen einen guten Kaffee ließ sich nichts einwenden.

»Herr Becker, worum geht's?«

»Das mag ich an Ihnen, Karl, Sie kommen immer gleich zum Punkt und fackeln nicht lange. Also, ich habe vor, die Firma nach München zu verlegen. Die Lage hier ist zwar gut, aber wir haben einen großen Auftrag erhalten, Folgeaufträge nicht ausgeschlossen. München ist die heimliche Hauptstadt, das brauche ich Ihnen nicht zu sagen, und deshalb werde ich das Angebot annehmen.«

Wie versteinert saß Karl auf seinem Stuhl, die Kaffeetasse in der leicht zittrigen Hand.

»Ich möchte meine besten Leute mitnehmen, denn nur deshalb haben wir den Auftrag bekommen«, fuhr sein Chef fort. »Und Sie, Karl, würde ich gerne als Führungskraft dabeihaben. Sie sind ein hervorragender Stuckateur, Sie wissen mit dem Material umzugehen, aber auch mit den Arbeitern. Sie haben einen guten Einfluss auf die Kollegen, auf Sie hört man. Was meinen Sie?«

Karl verschlug es die Sprache.

»Karl?« Franz Becker begann zu lachen.

»Karl, ich habe Ihnen keinen Todesstoß versetzt, sondern Ihnen eine Arbeit angeboten, die noch dazu gutes Geld bringen wird.«

Langsam löste sich Karls innere Anspannung.

»Ja«, begann er leise zu erwidern, »das ist in der Tat ein Angebot, mit dem ich nicht gerechnet habe.«

»So sind nun mal die Zeiten, Karl. Kein Stein bleibt auf dem anderen. Werden Sie es sich überlegen? Ich nehme an, Sie wollen die Entscheidung noch mit Ihrer Frau besprechen.«

Rosa. Karl durchfuhr es wie ein Blitz. Wie würde sie darauf reagieren, wenn er ihr vorschlug, mit der Familie nach München zu ziehen?

»Bis wann brauchen Sie meine Antwort?«, fragte er mit wiedergewonnener Souveränität.

»Nächste Woche. Ich möchte in München so schnell wie möglich alles aufbauen.« Er stand auf und streckte Karl seine Hand entgegen. »Haben Sie vielen Dank, Karl. Ich zähle fest auf Sie.«

Als sich Karl kurze Zeit später im Flur des Gebäudes wiederfand, drehte sich alles. Er musste nun einen klaren Kopf bewahren. Und vor allem musste er es Rosa beibringen. Noch nie konnte er so schlecht einschätzen, wie sie reagieren würde.

Tag für Tag schob er das Gespräch vor sich her. Immer wieder fand er Ausreden, warum es gerade nicht ging. Einmal war Res krank, dann musste noch die Ziege gemolken werden, ein anderes Mal war Rosa gerade am Kochen und abends zu müde für ernsthafte Gespräche. Aber er wusste, es musste sein, und zwar so bald wie möglich.

Als er an diesem Nachmittag nach Hause lief, stellte er sich zum ersten Mal die Frage, ob er denn eigentlich wegwollte. Er hatte hier doch alles. Seine Eltern, die mit im Haus lebten. Seine Theatergruppe, die ihm viel bedeutete. Seine Vereinsarbeit, vor allem das Turnen und Handballspielen, seine Freunde. Außerdem waren seine Kinder eng im Ort verwurzelt. Rosa, dessen war er sich sicher, hätte bestimmt Sorge, seine Eltern und ihre Schwestern, vor allem Barbara, zurückzulassen. Sie alle gehörten doch hierher. Aber eine solche Chance bekam er vermutlich nicht noch einmal in seinem Leben. Die Familie wäre finanziell viel besser aufgestellt als bisher, er hätte ein sicheres Einkommen in einem guten Unternehmen.

Je näher er seinem Zuhause kam, desto klarer wurde ihm seine Entscheidung. Es waren unsichere Zeiten und er wollte diese Arbeitsstelle. Für sich und für seine Familie.

Die Entscheidung fiel beiden nicht leicht. Aber sie waren davon überzeugt, dass es für alle das Beste war. Karl würde ohne Rosa und die Kinder nach München gehen. Es war außerdem nicht so einfach, für eine fünfköpfige Familie in der bayrischen Hauptstadt eine Wohnung zu bekommen. Karl bekannte sich nach wie vor nicht zu den Nationalsozialisten und war kein Parteimitglied, was die Situation erschwerte. Da sein Chef jedoch große Stücke auf ihn hielt und ihn als Mitarbeiter in der Firma halten wollte, stellte er Karl regelmäßigen Heimaturlaub in Aussicht, damit er seine Familie so oft wie möglich sehen konnte.

Der Bürgermeister sah es nicht ungern, dass der »rote Karl« weit weg zog von seiner Gemeinde. Karl waren die Ressentiments, die ihm immer wieder entgegengebracht wurden, nicht verborgen geblieben. Um Rosa und die Kinder nicht zu gefährden, hielt er mit seiner politischen Meinung sowieso immer öfter hinter dem Berg. Jetzt war er aus der Schusslinie, sicherlich war auch dies eine kluge Entscheidung.

Als Rosa Karls Koffer packte, legte sie jedes Kleidungsstück ganz bewusst und sorgfältig zusammen. Es fiel ihr unendlich schwer, sich für wer weiß wie lange von ihrem Mann und damit auch von ihrem gewohnten Leben zu verabschieden. Tief in ihre Gedanken versunken bemerkte sie Heinz erst, als er sich auf das Bett setzte.

»Warum muss Vater gehen?«, fragte Heinz und eine tiefe Enttäuschung lag in seiner Stimme.

Rosa nahm die traurigen Blicke ihres Jungen wahr, der mehrfach abwechselnd auf den Koffer und in ihre Augen schaute. Wie gut konnte sie seinen Schmerz nachempfinden. Zu lebendig war die Erinnerung an ihre eigene Kindheit, als auch sie Abschied vom Vater nehmen musste, als dieser in den Krieg zog.

»Heinz, Vater geht nach München, damit wir gut versorgt sind, das weißt du. Er wird dort gebraucht.« Sie versuchte, ihre Stimme zuversichtlich klingen zu lassen.

»Aber er wird mir fehlen.«

Rosa war überrascht. Normalerweise offenbarte ihr vorlauter Sohn seine Gefühle nicht.

Behutsam nahm sie Heinz in den Arm.

»Er wird uns allen fehlen. Aber wir schaffen das, Heinz.«

Und Rosa begann, Heinz von ihren eigenen Erlebnissen als Kind zu erzählen. Zum ersten Mal sprach sie über damals, von ihren Verlustängsten und ihrer Trauer; und wie das Essen sie im wahrsten Sinne des Wortes genährt hatte, um all das durchzustehen. Sie versprach ihrem Sohn, am nächsten Tag nur für ihn sein Lieblingsessen zu kochen, er dürfe sich wünschen, was er wollte. Heinz entschied sich für *Kadeißerkleß* und bat die Mutter noch einmal die Geschichte zu dem Rezept zu erzählen, von dem Kartäuser-Mönch, der das Gericht erfunden haben sollte. Zwischen Mutter und Sohn entstand eine Vertrautheit, wie sie nur selten wieder vorkommen sollte. Heinz würde der Vater am meisten fehlen, er brauchte ihn. Sie würde alles dafür tun, den fehlenden Vater so gut es ging zu ersetzen. Einmal mehr im Leben wurde ihr klar, dass ihre Stärke gefragt war, für ihre Kinder und besonders für ihren Sohn.

Als Karl sich an dem Abend von seiner Familie verabschiedete, tat er es mit gemischten Gefühlen. Hatte er wirklich die richtige Entscheidung getroffen? Würde es Rosa schaffen, ohne ihn als Mann im Haus?

Er blickte auf seine Frau und wusste, wie stark sie war, wie viel sie bereits gemeistert hatte. Aber er würde sie mit vielen Problemen alleine lassen, und obwohl sie alles in vielen Nächten miteinander besprochen hatten, fühlte er sich schuldig.

Rosa hatte ihren Mann bestärkt in der Entscheidung, ohne sie nach München zu gehen.

Um keinen Preis der Welt wollte sie ihr Heimatdorf verlassen, ihre Geschwister, auch nicht die Schwiegereltern, das Haus. Aber sie wusste, dass diese Veränderung ihrer Familie finanzielle Sicherheit bot. Deshalb ließ sie ihn ziehen. Und sie hatte ja noch ihre Schwiegereltern, die sie unterstützen konnten.

Allein, dass sie Nacht für Nacht nicht neben ihrem geliebten Karl einschlafen würde, gab ihr einen heftigen Stich ins Herz. Ihn nachts neben sich zu wissen, gab ihr stets das Gefühl von Geborgenheit, von Wärme. Hatten sie sich gestritten, war dennoch klar: Ohne Versöhnung gibt es keinen Schlaf. Und so schafften sie es immer wieder, die Sorgen dem Tag zu überlassen und sich der Ruhe der Nacht hinzugeben.

Wie würde es nun ohne ihn sein?

Von ihren sorgenvollen Gedanken ließ Rosa sich nichts anmerken. Sie hatte die Kinder noch einmal herausgeputzt, sodass sie sich im Sonntagsstaat von ihrem Vater verabschieden konnten. Da standen sie nun am Hoftor. Rosa mit den drei Kindern, alle frisch gescheitelt; auch ihre Schwiegereltern und einige Nachbarn waren gekommen, um Karl Lebewohl zu sagen. Er küsste seine Kinder zärtlich auf die Stirn, und nach einem letzten Kuss für seine Frau stieg er ins Automobil seines Chefs, der es sich nicht hatte nehmen lassen, ihn persönlich abzuholen. Dieser kurbelte noch einmal die Fensterscheibe seines Autos herunter und wandte sich an Rosa.

»Schön, dass wir uns jetzt auch einmal kurz begegnet sind. Ihr Mann hat mir viel von Ihnen erzählt. Sie sind eine kluge und starke Frau, wie mir scheint«, verabschiedete sich auch Herr Becker von Rosa, die darauf weder etwas erwidern konnte noch wollte, zu durcheinander war sie in diesem Moment.

Sie fühlte einen dicken Kloß in ihrem Hals und hatte größte Mühe, ihre Tränen zu verbergen.

Dann setzte sich das Automobil in Gang und die Kinder winkten, bis es nicht mehr zu sehen war.

»Kommt, ich mache uns etwas zu essen!«

Traurig ließen sie die Hände sinken und folgten Rosa mit hängenden Köpfen ins Haus.

Kräuderwäi

Zwei Esslöffel kleingeschnittenes Kraut, zum Beispiel Rosmarin, wird mit 1 Liter Weißwein übergossen und bleibt zwei bis drei Tage stehen.

Der Wein wirkt beruhigend auf das Herz, empfiehlt sich besonders bei Herzwassersucht.

Rosmarinwein ist auch ein blutreinigendes und den Blutkreislauf stärkendes Mittel.

Elisabeths Rezepte für Kranke: *Kräuderwäi*

1938

Als Rosa am Vormittag des 10. November 1938 auf ihrem Weg durchs Dorf Tumulte in der Nachbarstraße wahrnahm, beschloss sie, einen kleinen Umweg zu machen. Vor dem Haus Nummer 24 lagen Möbel übereinandergestapelt und in Teilen zerstört auf der Straße. Einige Dorfbewohner hatten sich eingefunden. Sie tuschelten miteinander, bedienten sich zum Teil am Mobiliar, andere schauten mitleidig auf das Wohnhaus, aus dem die Möbel stammten.

»Wo sind Sara und Ruth?«, sprach Rosa eine Nachbarin der beiden Hausbewohnerinnen an.

»Keine Ahnung! Ich weiß nicht, ob sie noch drin sind oder längst gegangen, was an ihrer Stelle wohl klüger wäre.«

»Was ist passiert?«

»Was passiert ist? Das, was gestern anscheinend überall im Reich passiert ist.«

Rosa hatte nicht die leiseste Ahnung, wovon die Frau sprach.

»Sag bloß, du weißt das nicht? Eine ganze Schar von NSDAP-Mitgliedern und Männern aus dem Dorf sind heute Nacht ins Haus eingedrungen und haben die Wohnung komplett zerstört.«

Die Nachbarin trat noch näher an Rosa heran und fügte flüsternd hinzu, sodass es niemand hören sollte: »Das haben die Hitlers wohl überall gemacht. Synagogen wurden angezündet, Läden, Büros und Wohnungen zerstört. In Heidelberg herrscht das Chaos. Und mit Sara und Ruth waren es wohl die letzten Juden, die sie damit aus unserem Ort vertrieben haben.«

Fassungslos blieb Rosa stehen und schaute auf das Mobiliar, das überall herumlag.

Sie kannte die beiden verwitweten Schwestern des ansässigen Kaufmanns Rosenberg gut und hatte mitbekommen, wie die Familie unter dem Nazi-Regime zu leiden hatte. Bereits vor zwei Jahren war die Devise ausgegeben worden, nichts mehr bei Juden zu kaufen. So war deren Geschäft völlig zum Erliegen gekommen. Sie waren gezwungen, ihr Wohn- und auch das Geschäftshaus zu verkaufen. Rosa mochte Adam und Esther, sie waren höfliche Geschäftsleute, und sie hatte immer gern bei ihnen eingekauft. Auch weil es etwas günstiger war als in anderen Geschäften. Aber sie ertappte sich dabei, immer seltener dort hinzugehen. Die Blicke, die man zugeworfen bekam, wenn man, wie es abfällig hieß, zum Jud ging, ließen auch sie nicht kalt. Es tat ihr im Herzen leid, dass das Ehepaar vor einem Jahr seinem Geburtsort den Rücken gekehrt hatte und nach Heidelberg gezogen war. Seit Jahrhunderten verbrachten doch hier Generationen der Familie an der Seite von Christen ihr Leben. War ihnen heute Nacht das Gleiche zugestoßen?

Nun stand sie vor den Zeugnissen einer Zerstörungswut, die ihr unbegreiflich war, und wusste nicht, was sie tun sollte. Einzelne Satzfetzen der Umstehenden drangen zu ihr durch.

»Jetzt sind wir den Jud endlich los.«

»Die beiden Frauen können doch nichts dafür, aber was soll man denn machen?«

»Gehen wir wieder an die Arbeit.«

Gedankenverloren blickte sie auf den Trümmerhaufen vor ihr.

Mit einem tiefen Schmerz im Herzen angesichts der Trümmer, die von den Nationalsozialisten bereits in den Herzen der Menschen hinterlassen wurden, überlegte sie, wie sie dieses Verhalten ihren Kindern erklären sollte. Außer mit ihren Schwestern konnte sie mit niemandem sonst darüber sprechen. Vor allem gegenüber ihrer Schwägerin war Rosa zurückhaltend.

Rosa saß in der Küche der Schwiegereltern und blickte immer wieder verstohlen zu Elisabeth hinüber, die ausnahmsweise Milch trank statt den von ihr selbst erdachten und angesetzten *Kräuderwäi*, den es üblicherweise zu trinken gab. Rosa kam sich in Anwesenheit von Karls Schwester immer sehr einfach vor, und obwohl sie nun schon einige Jahre zusammen im selben Haus lebten, war ihr Verhältnis sehr kühl geblieben. Elisabeth ließ Rosa nicht nur gern spüren, dass sie auf ein Internat gegangen war und die bessere Bildung erfahren hatte, sondern auch, dass sie an einem Kochbuch mitgeschrieben hatte, das bereits in der vierten Auflage veröffentlicht worden war. Dass sie von sich glaubte, daher auch die bessere Köchin zu sein. Manchmal beschlich Rosa sogar das Gefühl, Elisabeth schäme sich für Rosas Familie. Friederike und Adam waren sehr stolz auf ihre nicht nur gut aussehende, sondern auch intelligente Tochter, und sie taten alles dafür, ihr eine sorgenfreie Zukunft zu ermöglichen.

Rosa wusste, dass sie in keine arme Familie hineingeheiratet hatte: Der Schwiegervater hatte als Sprengmeister im Steinbruch gut verdient und die Schwiegermutter kochte nicht nur zu Hause für die Familie, sondern hatte sich auch als Köchin auf Festen einen Namen gemacht, und damit ebenfalls dazu beigetragen, dass sie es sich leisten konnten, zumindest ihre Tochter auf eine höhere Schule zu schicken.

Zwischen Karl und Rosa kam es immer wieder zu größeren Auseinandersetzungen, weil ihrer Meinung nach die Geschwister ungleich behandelt wurden. Einerseits gefiel es ihr, dass der Tochter der Familie alles offen stand und nicht automatisch der Sohn bevorzugt wurde, aber sie verstand nicht, warum nicht beiden Kindern dieselben Chancen eingeräumt wurden.

Als Elisabeth sie wieder einmal von oben herab behandelte und Rosa sich bei Karl darüber beschwerte, rückte er endlich mit einer Erklärung heraus. »Rosa, ich weiß, du verstehst das nicht, aber Elisabeth war schon immer etwas Besonderes.«

»Dass sie schon immer etwas Besonderes war, rechtfertig doch nicht, dass sie immer alles bekommt, was sie will, und du immer den Kürzeren ziehst. Gib zu, ihre Ablehnung mir gegenüber hat damit zu tun, dass ich aus einer einfachen Familie stamme.«

Karl wand sich, was Rosa zunächst als Zustimmung deutete.

»Ja, vielleicht behandelt sie dich so, weil du ihr nicht fein genug bist, das mag sein«, antwortete Karl nach einigem Zögern.

»Aber dass sie von unseren Eltern so verwöhnt wird und sich darum als etwas Besseres empfindet, hat einen Grund. Du solltest etwas Wichtiges wissen.«

Karl atmete einmal tief durch.

Anscheinend fiel es ihm schwer, seine Rosa mit der Wahrheit zu konfrontieren.

»Elisabeth ist seit ihrer Kindheit Diabetikerin. Unsere ganze Familie ist mit dieser Krankheit belastet und man weiß nie, wie sie sich entwickelt. Deshalb wird sie von Mutter und Vater so verwöhnt.«

Rosa war erleichtert und verärgert zugleich. Erleichtert, weil sie nun endlich eine Erklärung für das Verhalten ihrer Schwägerin bekommen hatte – nun machte es auch Sinn, weshalb es in Elisabeths Kochbuch ein eigenes Kapitel mit dem Namen »Rezepte für Kranke« gab. Verärgert, weil Karl sie nicht schon längst eingeweiht hatte, erwiderte Rosa: »Warum sagst du mir das erst jetzt? Du hättest es mir viel früher sagen müssen. Ich zermartere mir das Hirn, ärgere mich wegen Ungerechtigkeiten, und das alles, weil du nicht offen zu mir bist.« Nach einer kurzen Pause fügte sie hinzu: »Und das betrifft ja eventuell auch unsere Kinder. Was ist mit dir?«

Karl spielte die Angelegenheit herunter und versicherte seiner Frau, dass es ihm gut gehe.

Rosa gab sich für den Moment zufrieden und beschloss, wohlwollender mit Elisabeth umzugehen, auch wenn diese ihr nach wie vor die kalte Schulter zeigte. Mit ihrer Diabetes hatte die ablehnende Haltung gegenüber Rosa auf jeden Fall nichts zu tun.

»Was ist los, Elisabeth?«, fragte Friederike ihre Tochter, die heute sehr blass und in sich gekehrt war.

»Nichts!«, reagierte Elisabeth ein wenig zu schnell.

»Ich merke doch, dass mit dir etwas nicht stimmt.«

»Es ist alles in Ordnung, Mutter«, antwortete Elisabeth leicht genervt.

»Gibt es Schwierigkeiten? Mit Schuster?« Adam war gerade hereingekommen und mischte sich unvermittelt ins Gespräch der Frauen ein.

Elisabeth schaute ihren Vater streitlustig an und erwiderte etwas zu laut: »Nein, Vater, es gibt keine Schwierigkeiten mit Schuster und wenn, dann würde ich das hier mit euch nicht diskutieren. Schon gar nicht vor Rosa. Und im Übrigen, er kommt heute vorbei und holt mich ab.«

Rosa blickte gebannt auf Friederike und Adam, die für einen Augenblick wie versteinert schienen.

Elisabeth stand auf: »Ich gehe noch meine Wäsche machen.«

Friederikes Antwort »Das kann ich doch ...« konterte sie mit einem scharfen Blick und verließ die Küche. Rosa verstand, dass es besser war, jetzt auch zu gehen.

»Vergiss nicht, die Betten reinzuholen, bevor er kommt«, rief Adam ihr nach, während sie die Treppen zu ihrer Wohnung hinaufging.

Sie spürte, wie ihr langsam schlecht wurde.

Widerwillig leistete sie Adams Aufforderung Folge und ließ an den Bettdecken ihre angestaute Wut aus.

»Rosa, ich weiß, das ist schwer für dich.«

Erschrocken drehte sie sich um und erblickte ihre Schwiegermutter in der Tür. Rosa nickte beklommen.

»Setz dich.«

Sie nahm neben Friederike auf dem Bett Platz, die beschwichtigend ihre Hand auf Rosas Oberschenkel legte.

»Du weißt, dass wir diese Verbindung auch nicht gutheißen. Adam stand immer dem Zentrum nahe, mit den Nazis haben wir nichts zu schaffen. Aber Elisabeth hat es sich nun mal in den Kopf gesetzt, diese ... Liaison ... weiterzuführen. Und du weißt auch, er ist Staatsanwalt.«

»Er ist ein prinzipienloser Opportunist, der den Nazis dann in den Arsch kriecht, wenn es ihm Vorteile verschafft, und er hat einen furchtbaren Standesdünkel«, entgegnete Rosa verärgert. »Er hat Heinz dazu aufgefordert, ihn ordentlich zu grüßen, er sei ja schließlich als Staatsanwalt der höchste Beamte, den es hier im Ort gibt. Von mir aus kann er Elisabeth noch ein paar Mal mit auf seine großen Reisen nach Italien nehmen, den edlen Ritter spielen und ihr erzählen, dass er gar kein überzeugter Nazi sei und ihr etwas von Verlobung vorgaukeln. Wir wissen alle, dass sie als Tochter eines Steinbrucharbeiters nicht gut genug für ihn ist. Aber ihr, ihr glaubt immer noch, dass er sie heiratet. Und obwohl ihr gegen ihn seid, kehrt ihr alles schön unter den Teppich. So wie ihr immer alles deckt, was Elisabeth angeht. Hast du dir auch mal so viele Sorgen wegen Karl gemacht? Er ist in München und ich sitze mit den drei Kindern hier und ihr kuscht vor Elisabeth und ihrem ...«

Rosa war wütend und diese Wut wollte sie nun nicht mehr allein an der Bettwäsche auslassen.

»Und ich werde jetzt zu Elisabeth gehen, um ihr genau das zu sagen.« Rosa stand auf und verließ wütend das Schlafzimmer.

Friederike wusste, dass es keinen Sinn ergab, sie zurückzuhalten.

Als Rosa sich der Waschküche im Hof näherte, hörte sie ein leises Schluchzen. Sie verlangsamte ihre Schritte, und ihre Wut, die sie eben noch brennend gespürt hatte, verdampfte. Auf dem Boden kauerte ihre Schwägerin und hielt eine blutige Binde in ihrer Hand.

Rosa stand für einen Moment regungslos an der Tür. Gerade als sie sich umdrehen und unbemerkt davonschleichen wollte, schrie Elisabeth laut auf. Von Schmerzen gezeichnet fasste sie sich an ihren Unterleib und fiel seitlich auf den harten Steinboden. Rosa stürzte zu ihr und sah nun das viele Blut, das aus Elisabeths Schoß zu Boden floss. Beruhigend sprach sie auf Elisabeth ein und stütze ihren Kopf. Mit schmerzerfüllten Augen schaute ihre Schwägerin sie ängstlich an.

»Elisabeth, bleib bei mir, Elisabeth, hörst du!«

Rosa schlug ihrer Schwägerin leicht ins Gesicht und schrie gleichzeitig so laut sie konnte nach ihren Schwiegereltern.

»Mutter, schnell, einen Arzt, Mutter, Vater, Hilfe!«

Noch bevor Friederike in der Waschküche ankam, verlor Elisabeth in Rosas Schoß das Bewusstsein.

Der herbeigerufene Arzt konnte nur noch den Tod der Sechsunddreißigjährigen feststellen.

Als Karl am nächsten Tag aus München anreiste und sie beide abends im Bett lagen, fehlten ihnen die Worte. In Gedanken tat Rosa das, was sie in diesen Fällen immer getan hatte, sie führte Zwiesprache mit ihrem Herrn.

Lieber Gott, wie kann es sein, dass du immer wieder Menschen zu dir holst, die gerade einmal in der Mitte ihres Lebens angekommen sind? Elisabeth war so alt wie meine Mutter damals. Du hast uns das Leben geschenkt und ich weiß, dass du es uns auch irgendwann wieder nimmst. Aber irgendwann … doch nicht mit sechsunddreißig!

Auch wenn Elisabeth Rosa nicht besonders nahestand, war sie Teil ihrer Familie. Und sie waren fast im gleichen Alter.

Warum konfrontierst du mich immer wieder mit dem Tod? Was soll das? Ich glaube an dich. Aber bitte mich nicht darum, es zu verstehen, wie du handelst.

»Weißt du, woran sie gestorben ist?«

Rosa schrak aus ihren Gedanken auf.

Sie drehte sich zu Karl auf die Seite und sah, dass ihm eine Träne die Wange herunterlief.

»Wie meinst du das?«, fragte Rosa vorsichtig nach.

»Du hast sie doch gefunden. Gab es irgendetwas, was vielleicht noch auf etwas anderes hindeutete? Es schien ihr doch nicht so schlecht zu gehen. Die Diabetes-Version überzeugt mich nicht, Rosa.«

Rosa war hin- und hergerissen.

Friederike und sie hatten beschlossen, Stillschweigen zu bewahren und niemandem sonst zu erzählen, was tatsächlich passiert war. Auch nicht Karl. Gemeinsam mit dem Arzt hatten ihre Schwiegereltern entschieden, Elisabeths Diabetes als Todesursache in den Totenschein zu schreiben. Außer ihnen wusste nur Rosa, was wirklich geschehen war. Normalerweise hatte Rosa keine Geheimnisse vor Karl, aber in diesem Fall entschied sie sich dafür, ihrer Schwägerin und ihren Schwiegereltern zuliebe eine Ausnahme zu machen. Sie schwieg über das Unaussprechliche.

Als sich die Familie einige Tage später zu Elisabeths Beerdigung aufmachte, standen Polizisten am Eingang des Friedhofs.

»Mama, warum stehen da die ganzen Polizisten rum?«, wollte Heinz neugierig wissen.

»Ich weiß es nicht, Heinz, lass uns einfach zur Kapelle raufgehen.«

Das Getuschel der anwesenden Bevölkerung war kaum zu überhören.

Niemand konnte sich erklären, warum die Beerdigung der schönen, jungen Elisabeth von der Polizei bewacht wurde.

Aus dem Augenwinkel sah Rosa, wie ihr vom Schmerz gebrochener Schwiegervater mit einem der Polizisten sprach und sich dann auf dem Weg zur Kapelle immer wieder umsah.

Während alle anderen in die Kapelle gingen, blieb Adam noch draußen, so, als schien er auf etwas zu warten.

»Karl, geh du mit den Kindern bitte schon vor.«

Rosa ging zu ihrem Schwiegervater.

»Ich sorge dafür, dass er ihr nicht noch einmal zu nahekommt.«

Niemand anderer sollte je erfahren, warum Elisabeth sterben musste.

Sauare Bouhne

Größere grüne Bohnen werden geputzt, abgefädelt und in dünne Streifen geschnitten.

Das Gemüse wird blanchiert.

Nachdem sie erkaltet sind, werden die Bohnen mit Salz in einen großen Steinguttopf gegeben und gestampft. Das macht man so lange, bis sie mit ihrem Saft bedeckt sind.

Darauf legt man ein Tuch und beschwert alles mit einem Holzbrett und einem Stein.

Nach einigen Wochen sind die Bohnen bereit zur Weiterverarbeitung.

Dazu röstet man eine kleingeschnittene Zwiebel in halbfettem Speck an, gibt die Bohnen dazu, füllt dies mit etwas Fleischbrühe auf und lässt es eine 3/4 Stunde leicht kochen. Mit etwas Einbrennsel leicht binden.

Sauare Bouhne – Vorrat für den Krieg

1939 bis 1941

»Mutter, was willst du? Wie spät ist es? Was ist passiert?« Rosa schreckte hoch und war noch völlig schlaftrunken, als sie ihre Schwiegermutter im Schlafzimmer stehen sah. Es war doch sonst nicht ihre Art, einfach in die heiligen Gemächer hereinzuplatzen.

»Rosa, wach auf. Es ist etwas Furchtbares passiert.«

Wie oft hatte Rosa diesen Satz in ihrem Leben schon gehört und der erste Gedanke, der ihr in den Sinn kam, war der an Karl. Mit einem Schlag war sie hellwach.

»Karl? Ist etwas mit Karl?«

Rosa sprang aus dem Bett.

Friederike drückte ihre völlig aufgelöste Schwiegertochter sanft und mit einem kurzen Lächeln auf die Bettkante zurück.

»Nein, beruhige dich, es ist nichts mit Karl, aber ... Rosa, es ist Krieg.«

Es ist Krieg.

Der Satz kam ihr seltsam vertraut vor. Er schnellte sie zurück in ihre Kindheit. Sie sah ihren verängstigten Vater vor sich, als sie im Gemeindesaal saßen und der Bürgermeister die Worte des Kaisers verkündete. Damals hatte sie sich zum ersten Mal mit dem Thema auseinandergesetzt. Heute wusste sie mehr über den Krieg, als ihr lieb war. Krieg, das bedeutete in erster Linie Zerstörung und Tod.

»Wo? Ich meine, woher weißt du das und was genau ist passiert?«

»Ich weiß noch nichts Genaues, aber, als ich heute früh runter bin, um die Ziege zu melken, kam Georg von nebenan und sagte, er habe gehört, Polen hätte Deutschland angegriffen. Die Wehrmacht ist daraufhin heute Morgen in Polen einmarschiert, und das bedeutet doch, dass jetzt Krieg ist, oder? Was soll es denn sonst bedeuten?«

»Ja, jetzt ist er da, der Krieg, den Hitler von Anfang an wollte.« Rosas Verbitterung und Sarkasmus waren nicht zu überhören.

»Wie meinst du das?«, fragte ihre Schwiegermutter erstaunt.

»Na, wird dir nicht auch plötzlich alles klar? Kurz nach seiner Ernennung zum Reichskanzler vor sechs Jahren hat er schon davon gesprochen, Lebensraum im Osten erobern zu wollen. Und letztes Jahr nach den Pogromen, da hat er uns doch auch darauf eingeschworen, dass ein Krieg zur Vernichtung des Judentums unerlässlich sei.«

»Aber letzte Woche hat er doch mit Stalin noch einen Nichtangriffspakt geschlossen. Stand zumindest in der Zeitung.«

»Genau. Kommt dir das jetzt nicht komisch vor, wenn eine Woche später Polen Deutschland angreift?«

»Na ja, jetzt nicht so schnell, wir müssen erst einmal abwarten. Aber willst du nicht die Kinder wecken und es ihnen sagen?«

Rosa nahm sich Zeit. Ganz in Ruhe zog sie sich an, richtete für ihre drei hungrigen Mäuler das Frühstück mit Brot, etwas Butter und selbst gemachter Marmelade und wollte gerade ins Zimmer der Kinder gehen, um sie zu wecken, als sie von draußen eine Lautsprecherdurchsage hörte.

Um 10 Uhr wird vom Großdeutschen Rundfunk über alle Sender im Reich und über alle Kurzwellensender die Reichstagsrede des Führers zur Strafaktion wegen Provokationen und Grenzverletzungen Polens übertragen.

Heinz war der Erste, der in seinem Schlafanzug in der Küche stand, seine Schwestern folgten ihm schlaftrunken.

»Mutter, was ist da draußen los?«

»Hören wir uns die Rede vom Führer auch an?«, wollte Priska wissen und Res, die nur das Wort Strafaktion aufgeschnappt hatte, fragte, was es bedeutete.

»Kinder, nun mal ruhig. Ich weiß auch noch nichts Genaues, aber bitte setzt euch jetzt erst einmal. Ich habe bisher von der Großmutter auch nur gehört, dass Polen Deutschland angegriffen hat und die deutsche Armee daraufhin Polen überfallen haben soll. Was, warum und wie, das weiß ich auch nicht. Vielleicht ist es am besten, wir gehen tatsächlich ins Dorf und hören uns an, was Hitler zu sagen hat. Aber ich möchte euch gerne etwas erklären. Also, wenn ein Land ein anderes Land angreift, dann nennt man das Krieg.«

»Mutter, wir wissen, was Krieg bedeutet«, antwortete Heinz und biss herzhaft in sein *Musebroud*. »Das haben wir in der Schule gelernt.«

»Und bei den Jungmädel haben wir letzthin auch darüber gesprochen«, pflichtete Priska ihrem Bruder bei.

»Und was habt ihr da so gelernt?«, fragte Rosa erschrocken und interessiert zugleich.

Alle drei beteten im Folgenden ihre Sprüche herunter, die man ihnen eingetrichtert hatte: »Der Krieg ist unvermeidlich, es gibt ja nun Gefahr für das Vaterland, das verteidigt werden muss.«

»Wir müssen auch unsere Väter rächen, die ihren Heldenkampf von 1914 bis 1918 verloren hatten, trotzdem sie doch so siegreich in dem Krieg gekämpft hatten.«

»Und dazu braucht der Führer die deutsche Jugend. Wir sind nämlich flink wie Windhunde, zäh wie Leder und hart wie Kruppstahl.«

Rosa war sprachlos.

Hier saßen ihre noch kleinen Kinder, das älteste gerade einmal zehn Jahre alt, und erklärten ihr, warum dieser Krieg gut und richtig sein sollte.

Rosa wurde wütend und laut, sehr laut. »Schön aufgesagt! Aber glaubt ihr das alles auch? Wozu haben euer Vater und ich euch erzogen? Dass ihr doch auch einen Verstand habt, den ihr einsetzen könnt, oder? Nur weil alle begeistert sind von Hitler und er so viel für Deutschland getan hat, heißt das doch nicht, dass ihr Krieg gutheißen sollt. Euer Großvater war im Krieg und er ist als gebrochener Mann zurückgekommen. Er hat Menschen sterben sehen, denn das bedeutet Krieg. Dass viele Menschen sterben. Was wisst ihr denn schon von den sogenannten Heldentaten eurer Großväter? Jetzt schickt euer großer Führer also die Jugend? Heinz, sei froh, dass du noch so klein bist, sonst würde er dich auch in den Krieg schicken. Und wer weiß, ob du den überleben würdest und ein Leben vor dir hättest. Aber das ist euch ja vor lauter Begeisterung für die Bewegung auch noch egal. Das wärt ihr ja bereit zu opfern, nicht wahr?«

Heinz, Priska und Res saßen mit gesenktem Kopf am Tisch und keiner sagte ein Wort.

Rosa musste Luft holen, nachdem sie sich gerade erst welche verschafft hatte: »Zieht euch an, wir gehen ins Dorf. Ich will wissen, was euer Führer uns zu sagen hat.«

Mit ihren drei Kindern im Schlepptau, die ausnahmsweise sehr still waren, holte sie Barbara und deren Sohn ab, und sie fanden sich auf dem Adolf-Hitler-Platz ein. Die Stimmung im Dorf war gelöst, fast ausgelassen und alle schienen in freudiger Erwartung.

»Da hat man es den Polen mal ordentlich gezeigt«, war einer der Sätze, die Rosa aufschnappte.

Als Hitler zu sprechen begann, herrschte gespenstische Ruhe in der Dorfmitte. Allein seine Stimme flößte Rosa Angst ein.

Abgeordnete! Männer des deutschen Reichstages!

Seit Monaten leiden wir alle unter der Qual eines Problems, das uns auch der Versailler Vertrag, das heißt das Versailler Diktat, einst beschert hat, eines

Problems, das in seiner Ausartung und Entartung für uns unerträglich geworden war.

Das, was dann folgte, machte sie zunehmend wütend. Alles klang in ihren Ohren wie Rechtfertigungen: Er, der Führer, habe doch alles versucht, Veränderungen friedlich herbeizuführen. Er sei als Oberhaupt bei allen Vorschlägen loyal und bescheiden gewesen. Er wies die Beschuldigungen zurück, Deutschland habe Polen provoziert, man spräche nur mit der gleichen Sprache, wie Polen mit Deutschland spreche.

Meine Friedensliebe und meine endlose Langmut soll man nicht mit Schwäche oder gar mit Feigheit verwechseln!

Auf dem Dorfplatz brandete Jubel auf und Rosa musste sich konzentrieren, dass sie auch noch die anderen Ausführungen verstehen konnte.

Hitler ging auf den Pakt mit Stalin ein und nach einem Zwischenruf aus dem Reichstag kamen nun die entscheidenden Sätze zur aktuellen Lage.

Polen hat heute Nacht zum ersten Mal auf unserem eigenen Territorium auch mit bereits regulären Soldaten geschossen. Seit 5 Uhr 45 wird jetzt zurückgeschossen! Und von jetzt ab wird Bombe mit Bombe vergolten! Wer mit Gift kämpft, wird mit Giftgas bekämpft.

Als Nationalsozialist und als deutscher Soldat gehe ich in diesen Kampf mit einem starken Herzen hinein. Mein ganzes Leben war nichts anderes als ein einziger Kampf für mein Volk, für seine Wiederauferstehung, für Deutschland. Über diesem Kampf stand immer nur ein Bekenntnis des Glaubens an dieses Volk. Ein Wort habe ich nie kennen gelernt, es heißt: Kapitulation.

So wie ich selber bereit bin, jederzeit mein Leben einzusetzen – jeder kann es mir nehmen – für mein Volk und für Deutschland, so verlange ich dasselbe auch von jedem anderen. Wer aber glaubt, sich diesem nationalen Gebot, sei es direkt oder indirekt, widersetzen zu können, der fällt! Verräter haben nichts zu erwarten als den Tod! Ich erwarte auch von der deutschen Frau, dass sie sich in eiserner

Disziplin vorbildlich in diese große Kampfgemeinschaft einfügt. Die deutsche Jugend wird strahlenden Herzens ohnehin erfüllen, was die Nation, der nationalsozialistische Staat von ihr erwartet und fordert.

Rosa sah ihre Kinder an. Was ging wohl in ihren Köpfen vor? Ob sie verstanden, was er da sagte?

Mit einem »*Deutschland – Sieg Heil!*« beendete Adolf Hitler seine Rede.

Die Menge auf dem Dorfplatz war nicht mehr zu bremsen, mit großer Macht erklangen Sieg-Heil-Rufe, die Menschenmenge spendete Applaus, die Nationalhymne wurde angestimmt.

Rosa und Barbara standen etwas verloren in ihrem Heimatort, sahen sich nach Leuten um, denen man ansehen konnte, dass sie genauso empfanden wie sie, dass sie Angst hatten, dass sie auch nicht begeistert davon waren, was sie gerade gehört hatten. Sie entdeckten kaum welche.

Nachdenklich machten sie sich mit ihren Kindern auf den Nachhauseweg.

»Mutter, Tante Bawett, der Führer hat doch jetzt gar nicht von Krieg gesprochen. Das war doch gut, oder?«, unterbrach Res die Stille.

Rosa sagte nichts.

»Na ja, Res«, antwortete schließlich Barbara, »auch wenn er das Wort nicht erwähnt hat, Deutschland hat Polen mit Waffen angegriffen, das heißt es eigentlich schon, auch wenn Hitler dieses Wort nicht verwendet hat.«

Res gab sich damit zufrieden und lief mit den anderen beiden Geschwistern voraus.

»Ich weiß, ich darf das nicht laut sagen, aber glaubst du, Polen hat angefangen?«

Rosa schaute sich vorsichtig um: »Ach Bawett, keine Ahnung, aber das Gefühl, dass daran etwas faul ist, bekomme ich auch nicht los. Etwas anderes bedrückt mich noch viel mehr.« Sie machte eine kleine Pause, bevor sie weitersprach. »Meinst du, sie rücken Karl und deinen Josef dann auch ein?«

»Ich denke, du kennst die Antwort, Rosa. Aber Karl ist ein Kämpfer, der schafft das.«

»Ja, Bawett, er mag ein Kämpfer sein, aber er ist kein Soldat.«

Mit seiner Arbeit in München war Karl zufrieden, die Auftragsbücher waren trotz oder wegen des Krieges voll und er hatte ordentlich zu tun. Vor allem aber schützte ihn seine Arbeit vor der Armee und darüber war er mehr als erleichtert. Die Stadt gefiel ihm, allerdings hatte er erheblich mit der Hitlerbegeisterung der heimlichen Hauptstadt des Reiches zu kämpfen. Er kannte ja die Situation in seinem Heimatort mit Egon Müller als überzeugtem Nazi, der aus dem kleinen Ort in den letzten sieben Jahren ein nationalsozialistisches Kleinod geschaffen hatte. So froh er war, dieser Enge entflohen zu sein, so sehr machte sich bei ihm ein seltsames Gefühl breit, wenn er wie jeden Tag von seiner Arbeitsstelle in seine kleine Wohnung lief. Vorbei am Odeons-Platz, wo die Feldherrenhalle ihn an einen Tempel erinnerte. Heute blieb er verwundert an der östlichen Seite der Halle stehen: Alle Menschen, die dort vorbeiliefen, erhoben stramm den Arm zum Hitlergruß. Sein Blick schwenkte nach oben. Auf dem Plateau war eine Tafel mit Namen aufgestellt, die von der SS bewacht wurde. Karl ging etwas näher heran und lief um die Tafel herum.

Auf der Rückseite las er: »Und ihr habt doch gesiegt.« Darunter eine Plakette mit Namen von getöteten Polizisten.

Noch bevor er sich wieder entfernen konnte, wurde er von den Wachen harsch zum Hitlergruß aufgefordert. Schnell und kurz streckte er seine Hand zum Gruß und ging eilig weiter.

Ein wenig verstört lief er durch die immer ähnlicher gestalteten Straßen. Viele der Bauten, die unter anderem mit Unterstützung seiner Firma entstanden, muteten protzig und monumental an und demonstrierten vor allem eines: Macht.

Nachdenklich setzte er sich auf eine Bank und ließ seine Gedanken schweifen. Seine Meinung gegenüber der politischen Führung und gegenüber seinem Arbeitgeber hielt er hinterm Berg, auch wenn ihm das nicht immer leichtfiel. Er konnte mit dem gleichmacherischen Menschenbild der Nazis wenig anfangen. Aber er wusste auch, was es bedeutete, in der Öffentlichkeit zu dieser Meinung zu stehen. Nachdem die Entscheidung für München gefallen war, gab ihm Egon deutlich zu verstehen, dass er ihm damit eine wichtige Entscheidung abgenommen hätte.

Auch noch Stunden später hielten ihn seine Gedanken wach. Aufgrund der Erfahrungen seiner sozialdemokratischen Freunde wurde ihm immer klarer, was es bedeutet hätte, zu Hause gegen das Regime Stellung zu beziehen. Vermutlich wäre er entlassen worden, wäre denunziert und im schlimmsten Fall in ein Arbeitslager für Andersdenkende deportiert worden. Was mit Rosa und den Kindern passiert wäre, daran wollte er lieber gar nicht denken. In München war er anonymer, das schützte ihn. Ab und an versuchte er herauszufinden, ob es Kollegen gab, die ähnlich dachten wie er. Gespräche mit Gleichgesinnten hätten ihm gutgetan. Aber er war vorsichtig. Er hatte immerhin Frau und Kinder im entfernten Baden und brauchte diese Arbeit, um seine Familie zu ernähren. Wäre es sinnvoll, sie doch hierher zu holen?

Nacht für Nacht quälte ihn in seinem kleinen Schwabinger Zimmer die Zerrissenheit.

Karl war froh, dass er regelmäßig zu seiner Familie nach Hause fahren konnte. Vor allem jetzt, wo der Krieg wütete, war er besonders dankbar dafür, seine Familie ab und an immerhin für ein paar Stunden besuchen und sehen zu können. Vor allem freute er sich darauf, Weihnachten im Kreis seiner Liebsten feiern zu können. Sein Chef hatte ihm für seine gute Arbeite eine Prämie in Aussicht gestellt und er hatte sich bereits ein besonderes Weihnachtsgeschenk für Rosa ausgedacht. Er würde mit ihr zusammen nach München fahren und sie zum Essen in ein Restaurant einladen.

Seine Rosa liebte gutes Essen, war eine hervorragende Köchin. Karl bewunderte sie für ihre Kochkünste. Auch dass sie es schaffte, zu Hause alle gut zu versorgen, obwohl sie sich wegen der Kriegssituation stark einschränken mussten, weil es nicht mehr alles gab, rang ihm Respekt ab. Rosa hatte bereits vor einiger Zeit dafür gesorgt, dass sie im Keller große Steinguttöpfe mit konserviertem Gemüse wie *Sauare Bouhne* gelagert hatten, was ihnen jetzt zugute kam.

Was könnte Rosa also mehr erfreuen, als wenn er sie in eine gute Gaststätte zum Essen einlud, noch dazu in einer ihr fremden Stadt. Sie konnte endlich München kennenlernen, würde sehen, wo und wie er hier lebte. Er wollte ihr unbedingt alles zeigen und ihr tat es sicher gut, auch einmal rauszukommen.

Rosa war von Karls Weihnachtsgeschenk begeistert und konnte es kaum erwarten, mit ihm nach München zu fahren. Zum ersten Mal würden sie mehrere gemeinsame Tage ohne die Kinder verbringen. Natürlich hatte sie zunächst ein schlechtes Gewissen, sie allein zu lassen. Aber bei Friederike und Adam wusste sie die drei in guten Händen und auch Barbara hatte sich angeboten, die Sorge für die Kinder mit zu übernehmen. Es waren ja nur ein paar Tage.

München war ein großes Abenteuer. Weiter als nach Heidelberg war Rosa noch nie aus ihrem Dorf hinausgekommen, und dann gleich eine so große Stadt; sie war aufgeregt und glücklich wie seit langem nicht mehr.

Stolz führte Karl seine Frau durch die Stadt, die sich in dieser Jahreszeit von ihrer schönsten Seite zeigte: Eine leichte Schneedecke lag über den Straßen, Dächern und Parks, die Sonne schien, alles glitzerte. Rosa fühlte sich wie im Märchen. Sie liebte die langen Spaziergänge im Englischen Garten und war fasziniert vom großstädtischen Flair. Wie klein kam ihr das eigene Dorf vor! Sogar den Krieg konnte sie hier für einen Moment vergessen, so beseelt war sie von all dem Neuen und Anderen.

Sie war gespannt, in welches Lokal Karl und sie gehen würden und was die Speisekarte hergab. Er hatte sich etwas ganz Besonderes einfallen lassen. Mit dem Auto, das er sich von einem Kollegen geliehen hatte, unternahmen sie eine Landpartie. Rosa hatte sich schick gemacht und fühlte sich wie ein junges Mädchen aus besserem Hause, als ihr Mann mit dem Wagen vorfuhr. Dann ging es raus aus der Stadt ins Voralpenland. Von der Landschaft, durch die Karl seine Frau stolz chauffierte, war sie regelrecht verzaubert. Die schneebedeckten Alpen in der Ferne, die wie mit Puderzucker überzogenen Wiesen um sie herum und direkt vor ihr ein See, dessen zu Eis gefrorene Oberfläche in der Wintersonne glänzte. Sie musste sich in den Arm kneifen, um sicher zu sein, nicht zu träumen. An der Aussicht konnte sie sich gar nicht sattsehen. Und mittendrin der Landgasthof, den Karl ausgesucht hatte, der Inbegriff einer Postkartenidylle.

»Willst du hier draußen festfrieren oder kann ich dich endlich mit dem guten Essen hier herein locken?« Karl stand bibbernd vor der Eingangstür, während Rosa die Schönheit dieser atemberaubenden Landschaft ganz in sich aufsaugte. Die eisige Kälte hatte sie nicht bemerkt.

»Ich komme ja schon.«

Beim Blick in die Speisekarte traute Rosa ihren Augen nicht.

Es gab *Sauabrode*, ihre Lieblingsspeise. Wie lange hatte sie kein Rindfleisch mehr gegessen! Dazu gab es *Kadofflkleß* und *Rotkraut*. Rosa lief bereits beim Lesen das Wasser im Mund zusammen.

Beinahe andächtig und mit großer Lust aß sie ihren Braten. Wer wusste schon, wann sie solch einen Leckerbissen wieder genießen konnte. Das Fleisch roch und schmeckte zwar etwas anders, als ihre Geschmacksnerven sich zu erinnern vermochten. Allerdings war ihr aufgefallen, dass sie in den letzten Wochen öfter äußerst sensibel auf Gerüche reagierte.

Warum grinste Karl denn so schelmisch?

Als sie genussvoll das letzte Stück Fleisch auf die Gabel spießte, wollte sie doch wissen, warum er sie die ganze Zeit so verräterisch anblickte.

»Rosa, weißt du, wo wir hier sind?«, fragte Karl spitzbübisch.

Rosa wusste nicht, worauf er hinauswollte.

»In einem sehr guten bayrischen Landgasthof mit eigener Schlachtung, so stand es jedenfalls an der Tür, warum?«

»Das stimmt. Und weißt du, was die hier schlachten?«

Rosa stutzte.

»Na, wenn es Sauerbraten gibt, wahrscheinlich Rinder.«

Karl blickte Rosa an und machte eine etwas zu lange Pause.

Rosa blickte auf ihr Fleisch, dann in Karls Augen und schließlich aus dem Fenster. Dort waren riesige Stallungen zu sehen.

»Nein!« Rosas Schrei erschreckte die wenigen Besucher des Lokals und Karls spitzbübisches Lächeln löste sich in Luft auf.

Ohne ein Wort zu sagen, stand Rosa auf, nahm ihre Jacke, ihre Tasche und verließ postwendend das Restaurant.

Karl entschuldigte sich bei der Bedienung, stammelte etwas von Unverträglichkeiten, zahlte und rannte ihr hinterher.

Als er sie eingeholt hatte, drehte sie sich um und Karl schaute in ihr totenbleiches Gesicht.

»Wie konntest du mir das antun?«

»Aber Rosinchen, du hast doch selbst gesagt, wie gut es dir geschmeckt hat. Das ist eine Delikatesse.«

»Delikatesse hin oder her, du hättest es mir sagen müssen. Ich esse kein ... Pferd.«

Bockig stieg Rosa ins Auto, keiner von beiden sprach ein Wort.

Nach etwa zwei Kilometern schrie Rosa Karl an: »Halt an! Sofort!«

Karl stoppte den Wagen und Rosa übergab sich direkt am Straßenrand. Der gesamte *Sauabrode*, den sie vor einigen Minuten noch so lustvoll verspeist hatte, landete als Dünger auf einer bayrischen Wiese. Kreidebleich kehrte sie zum Auto zurück; erst am Abend hatte sie Karl die Geschichte mit dem Braten verziehen und sie konnten gemeinsam darüber lachen.

Dass es ihr in den Tagen darauf nach wie vor schlecht sein sollte und sie sich mehrfach übergeben musste, lag allerdings nicht mehr am Pferdefleisch, sondern an einem ganz anderen Umstand.

Rosa hatte mit ihrer späten Schwangerschaft und der Belastung durch die immer schwieriger werdende allgemeine Situation im Ort zu kämpfen. Seit spätestens durch den Feldzug nach Russland klar war, dass der Krieg kein schnelles Ende finden würde, obwohl Hitler mit seinen sogenannten Blitzkriegen zunächst erfolgreich war, verschlechterte sich die Versorgungssituation der Bevölkerung immer mehr. Das Warenangebot war immer knapper geworden und durch Bezugsscheine alles Mögliche reglementiert und rationiert. Rosa litt an Mangelernährung. Auch wenn ihre Familie dank der kleinen Landwirtschaft mit dem Gemüse und den wenigen Tieren, die sie noch besaß, keinen Hunger leiden musste, war der Mangel trotzdem spürbar. Alle anderen Familienmitglieder verzichteten immer wieder auf die wenigen nahrhaften Lebensmittel, um sie denen zukommen zu lassen, die sie am nötigsten brauchten: Rosa und ihrem ungeborenen Kind.

Friederike und Barbara gelang es wieder einmal, aus dem wenigen, das ihnen zur Verfügung stand, etwas einigermaßen Sättigendes zu kochen, wie *Sagosupp* aus Kartoffelsago. Obwohl die Situation hart war, freuten sich alle auf den neuen Familienzuwachs.

Hinzu kam der psychische Ballast. Besorgnis und Trauer griffen um sich, nachdem die ersten Todesmeldungen aus Russland nicht lange auf sich hatten warten lassen. Bereits seit zwei Jahren herrschte nun Krieg und Rosa musste oft an ihre Kindheit denken, in der sie schon einmal solch schwere Zeiten durchstehen musste. Die Mutter war tot und der Vater im Krieg. Auch jetzt waren fast alle Männer, bis auf die alten, eingezogen, sogar der Bürgermeister.

Wie würde es Karl ergehen?

Bisher war er in München. Aber wie lange noch? Traf ihn dasselbe Schicksal, während sie kurz vor der Niederkunft stand?

Am 20. September war es soweit, ein kleines Mädchen drängte auf die Erde. Gegenüber ihren anderen Geburten, die letzte vor zehn Jahren, spürte Rosa, dass sie älter geworden war, dass ihr Körper nicht mehr so viel Kraft hatte. Die gute Sophie, mittlerweile Seele aller schwangeren Frauen im Ort, hatte Rosa darauf vorbereitet, ihr viertes Kind im Krankenhaus in Heidelberg zur Welt zu bringen. Es war eine langwierige und schwere Geburt, die aber von einem gesunden Kind gekrönt wurde.

»Es ist alles dran«, scherzte die Hebamme der Frauenklinik und legte der sichtlich mitgenommenen Rosa ihr viertes Kind in den Arm.

Dankbar blickte sie auf ihr Nesthäkchen, ein hübsches, kleines Mädchen, eine kleine ..., Rosa hielt inne.

Sie und Karl hatten vergessen, sich bei seinem letzten Heimaturlaub auf einen Namen zu einigen. Karl war für Margit gewesen, Rosa präferierte Ingrid. Nun war Karl nicht da. Karl. Eine Träne kullerte über Rosas Gesicht. Allzu gern hätte sie ihrem geliebten Mann seine kleine Tochter gezeigt, hätte das Glück dieses einzigartigen Moments mit ihm geteilt. Er wäre sicher sehr stolz, auf sie beide.

Eine große Traurigkeit ergriff von ihr Besitz. Sogleich verbot sie sich dunkle Gedanken, wollte sich nicht von ihnen übermannen lassen. Es war ein Geschenk, dass sie in ihrem Alter ein gesundes Kind zur Welt gebracht, sie selbst die Geburt unbeschadet überstanden hatte, dafür war sie unendlich dankbar. Und auch alles andere würde sich fügen.

In diesem emotionalen Augenblick musste Rosa unweigerlich an ihre Mutter denken, die nach Maries Geburt nie wieder richtig auf die Beine gekommen war. Marie hatte als Kind eine ähnliche Situation erlebt, wie ihre kleine Tochter womöglich jetzt. Es war Krieg, der Vater nicht da, die Mutter krank. Rosa hoffte, dass sie sich so schnell wie möglich von den Strapazen der Geburt erholen und wieder voll und ganz für ihre Familie da sein konnte. Sie musste nun als Mutter noch einmal von vorne anfangen. Dabei reichte ihre Geduld doch oft bei den Großen schon nicht mehr: Die Großen, die bald in die Pubertät kamen, die zwar keine kleinen Kinder mehr waren, aber der Fürsorge ihrer Mutter dennoch oder gerade jetzt bedurften. Und Heinz, ein Junge, der dringend die Hand des Vaters brauchte, die sie nicht ersetzen konnte.

Als die Hebamme Rosa ihr kleines Mädchen aus den Armen nahm, wurde sie aus ihren Gedanken gerissen. Das Neugeborene wurde gesäubert, gewogen und bevor Rosa in ein Krankenzimmer gebracht wurde, klärte der Arzt noch ein paar Formalitäten mit ihr.

Dort wollten ihre Gedanken gerade wieder abschweifen, als es klopfte.

Zuerst steckte Barbara, die in den letzten Tagen ohnehin fast nicht von Rosas Seite gewichen war, den Kopf durch die Tür, dann folgten Marie und Käthe. Rosa war glücklich, ihre Schwestern bei sich zu haben.

»Also eines muss man Euch lassen: In Eurer Familie habt ihr's mit den Mädchen.«

Rosa traute ihren Ohren nicht. Hatte sie da gerade die Stimme ihres Mannes gehört? Sie blickte zur Tür und sah, wie Karl, die Kinder vor sich herschiebend, zum Zimmer hereinkam.

»Karl!« Ihre Stimme zitterte und sie streckte die Arme weit auseinander, um ihn zu begrüßen. Welch ein Glück übermannte Rosa: Fast ihre ganze Familie stand um ihr Bett, nur das Baby fehlte.

»Warte, Mutter, ich frage, ob wir sie holen dürfen«, ereiferte sich Res und ihre Rasselbande rannte hinaus auf den Flur.

Barbara deutete ihren Schwestern an, draußen zu warten, bis das Baby gebracht werden würde.

In diesem Moment der Zweisamkeit fehlten sowohl Rosa als auch Karl die Worte.

»Es ist alles gut gegangen, haben sie mir gesagt«, fand Karl als Erster die Stimme wieder.

»Hat die kleine Margit dir große Mühen bereitet?«

»Karl, ich muss dir was sagen«, Rosa zögerte ein wenig.

»Du warst nicht da und ich wusste nicht, wann du kommst. Ich habe bereits einen Namen eintragen lassen ... und Karl ...«, ein schelmisches Lächeln huschte über ihr Gesicht, »der ist nicht Margit.«

Für einen Moment schien es Rosa so, als wäre Karl verärgert.

Sie hatte Angst, ihn damit zutiefst enttäuscht zu haben, vertraute dann aber doch auf seinen Humor, den sie so sehr an ihm liebte.

»Ingrid, nicht wahr? Du Unbeugsame! Wie deine Mutter! Da ist man einmal nicht da ...« Scherzhaft schimpfte Karl mit Rosa.

Als seine anderen Kinder und eine Kinderschwester mit der kleinen Ingrid auf dem Arm das Zimmer betraten, hatte er den leichten Groll über den Namen sowieso schon vergessen.

Quiddeschelee

Die Quitten werden samt den Schalen und Kernen geschnitzt, dann mit Wasser und Wein gekocht, bis sie weich sind.

Hierauf werden die Schnitze herausgenommen und der Saft zum Klären in einer Schüssel bis zum anderen Tag in den Keller gestellt.

Auf einen Liter Saft nimmt man 500 g Zucker, der geläutert sein muss.

Dieser wird mit dem Saft gekocht, bis er dick genug und schleimig ist.

Stark bleiben in stürmischen Zeiten mit *Quiddeschelee*

1942 bis 1945

Rosa, schreibt dir der Karl neuerdings Liebesbriefe?«

Als Karls ehemaliger Kollege Hans plötzlich mit einem Brief aus München vor Rosas Tür stand, war ihr nicht nach Scherzen zumute.

Es war ungewöhnlich, dass Karl ihr einen Brief schrieb. Das konnte nichts Gutes verheißen.

Hans, der bemerkt haben musste, dass sein flotter Spruch bei Rosa nicht besonders gut angekommen war, erklärte betreten, dass er gerade aus München zurückgekommen sei, wo er beruflich zu tun hatte. Und dass er sich mit Karl getroffen habe.

Rosa jedoch war zu nervös um Hans länger zuzuhören, bedankte sich kurz und ließ den etwas verdutzt dreinschauenden Mann einfach vor der Tür stehen.

Eilig lief sie in ihr Schlafzimmer und öffnete mit zitternden Händen den Briefumschlag.

Liebe Rosa,

ich schreibe dir heute, weil ich nicht weiß, wann ich meinen nächsten Heimat-urlaub antreten kann. Ich kann auch nur so offen schreiben, weil Hans sich angeboten hat, dir den Brief persönlich zu überbringen. Ihn mit der Post zu schicken, war mir zu gefährlich, wer weiß, ob die Gestapo nicht mitgelesen hätte. Wegen der Freude über unsere kleine Ingrid habe ich mich nicht getraut, mit dir bei meinem letzten Besuch über das zu sprechen, was mich schon seit einiger Zeit beschäftigt. Aber gestern hatte ich ein langes Gespräch mit dem jungen Becker und da sich die Situation schlagartig ändern wird, muss ich dir nun auf diesem Weg davon berichten. Der Junior leitet ja seit längerem die Firma mit seinem Vater und uns war lange Zeit nicht ganz klar, welche Rolle er da innehat. Ich weiß es schon seit Anfang des Jahres, weil er mich sehr früh in seine Pläne eingeweiht hat – er hat sogenannte Rollbunker entwickelt, eine Erfindung von militärischer Bedeutung, ich erspare dir die Einzelheiten. Auf jeden Fall sollen die jetzt in der Ukraine zum Einsatz kommen, die seit Juni von den deutschen Truppen besetzt und inzwischen zum Hauptkriegsschauplatz geworden ist. Becker soll seine Rollbunker nun dort aufbauen. Dazu braucht er Leute, die das können. Ich mache es kurz, Rosa: Ich muss in die Ukraine.

Rosa ließ den Brief sinken und konnte nicht glauben, was sie gerade gelesen hatte. Ungläubig las sie es ein zweites Mal.

Dazu braucht er Leute, die das können.

Ihr Karl war Stuckateur. Sie verstand nicht, warum ausgerechnet er in die Ukraine sollte. Wurde er nun doch eingezogen? Das war ihm bisher erspart geblieben.

Ihr Herz schlug immer schneller und sie las weiter.

Ich werde dienstverpflichtet. 1938 haben sie das Gesetz erlassen wegen des Westwalls, weil sie auf einen Schlag viele Arbeitskräfte brauchten. Seit der Krieg ausgebrochen ist, weiten sie es aus – und nun bin ich dran ... Ich weiß genau, was du jetzt denkst.

Noch immer wusste Rosa nicht, worauf Karl hinauswollte. Das, was er da über die Dienstverpflichtung schrieb, hörte sich für Rosa wie Zwangsarbeit an.

Nicht nur du hast das Gefühl, dass es sich bei dieser Art von Dienstverpflichtung um Zwangsarbeit handelt – zumal Dienstverpflichtete auch finanziell schlechter aufgestellt sind.

Rosa fühlte sich von ihrem Mann ertappt. Kurz huschte ein Lächeln über ihr Gesicht, weil er sie doch so gut kannte. Aber was wollte er ihr eigentlich sagen?

Der junge Becker hatte mich bereits vorgewarnt, dass auch ich dienstverpflichtet werden würde. Er ist Mitglied der NSDAP, hat gute Beziehungen, nicht umsonst hat er den Auftrag für den Osten erhalten. Das ist nicht einfach gewesen für mich, du kennst mich, Rosa. Aber er war immer fair und offen zu mir. Er hat mir angeboten, dass er mich ausbildet in Bau und Verputz der Rollbunker und dass er mich als »Gleichgestellten« bezahlen würde. Dadurch hätten wir Anspruch auf Zulagen und keine finanziellen Einbußen.

Sie konnte nicht glauben, was sie da lesen musste. Karl beteiligte sich an der Herstellung von Kriegsgerät? Ihr Karl, der mit den Nationalsozialisten nichts zu schaffen haben wollte?

Du fragst dich sicher, warum ich trotzdem nicht abgelehnt habe. Zum einen ist die Verweigerung der Dienstpflichtleistung strafbar, Rosa. Außerdem wollte und will ich euch nicht in Gefahr bringen. Das musst du wissen. Schließlich wäre auch nicht klar gewesen, wo ich sonst hingekommen wäre – womöglich doch noch direkt an die Front, als Soldat. Aber dass ich Heimaturlaub bekomme, wie ihn mir Becker in Aussicht gestellt hat, damit rechne ich ehrlich gesagt nicht. Dass ich unser kleines Mädchen nicht aufwachsen sehen kann, tut mir in der Seele weh, das kannst du dir vorstellen. Wie geht es ihr? Nimmt sie allmählich zu? Und was machen die Großen? Geht es euch allen gut? Ich denke viel an euch.

Rosa, ich wünsche mir, dass du mich verstehst. Oder dass du es zumindest annehmen kannst.

Ach Rosa, ich wünschte, wir könnten alle bald in Frieden leben. Aber so wie es aussieht, steht uns noch eine harte Zeit bevor.

Es grüßt dich, dein Karl.

Langsam glitt der Brief aus ihren Händen. Da stand sie – aufgewühlt und verstört. Was sollte sie den Kindern sagen, wie ihnen die Nachricht überbringen? Wie in Trance stolperte sie in die Küche, öffnete den Küchenschrank, räumte die Gläser zur Seite und nahm einen großen Schluck aus der kleinen Schnapsflasche, die sie für diese Fälle im Schrank versteckt hatte.

Auch im Verlauf der nächsten Kriegsjahre waren Briefe die einzige Möglichkeit, um miteinander in Verbindung bleiben zu können. Jedes Mal schlug Rosa das Herz bis zum Hals, wenn wieder ein Brief aus Rowno ins Haus flatterte. Sie freute sich, dass die Ukrainer ihn als Deutschen wohl sehr freundlich aufgenommen hatten, wie Karl ihr schrieb. Nachdem sie zwanzig Jahre Stalinismus hinter sich hatten, hofften wohl viele auf eine Verbesserung ihrer Situation. Dennoch machte sie sich die ganze Zeit über große Sorgen und haderte nach wie vor mit der Entscheidung ihres Mannes, denn dort, wo er war, fanden erbitterte Kämpfe statt. Und ihr Karl als Bunkerbauer mittendrin.

Wie gebannt saßen Rosa und ihre Schwestern mit den Kindern bei *Muggefugg* vor Maries Volksempfänger, als Reichspropagandaminister Joseph Goebbels unter frenetischem Jubel im Berliner Sportpalast den totalen Krieg ausrief und an den Durchhaltewillen der deutschen Bevölkerung appellierte.

»Totaler Krieg, wie sich das anhört. Gibt es einen Krieg, der nicht total ist? Versteht ihr das?«

Rosa wollte nicht mehr zuhören.

Marie schaltete den Volksempfänger aus.

»Habt ihr gehört, wie alle im Hintergrund gejubelt haben?«, ergänzte Barbara. »Mir ist das irgendwie unheimlich.«

»Vielleicht läuft es ja doch nicht so gut in Russland und sie schwören uns alle darauf ein, dass das noch eine Weile so gehen kann.«

Käthe sprach leiser, damit die Kinder nicht so viel vom Gespräch der Erwachsenen mitbekamen. Sie waren zwar mittlerweile mit Spielen beschäftigt, aber man wusste ja nie.

»Laut darfst du das aber nicht sagen«, erwiderte Rosa.

Sie dachte an Karl.

Hatte er doch richtig gehandelt, sich bis zu einem gewissen Grad zu beugen und mitzuspielen in diesem Spiel, das Hitler mit seinem Volk zu treiben schien?

Einige Tage später, Rosa stand gerade am Herd und bereitete *Verlorene Eier* zu, stürmte ihr Sohn völlig außer Atem in die Küche.

»Mama, schnell, komm, unten steht ..., also vorm Haus ist ein Mann, und der schaut, und ich glaube, der kommt hier rein ...«

»Heinz, nun mal ganz langsam und der Reihe nach: Was ist mit einem Mann, der unten steht?«

Aufgeregt zerrte Heinz Rosa zum Fenster in die Stube und zeigte auf einen gut gekleideten, eleganten Herrn, der vor dem Hoftor stand.

Verstohlen schaute Rosa hinunter.

Diesen Mann hatte sie noch nie gesehen, er war nicht aus dem Dorf, so viel war sicher.

»Wenn er etwas von uns will, wird er sich rühren«, sagte Rosa nüchtern und zog ihren Jungen vom Fenster weg, als sie Adam aus dem Erdgeschoss nach oben rufen hörten: »Rosa, du hast Besuch, kommst du bitte herunter?«

Der elegante Herr wollte also tatsächlich zu ihr?

Mittlerweile war sie sehr vorsichtig geworden.

Was konnte er wollen? War er von der Partei?

Hatten sie sich irgendetwas zuschulden kommen lassen?

Sie nahm sich Zeit, ging langsam, Stufe für Stufe, bis sie vor dem Fremden zum Stehen kam.

»Entschuldigen Sie bitte, dass ich Sie hier so überfalle, mein Name ist Becker, ich ...«

Rosa fiel Herrn Becker ins Wort: »Ist etwas mit Karl ...?«

Beschwichtigend schüttelte er den Kopf. »Nein, keine Angst, Ihrem Mann geht es, soweit wir wissen, gut.«

Erleichterung überkam sie.

Wenn er keine Nachricht von Karl brachte, was wollte er dann hier, wunderte sich Rosa

»Können wir uns in Ruhe unterhalten?«, fuhr Herr Becker fort.

»Ich möchte Ihnen ein Angebot machen.«

Zögerlich bat sie ihn in die Stube und schickte Heinz zu den Großeltern. »Ich bin hier, weil ich Ihnen anbieten möchte, mit den Kindern nach München zu kommen. Die Lage im Reich wird instabiler. Die Alliierten rücken immer weiter vor und Sie sind hier nicht mehr sicher. In München kann ich für Ihre Sicherheit garantieren. Das bin ich Ihrem Mann schuldig. Er hat der Firma große Dienste geleistet.«

Rosa wusste nicht, was sie von diesem Herrn Becker halten sollte.

Hatte ihn Karl nicht als strammen Nazi bezeichnet? Wie sollte er ihr helfen können?

»Herr Becker, glauben Sie denn nicht mehr an den Endsieg?« Sie blickte dem Chef ihres Mannes direkt in die Augen und fragte sich, ob sie mit dieser Frage nicht zu weit gegangen war.

Becker senkte den Kopf und sagte mehr zu sich als zu Rosa: »Die Russen haben mit der Rückeroberung der Krim und der restlichen Ukraine begonnen.«

Schrecken fuhr ihr in die Glieder.

»Wo ist mein Mann?«

»In einem unserer Bunker und in Sicherheit. Sobald es möglich ist, werden wir ihn herausholen, aber kommen Sie mit nach München.«

Rosa wusste nicht, was sie sagen sollte. Karl hatte sich auf die Vereinbarung mit Becker eingelassen, und er mochte seine Gründe dafür gehabt haben. Aber warum sollte sie das tun?

Würde sie Karl noch einmal lebend wiedersehen?

Scheinbar hatten die Deutschen in diesem Krieg keine Chance mehr. Warum also sollte sie ihre Heimat verlassen, ihr Nest, ihre Familie?

»Vielen Dank für Ihr großzügiges Angebot, Herr Becker, das ich aber nicht annehmen kann. Ich kann unmöglich meine Schwiegereltern alleine zurücklassen. Bringen Sie mir meinen Karl wieder heil und gesund nach Hause, das ist mein größter Wunsch. Wir werden es hier schon schaffen.«

Becker bohrte nicht weiter, wofür Rosa ihm sehr dankbar war.

Unverrichteter Dinge reiste er wieder ab.

Nur einen Monat später wurde München durch einen heftigen Luftangriff der Alliierten dem Erdboden gleichgemacht. Als Rosa in Maries Volksempfänger von der Bombardierung hörte, betete sie besonders intensiv den ›Engel des Herrn‹, bekreuzigte sich dreimal und war unendlich froh, die richtige Entscheidung getroffen zu haben.

»Mama, sie fliegen wieder, das müssen wir uns ansehen.«

Noch bevor Rosa etwas erwidern konnte, war Heinz mit seinem Freund Günter losgelaufen Richtung Dachboden.

Amerikanische Tiefflieger flogen bereits seit Herbst 1944 beständig über den Ort und die beiden fünfzehnjährigen Jungs waren geradezu versessen darauf, die Flugzeuge zu beobachten. Erst vor wenigen Tagen hatten sie von der Dachluke aus zugesehen, wie ein deutscher Jagdflieger von einem amerikanischen verfolgt und abgeschossen wurde. In der Zeitung konnte man tags darauf lesen, dass der deutsche Pilot noch versucht hatte, aus der Maschine zu gelangen, er war aber bereits zu tief unten, sodass sich sein Fallschirm nicht mehr öffnete. So oft hatten sie die Spreng- und Brandbomben beobachten können, die draußen in der Rheinebene die Industriestadt Mannheim schließlich in Schutt und Asche gelegt hatten. In letzter Zeit kamen die Einschläge immer näher. Angriffe auf die Züge der OEG oder die Osmia AG, die statt Füllhalter nun Kriegsmaterial wie Handgranatenzündergewinde herstellte, waren an der Tagesordnung.

Rosa sah es überhaupt nicht gern, dass ihr Sohn sich in solchen Momenten dieser Gefahr aussetzte. Jederzeit könnte auch über ihrem Haus eine Bombe fallen, ein Flugzeug abgeschossen werden. Görings Luftwaffe hatte den haushoch überlegenen alliierten Luftstreitkräften kaum noch etwas entgegenzusetzen. Wenn überhaupt noch deutsche Militärmaschinen am Himmel auftauchten, blieben sie meist nicht allzu lange in der Luft.

Gerade als sie die beiden herunterrufen wollte, heulten die Sirenen des Fliegeralarms auf. Voller Sorge um ihre Lieben schrie Rosa durch das gesamte Haus, sodass auch jedes Familienmitglied sie laut und deutlich hörte, und so schnell sie konnten, rannten alle die Treppen hinunter in den Keller. Angstvoll versammelten sie sich zwischen den Weinfässern und den noch wenigen Einmachgläsern mit *Salzgurge* und *Quidde-* oder *Steckrieweschelee* und hofften, dass sie alles schadlos und schnell überstehen würden. Priska, mit ihren sechzehn Jahren schon eine junge Dame, kauerte ängstlich neben Rosa, auf deren Schoß die kleine Ingrid saß; Res hatte sich in Großmutter Friederikes Arm geflüchtet und die Männer saßen ebenfalls dicht beieinander.

»Wann wird das endlich aufhören?«, flüsterte Rosa ihrer Schwiegermutter zu.

»Ich weiß es nicht«, antwortete stattdessen Adam. »Wenn ich mir vorstelle, dass sich die hiesige Parteispitze, allen voran unser Ortsgruppenführer, wie der Führer selbst verhält und immer noch an den Endsieg glaubt, dann hören die erst auf, wenn wir alle erledigt sind.«

»Adam, bitte, du musst es nicht noch schlimmer reden, als es ohnehin ist. Die Kinder haben Angst, und wir auch. Da hilft es nicht, wenn du alles noch schwärzer malst«, ermahnte Friederike ihren Mann.

»Friederike hat recht«, ergänzte Rosa.

»Die schlimmen Kriegsgeschichten helfen uns nicht. Wir müssen die Lage für uns verbessern. Wir sollten schleunigst überlegen, was wir tun können.«

»Und was schlägst du vor? Willst du dich auf den Adolf-Hitler-Platz stellen, Widerstand leisten? So wie diese Studenten in München Flugblätter verteilt haben? Eine schöne Idee: Entweder wirst du von Müllers Kumpanen standrechtlich erschossen und zur Abschreckung für andere aufgehängt oder von den Amis bombardiert.«

Adams Zynismus brachte Rosa zur Weißglut. »Adam, würdest du jetzt bitte aufhören mit deinen Horrorgeschichten!«

Priska hatte sich beim Streit der Erwachsenen bereits die Ohren zugehalten, Res kauerte sich noch tiefer in Friederikes Schoß.

Zum ersten Mal seit langer Zeit dachte Rosa daran, wieder einmal Geschichten zu erzählen, wie sie das früher so oft in schwierigen Situationen gemacht hatte.

Dass sie nicht schon früher daran gedacht hatte! Wie lange hatte sie schon nicht mehr erzählt?

Wie konnte sie das vergessen, wo ihre Geschichten früher doch allen Trost geschenkt hatten und die Herzen erwärmten? Sie überlegte, was für eine Geschichte passen würde ...

Doch bevor sie anfangen konnte, fuhr Adam fort: »Wisst ihr, dass Anton seit zwei Jahren einen Deserteur der Wehrmacht bei sich im Keller versteckt?«

Rosa und Friederike blickten ihn ungläubig an. Keiner hatte bemerkt, dass ihr Nachbar über solch eine lange Zeit einen ehemaligen Soldaten versteckt hielt.

Heinz und sein Freund Günter schauten sich entsetzt an.

»Heinz, Günter, was ist los? Ihr habt doch was?«, fragte Adam misstrauisch.

»Ich war letzte Woche mit Günter bei der Hitlerjugend«, begann Heinz zögerlich und schuldbewusst zu erzählen.

»Du warst was?« Rosa traute ihren Ohren kaum.

Heinz war kein Mitglied bei der Hitlerjugend, das hatten Karl und sie verhindern können.

Was machte ihr Sohn plötzlich dort? Begleitete er Günter öfter?

Rosas Gedanken drehten sich im Kreis, sie wollte nachhaken, aber Adam gab ihr ein Zeichen, ihrem Großen nicht ins Wort zu fallen.

»Der Fähnleinführer ist mit uns den Weg nach Heidelberg gelaufen. Ich habe gedacht, die machen einfach eine Wanderung, deshalb bin ich mit, alle anderen waren ja auch dabei, aber als wir am Stadtrand von Heidelberg angekommen waren, da ...«

Heinz fiel es sichtlich schwer, von den Erlebnissen zu berichten.

Günter sprang für seinen Freund ein: »Da war ein junger deutscher Soldat aufgehängt, der hatte ein Schild um den Hals, auf dem stand: ›Wegen Fahnenflucht zum Tod verurteilt‹.«

Nachdem Heinz seine Fassung wiedergefunden hatte, fuhr er fort. »Und dann hat er allen Jungen gedroht, dass auch wir baumeln würden, wenn wir nicht am Montag am Sammelpunkt antreten, von wo aus wir dann auch noch in den Kampf geschickt werden sollen.«

Entsetzen machte sich im Keller breit.

»Dann hat er mich angeschaut und gesagt, dass die, die nicht in der Hitlerjugend aktiv sind, zuerst geschickt werden.«

»Ich habe meinen Eltern schon alles erzählt und sie schicken mich auf keinen Fall in den Krieg«, fügte Günter leise hinzu.

Beherzt nahm Adam beide Jungen in seine Arme.

»Keiner von euch muss gehen. Wir lassen es nicht zu, dass Hitler euch in diesen hoffentlich letzten Kriegstagen als Kanonenfutter benutzt. Rosa, du hast recht. So kann das nicht weitergehen.«

Heinz stand mit seinem Großvater in der Küchentür und versuchte seine Mutter zu trösten, die völlig aufgelöst am Esstisch saß. Gerade waren sie vom Rathaus zurückgekommen und hatten Rosa die Hiobsbotschaft überbracht.

»Mama, mach dir keine Sorgen, ich bin doch ein Mann.«

Wie sehr hatte Rosa gehofft, dass dieser Kelch an ihr vorübergehen würde.

Seit der letzten Bombennacht im Keller konnte sie kaum mehr schlafen, aus Angst, sie könnten ihr Heinz auch noch wegnehmen. Schließlich gehörte er zu den Jahrgängen, die Hitler für den Einsatz in den grenznahen Regionen vorgesehen hatte.

Bei der Hitlerjugend redete man den Jungen ein, dass sie schon mit vierzehn Jahren richtige Männer wären.

Wie hatte sie Heinrich Himmler kürzlich im Radio reden hören?

Wenn es das Schicksal der Nation einfordere, dann könne man selbstverständlich auch Fünfzehn- und Sechzehnjährige einziehen!

Vorgestern hatte sie schließlich den Brief erhalten, in dem stand, dass sie mit ihrem Sohn ins Rathaus kommen sollte. Ihr Herz wurde schwer wie Blei.

Rosa war ihrem Schwiegervater zutiefst dankbar, als er sich anbot, an ihrer statt mit Heinz zu dem Gespräch zu gehen. Vielleicht konnte er noch etwas bei den Gefolgsleuten des Bürgermeisters bewirken, kannte er sie doch alle von Kindesbeinen an.

Den ganzen Vormittag über war sie nicht in der Lage gewesen, auch nur eine sinnvolle Tätigkeit zu verrichten. Sie machte die Betten, um sie kurz danach wieder zu lüften, sie spülte Geschirr und ließ ein Glas zu Boden fallen, sie versuchte zu kochen und ließ die Milch anbrennen. Und alle fünf Minuten schaute sie aus dem Fenster.

Wie sehr wünschte sie sich, einen lachenden und erleichterten Heinz auf der Straße zu erblicken.

Als die beiden schließlich in ihrer Küche standen, bedurfte es keiner Worte. All ihre Hoffnung war umsonst gewesen.

»Alle unter sechzehn müssen sich freiwillig melden. Wer älter ist, hat ohnehin keine Wahl. Pünktlich zum sechzehnten Geburtstag kommt das Geschenk des Führers: die Einberufung zum Volkssturm. Auch alle sogenannten Freiwilligen unterstehen dem Kriegsrecht und es droht ihnen die Todesstrafe, wenn sie sich drücken«, erklärte ihr Adam, immer noch fassungslos.

»Es gab keine Möglichkeit.«

»Ich habe mich freiwillig gemeldet, Mutter«, fügte Heinz kleinlaut hinzu, »damit ihr keine Schwierigkeiten bekommt.«

Mit leerem Blick saß Rosa am Tisch. »Heinz, würdest du deinen Großvater und mich bitte einen Moment alleine lassen?«

Heinz verließ das Zimmer und Adam schloss die Tür.

Er setzte sich neben Rosa und legte seine Hand auf ihren Unterarm.

»Wann?«

»Übermorgen.«

Rosa schluckte, ihre Augen füllten sich mit Tränen.

»Er wird mit seinen Klassenkameraden ins Elsass geschickt. Sie sollen Schützengräben ausheben.«

»Warum?« Ihre Stimme wurde immer lauter. »Warum tut er das? Der Krieg ist doch eh verloren, was soll das? Heinz ist doch noch ein Kind! Er schickt Kinder. Kinder als Kanonenfutter.«

Sie sprang auf und öffnete das Fenster.

Adam war erleichtert, als Friederike plötzlich in der Tür stand.

»Was ist passiert?«

Ein Blick zu Rosa genügte als Antwort.

Sie ging auf ihre Schwiegertochter zu, aber diese wies sie zurück, sie hatte sich gerade erst in Fahrt geredet.

»Unser Heilsbringer schickt Kinder in den sicheren Tod und verkauft es ihnen wahrscheinlich noch als Heldentat. Adam, was haben sie euch erzählt? Dass es jetzt auf die Jungen ankommt? Dass sie nur so lange kämpfen, bis sie eine Wunderwaffe entwickelt haben?«

Erwartungsvoll sah Rosa ihren Schwiegervater an, der plötzlich einen Brief aus seiner Tasche herauszog und ihn ihr reichte.

Rosa begann zu lesen, warf den Brief aber nach den ersten Worten zu Boden und blickte aus dem offenen Fenster.

Friederike bückte sich, hob ihn auf und las laut:

»*Aufruf des Reichsjugendführers:*

Ich weiß, dass der Jahrgang 1929 dem Jahrgang 1928 in seiner Entschlossenheit, für die Freiheit und eine glückliche Zukunft zu kämpfen, in nichts nachstehen wird. Der Feind steht in der Heimat und bedroht unmittelbar unser Leben. Bevor wir uns vernichten oder knechten lassen, wollen wir zäh und beharrlich bis zum endlichen Siege kämpfen. Leidenschaftlich bekennt die Jugend, wir kapitulieren nie.«

Rosas »NEIN« schallte durch die Straßen des Ortes.

In den letzten Wochen war Rosa still geworden. Die Anzeichen verdichteten sich, dass der Krieg endgültig verloren war. Die alliierten Streitkräfte hatten die linksrheinischen Gebiete Hitler-Deutschlands bereits weitestgehend unter ihre Kontrolle gebracht, im Osten rollte die Rote Armee Richtung Oder.

Weder von Karl noch von Heinz gab es irgendwelche Nachrichten. Ihr Sohn befand sich an der Westfront, ihr Mann im Osten, in der Ukraine. Das letzte Aufbäumen im Elsass, das sogenannte Unternehmen Nordwind war gescheitert, die Alliierten versuchten die letzten Widerstandsnester zu brechen.

Es verging kein Tag, an dem Rosa sich nicht fragte, warum sie ihren Sohn in das ohnehin bereits verlorene Gebiet geschickt hatten.

Jeden Mittag zündete sie für Heinz und ihren Karl eine Kerze an und betete zusammen mit den Mädchen.

»Mama, darf ich dich was fragen?«

Rosa schaute ihre Tochter gereizt an.

»Was denn?«

Den Mädchen war nicht entgangen, dass ihre Mutter seit der Einberufung von Heinz verschlossen und in sich gekehrt war. Priska wagte es oftmals nicht, sie überhaupt etwas zu fragen. Die beiden Älteren versuchten, Rosa zu unterstützen und kümmerten sich oft um ihre kleine Schwester Ingrid. Ihre Mutter hatte sich verändert, wirkte kühl, geradezu abweisend, und Rosa war sich bewusst, dass von ihr eine gewisse Kälte ausging. Doch sie konnte nichts nichts dagegen tun, fühlte sich hilflos ausgeliefert und allein.

»Glaubst du«, begann Res zögerlich, »dass der Herrgott uns Heinz und Papa wieder zurückbringt?«

Priska bewunderte Res für den Mut, ihre Mutter ohne Umschweife direkt darauf anzusprechen.

Rosa stockte der Atem. Ihre Tochter stellte die Frage, die sie sich selbst verbot. Ohne ihre Kinder eines Blickes zu würdigen, verteilte sie den *Kadofflbrei* auf den Tellern.

»Guten Appetit«, war alles, was Res von ihrer Mutter zur Antwort bekam. Und sie wusste, dass damit auch das letzte Wort gesprochen war.

Res zuckte mit den Achseln und warf ihrer großen Schwester einen vielsagenden Blick zu.

»Guten Appetit«, antworteten die beiden jungen Frauen fast gleichzeitig.

Nach dem Essen legte sich Rosa wie gewöhnlich auf ihrer Chaiselongue in der Küche eine Stunde aufs Ohr. Aber an diesem Tag fand sie keine Ruhe, zu sehr hatte sie die Frage ihrer Tochter aufgewühlt, hatte sie herausgefordert. Natürlich wusste sie, dass sich auch ihre beiden älteren Mädchen Gedanken machten. Sie alle hatten Angst.

Schon häufig in ihrem Leben war sie mit dem Tod konfrontiert worden, der entweder plötzlich gekommen war oder sich langsam abzeichnete. Jetzt war da dieses Bangen um die geliebten Menschen, die Ungewissheit über ihr Schicksal, dieses Aushaltenmüssen; das Schwanken zwischen unbändiger Hoffnung und schierer Verzweiflung, das sie fast zermürbte.

Vor den Bildern, die sie verfolgten, konnte Rosa sich nicht schützen, es gelang ihr nicht. Sie verschwanden nicht mehr, genauso wenig wie die quälenden Gedanken. Nur noch das Gebet verschaffte ihr etwas Linderung. Aber auch das wurde immer wieder von diesem Gedankenkarussell gestört. Während die Frage von Res sie unaufhörlich quälte, hörte sie im Hof unten laute Stimmen.

»Nicht mal in Ruhe Mittagsschlaf kann ich mehr machen«, brummelte Rosa vor sich hin, während sie sich von ihrer Chaiselongue erhob, um nachzuschauen, was der Tumult draußen im Hof zu bedeuten hatte.

Sie öffnete das Küchenfenster und wollte gerade losschimpfen, als sie neben ihren Töchtern und ihrem Schwiegervater jemanden stehen sah, den sie nicht erwartet hatte.

Ihr Herz blieb stehen.

So schnell wie sie nur konnte, rannte sie die Treppen hinunter in den Hof, um ihren einzigen Sohn fest in ihre Arme zu schließen.

Heinz war zurück.

Vom Sirenenalarm jäh unterbrochen, eilte die ganze Familie wie immer in den Keller.

Rosa packte Heinz und zog ihn mit sich.

Keiner wusste so recht, was er sagen sollte.

Stumm saß Heinz neben seiner Mutter, die seine Hand gar nicht mehr loslassen wollte.

Blass sah er aus, ihr Junge. Blass und abgemagert. Was hatten sie nur mit ihm gemacht?

»Heinz, willst du uns nicht erzählen, wie...«

»Res, bitte lass ihn jetzt in Ruhe. Er ist gerade erst angekommen«, versuchte Rosa ihre wie immer etwas vorlaute Tochter zur Räson zu bringen.

Als die Flugzeuge laut über das Haus hinwegdröhnten, hielt sich Heinz die Ohren zu und rückte noch näher an seine Mutter heran.

Rosa wollte sich nicht ausmalen, was ihr Sohn an der Front erlebt haben musste.

Nach einer ganzen Weile, in der sie schweigend dasaßen, jeder in sich gekehrt, in die eigenen Gedanken versunken, erklang Heinz' Stimme. Zitternd. Angsterfüllt.

»Wir haben in einer Scheune geschlafen und tagsüber haben wir Schutzgräben ausgegraben, aber dann kamen die Franzosen. Und da waren die Granaten. Horst, mein Schulkamerad, ... er ist jetzt blind.«

Sie nahm ihren Sohn in den Arm.

»Ist schon gut, mein Junge. Es ist vorbei. Du musst nichts mehr sagen.«

Sanft streichelte Rosa über seinen Kopf.

Ihr Blick fiel auf das alte weiße Damasttuch, das über den restlichen Einmachgläsern lag.

Langsam löste sie sich aus der Umarmung und nahm das Tuch aus dem Regal.

Ihr Schwiegervater wusste sofort, was Rosa vorhatte, stand ebenfalls auf und nahm einen Holzscheit vom Stapel in der Ecke.

Sie band das Tuch an das Holz und wenige Minuten später hisste Adam die weiße Flagge vor ihrem Haus.

Backfisch mit Kadofflzalåt

*Die Fische werden geschuppt, ausgenommen, gewaschen,
gut abgetrocknet, mit Salz und Pfeffer eingerieben und
in einem trockenen Tuch eine Viertelstunde liegen gelassen.*

*Dann werden sie in Weckmehl und verrührtem Ei umgewendet,
hierauf nochmals in Weckmehl und dann in heißer Butter
auf beiden Seiten schön gelb gebacken.*

*Dazu passt am besten ein Kartoffelsalat:
Nicht zu mehlige Kartoffeln werden weich gekocht,
geschält und noch warm in Scheiben geschnitten.
Nun gibt man Salz, Pfeffer, Zwiebeln und heißes Wasser oder
Fleischbrühe darüber und mengt alles untereinander.*

Dann erst mit Essig und Öl abschmecken.

*Der Salat soll gut saftig sein und kann sofort warm
zum Fisch serviert werden.*

Am Karfreitag war es endlich vorbei – *Backfisch mit Kadofflzalåt*

1945 bis 1946

Rosa und Friederike konnten ihr Glück kaum fassen – Adam hatte am Gründonnerstag zwei Neckarfische mitgebracht, die er unter der Hand von einem Heidelberger Bekannten bekommen hatte. So konnte es dieses Jahr am Karfreitag endlich wieder einen *Backfisch mit Kadofflzalåt* geben. Doch das war nicht der einzige Grund, warum dieser Karfreitag in der Familie besonders gefeiert wurde. Der fast sechs Jahre währende Krieg war endlich vorbei.

Einen Tag zuvor hatten die US-Militärs das Feuer auf Rosas Dorf eröffnet, nun übernahmen sie das Lazarett in der Schule, besetzten den gesamten Ort und nahmen einige hundert Angehörige der Wehrmacht als Kriegsgefangene. Die Jungen liefen neugierig hinaus auf die Felder, wo sich ihnen ein Bild des Grauens bot. Unmengen von toten Soldaten lagen dort wild verstreut. Zwischen den Leichen die Gewehre mitsamt der Munition. Heinz und seine Freunde sammelten die Patronen ein, holten das Pulver heraus und spielten mit dem Flak-Geschütz herum. Aber das musste ein Geheimnis bleiben, seine Mutter durfte auf keinen Fall etwas davon erfahren, eine Tracht Prügel wäre ihm sonst sicher gewesen.

Das Aufräumen im Ort nahm seinen Lauf. Der NS-Bürgermeister wurde abgesetzt, die US-Militärregierung hatte übernommen. Die Reaktionen im Ort waren unterschiedlich. Angst war zu spüren, Angst aus unterschiedlichen Gründen. Die alten Nazis hatten Angst vor der Selbstjustiz derjenigen, die noch vor kurzem ihre Opfer gewesen waren. Oder sie hatten Angst vor der Rache der Besatzer. Viele schlugen sich schnell auf deren Seite, auch wenn sie nicht von ihnen begeistert waren oder die Siegermächte als nächstes großes Übel sahen. Die Wenigen, die erleichtert waren, dass der Nazi-Terror endlich vorbei war, waren dennoch vorsichtig – man traute dem Frieden kaum.

Rosas erster Gang nach dem offiziellen Kriegsende war der zu ihrer Schwester Barbara. Frühmorgens lief sie mit den Kindern die Friedrichstraße entlang, als diese ihr schon aufgeregt entgegenkam.

»Los, schnell, Rosa, wir müssen zur Konservenfabrik. Marie ist auch schon da.«

Barbara packte Rosa am Arm und zog sie mit sich.

»Bawett, jetzt mach mal langsam, was ist denn so Wichtiges bei der Konservenfabrik?«

»Die steht offen, da können wir uns Konserven holen. Und im Keller der katholischen Kirche gibt's wohl auch ein Lebensmittellager, da können wir danach hingehen.«

Heinz und Res rannten sofort los, während Rosa stehen blieb. Priska verharrte an der Seite ihrer Mutter.

»Bawett, ich weiß nicht recht. Ist das nicht Diebstahl? Ich wollte eigentlich nur mal schauen, wie es dir geht.«

Nun blieb auch Barbara stehen und blickte ihrer kleineren Schwester tief in die Augen.

»Rosa, ich bin dir unendlich dankbar, wie sehr du mich und uns in den letzten Jahren unterstützt hast. Ohne dich und deine Schwiegereltern hätten wir das alles so nicht geschafft. Aber du verkennst vielleicht die Situation, da es dir während des Krieges immer besser ging als vielen anderen hier im Ort. Du sprichst jetzt von Diebstahl? Sie haben uns doch die letzten Jahre gestohlen. Wenn wir uns jetzt das holen, was uns zusteht, nach all der Zeit der Entbehrung, dann kann ich daran weiß Gott nichts Unrechtes entdecken. Wenn du nicht mitkommen willst, in Ordnung, ich denke aber, deine Kinder sind eh schon da.«

Als Heinz und Res Stunden später von ihrem Ausflug zurückkamen, hatten sie eine Handkarre voll Konserven dabei und waren sichtlich stolz auf ihre Ausbeute. Rosa bestand darauf, auch für Käthe ein paar Konserven zurückzulegen.

Sie hatte große Sehnsucht nach ihren Geschwistern, vor allem nach Käthe, die sie schon so lange nicht mehr gesehen hatte. Die letzten Monate war der Weg aus der Stadt viel zu gefährlich geworden, jetzt konnten sie sich endlich wieder treffen, ohne Angst haben zu müssen, den Weg zur anderen nicht zu überleben. Zwei Weltkriege hatten die vier Schwestern nun hinter sich und wie durch ein Wunder überlebt. Jede mit ihren eigenen Sorgen und Nöten.

Rosa dachte an den Tod ihrer Schwägerin, die Geburt von Ingrid während des Kriegs, an Karl, der schon eine Ewigkeit nicht mehr bei ihr war, an Heinz an der Front. Aber sie hatte es geschafft. Einmal mehr. Dafür galt es, dankbar zu sein. Ihrem Gott dankbar zu sein, der sie vor noch Schlimmerem bewahrt hatte. Es überkam sie das innere Bedürfnis, die Kirche zu besuchen. Wenn sie gleich losging, war das Gotteshaus sicher noch leer, bevor die Vorbereitungen für die Osternacht begannen. Es war früh am Morgen, um die anderen nicht zu wecken, schlich sie sich leise aus dem Haus und lief durch ihr Heimatdorf. Die Straßen und Plätze des Dorfes waren voller amerikanischer Soldaten und Militärgerät, sie sah, wie Mitbürger aus ihren Häusern herausgetrieben, diese durchsucht und als beschlagnahmt gekennzeichnet wurden. Rosa nahm den direkten Weg zur Kirche, die sie, zwar leicht beschädigt, mit offenen Türen empfing. Während im Keller noch die letzten vorhandenen Lebensmittel geplündert wurden, setzte sich Rosa in eine der hinteren Bänke auf der Frauenseite und blickte zum Kreuz Jesu. Ostern. Kreuzigung und Auferstehung. So eng beieinander lagen Zerstörung und Hoffnung. Einen besseren Zeitpunkt für das Ende des Krieges hätte es nicht geben können.

»Danke, lieber Gott, du Gott der Auferstehung!«

Tränen der Trauer und Tränen der Freude kullerten über Rosas Wangen.

Sie hoffte, dass nun endlich alles gut werden würde, auch wenn sie es kaum glauben konnte, dass nicht nur der Krieg, sondern mit ihm auch zwölf Jahre Nationalsozialismus endlich vorbei waren. Nach so langer Zeit erfüllte sie eine unsagbare Erleichterung – gäbe es da nicht die eine, unerträgliche Ungewissheit: Sie hatte immer noch keine Nachricht von ihrem Karl.

Mit der Kapitulation Deutschlands musste doch auch Karls Dienstverpflichtung geendet haben.

War er noch in der Ukraine? Womöglich in Gefangenschaft?

Oder hatte Becker ihn noch rechtzeitig nach München zurückgeholt?

Sie war sich sicher, dass er noch am Leben war. Das spürte sie tief in ihrem Herzen.

Mit wackeligen Knien stand Karl vor seinem Elternhaus in der Friedrichstraße. Er konnte doch jetzt nicht einfach hineingehen und rufen: »Ich bin wieder zu Hause!«

Ein Lächeln huschte über sein Gesicht, erstarb dann aber schnell wieder. Was, wenn sie sich gar nicht freuen würden? Was, wenn Rosa und er sich nichts zu sagen hätten?

Da war es wieder – das mulmige Gefühl, das ihn auf seiner langen Reise zurück in die Heimat nicht losgelassen hatte.

Kurz nachdem die Rote Armee das Land eingenommen hatte, durfte Karl mit seinen Kollegen die Ukraine verlassen. Sie waren nur Dienstverpflichtete, mussten also keine Kriegsgefangenschaft fürchten und wurden als Erste in ihre Heimat zurückgebracht. Dennoch war ihre Rückreise beschwerlich. Mit Güterzügen wurden sie Richtung Deutschland gefahren. Außer Karl und seinen Kollegen waren auch viele Deutschstämmige, die direkt nach Kriegsende systematisch aus den deutschen Ostgebieten vertrieben wurden, in den Waggons. Auch viele deutschstämmige Ukrainer flohen aus Angst vor Vergeltung – entweder ebenfalls in übervollen Güterzügen oder in großen Trecks zu Fuß. In den Waggons war es eng und stickig. Kaum einer sprach. Karl stellte sich vor, wie es sein würde, wieder zu Hause zu sein: Wie Rosa wohl aussieht? Und seine Kinder? Ob es allen gut ging? Seine Eltern ... lebten sie überhaupt noch? Würden sie es überhaupt nach Deutschland schaffen? Welches Leben erwartet sie dort?

Durch polnische und sowjetische Behörden verzögerte sich seine Rückkehr immer wieder, bis er endlich abgemagert und übermüdet und vollkommen erschöpft zunächst in München angekommen war.

Nun war er also wieder zu Hause.

»Vater?«

Karl erschrak.

»Vater, bist du es? Mama, Priska, Heinz, Ingrid, Großvater, Großmutter, kommt alle schnell, Papa ist zurück.«

Res konnte nicht mehr an sich halten. Sie rannte zum Hoftor und fiel ihrem wie angewurzelt dastehenden Vater freudestrahlend um den Hals.

Auf einen solchen Empfang war er nicht vorbereitet gewesen.

Oben schaute Priska aus dem Fenster auf die Straße und brachte beim Anblick des Vaters erst gar kein Wort heraus.

Langsam und ungläubig liefen ihm seine Eltern und Heinz über den Hof entgegen.

»Mein Junge!«

Ergriffen umschloss Adam mit beiden Händen die seines Sohnes und seine Mutter nahm Karl ohne Worte mit Tränen in den Augen in ihre Arme.

Heinz hatte sich hinter seinen Großeltern versteckt und Adam schob seinen Enkel behutsam nach vorne, der nicht wusste, wohin mit sich, zögerte, ob er auf den Vater zugehen sollte oder nicht. Adam gab ihm ein Zeichen, seinen Vater mit einem Handschlag zu begrüßen. Unsicher und ohne seinen Vater anzusehen, streckte er ihm aus sicherer Distanz seine Hand entgegen.

»Guten Tag, Vater.«

Zum ersten Mal war auch Karl in der Lage, etwas zu sagen.

»Guten Tag, Heinz.«

Für einen kurzen Moment standen sie einander gegenüber und schauten sich in die Augen. Aber Heinz senkte schnell seinen Blick, löste die Hand vom Vater und drehte sich um.

Da sah Karl seine Rosa um die Ecke kommen mit der jüngsten Tochter Ingrid auf dem Arm.

Welch eine Freude, welche Liebe durchströmte ihn.

Wie lange hatte er auf diesen Moment gewartet.

Von seinen Gefühlen überwältigt, ging er langsam auf die beiden zu und schloss sie fest in seine Arme. Tränen rannen über sein Gesicht.

Als Ingrid zu weinen begann, wich Karl erschrocken zurück, noch immer unfähig, ein Wort zu sagen.

Auch Rosa wusste nicht wohin mit ihren Gefühlen.

Wie oft hatte sie sich diesen Moment ausgemalt. Nun stand Karl vor ihr und es verschlug ihr die Sprache?

Sie versuchte Ingrid zu beruhigen und war ihrer Schwiegermutter dankbar, als diese ihr das Kind abnahm.

Da standen sie.

Als Rosa endlich ihre Stimme wiederfand, fragte sie zögerlich: »Du hast bestimmt Hunger, oder?«

Karl lächelte Rosa dankbar an.

»Was gibt es denn?«

»Alles, was du willst.«

Nach der langen Zeit der Trennung war es für Rosa und Karl nicht einfach, wieder zueinander zu finden. Beide hatten sich verändert. Beide hatten so viel erlebt. Rosa wusste nicht, wie sie mit Karl umgehen sollte und traute sich nicht, ihn auf seine Erfahrungen während des letzten Kriegsjahres anzusprechen. Beide taten so, als wäre nichts gewesen. Als könnten sie an die Zeit ohneeinander einfach anknüpfen, als hätte es sie nicht gegeben. Über das zu sprechen, was sie erlebt hatten, vermieden sie.

Karl war froh, dass Rosa ihn nicht drängte. Was hätte er ihr erzählen sollen?

Er hatte Dinge gesehen, von denen seine Frau und seine Kinder nichts erfahren mussten. Und auch er wollte endlich nicht mehr darüber nachdenken müssen.

Tagsüber gelang ihm das recht gut, aber in der nächtlichen Stille und Dunkelheit überfielen sie ihn, seine Dämonen. Dann wurden die schrecklichen Bilder lebendig und raubten ihm den Schlaf. Wenn man ihn nicht sah, dann roch man ihn, den Tod in Rowno, der ihn nach wie vor verfolgte. Von der einst so pulsierenden Stadt und dem Zentrum jüdischer Bildung war nichts und niemand mehr übrig geblieben. Vor allem das jüdische Leben dieser Stadt wurde ausgelöscht, Menschen wurden erschossen, erhängt und in Massengräbern verscharrt. Die vielen menschlichen Verluste, auch die seiner Kameraden, deren Tod von der Sinnlosigkeit des Krieges ebenso zeugte, fraßen an seiner Seele.

Dass er selbst das Grauen überlebt hatte, erschien ihm wie ein Wunder. Er war kein Soldat, musste keine Uniform tragen und nicht auf dem Schlachtfeld kämpfen. Es war ihm verhältnismäßig gut gegangen. Mit den Kollegen, die mit ihm in Rowno waren, hatte er sich gut verstanden. Dass er darüber hinaus mit Werner, einem deutschen Wehrmachtssoldaten, der ihn verstörenderweise immer als Kameraden bezeichnete, sogar einen guten Freund gewonnen hatte, traute er sich hier niemandem zu erzählen, schon gar nicht Rosa. Letztlich hatte es ihm sicher das Leben gerettet, dass es ihm gelungen war, seine politische Haltung vor Werner und dessen Kollegen zu verbergen.

Und was die Frauen anging ... Was dahingehend in der Ukraine passiert war, sollte dort bleiben. Es war nicht immer leicht, aber er kam mit seiner Strategie des Verdrängens zumindest zeitweise gut zurecht. Der Weg zurück in ein normales Leben war mühsam, aber Karl war ihn gern gegangen, es sollte der Weg in eine friedliche Zukunft werden. Eine Zukunft, an der er aktiv mitarbeiten wollte.

Die ersten Wörter, die Rosa auf Englisch lernte, waren »thank you«. Auch wenn ihr das »th« nur schwer über die Zunge ging, bemühte sie sich, den amerikanischen Soldaten, die nach der Räumung des Nachbarhauses vorübergehend dort einzogen, freundlich und aufgeschlossen zu begegnen. Denn zu ihrer großen Verwunderung wurden auch sie von den amerikanischen Alliierten gut behandelt, obwohl sie zu diesem deutschen Volk, dem Volk der Kriegsverbrecher und Kriegsverlierer, gehörten, das in den letzten Jahren so viel Leid über die Welt gebracht hatte.

Sie hatte erwartet, dass es ein großes Misstrauen geben würde, von beiden Seiten. Sowohl im Dorf als auch in der Stadt, in der die Amerikaner ihr Hauptquartier bezogen, begegnete man sich normalerweise sehr vorsichtig. Auf amerikanischer Seite gab es Befürchtungen wegen etwaiger Widerstandsaktivitäten und man war entsetzt über die nun zutage tretenden Details nationalsozialistischer Vernichtungspolitik. Rosa war geschockt, als sie in der Zeitung las, dass ein halbes Dutzend Einwohner ihres Ortes der NS-Euthanasie zum Opfer gefallen war, ein im Ort ansässiger Arzt erlangte als ›Henker von Hadamar‹ schaurige Berühmtheit. Er war von 1944 bis 1945 Leiter eines Reserve-Lazaretts, ein überzeugter Anhänger der Euthanasie und hatte in seiner Aufgabe als sogenannter Vergasungsarzt der Tötungsanstalt Hadamar Tausende von Menschenleben auf dem Gewissen.

Die Sorge über die Zukunft war groß bei den Menschen im Ort. Die Amerikaner hatten die Umerziehung und Umgestaltung Deutschlands und seiner Bevölkerung zum Ziel, wozu auch die damit einhergehende Entnazifizierung gehörte. Auch Rosa und Karl mussten den Bogen mit 131 Fragen beantworten, damit man sie in die entsprechende Verurteilungskategorie einordnen konnte. Rosa füllte ihn gern aus, weil damit der Spuk des Nationalsozialismus endgültig vorbei war, aber die doch sehr privaten Fragen irritierten sie ein wenig.

Zählen Sie alle Reisen außerhalb Deutschlands auf!

Herkunft und Beträge des jährlichen Einkommens von 1931 bis zur Gegenwart.

Wofür brauchten sie diese Angaben?

Was hatte das konkret mit der Auseinandersetzung von Schuld und Verantwortung zu tun, oder hatte sie da etwas missverstanden?

Wie würden sie wohl eingestuft werden? Immerhin hatten sie keinen Widerstand geleistet und man könnte sie der Kategorie Mitläufer zuordnen. Eine ihrer Töchter war beim BDM gewesen, Karl hatte bei einer Firma gearbeitet, deren Rolle ungeklärt war, die aber mit den Nationalsozialisten kooperiert hatte.

Doch am Ende galten sie beide als entlastet, was Entlastung nicht nur für sie beide, sondern auch für ihre Familie brachte. Vielleicht war es auch dieser Tatsache geschuldet, dass sie das Glück hatten, ihr Haus nicht räumen zu müssen und ihre amerikanischen Nachbarn überaus freundlich zu ihnen waren.

Vor allem die kleine Ingrid hatte es dem Soldaten John angetan. Er war selbst Vater einer Tochter im gleichen Alter, die er aufgrund des Krieges und seiner Stationierung in Deutschland lange nicht gesehen hatte. Das kleine abgemagerte Mädchen erregte daher sein Mitleid, es hatte wohl von allen am meisten unter den Folgen des Krieges gelitten.

Als Rosa mittags die Wäsche im Hof aufhängte, rief John sie zu sich an den Zaun, der die beiden Grundstücke voneinander trennte.

»Mummy, Baby is zu dünn, Baby kann nicht wachsen.«

Rosa zögerte. Bisher hatten sie und der junge Soldat nur wenige Worte miteinander gewechselt, und da immer noch das Fraternisierungsverbot galt, war sie vorsichtig.

Als Amerikaner durfte er sie eigentlich nicht ansprechen und wenn, dann nur aus wichtigen dienstlichen Gründen. Dass er es trotzdem tat, erstaunte Rosa. Kurzerhand lief sie auf ihn zu.

»Ich weiß, aber Ingrid ständig krank, nichts zu essen, du verstehen?«, stammelte Rosa in gebrochenem Deutsch in der Hoffnung, dass er sie verstand.

»Moment!« John ging zurück ins Haus und Rosa befürchtete schon, sie habe etwas Falsches gesagt.

Sie wollte gerade wieder zu ihrer Wäsche zurückkehren, da kam er wieder und rief: »Mummy, here, für deine Baby.«

Er stand am Zaun und streckte ihr einige Kommissdosen entgegen.

Rosa wusste nicht recht, ob sie die Geschenke annehmen sollte, als Heinz angerannt kam und mit großen Augen auf seine Mutter und den amerikanischen Soldaten blickte.

John lächelte Heinz zu und wandte sich an Rosa.

»Auch Junge muss groß und stark werden. Here you have Fleisch and Nudels. You can take it. Please!«

Da sie immer noch zögerte, streckte er Heinz die Dosen entgegen, der diese mit leuchtenden Augen an sich riss und damit zum Haus zurückrannte.

»Sänk you«, sagte Rosa leise, schenkte nun ihrerseits dem fremden Mann ein Lächeln und nickte dankbar mit dem Kopf, bevor jeder der beiden wieder in die eigene Welt entschwand.

Als die Soldaten einige Zeit später den Ort wieder verließen, veranstalteten sie zum Abschied in der Friedrichstraße eine Straßenparade, und Rosa stand am Hoftor mit ihren Kindern, die den Amerikanern fleißig zuwinkten. John löste sich aus der Menge und kam direkt auf sie zu, zückte jeweils vier Butterfinger und vier Orangen und schenkte sie den strahlenden Kindern, die ihr Glück kaum fassen konnten. Rosa gab den Großen einen Stups, woraufhin alle wie im Chor »Sänk you!« riefen und sich sofort über ihren Schatz hermachten. Nie mehr in ihrem Leben sollten sie den Geschmack dieser Schokolade vergessen.

Eine neue Zeit brach an. Überall war es zu spüren und auch Karl wollte die neue Zeit mitgestalten. Bereits als junger Mann war er in verschiedenen Vereinen aktiv gewesen, nicht nur im Kirchenchor und bei der Theatergruppe, sondern auch im Sport. Er liebte Sport, vor allem Handball. Was Karl besonders auszeichnete, war sein Talent zum Ausgleich. Da er die Gabe besaß, gut sprechen und vor allem gut zwischen den Menschen vermitteln zu können, wurde sein Einsatz überall geschätzt und er in so manchem Gremium zum Vorsitzenden gewählt, wie beim Allgemeinen Sportverein seines Heimatdorfes, der nach dem Krieg neu gegründet wurde. Außerdem kehrte er in seinem Lieblingssport als Schiedsrichter auf den Platz zurück. Mit anderen engagierten Sozialdemokraten rief er den SPD-Ortsverein wieder ins Leben, und meldete sich für die Mitarbeit in der Wohnungskommission.

Von den vielen hunderttausend Flüchtlingen und Vertriebenen, die 1946 innerhalb weniger Wochen in das von den Amerikanern neu gegründete Land Württemberg-Baden strömten, landeten auch einige in Karls und Rosas Heimatdorf. Meist ältere Menschen und Frauen mit Kindern waren in Viehwaggons gepfercht aus dem Sudetenland und Ungarn tagelang in den Südwesten Deutschlands transportiert worden. Dort wurden sie, mehr oder weniger traumatisiert, auf die Gemeinden und Ortschaften verteilt. Auf Geheiß der Besatzungsmächte mussten viele Deutsche Wohnraum an die Flüchtlinge abgeben. Die Konflikte waren deshalb enorm, die Flüchtlinge nicht willkommen, und dass sie ebenfalls Deutsche oder Deutschstämmige waren, half ihnen wenig. Außerdem gab es im ausgebombten Land nicht einmal für die Einheimischen genügend Wohnraum. Karl hatte auf seiner Heimreise aus der Ukraine die Not der Vertriebenen und Geflüchteten hautnah miterlebt, daher war es ihm ein besonderes Anliegen, in der Wohnungskommission mitzuhelfen. Er sorgte für die Verteilung der Menschen, die in seinen Ort strömten, wofür ihm seine Mitbürger nicht immer Dank entgegenbrachten. Nur wenige waren freiwillig bereit, fremde Menschen aufzunehmen. Sogar bei seiner eigenen Familie musste er gut argumentieren, warum auch sie ein Zimmer für eine Familie aus Ungarn freiräumen sollten.

Als er eines Abends nach Hause kam, fand er seine Frau weinend am Küchentisch vor.

»Rosa, was ist passiert?«, fragte er erschrocken.

So aufgewühlt und aufgelöst hatte er Rosa nur selten gesehen.

Rosa ließ ihrem Kummer freien Lauf.

»Karl, ich weiß nicht mehr weiter«, schluchzte sie unter Tränen.

»Rosa, was um Himmels willen ist passiert?«

»Ingrid.«

Karl zuckte zusammen.

Die Kleine war sein Ein und Alles und bevor Rosa noch etwas erklären konnte, rannte er ins Schlafzimmer der Kinder. Dort lag Ingrid mit einem feuchten Lappen auf der Stirn und schlief.

Zurück in der Küche sackte Karl auf der Eckbank zusammen.

»Ist sie schon wieder ...?«

Seit ihrer Geburt war Ingrid ständig krank gewesen. Die Unterernährung forderte beim Wachstum des kleinen Mädchens ihren Tribut. Bereits vor und während des Kriegs gab es vor Ort eine unzulängliche ärztliche Versorgung und auch danach änderte sich an dieser Situation wenig. Rosa und ihre Schwiegermutter versuchten, mit allen möglichen Hausmitteln Ingrids Zustand zu verbessern, kochten aus Elisabeths Kochbuch ›Rezepte für Kranke‹ eine *Kraftsupp*, die aus Nährmehl mit guter Fleischbrühe bis zu einer Stunde lang gekocht wurde, oder *Haffergrützschleim*, leider mit wenig Erfolg. Seit einigen Wochen kamen neben Fieber auch Anfälle hinzu, die wohl vom Kopf herrühren mussten, denn Ingrid legte dabei beständig die Hände an ihre Stirn und schrie vor Schmerzen.

»Sie hatte heute einen schrecklichen Anfall, Karl.«

Rosa hatte sich wieder etwas gefasst und Karl endlich gesagt, was geschehen war.

»Heinz und Res sind ins Dorf gelaufen, um den Arzt zu holen, weil ich mir nicht mehr zu helfen wusste.«

»Und, was hat er gesagt?«

Seine Frage klang weniger hoffnungs- als schmerzvoll.

»Ingrid hat Gehirnkrämpfe. Aber wo das herkommt, das konnte er uns auch nicht sagen, und viel mehr als feuchte Tücher auf die Stirn zu legen und ihrem Körper Ruhe schenken, kann man wohl nicht tun. Karl, ich habe solche Angst um unser Kind.«

Rosa fasste Karls Hand, der in Gedanken aber schon woanders zu sein schien. »Karl?«

Er dachte nach.

Dann stand er wortlos auf, lief zu Ingrid ins Zimmer, zog dem kleinen Mädchen, das im Fiebertraum vor sich hin delirierte, die dicksten Kleider an, die er finden konnte, und packte sie in eine Decke. Er nahm sie auf den Arm und kam mit dem Bündel in die Küche zurück.

»Ich werde sie gesund zurückbringen«, antwortete er der verdutzten Rosa und wandte sich zum Gehen.

»Aber Karl, wo willst du mit ihr hin, bei der Kälte?«

»Vertrau mir!«

Der Weg in den Wald durch das verschneite Dorf, das in diesem Jahr einen besonders heftigen Wintereinbruch erlebte, kam ihm endlos vor. Immer wieder blickte er in das Gesicht seiner kleinen Tochter, die Gott sei Dank nicht aufwachte und so auch die Kälte nicht fühlen konnte. An seinem Ziel, einem kleinen Häuschen im Wald, angekommen, klopfte er wie wild an die Tür. Nach einer gefühlten Ewigkeit hörte er eine Stimme im Haus.

»Wer ist da?«

»Hier ist Karl, von der Wohnungskommission, bitte lassen Sie mich rein, es ist dringend.«

Schneller als erwartet öffnete sich die Tür und ein hagerer Mann bat ihn, ins Haus zu kommen.

»Sie sind der Einzige, der uns noch helfen kann. Können Sie unsere Tochter gesund machen?«

Der ausgezehrte Mann bedeutete ihm, das Kind auf sein Bett zu legen und begann es zu untersuchen.

Als Mitglied der Wohnungskommission hatte Karl ihm dieses kleine Häuschen im Wald beschafft, in dem der in der NS-Zeit verfolgte Homöopath wohnen konnte, nachdem er in den letzten Kriegstagen seine Familie und seine Wohnung beim Bombenangriff auf Mannheim verloren hatte. Nun lebte er hier sehr zurückgezogen, denn den meisten Menschen im Ort war er suspekt und sie hielten ihn für einen Scharlatan.

Karl setzte sich neben das Bett und beide Männer sprachen kein Wort miteinander.

Nachdem er Ingrid ganz ruhig und routiniert untersucht hatte, lief der Homöopath zum Schrank, holte ein Fläschchen mit einer klaren Flüssigkeit hervor und goss drei Tropfen auf einen Löffel, um sie Ingrid einzuflößen.

»Was geben Sie ihr?«, unterbrach Karl die Stille.

»Vertrauen Sie mir. Ihre Tochter braucht das, damit sie die Nacht überlebt.«

Karl fragte nicht weiter und sah zu, wie der Mann seinem geliebten Kind das Mittel verabreichte. Karl vertraute ihm. Eine andere Wahl hatte er nicht.

»Und nun helfen Sie mir, bitte.«

Mit Karls Hilfe nahm er dem fiebernden Mädchen die Kleider vom Leib, tränkte das Unterhemd mit Salzwasser, zog es ihr wieder an und deckte sie gut zu. Die beiden Männer setzen sich an den Tisch und Karl blickte gedankenverloren auf seine Jüngste.

»Sie brütet die Masern aus. Das wird wieder, morgen geht es ihr schon besser. Aber gehen Sie mit ihr zu meinem Kollegen, er ist Professor in Weinheim. Ihre Kleine ist sehr schwach, das gilt auch für ihr gesamtes Immunsystem. Daher auch die Gehirnkrämpfe. Er kann Ihnen helfen. Sagen Sie, dass Sie von mir kommen.«

Und tatsächlich, als Ingrid am nächsten Tag erwachte, hatte sie zwar Pusteln über den ganzen Körper verteilt, aber sie war wieder ansprechbar und Karl konnte sie mit nach Hause nehmen.

Rosa hatte die ganze Nacht nicht geschlafen, die Angst, das eigene Kind zu verlieren, stellte jegliches Gefühl in den Schatten. Wieder einmal suchte sie ein langes und intensives Gespräch mit ihrem Gott. Als Karl mit Ingrid zur Tür hereinkam, brach sie erneut in Tränen aus, aber dieses Mal waren es Tränen purer Erleichterung und Freude.

Der Sonntag war einfach zu schön, um in der Wohnung sitzen zu bleiben, daher beschloss die Familie nach dem Mittagessen, zu dem es an diesem Tag *Weckschniele mit Eigemachtem* gegeben hatte, einen kleinen Spaziergang entlang der blühenden Bergstraße zu machen. Sollten die Zeiten auch anstrengend sein, Rosa liebte den Frühling. Wenn die Obstbäume in voller Blüte standen und ihren betörenden Duft verströmten, dann gab es für sie keinen schöneren Ort auf dieser Welt als den ihren. So spazierte sie mit Karl und ihrer jüngsten Tochter, die sich dank der Behandlung in Weinheim auf dem Weg der Besserung befand, durch die Felder Richtung Heidelberg. Ungefähr auf der Hälfte des Weges sah sie ihre Bekannte Gertrud auf einer Bank sitzen und mit einer Frau sprechen, die Rosa vom Sehen her kannte.

»Siehst du die schicke Frau, die da bei Gertrud auf der Bank sitzt? Ich kenne sie irgendwoher, aber mir fällt ihr Name gerade nicht ein.«

Karl überlegte. »Ist das nicht die Frau von dem Pfeifer? Vielmehr die geschiedene Frau? Die habe ich schon lange nicht mehr gesehen. Scheint ihr aber nicht schlecht zu gehen, zumindest sieht sie nach wie vor sehr elegant aus.«

»Ja, du hast recht. Das ist sie.«

Freundlich grüßten sie die ins Gespräch vertieften Frauen, die den Gruß erwiderten.

»Rosa, Karl, schön euch zu sehen. Wie geht es euch?«

Sie blieben stehen, während Ingrid fröhlich weiterhüpfte, um am Wegesrand Blumen zu pflücken.

»Gut, danke, und bei dir? Wie geht's der Familie?«

»Naja, so lala. Ihr wisst ja, Heiner hat im Einsatz sein Bein verloren und es ist furchtbar. Er klagt nach wie vor über Phantomschmerzen. Ich bin zwar froh, dass dieser ganze Wahnsinn endlich vorbei ist und mein Heiner noch lebt, aber er kommt gar nicht mehr zurecht. Ich hab gehört, dass du im neuen Ortsverein aktiv bist, Karl. Gut, dass Leute wie du unser Land aufbauen helfen. Ach, entschuldigt, wie unhöflich von mir. Ihr kennt Hertha Pfeifer?«

Hertha Pfeifer stand auf und streckte sowohl Karl als auch Rosa die Hand entgegen, was diese freundlich erwiderten.

»Frau Pfeifer, wir haben Sie lange nicht gesehen, wir hoffen, es geht Ihnen ebenfalls gut.«

»Ja, mir geht es den Umständen entsprechend wieder gut, danke der Nachfrage.«

»Jetzt, wo die Gerichte wieder arbeiten und ihre Scheidung durch ist, kann es nur bergauf gehen. Schön, wenn sich überhaupt jemand für Herthas Befinden interessiert«, schob Gertrud hinterher.

Rosa und Karl schauten verdutzt.

»Naja, ich hatte eine schwere Zeit. Viele hier wissen nicht, was passiert ist, oder sie wollen es nicht wissen. Zumindest wollen sie nicht darüber reden. Das macht einsam. Ich bin froh, dass ich in Gertrud so eine gute Freundin habe. Und dass ich nun Hoffnung habe, dass die zur Rechenschaft gezogen werden, die uns das angetan haben.«

Ingrid war mit Eifer beschäftigt Blümchen zu pflücken, und so nahmen Rosa und Karl die Einladung der beiden Frauen an, sich zu ihnen zu setzen.

»Wenn Sie mögen, erzählen Sie uns davon.«

Rosa war neugierig geworden, was Hertha Pfeifer zu erzählen hatte.

»Wisst ihr was, ich lasse euch Frauen mal alleine, dann könnt ihr in Ruhe miteinander reden«, schob Karl hinterher, wandte sich Ingrid zu und ging mit seiner Tochter Blumen sammeln.

»Dass ich Halbjüdin bin, das wissen Sie?«, begann Hertha Pfeifer zögerlich.

»Mein Vater war Jude, meine Mutter evangelische Christin. Nach dem Tod meines ersten Mannes habe ich Peter geheiratet. Vielleicht kennen sie ihn.«

Sie kannte Peter Pfeifer vom Hörensagen und wusste, dass er in den 30er-Jahren das Goldfedernwerk geleitet hatte, und man erzählte sich heute, dass er ein durchaus gefürchteter Chef gewesen war, der unzufriedenen Mitarbeiterinnen schon ab und an gedroht hatte, sie ins KZ zu schaffen. Dass er mit einer Halbjüdin verheiratet gewesen war, passte für Rosa nicht zusammen.

»Nein, dass Sie Halbjüdin sind, wusste ich nicht. Sie haben nie einen Judenstern getragen.«

»Wir waren Zugereiste, wir hatten kaum Kontakt. Und Peter hatte viel Einfluss. Aber schließlich hat er mir dann doch gesagt, dass er sich von mir trennen müsse, ob aus Karrieregründen oder weil er eine Geliebte hatte, ich weiß es nicht. Zunächst habe ich nicht in die Scheidung eingewilligt, weil ich dann schutzlos gewesen wäre. Aber es hat mir nichts genützt. Ende Januar '45 haben sie mich doch noch in Schutzhaft genommen und am 14. Februar schließlich deportiert.«

»Ich kann mich erinnern, dass ständig Fliegeralarm war damals und alliierte Militärflugzeuge Straßenbahnen angegriffen haben«, ergänzte Gertrud.

»Sie haben uns von Mannheim mit dem Zug nach Theresienstadt gebracht. Ich weiß es noch genau, die Zahl werde ich nie vergessen: Transport XIII/6. Die letzten Deportierten in den letzten Transporten dorthin waren Juden aus Mischehen. Dass der Transport bei dem Beschuss der Alliierten überhaupt durchkam, war wohl eher Zufall.«

Rosa war erschüttert.

Ihr war nicht bewusst gewesen, dass nach den Rosenbergs und den beiden Frauen, deren zerstörte Wohnung sie nach der Reichskristallnacht selbst gesehen hatte, überhaupt noch Juden im Ort lebten.

»Sie waren in einem ...«, Rosa fiel es sichtlich schwer, das Wort überhaupt auszusprechen, »... Konzentrationslager?«

»Ja, das war ich. Und jeder, der heute leugnet, er habe es nicht gewusst, was mit uns passierte, der ...« Hertha Pfeifer war die Verbitterung förmlich anzusehen. Sie rang um Fassung. »Aber ich habe es überlebt. Ich bin eine der wenigen Insassen, die gegen Kriegsende von der Roten Armee befreit wurden.«

Betroffen senkte Rosa den Kopf.

»Wissen Sie, was mit den anderen Juden beziehungsweise deren Angehörigen passiert ist, die früher auch hier gelebt haben? Ich mochte die Rosenbergs, die damals die Getreide- und Futtermittelhandlung hatten, sehr gern. Und Sara und Ruth, unsere Nachbarinnen, sind nach dem 9. November '38 auch weggegangen und ich habe nie wieder etwas von ihnen gehört.«

»Soweit ich weiß, wurden die Angehörigen der wenigen im Ort ansässigen jüdischen Familien 1940, sofern sie nicht noch in die USA ausgewandert waren, zusammen mit den Heidelberger Juden nach Gurs in Südfrankreich deportiert. Von dort aus kamen sie später in den Osten, wo sie wahrscheinlich in den Konzentrationslagern Maidanek, Buchenwald oder Auschwitz ermordet wurden.«

Nur das Vogelgezwitscher und Ingrids fröhliches Lachen aus der Ferne waren noch zu hören, die Frauen auf der Bank schwiegen.

»Sie sind zurückgekommen, warum?«

»Ich will Gerechtigkeit. Und ich will Versöhnung. Ich habe Freunde hier, die mir etwas bedeuten.«

Hertha nahm dankbar und vertraut Gertruds Hand.

»Danke für Ihr Vertrauen.« Rosa war tief bewegt.

Hertha Pfeifer stutzte. Noch nie hatte sie erlebt, dass sich jemand bei ihr bedankte, wenn sie von ihrem Schicksal erzählte.

»Wissen Sie, ich stelle mir oft die Frage, warum wir nichts getan haben. Hätten wir uns mehr wehren sollen und nicht einfach so vieles hinnehmen sollen? Warum haben wir zugeschaut oder besser weggeschaut? Je mehr man erfährt, was Hitler und sein Gefolge so vielen Menschen angetan haben, umso mehr stelle ich mir diese Fragen. Waren wir so sehr mit unserem eigenen Überleben beschäftigt? Alle Antworten, die ich finde, klingen im Nachhinein wie Ausreden. Aber letztendlich hatten wir einfach nur Angst, vor allem um unsere Kinder.« Und nach einer kurzen Pause fügte Rosa hinzu: »Sie sind eine mutige Frau.«

Und wie zu sich selbst sagte sie leise: »Und Sie sind dem Tod von der Schippe gesprungen. Es kann also gelingen.«

Die beiden Frauen blickten sie fragend an.

»Der Tod und ich. Wir haben eine besondere Beziehung«, sagte Rosa lächelnd und verabschiedete sich.

Auf dem Nachhauseweg erzählte sie Karl von Herthas Geschichte. Karl war genauso betroffen wie Rosa. Und er war froh, dass er bei dem Gespräch nicht dabei war. Immer wieder erschienen die Bilder in seinem Kopf, die er nicht vergessen konnte. Als er 1941 nach Rowno kam, lebten fast sechzigtausend Juden in der Stadt. Am 9. November dieses Jahres wurde ein Drittel von ihnen in einem Waldstück etwas außerhalb der Stadt erschossen. Er hatte das Ghetto gesehen, in das fünftausend weitere Juden für kurze Zeit gebracht wurden, um sie dann abzutransportieren. Was mit ihnen geschehen war, wusste er nicht, wollte es damals nicht wissen.

Den restlichen Spaziergang verbrachten sie schweigend und in Gedanken versunken.

Beide sahen sie zu Ingrid, die mit ihrem Blumenstrauß fröhlich vor ihnen her hüpfte. Der Strauß auf ihrem Küchentisch erinnerte Rosa noch tagelang an das Gespräch mit Hertha Pfeifer.

Sauare Niere mit Buuwespitzln

Die Nieren werden fein geschnitten.

Hierauf nimmt man ein Stück Butter und eine Zwiebel, dämpft die Zwiebel gelb, bringt die Nieren hinein und lässt sie ein wenig mitdämpfen.

Dann macht man ein Teigchen mit Essig oder Wein, rührt es hinein, gibt noch Fleischbrühe dazu, neben einer Zitronenschale, einem Lorbeerblatt und Salz.

Für die Schupfnudeln, genannt Buuwespitzl, werden 3 Pfd Kartoffeln gekocht und diese noch heiß durchgepresst.

Mit ca. 100 g Mehl, 2 Eiern, etwas Salz und Muskat einen Teig arbeiten, eine Rolle formen und daraus fingerdicke und lange Schupfnudeln schneiden.

Diese kocht man ab und bäckt sie dann in heißem Fett goldgelb.

Sauare Niere mit Buuwespitzln zum Neuanfang!

1947 bis 1949

Endlich gab es wieder Fleisch. Während es in den letzten Kriegsjahren verboten gewesen war, selbst zu schlachten, durfte man jetzt wieder ganz legal Fleisch machen. In Rosas Familie hatte man diese Anordnung von Anfang an missachtet und im Hausflur oder im Wohnzimmer geschlachtet, damit es niemand mitbekam. Die Schlachtbank, das war der große Tisch in der Stube, und das Haus verwandelte sich für einen Tag in eine Metzgerei.

Inzwischen hatten sie wieder mehr Tiere im Hof: ein paar Schweine und Ziegen, eine Gans, einige Hühner, dank derer sie sich wieder selbst versorgen konnten.

Der Schlachttag war ein Festtag, jeder wollte mithelfen. Nur Priska zog sich zurück; sie konnte es nicht mitansehen, wenn die familieneigene Sau zur Schlachtbank geführt wurde, da sie sich vor dem vielen Blut ekelte. Priska war eine junge Frau, die laut Rosa ein wenig ihrer Tante Elisabeth ähnelte. Piekfein wollte sie sein und war sich zu schade für die Drecksarbeit, die das Schlachten für sie bedeutete.

Nachdem Adam das Schwein beruhigt hatte, wurde es mit dem Kolben oder mit dem Beil getötet, aufgehängt und geschlitzt und schließlich ausgenommen. Unter der hängenden Sau stand die Blutschüssel, denn das Blut floss in Strömen und musste in einem großen Bottich aufgefangen werden. Rosa hatte die Aufgabe, das Blut, das später zu Blutwurst verarbeitet werden sollte, unablässig zu rühren, damit es nicht gerann. Zur Belohnung bekam sie beim anschließenden Schlachtfest das Hirn des Tieres, das, nachdem es geputzt worden war, in Ei gewälzt und dann ausgebacken wurde. In der Waschküche wurde das Bauchfleisch und der Schweinskopf in einem Kessel gekocht und alle versammelten sich bei den Großeltern zum *Wellfläsch* essen. Ingrid als jüngstes Kind bekam unter großem Jubel das Sauschwänzel angemessen. Die geräucherte Wurst und das restliche Fleisch, das in eine Salzlake gelegt wurde, um es haltbar zu machen, hielten einen ganzen Winter lang.

Friederike und Rosa konnten sonntags endlich wieder ein reichhaltiges Mahl zaubern: Und das bestand entweder aus Braten oder Gerichten aus den Innereien des Schweins, wie *Sauare Niere* oder *Saipeffer*, ein gewürztes Schmorgericht, dessen Soße traditionell mit Schweineblut gebunden wurde. Zum Fleisch kam Gemüse vom eigenen Feld auf den Tisch und Kartoffeln in jeglicher Form, von *Buuwespitzl* bis *Kadofflbrei*. An besonderen Tagen, wenn die Hühner genug Eier lieferten, gab es als Beilage *Spätzl*, die Rosa am liebsten aß, und aus der Ziegenmilch wurde Sauerrahm geschlagen und zu einer fettigen Rahmsauce verkocht. So gelang es den beiden Frauen meist, sich und ihre Familie mit dem zu ernähren, was sie selbst anbauten. Nur das Speiseöl zum Kochen und Ausbacken war immer noch schwer zu bekommen. Daher wurde Rosa kreativ. Sie ging Hamstern.

Nach dem Tod ihrer Schwägerin hatte sie deren reichhaltige Aussteuer vererbt bekommen, die sie nun gut gebrauchen konnte. Mit dem Zug fuhr Rosa in den Odenwald nach Buchen oder Walldürn, wo mehr Geld und Rohstoffe zur Verfügung standen. Schnell übte sie sich im Tauschhandel und ergatterte meistens Speiseöl, das in der Regel für ein paar Wochen für die gesamte Familie reichte. Einmal wollte Karl sie unbedingt begleiten, aber es stellte sich heraus, dass er sich auf das Handeln überhaupt nicht verstand. Entsetzt musste sie mit ansehen, wie ihr guter Mann am liebsten alles hergeschenkt hätte. Eines war klar: Wollte sie hier erfolgreich sein, konnte sie Karl nicht noch einmal mitnehmen. Weil er aber gute Beziehungen zur ortsansässigen Füllfederfabrik hatte, trug sie ihm auf, dass er dort Ausschussware besorgen sollte, die sie dann eintauschen konnte: Füller, die zwar noch funktionierten, aber nicht ganz der Norm entsprachen oder kleine Fehler hatten, weshalb sie nicht mehr regulär verkauft werden konnten. Eines Tages hatte er so viele Füller für Rosa besorgt, dass sie glücklich und beseelt vom Fuggern nach Hause kam, ihm in die Arme fiel und rief: »Heute habe ich so viel Öl bekommen, dass wir damit den Fußboden zum Glänzen bringen könnten.«

Dank ihres eigenen Gartens und des Tauschhandels konnte Rosa ihre Familie also recht gut ernähren. Auch die Lebensmittelkarten, die pro Familienmitglied ausgegeben wurden, ermöglichten es ihr, zum Beispiel in der örtlichen Bäckerei regelmäßig Brot zu erhalten. Denn nicht immer war genügend Mehl im Haus, um eigenes Brot zu backen. Die vorgesehene Tagesration für einen erwachsenen Normalverbraucher lag bei 1550 Kilokalorien.

Unter Rosas Kindern hatte Heinz den größten Hunger, ein junger Mann, dessen Wachstum noch nicht ganz abgeschlossen war. Auf hinterlistige Weise gelang es ihm immer wieder, seiner pingeligen Schwester Priska etwas von ihrer Ration abzuluchsen. Er passte einen günstigen Moment ab, in dem sie den Blick von ihrem Brot abwandte, das sie in der Hand hielt, und leckte es von oben bis unten ab. Priska hungerte lieber, als dass sie danach noch einen Bissen von dem verseuchten Brot gegessen hätte, das sich Heinz und ihre Schwester Res genüsslich aufteilten.

Auch unter den Mädchen gab es ab und an Konflikte, denn Priska ließ Res immer wieder spüren, dass sie attraktiver und vermeintlich cleverer war. Als sie eines Tages vom Büro nach Hause kam, saß Rosa an der Nähmaschine und nähte für Res einen neuen Wintermantel.

Kritisch beäugte Priska das Kleidungsstück, ließ den Stoff durch ihre Hände gleiten und murmelte abschätzig vor sich hin.

»Ach, für sie geht das.«

Rosa stoppte mitten in der Naht ihre Nähmaschine und schaute ihre Tochter mit großen Augen an.

»Was hast du gerade gesagt?«

»Nichts.«

»Du wiederholst sofort, was du gerade gesagt hast.«

Wenn ihre Mutter in diesem Tonfall mit ihr redete, war jeder Widerstand zwecklos.

»Ich habe gesagt, dass es für sie geht«, antwortete sie kleinlaut.

Unvermittelt stand Rosa auf, ging auf ihre Tochter zu und verpasste ihr eine schallende Ohrfeige.

Verdutzt, weil sie damit nicht gerechnet hatte, fasste sich die junge Frau an die Wange, begann bitterlich zu weinen und verließ mit lautem Türenschlagen das Zimmer. Erschrocken über sich selbst hielt Rosa den Atem an und stand unbeweglich mitten im Raum, als kurze Zeit später Ingrid laut schreiend zur Türe hereinkam.

»Mama, Priska weint, du musst kommen.«

Rosa reagierte nicht sofort, weshalb Ingrid sie am Rock zupfte.

»Hast du nicht gehört, Priska weint.«

»Doch, ich habe es gehört!«, schrie Rosa Ingrid an, die sie verwirrt anschaute.

»Und jetzt raus hier, ich brauche mal fünf Minuten Ruhe. Kann man hier auch mal alleine sein?«

Mit Tränen in den Augen verließ auch ihre jüngste Tochter das Zimmer und schloss die Tür ganz vorsichtig.

Rosas neuerliche Anspannung war auch ihren Kindern nicht entgangen. Sie war zwar schon immer eine strenge, normalerweise aber auch eine sehr liebevolle Mutter; während sie vom Vater nie Schläge oder Tatzen bekamen, rutschten Rosa in letzter Zeit immer häufiger die Hand oder der Kochlöffel aus. Bei den Größeren hielt es sich in Grenzen, aber für ihre jüngste Tochter fehlte ihr die Geduld. Rosa wusste das und es tat ihr leid. In der Mitte ihres Lebens, nach den entbehrungsreichen Kriegsjahren und den immer noch Kräfte zehrenden Nachkriegsjahren war sie zum ersten Mal in ihrem Leben an eine Grenze gekommen.

Auch Karl war es nicht entgangen, dass seine Frau an Kraft verloren hatte. Die Kraft, die er an ihr so schätzte. Es wurde Zeit, dass er sich wieder nach einer Arbeit umsah. Zwar hatten die drei Älteren alle eine Anstellung: Priska arbeitete in der Füllfederhalterfabrik, Res hatte eine Lehrstelle als Schneiderin bekommen und Heinz machte eine Ausbildung zum Elektriker. Aber auch er brauchte ein Auskommen.

Nach seiner Rückkehr in den Ort hatte er sich viele Gedanken gemacht, wie es weitergehen sollte. An seine alte Arbeitsstelle nach München wollte er nicht zurück. Er war der Firma Becker einerseits sehr dankbar, andererseits sah er das Handeln seines ehemaligen Chefs mittlerweile in einem anderen Licht. Eben noch ein Nutznießer der Aufträge von den Nationalsozialisten, nun der demokratische Bauunternehmer, der sich für den Wiederaufbau Münchens einsetzte. Das passte für Karl nicht. Außerdem wollte er endlich bei seiner Familie bleiben und im Ort seine ehrenamtliche Arbeit fortführen. Wollte seiner Frau wieder ein leichteres und vor allem besseres Leben bieten. Er musste wieder arbeiten und Geld für seine Familie, für seine Frau verdienen. Sie konnten sich nicht auf ihre Kinder und auf seine Eltern alleine verlassen.

Handwerker, vor allem Bauleute, wurden gebraucht. Aber zu seinem anderen ehemaligen Arbeitgeber wollte er ebenfalls nicht zurück, so viel war sicher. Er sah nur eine Alternative: Als Gipsermeister könnte er selbst ein Gipser- und Stuckateurgeschäft eröffnen. Nach vielen Diskussionen mit der Familie beschloss er, sich selbstständig zu machen. Als Entlasteter war dies ohnehin kein Problem.

»Rosa, meine Eltern haben mir angeboten, uns eines ihrer Grundstücke zu überlassen. Wenn ich das verkaufe, kann ich damit den Grundstock für das Geschäft legen. Hinten im Garten kann ich einen Schuppen für das Material bauen und wir müssen keine Flächen anmieten. Außerdem fang ich erst mal klein an und brauche keine Mitarbeiter. Was meinst du?«

Auch wenn Rosa zunächst skeptisch gewesen war, da Selbstständigkeit immer auch ein Risiko bedeutete, konnte Karl sie schließlich mit diesen guten Argumenten davon überzeugen.

Kurze Zeit später befestigte Karl voller Stolz das Schild »Gipser- und Stuckateurgeschäft« an der Fassade seines Elternhauses.

»Rosa, Kinder!«

Schon aus dem Flur hörte man Karl aufgeregt durch das ganze Haus rufen. Res zeigte Ingrid gerade das neue Kleid, das sie ihr genäht hatte, während Heinz seine zwei Schwestern neckte und unter großem Kichern der beiden Mädchen ständig am neuen Kleid herumzupfte, sobald Ingrid es wieder anprobieren musste; Rosa stand am Herd und kochte Weckgläser für *Himbeermus* aus, das auf der anderen Herdplatte vor sich hin köchelte.

Das musste ja eine wichtige Neuigkeit sein, wenn Karl so aufgeregt die Treppenstufen hinaufstürmte.

Außer Atem stand er schließlich in der Küche und strahlte übers ganze Gesicht. »Stellt euch vor, ich habe meinen ersten großen Auftrag an Land gezogen. Die Firma Schulze will, dass ich bei ihnen das ganze Haus verputze. Das wirft richtig was ab.«

Ingrid begann zu applaudieren und alle anderen stimmten mit ein.

Rosa umarmte ihren Karl, nicht ohne Stolz.

»Und wisst ihr, was ich mir überlegt habe? Von dem ersten Geld kaufen wir Priska ein Schlafzimmer zur Hochzeit. Was meinst du, Rosa?«

Tränen der Rührung und des Glücks schossen ihr in die Augen.

Es waren Momente wie diese, die Rosa immer wieder vor Augen führten, wie gesegnet sie war, mit diesem Mann, mit ihrer Familie.

Schon seit längerem traf sich Priska mit dem jungen Fred, Sohn einer wohlhabenden Familie aus dem Ort. Rosa sah diese Verbindung nicht ungern, auch wenn der junge Mann sich ihr und Karl gegenüber bisher recht distanziert verhielt. Aber er passte zu ihrer ältesten Tochter, und das war schließlich das Wichtigste. Priska war eine patente, attraktive Frau geworden, die sich jetzt auch noch den nicht minder attraktiven und gut situierten Fred geangelt hatte. Rosa war glücklich, sie so gut versorgt zu wissen, wusste sie doch, wie viel Wert Priska auf einen gewissen Lebensstandard legte.

Wie schnell war doch die Zeit verflogen. Bis auf ihre Jüngste waren ihre Kinder inzwischen erwachsen und im heiratsfähigen Alter. Sie alle hatten den Krieg überlebt, und auch wenn Priska zunächst damit haderte, dass ihr so geliebter Führer diesen verloren hatte, passte sie sich zügig den neuen Gegebenheiten an. Genauso schnell, wie ihre Begeisterung für Adolf Hitler und die Nationalsozialisten aufgeflammt war, war sie nach 1945 wieder abgeebbt.

Aber eine Sorge trieb Rosa in den letzten Wochen immer wieder um: Was sollten sie ihrer Tochter schenken?

Eine große Aussteuer konnten sie und Karl ihren Kindern nicht bieten, da sie das meiste in den letzten beiden Nachkriegsjahren verfuggert hatte.

Hinzu kam, dass sie als Brauteltern eigentlich die Hochzeit ausrichten mussten, und bei den Ansprüchen des Brautpaares würde das sicher teuer werden. Rosa wurde ganz schwindelig, wenn sie nur daran dachte.

Karl hatte gerade erst sein Geschäft eröffnet und die Auftragslage war noch nicht so gut, dass sie große Sprünge machen konnten.

Da kam die Nachricht von Karl über den großen Auftrag gerade recht. Nun konnte auch sie sich von ganzem Herzen auf das bevorstehende Fest freuen.

»Wir werden Priska eine große Freude machen mit dem Schlafzimmer, da bin ich mir ganz sicher. Kinder, was meint ihr?«

»Und ich nähe ihr das Hochzeitskleid«, rief Res im Überschwang, »na ja, zumindest das Unterhemd«, ergänzte sie voller Lachen, in das alle mit einfielen.

»Und ich trinke einen mit meinem neuen Schwager«, tönte Heinz unter dem Gelächter der Familie.

»Darf ich dann Blumen streuen?«

»Ingrid, so viele du willst«, antwortete Karl und schloss seine gesamte Familie glücklich in die Arme.

Am Tag vor der Hochzeit wurde geräumt, geputzt, das Haus zum Glänzen gebracht. Friederike und Rosa steckten schon seit Tagen in den Kochvorbereitungen und hatten sich ein ganz besonderes Hochzeitsmenü mit Suppe, Braten und Nachtisch ausgedacht. Schließlich war es die erste Hochzeit eines der Kinder, und außerdem wollten Rosa und Karl ihrem Schwiegersohn und seiner Familie auch etwas bieten. Ganz nebenbei backten die beiden Frauen unzählige Kuchen für das große Fest. Rosa holte gerade den letzten aus dem Backrohr, einen *Zimmetkuuche*, und musste beim Geruch des ofenfrischen Kuchens lächeln. Es war Priskas Lieblingskuchen und immer, wenn sie den ersten Bissen genüsslich im Mund hatte, vergaß sie jegliche Etikette, die ihr sonst so wichtig war. Mit vollem Mund sagte sie ein ums andere Mal: »Mama, so wie du backt ihn keine andere!« Den Kuchen vor Augen und den Geruch in der Nase, überkam Rosa eine leichte Wehmut bei dem Gedanken, dass die erste Tochter das Haus verließ, auch wenn das Verhältnis mit Priska von Anfang an nicht das einfachste war. Aber sie war ihr Fleisch und Blut, ihre Tochter, die sie trotz allem liebte, und sie wünschte ihr alles Glück dieser Welt.

Priskas und Freds Hochzeit fand am 20. Juni 1948 statt, dem Tag der lang erwarteten Währungsreform. Unter den Männern war sie das Gesprächsthema Nummer eins.

»Wir können echt froh sein, dass die Amerikaner uns so unterstützen. Diesem Herrn Marshall haben wir viel zu verdanken.«

Karl machte aus seiner Meinung keinen Hehl, dass ohne die Kredite aus den USA kein solches Festmahl möglich gewesen wäre, wie sie es soeben genossen hatten.

»Naja, aber dass es unsere Reichsmark jetzt nicht mehr gibt, ich weiß nicht.«

Priskas Schwiegervater war skeptisch.

»Die war doch eh nichts mehr wert. Sei doch froh, wenn die Schaufenster wieder voll werden und der Schwarzmarkt verschwindet.«

Heinz pflichtete seinem Vater bei.

»Gut, dass wir nichts sparen konnten«, hörte man die Erleichterung auch bei den anderen Männern heraus.

»Meint ihr, wir kriegen dann auch bald wieder einen richtigen Staat? Zeit würde es werden.«

»Kommt nur drauf an, wie der dann aussieht«, antwortete Karl.

Rosa ahnte, dass es bei diesem Thema zu einem Streit zwischen den Männern kommen konnte, denn die Sozialdemokraten stellten sich das etwas anders vor als die Konservativen, und da Freds Familie christdemokratisch war, eröffnete sie an dieser Stelle feierlich das kleine aber feine Kuchenbuffet.

Nach einem ausgelassenen und fröhlichen Hochzeitsfest wurde Priska von ihrem frisch angetrauten Ehemann über die Schwelle in ihr neues Schlafzimmer getragen. Müde, aber sehr glücklich fielen sie in ihr erstes gemeinsames Bett, das ihnen für ihre Familienplanung sehr schnell viel Glück bringen sollte.

Am 23. Mai 1949 brachte Karl zur Feier des Tages eine Flasche Sekt mit nach Hause. Rosa saß mit Priska und dem kleinen Eckhart in der Küche, wie so oft, seit ihr erstes Enkelkind im Januar geboren worden war. Nachdem Priska selbst Mutter geworden war, suchte sie immer öfter die Nähe zu Rosa, die mit nur vierundvierzig Jahren Großmutter geworden war. Sie fand es wunderbar, nach der mittlerweile achtjährigen Ingrid wieder ein kleines Kind in der Familie zu haben. Großmutter zu sein, fühlte sich ganz anders an.

Dass bei ihren eigenen Kindern, vor allem bei Ingrid, die Nerven in den letzten Jahren oft blank lagen und ihr die Geduld fehlte, wurde Rosa nun durch Eckhart schmerzlich bewusst. Sie wollte versuchen, auch mit Ingrid etwas nachsichtiger zu sein, vor allem jetzt, wo die Großen immer öfter aus dem Haus waren und sie doch ihr Nesthäkchen war.

Priska bot sie sogar an, sich um das Enkelkind zu kümmern, falls sie wieder arbeiten wollte. Doch das kam für Priska und vor allem für Fred nicht in Frage. »Das hat meine Frau nicht nötig«, betonte er immer wieder, wenn die Rede darauf kam.

»Was gibt es denn zu feiern?«, schaute Priska ihren Vater fragend an.

»Moment, ich hole noch Vater und Mutter, dann erkläre ich es euch, wenn ihr nicht von selbst darauf kommt. Rosa, würdest du uns schon mal Gläser richten?«

Karl ließ zwei ratlos dreinblickende Frauen in der Küche zurück.

So sehr sie auch überlegten, sie kamen beim besten Willen nicht darauf, welchen Grund zum Feiern es ausgerechnet heute geben sollte.

Es dauerte ein wenig, bis Karl mit seinen Eltern zurückkam.

Friederike wirkte in letzter Zeit sehr müde und erschöpft. Auch heute war es ihr sichtlich schwergefallen, die Treppenstufen zur Wohnung ihres Sohnes hinaufzusteigen. Nur der Anblick ihres Urenkels zauberte für einen Moment ein Lächeln auf ihr Gesicht.

Als alle am Tisch saßen, ließ Karl den Korken knallen, was Eckhart mit einem lauten Schrei quittierte.

»Ja, mein Kleiner, schrei ruhig, denn heute ist ein Freudentag. Liebe Familie, endlich ist es wieder soweit. Wir leben in einer Demokratie!«

Voller Überschwang erhob Karl das Glas und musste plötzlich lachen, da er feststellte, dass der Rest der Familie keine Ahnung hatte, wovon er sprach. »Na, jetzt schaut nicht so! Seit heute leben wir wieder in einem richtigen Staat. Heute tritt unsere Verfassung, unser Grundgesetz in Kraft. Herzlich willkommen in der Bundesrepublik Deutschland!«

»Moment mal«, unterbrach Rosa ihren Mann.

»Heißt das, sie haben heute unterzeichnet? Woher weißt du das schon? Warst du etwa dabei?«

»Zuzutrauen wär's ihm. Hätte mich nicht gewundert, wenn sie ihn in den Parlamentarischen Rat berufen hätten, dann gehörte er jetzt auch zu den Vätern des Grundgesetzes«, setzte Adam unter Lachen nach.

»Vätern des Grundgesetzes? Das ist mal wieder typisch. Und was ist mit den Müttern?«, provozierte Rosa ihren Schwiegervater.

»Es waren doch auch Frauen dabei, Karl, oder?«

»Jetzt mal langsam. Also, nein, ich war leider nicht dabei«, antwortete Karl schmunzelnd auf Adams Frage.

»Aber auf der Baustelle, auf der ich heute gearbeitet habe, wurde im Radio in Echtzeit übertragen, wie Konrad Adenauer als Erster die Urkunde unterzeichnet hat. Vater, das freut dich doch, oder?«, zwinkerte Karl seinem eher konservativ eingestellten Vater zu.

»Und ja, Rosa, es waren auch Frauen dabei, wenn auch nur vier von fünfundsechzig.«

Rosa und Karl lächelten sich verschmitzt zu.

»Und jetzt?«, fragte Priska vorsichtig, weil sie von Politik und dem, was im letzten Jahr in Deutschland passiert war, wenig Ahnung hatte.

»Jetzt, liebe Priska, sind wir endlich wieder eine Republik, und so wie es aussieht, haben sie aus den Fehlern von Weimar gelernt.«

Karl wollte gerade zu einem Vortrag ansetzen, doch sein Vater bremste ihn barsch aus.

»Vergiss aber nicht zu erwähnen, dass wir jetzt nicht mehr ein Deutschland sind, das müsste doch dir als Sozialdemokrat übel aufstoßen«, warf Adam ein.

»Oder gilt deine Verfassung jetzt auch für die Zone drüben?«

»Ach, Adam«, beschwichtigte Rosa, die gerade gar keine Lust auf politische Zänkereien in der Familie hatte, ihren Schwiegervater.

»Du musst gleich wieder den Finger in die Wunde legen. Jetzt freuen wir uns doch erst einmal über den Sekt, den Karl mitgebracht hat. Und dass Eckhart hoffentlich in friedlichen Zeiten aufwachsen darf.«

Buddagebackenes

250 g Butter wird schaumig gerührt,
dann kommen 500 g Zucker und 4 Eier dazu und
man rührt es eine halbe Stunde.

Hierauf bringt man noch einige Löffel Rahm oder Milch,
2 Kaffeelöffel Backpulver und Mehl hinein,
arbeitet es auf dem Nudelbrett zusammen,
wellt den Teig messerrückendick aus,
sticht beliebige Formen aus,
bestreicht dieselben mit Eigelb
und backt sie in ziemlich starker Hitze.

Feier das Leben – *Buddagebackenes*

1950 bis 1955

Friederikes Schmerzen in der Leistengegend waren in den letzten Wochen so stark geworden, dass ihr das Gehen immer schwerer fiel. Kochaufträge nahm sie schon gar keine mehr an, denn ihr Radius, in dem sie sich bewegen konnte, wurde immer kleiner, und das viele Stehen tat ihr weh. Auch die Feldarbeit erledigte Rosa mittlerweile alleine, und Friederike konnte es nur schwer ertragen, dass ihre Schwiegertochter nun auch für sie kochte, und sie nicht mehr in der Lage war, selbst am Herd zu stehen.

Karl machte sich große Sorgen um seine Mutter. Da diese sich allerdings weigerte, einen Arzt aufzusuchen, bat er den ortsansässigen, doch bei ihnen vorbeizuschauen und einen Hausbesuch zu machen. Friederike leistete erbitterten Widerstand und wollte sich partout der Untersuchung widersetzen, allerdings ohne Erfolg, zu stark waren die Schmerzen. Schließlich gab die große, stattliche Frau nach und ließ sich eingehend untersuchen.

»Ihre Frau beziehungsweise Mutter muss dringend in die Klinik. Sie hat einen großen Leistenbruch und ihr Zustand gefällt mir überhaupt nicht«, erläuterte der Arzt nach der Untersuchung den beiden wartenden Männern.

Karl blickte zu seinem Vater, der vollkommen regungslos auf seinem Sessel saß.

»Was schlagen Sie vor? Bekommen wir so einfach ein Bett für meine Mutter im Heidelberger Krankenhaus? Können Sie uns helfen?«

»Ich schreibe Ihnen eine Überweisung, aber Ihre Mutter muss das natürlich auch wollen, das sehe ich als das größere Problem an.«

Die beiden Männer wussten, dass es schwierig werden würde, die sture Friederike dazu zu bewegen, sich im Krankenhaus behandeln zu lassen.

Wie oft hatte sie gesagt, sie mache alles, aber sie gehe nicht ins Krankenhaus. Die Einzige, die seine Mutter vielleicht davon überzeugen könnte, war Rosa. Sein Vater jedenfalls machte keine Anstalten, die Initiative zu ergreifen, er schien überhaupt nicht mit der Tatsache zurechtzukommen, dass seine Frau so schwer krank war.

An diesem Abend nahm Karl sich vor, Rosa darum zu bitten. Wenn sie gemeinsam im Bett lagen, war dies die einzige Stunde am Tag, in der sie Zeit und Ruhe für ein Gespräch fanden.

»Meinst du, du kannst mit Mutter reden? Der Arzt sagte, sie müsse sich unbedingt im Krankenhaus behandeln lassen, sonst ...« Karl versagte die Stimme.

Rosa war müde.

Als sie nicht gleich antwortete, legte Karl nach.

»Ich glaube, du bist die Einzige, auf die sie vielleicht hört. Du mit deinem Gottvertrauen, mit deiner Überzeugungskraft. Du kannst doch wunderbare Geschichten erzählen, die uns immer aufgebaut haben und Mut machten. Könntest Du nicht auch Mutter auf diese Weise irgendwie dazu bringen, dass sie ...«

Harsch unterbrach sie ihren Mann: »Karl, es ist gut jetzt! Ich hab's verstanden.«

Karl war irritiert. Seine Rosa kam ihm wie versteinert vor und er verstand nicht, warum sie so abweisend, ja, beinahe feindselig ihm gegenüber war. Hatte er etwas Falsches gesagt?

»Und? Heißt das ja?«

»Das heißt überhaupt nichts.«

Rosa drehte sich um und wickelte sich noch tiefer in ihre Bettdecke.

»Karl, es tut mir leid. Aber ich kann nicht mehr.«

Sie war zu aufgewühlt, um schweigend neben Karl zu liegen.

»Mein Leben lang bin ich diejenige, die die anderen aufbaut, die stark sein muss, von der erwartet wird, dass sie funktioniert. Und immer wieder krieg ich vom lieben Gott eins auf den Deckel, weil er mir die Menschen, die ich liebe, dann doch nimmt. Natürlich könnte ich versuchen, Friederike zu überzeugen. Vielleicht würde es mir sogar gelingen. Aber, was wäre, wenn sie es dann doch nicht schaffen würde? Ich kann diese Verantwortung nicht übernehmen. Verlange das nicht von mir.«

Karl hatte seiner Rosa ruhig zugehört und drehte sich nun langsam zu ihr.

»Danke!«, hauchte er nahezu lautlos und nahm Rosa sanft in den Arm.

»Wofür bedankst du dich? Das dürfte dir doch nicht gefallen, was ich gerade gesagt habe.«

»Danke dafür, dass du so ehrlich bist, dass du deine Sorgen mit mir teilst. Ich hatte vorhin schon Angst, dass wir zum ersten Mal einschlafen würden, ohne einen Konflikt zu klären. Das hätte ich nicht ertragen.«

Und nach einer Pause fügte er hinzu: »Du hast recht, du hast schon genug für uns alle auf dich genommen und getragen, vielleicht sollte ich dir das nicht auch noch aufbürden.«

Arm in Arm schliefen beide ein.

Friederike starb in dieser Nacht.

Adam war wie ausgewechselt. Seit seine Frau gestorben war, schien kein Lebensmut mehr in ihm zu sein. Immer wieder schickte Rosa Ingrid zu ihm oder kam mit Eckhart vorbei, der seine Großmutter jeden Tag besuchte. Sie hoffte, die Kinder würden ihn ein wenig ablenken und ihm neue Lebenskraft schenken. Doch Adams Herz war gebrochen. Ein Jahr später erlitt er einen Schlaganfall und folgte seiner geliebten Friederike ins Grab.

Am Abend nach Adams Beerdigung, als alle anderen gegangen waren, saß die Familie um den Esstisch versammelt. Priska hatte Eckhart auf dem Schoß, Fred saß neben Heinz, beide mit einem Glas Wein vor sich, Karl zwischen Res und Ingrid. Nachdem sie Adams Lieblingsgericht gegessen hatten, *abg'schmelzde Kadofflschnitz mit hausmacher Lewwer- und Grieweworscht*, stand Rosa plötzlich auf und räusperte sich. Es wurde still am Tisch und alle blickten sie gespannt an.

»Ich möchte, dass jeder von euch eine Geschichte von Großmutter und Großvater erzählt, an die er sich gern erinnert. Ich fange an.«

Rosa erzählte davon, als Friederike auf einer Hochzeit ihre berühmten *Buuwespitzl* gekocht hatte und der Hausherr zu ihr sagte, dass er sich an ihren Schupfnudeln dumm und dämlich essen könnte.

»Wisst ihr, was der Großmutter dann herausgerutscht ist?«

Sie blickte in die erwartungsvollen Gesichter ihrer Lieben.

»Da brauchst du nicht mehr viel.«

Alle am Tisch brachen in schallendes Gelächter aus.

Dankbar lächelte Karl seine Rosa an.

Bis tief in die Nacht hinein erzählten sie sich Geschichten über die Verstorbenen und Rosa hatte es wieder einmal geschafft, die Traurigkeit für einen Moment verschwinden zu lassen.

Ihr kam der Gedanke, dass es vielleicht tatsächlich eine Gabe Gottes war, die sie in sich trug und mit der sie anderen Menschen Mut und

Kraft spenden konnte. Und sich selbst. Mit einem sanften Lächeln und voll tiefer Dankbarkeit schlief sie ein.

Anfang der 1950er-Jahre gestaltete sich der wirtschaftliche Aufschwung in der neu gegründeten Bundesrepublik schwierig. Während die Löhne nach der Währungsreform zunächst eingefroren blieben, stiegen Preise und Arbeitslosigkeit bedenklich an. Doch das Konzept der Sozialen Marktwirtschaft unter Wirtschaftsminister Erhard zeigte bald Erfolg. Das musste Karl zugeben, wenn sich seine Partei auch beharrlich weigerte, diesen Erfolg anzuerkennen. Seine SPD unter Kurt Schumacher war zwar zweitstärkste parteipolitische Kraft und damit gleichzeitig die einflussreichste Opposition im Bundestag, aber innerhalb der Bevölkerung wuchs die Zustimmung für die neu gegründete CDU und Kanzler Konrad Adenauer stetig an. Der Wettbewerb zwischen diesen beiden Parteien wurde zum einen durch den ökonomischen Gegensatz, zum anderen durch den Konflikt zwischen kirchlich-konfessioneller Bindung und Säkularisierung bestimmt.

Auch in Karl spiegelte sich dieser Konflikt wider. Als er in die SPD eingetreten war, war er ein einfacher Arbeiter. Mittlerweile war er selbstständiger Unternehmer, was genauso wenig zum Klientel der SPD passte wie seine Konfession. Karl war ein guter Katholik und das Verhältnis von Sozialdemokratie und Arbeiterbewegung zur Kirche war nach wie vor sehr angespannt. Sein kürzlich verstorbener Vater hatte es nie verstehen können, dass Karl bei der SPD seine politische Heimat gefunden hatte und zog ihn oft damit auf, das schwarze Schaf der Familie zu sein, worauf Karl ihm immer antwortete: »Nein, Vater, gerade nicht schwarz!«

Rosa fühlte sich den Sozialdemokraten auch sehr nahe. Nach dem Krieg trat sie ebenfalls in die Partei ein, für die ihr Mann seit 1948 im

Gemeinderat mitarbeitete, obgleich sie mit deren Haltung zur Kirche zu kämpfen hatte.

Da Karl alles andere als ideologisch verbohrt war, kümmerte ihn die Haltung seiner Partei zur Kirche nicht. Er wollte dem SPD-Ortsverein zu neuer Blüte verhelfen, und als inzwischen Erster Vorsitzender war es sein erklärtes Ziel, den Zusammenhalt der Mitglieder im Ort durch unterschiedliche gemeinsame Aktivitäten zu stärken. Zum Beispiel mit einem Fest am Tag der Arbeit oder einer Winterfeier kurz vor Weihnachten, bei der man sich mit seinen Freunden und Familien gemeinsam auf die kommenden Feiertage einstimmte und das Jahr gemütlich ausklingen lassen konnte. Rosa trug zum Gelingen der Feier bei, indem sie für alle Mitglieder Weihnachtsplätzchen backte. Für jedes Mitglied hielt Rosa ein kleines Tütchen *Buddagebackenes* bereit, auf das sich alle Jahr für Jahr besonders freuten.

Doch Karls Engagement beschränkte sich nicht nur auf die Parteiarbeit. Schon Anfang 1949 hatte er sich mit einigen anderen Dorfbewohnern zusammengetan und einen neuen Heimatverein gegründet, natürlich unter demokratischen Vorzeichen. Außerdem engagierte er sich gleich in mehreren Vereinen des Dorfes, neben den Sportvereinen unter anderem auch in der Theatergruppe des Katholischen Kirchenchors, wo er als großes Talent gefeiert wurde. Seine Inszenierung der ›Geierwally‹ im Gasthaus ›Zur Rose‹ wurde frenetisch bejubelt.

Mit seinem Einsatz sah Karl die Chance, den Zusammenhalt innerhalb der Gesellschaft zu fördern und in seinem Fall den Zusammenhalt im Ort. Nie wieder sollte es so weit kommen, dass Menschen auf so brutale Art und Weise aus der Dorfgemeinschaft gerissen werden sollten, egal welchem Glauben oder welcher Partei sie angehörten.

Rosa unterstützte ihren Mann, wo sie nur konnte, zumal sie inzwischen auch weniger Verpflichtungen hatte, weil ihre Kinder flügge geworden waren, sie weniger in Anspruch nahmen, und sie sich mehr Freiheiten erlauben konnte. Nach Priska waren auch die beiden anderen älteren Kinder auf dem Sprung ins Eheleben und Nesthäkchen Ingrid war inzwischen auch aus dem Gröbsten herausgewachsen. Rosa blieb nun genügend Zeit, regelmäßig zu den Treffen der katholischen Frauengemeinschaft zu gehen und sich gemeinsam mit Karl bei der Arbeiterwohlfahrt einzubringen.

Bei den katholischen Frauen erfuhr sie, dass der aus dem Ort stammende Bischof Augustin Olbert aus China wieder in die Heimat zurückkehren würde. Karl wusste bereits mehr über die Gründe seiner Rückkehr, weil sie im Gemeinderat Briefe von ihm bekommen hatten, in denen er von seiner Situation in dem fernen Land berichtete.

Karl erklärte Rosa, warum es seiner Meinung nach wichtig war, ihn tatkräftig zu unterstützen: »Weißt du, Rosa, er gehört zu den Menschen, die ihren Worten Taten folgen lassen. In seiner Missionsstation haben tausende Chinesen, die vor dem dortigen Bürgerkrieg geflüchtet waren, Schutz und medizinische Versorgung gefunden. Er hat sich vor allem für die Armen und die Schutzlosen eingesetzt, hat viele verletzte Menschen in der Missionsstation versorgt. Das gefiel dem chinesischen Staat natürlich überhaupt nicht und er wurde unter den unwürdigsten Bedingungen wochenlang inhaftiert und gefoltert. Aber er hat nie seinen Glauben preisgegeben. Nur weil er sich nicht gegen die katholische Kirche gestellt hat, wurde er schließlich zu zwei Jahren Gefängnis verurteilt. Dem Vatikan ist es nun endlich gelungen, dass er aus der Gefangenschaft entlassen wird und die Chinesen ihn ausweisen.«

Rosa war erschüttert. In der Kirche wurde oft für Bischof Olbert gebetet, aber dass es so schlimm um ihn stand, wusste sie nicht.

»Aber Karl, wenn er hierher zurückkommt, müssen wir ihn unbedingt unterstützen. Was hältst du davon, wenn wir eine kleine Aktion ins Leben rufen und die Menschen um Geschenke für Bischof Olbert zu bitten?«

»Das ist eine großartige Idee, Rosinchen, auf dich ist eben Verlass.« Karl gab seiner Rosa einen dicken Kuss auf die Stirn.

Die beiden fingen an, in ihren Vereinen für Bischof Olbert zu sammeln. Die Welle der Hilfsbereitschaft war riesig. Als er schließlich nach Deutschland zurückkehrte, wurde ihm nicht nur von der Kirche, sondern auch von der gesamten Bevölkerung ein begeisterter Empfang bereitet. Rosa war aufgeregt, diesem besonderen Menschen persönlich zu begegnen. Schließlich übergaben sie und Karl ihm während eines Gottesdienstes die zahlreichen Geschenke. Man konnte Bischof Olbert ansehen, wie bewegt er war. Mit so viel Unterstützung aus seiner Heimat hatte er nicht gerechnet – so lange war er doch nicht mehr hier gewesen. Dass die Menschen an seinem Schicksal derart Anteil nahmen, überraschte ihn sichtlich.

»Ich danke Ihnen beiden sehr«, suchte Bischof Olbert nach dem Gottesdienst das Gespräch mit Karl und Rosa, »für diese große Aufmerksamkeit und die Anteilnahme an meinem Geschick. Die guten Menschen hier tun ja alles, um mir den Heimataufenthalt nach dem schrecklichen Geschehen so angenehm als möglich zu machen. Dafür werde ich mich auf jeden Fall erkenntlich zeigen.«

Und das tat er. Obwohl er sich entschieden hatte, seinen Lebensabend nicht im Dorf, sondern in einem Kloster in Freiburg zu verbringen, schickte er immer wieder Briefe, Geldspenden und Grüße in seine Heimat. Auf diese Weise blieben er und Karl miteinander verbunden und tauschten sich oft auch über die politische Lage in der Welt aus.

Auch wenn Rosas Interesse am politischen Geschehen groß war und sie sich mit ihrem Mann gern über Politik unterhielt, überließ sie das aktive politische Handeln Karl. Sie begnügte sich damit, jeden Tag intensiv die Zeitung zu lesen, denn es interessierte sie brennend, was nicht nur in ihrem eigenen Dorf, in ihrem Land, sondern auch in der Welt vor sich ging.

Darüber hinaus entdeckte sie das Wandern für sich. Bisher hatten sie es nie geschafft, sich einen ausgedehnten Urlaub leisten zu können. Doch Rosa überkam immer öfter das Bedürfnis, ein wenig aus ihrem Dorf raus zu kommen. Darum schloss sie sich dem Odenwaldclub an, der einmal im Monat an einem Sonntag zu einer Wanderung durch den nicht weit entfernten mittleren Gebirgszug einlud. Nach der sonntäglichen Messe ging es mit dem Bus in den Odenwald und Rosa erwanderte zusammen mit den Mitgliedern des Clubs die wunderschöne Natur, die direkt vor ihrer Haustüre lag. Für Karl war das Wandern zu anstrengend. Er konnte die Begeisterung seiner Frau nicht wirklich nachvollziehen und ließ Rosa gehen, weil er merkte, wie viel Freude ihr diese Betätigung machte. Viele ihrer Mitwanderer, vor allem männliche Clubmitglieder, wunderten sich, dass sie als verheiratete Frau alleine an den Ausflügen teilnahm.

Entsprechenden Andeutungen begegnete Rosa mit dem ihr eigenen Humor: »Keine Angst, ich habe dem Karl vorgekocht und mit Hilfe von Ingrid wird er es schaffen, das Essen auch warmzumachen.«

Fünfundzwanzig Jahre waren Karl und Rosa verheiratet und ihre Silberhochzeit stand bevor. Es sollte kein großes Fest werden, denn Karl ging es in der letzten Zeit oft nicht besonders, er wirkte erschöpft, und Rosa bestand darauf, dass er sich endlich einmal richtig untersuchen ließ.

Als sie nach Karls Besuch beim Arzt abends zusammen am Tisch saßen und er seiner Frau das Ergebnis der Untersuchungen offenbarte, war die Stimmung gedrückt.

»Rosa, ich kenne jetzt den Grund für meine Müdigkeit und mein Unwohlsein. Auch bei mir hat unsere Familienkrankheit zugeschlagen. Ich leide an Diabetes. Dabei hatte ich so gehofft, dass dieser Kelch an mir vorübergeht.«

Bevor Rosa etwas antworten konnte, hörten sie Getuschel vor der Küchentür und Karl rief mit lauter Stimme: »Ihr könnt gern reinkommen!«

Ertappt öffneten Res und Heinz die Tür und kamen noch kichernd und grinsend in den Raum.

Wie zwei Ölgötzen stellten sie sich vor ihre Eltern und es schien, als würde jeder auf den anderen warten, um endlich mit einem Geheimnis herauszurücken.

Eigentlich war Rosas Bedarf an Neuigkeiten für heute gedeckt, aber sie wollte ihre Kinder nicht vor den Kopf stoßen.

»Na sagt schon, was ist passiert?«

Wenn man mit dem Schlimmsten rechnete, hielt das Leben doch immer wieder eine Überraschung bereit. Rosa und Karl staunten nicht schlecht, als Res und Heinz ihnen eröffneten, dass sie beide gern am gleichen Tag heiraten wollten, eine Doppelhochzeit also, und das am Tag der Silberhochzeit ihrer Eltern.

Karl nutzte Rosas Zögern und stimmte dem Wunsch seiner Kinder eigenmächtig zu.

Wenn seine Kinder sich so ein großes Fest wünschten, dann sollten sie es auch bekommen. Und Rosa machte er damit bestimmt auch eine Freude, davon war er überzeugt.

Bei all dem Trubel und der Freude, die plötzlich im Raum herrschten, vergaß er seine Diagnose und im Überschwang hob er seine Frau in die Höhe und wirbelte sie herum. Rosa lächelte zwar, fühlte sich aber etwas überrumpelt. Ihre Begeisterung für ein solch großes Fest hielt sich nach Karls Hiobsbotschaft in Grenzen. Aber sie sah keine Chance, Bedenken anzumelden und wollte sowohl ihren Kindern als auch ihrem Mann die Stimmung nicht vermiesen.

In den Wochen vor den Hochzeiten ging es erneut hektisch zu. Für das große Fest wurde das gesamte Haus umgeräumt, damit alle Gäste Platz hatten. Wie auch bei Priskas und Freds Ehrentag sollte es bei dieser Dreifach-Hochzeit an nichts fehlen und so backte Rosa zusammen mit Res und Priska um die Wette. Auf allen Treppenstufen im Haus standen *Ríwwäleskuuche* mit Äpfeln und Zwetschgen, *Käschejoggl*, *Frankfurter Kranz* und vieles mehr.

Während die standesamtliche Trauung der beiden Kinder nur im engsten Familienkreis gefeiert wurde, war der Tag der kirchlichen Trauung ein wahrhaftiges Großereignis im Dorf. Am Tag der Hochzeit zogen die drei Brautpaare gemeinsam mit der gesamten Familie zu Fuß die Straße zur Kirche hinauf. Rosa und Karl als Silberjubelpaar liefen voraus, es folgten Heinz mit Lisbeth und dann Res mit Werner. Alle Geschwister von Rosa waren gekommen, viele Freunde und Vereinskollegen, die Gemeinderäte und unzählige Neugierige standen am Wegesrand. Der Traugottesdienst wurde feierlich vom Kirchenchor mitgestaltet. Schließlich waren Rosa und Karl früher selbst dort Sänger gewesen und Res inzwischen ein begeistertes und fleißiges Chormitglied. Als sie die Kirche verließen, streute Ingrid voller Stolz mit dem kleinen Eckhart Blumen für die Brautpaare. Karl hatte seiner Frau eine Köchin zum Fest geschenkt, sodass Rosa diesen Tag einfach nur genießen konnte. Auch das Wetter war ihnen hold. Bei herrlichem Sonnenschein und strahlend blauem Himmel wollte niemand gerne im Haus sitzen. Kurzerhand krempelten die Männer die Ärmel hoch und trugen Tische, Stühle und Bänke nach draußen in den Hof. Es war ein lautes, buntes Fest, wie man es in Rosas Familie gewohnt war zu feiern. Den ganzen Tag wurde gegessen, gesungen, gefeiert, getanzt und gelacht.

Während des Festes zog sich Rosa für einen Moment in den hintersten Winkel des Gartens zurück. Von dort hatte sie einen schönen Blick unter den alten Obstbäumen hindurch auf das Haus und weiter auf die Steinbrüche und den nahen Wald. Aus der Ferne beobachtete sie das Treiben, sah zu, wie ihre Familie ausgelassen feierte. Ein Lächeln huschte über ihr Gesicht. Wieder einmal war sie von einer großen Dankbarkeit erfüllt. Neben ihr blühte eine einzelne große Sonnenblume und sie fühlte sich mit dieser Sonnenblume plötzlich eng verbunden. Wie die Blume im Herbst verwelkte, um ihre Samen auszusäen, die dann im nächsten Jahr als neue Blumen in voller Blüte erstrahlten, so fühlte sich auch Rosa. Im Moment strahlte sie und jedes Blütenblatt stand für ein Mitglied ihrer Familie. Sie hatte das Gefühl, als wollte diese Sonnenblume ihr ein Zeichen geben. Wollte sie darauf hinweisen, dass mehr gefeiert werden sollte, dass dieses Leben mehr gefeiert werden sollte, immer wieder aufs Neue, ein ewiger Kreislauf, der nie endete. Auch wenn sie selbst eines Tages nicht mehr mitfeiern würde, so würden es ihre Kinder, ihre Kindeskinder weiter tun. Doch noch stand Rosa in voller Blüte, im Leben, und wollte dieses Strahlen auch weitergeben. Selig und beschwingt stand sie schließlich auf, strich im Weggehen mit ihrer Hand sacht über die goldenen Blütenblätter ihrer Sonnenblume.

Die Sonnenblume hatte ihre Samen verteilt und auch Rosas Familie wuchs immer weiter. Res und Heinz hatten nicht nur zusammen Hochzeit gefeiert, auch ihre Familienplanung schienen sie aufeinander abzustimmen. Im selben Jahr wie Heinz' Sohn Arndt kam auch Wera, die Tochter von Res, zur Welt. Die ganze Familie war aus dem Häuschen. Auch wenn sich Rosa sehr darüber freute, dass ihr Enkelsohn Eckhart, der nun schon zur Schule ging, jeden Morgen vor Unterrichtsbeginn bei ihr hereinschneite, um seinen Kaba zu trinken, ging mit der Geburt von Arndt ihr sehnlichster Wunsch in Erfüllung: ein Enkelkind im eigenen Haus, das es mit neuem Leben erfüllte.

Wie jeden Sonntag fand sich die ganze Familie bei Rosa zum Mittagessen ein. Es gab *Hackfläschkiechl mit Erbse un Gelwariewe un Brotkadoffl*. Nach dem ausgiebigen Mahl zogen sich die Männer in die Stube zurück und politisierten, Rosa erledigte mit ihren Töchtern den Abwasch und Ingrid ging mit ihrem Neffen Eckhart und den beiden Jüngsten hinunter in den Hof.

»Ach Mutter, Ingrid macht das einfach hervorragend«, sagte Res, als sie mit dem Geschirrtuch in der Hand aus dem Fenster schaute.

»Was macht sie hervorragend?«, fragte Rosa vom Spültrog aus.

Priska gesellte sich zu Res und beide schauten anerkennend und liebevoll auf ihre jüngere Schwester.

»Sie versteht sich so gut mit Kindern. Mama, komm, sieh dir das an.«

Rosa trocknete sich die Hände ab, weil sie nun doch neugierig wurde, was genau ihre beiden älteren Töchter meinten.

Auch Lisbeth stellte sich daneben.

Die Frauen sahen vom Fenster aus zu, wie liebevoll Ingrid mit Wera und Arndt umging und gleichzeitig auch den wesentlich älteren Eckhart miteinbezog. Die Kleinen hatten sichtlich ihren Spaß, aber vor allem Ingrid machte es Freude mit den Kindern zusammen zu spielen.

Gedankenverloren stand Rosa am Fenster und dachte daran, was Karl ihr vor gar nicht langer Zeit eröffnet hatte.

Für sein Geschäft brauchte er dringend eine Buchhalterin und er wünschte sich nichts sehnlicher, als dass sein Nesthäkchen diese Stelle besetzte.

Ingrid hatte vor einem Jahr die Volksschule beendet und war danach ein Jahr auf die Handelsschule gegangen. Als sie ihre Jüngste nun so betrachtete, fragte sie sich, ob ihr Mann und ihre Tochter dieselben Wünsche hatten.

»Könnt ihr bitte das Spülen übernehmen, ich habe etwas Dringendes zu erledigen. Lisbeth, könntest du bitte mitkommen?«

Rosa schob nichts auf die lange Bank.

Schnell wie der Blitz war sie unten im Hof und Priska und Res waren so neugierig, dass das Spülen unverhältnismäßig lang dauerte. Denn immer wieder streckten sie ihre Köpfe so weit sie konnten aus dem Fenster, in der Hoffnung zu hören, was die Mutter da unten im Hof mit Ingrid so Wichtiges zu besprechen hatte.

»Ingrid, hast du einen Moment?«

»Aber Mama, hat das nicht Zeit?«

Es genügte ein Blick der strengen Mutter und Ingrid unterbrach das Spiel mit ihrer Nichte und ihren Neffen für einen Moment.

Rosa bat Lisbeth, die zwei Kleinen in ihre Kinderwagen zu setzen und schickte sie mit Eckhardt und den beiden los, um einen Spaziergang zu machen.

»Komm, Kind, wir setzen uns auf die kleine Bank«, sagte Rosa und nahm ihre Tochter bei der Hand. »Wir müssen uns über deine Ausbildung unterhalten. Du weißt, dass wir kein Geld für eine weiterführende Schule haben.«

»Aber Mama«, strahlte Ingrid ihre Mutter an, »das ist doch gar nicht schlimm. Ich will gar nicht auf eine weiterführende Schule. Ich will ...«, und dabei machte das junge Mädchen selbstbewusst eine kleine Atempause in der Überzeugung, ihrer Mutter nun eine große Freude zu bereiten, »... Kindergärtnerin werden.«

Erwartungsfroh schaute Ingrid ihre Mutter an.

»So etwas hatte ich befürchtet!«, seufzte Rosa vor sich hin.

Ingrids Blick verfinsterte sich. Mit einer solchen Reaktion hatte sie nicht gerechnet. »Aber ich dachte, ihr seid stolz auf mich, wenn ich eine klare Vorstellung davon habe, was ich machen will«, fügte Ingrid kleinlaut und mit Tränen in den Augen hinzu.

Rosa merkte, dass sie vielleicht etwas zu unsensibel gegenüber ihrer Tochter gewesen war, die sie doch so gut verstehen konnte.

Liebevoll nahm sie ihre Jüngste in den Arm. »Ingrid, ich finde das wunderbar, dass du Kindergärtnerin werden möchtest, und ich kann mir das bei dir auch sehr gut vorstellen.«

Ingrid hatte sich wieder etwas gefasst und hakte nach.

»Aber wo ist dann das Problem?«

Nun musste sie ehrlich sein, um ihrer Tochter nicht noch mehr Hoffnung zu machen.

»Das Problem ist, dass dein Vater andere Pläne mit dir hat. Er möchte, dass du bei ihm im Geschäft arbeitest. Er braucht dringend eine Buchhalterin und sucht bereits eine Lehrstelle für dich, als Bürokauffrau.«

Ingrid musste schlucken.

»Ohne vorher mit mir darüber zu reden oder mich zu fragen?«

Sie liebte ihren Vater und würde alles für ihn tun, aber das?

»Mama, kannst du nicht noch einmal mit ihm reden? Auf dich hört er doch immer. Ich möchte diese Lehre nicht machen und den ganzen Tag im Büro sitzen. Ich wünsche mir so sehr, Kindergärtnerin zu werden. Bitte, Mama ...«

Rosa versprach, noch einmal mit Karl zu reden.

Doch dieses Mal hörte er nicht auf seine Frau.

Insgeheim hätte er seiner Tochter ihren Wunsch gern erfüllt, sie war sein Ein und Alles und er konnte ihr selten etwas abschlagen. Aber in diesem Fall blieb er eisern. Seine Finanzen wollte er auf keinen Fall in fremde Hände legen und darum sah er keine andere Möglichkeit. Außerdem hatte er bereits eine Lehrstelle für sie gefunden. Wie hätte das denn ausgesehen, wenn er wieder abgesagt hätte, zumal es ein guter Kunde von ihm war.

Die Diskussion war für ihn damit erledigt.

Ingrid war traurig und wütend zugleich.

Für zwei Jahre musste sie nun jeden Tag in ein zwanzig Kilometer entferntes Dorf fahren, um dort in einem Architekturbüro eine Ausbildung zu absolvieren; und darüber sollte sie sich auch noch freuen, weil ihr eine verkürzte Lehrzeit vergönnt war. Jeden Morgen brachte sie mit den öffentlichen Verkehrsmitteln eine halbe Odyssee hinter sich. Auf Rosas und Karls Bemerkung, dass Lehrjahre eben keine Herrenjahre seien, reagierte sie zunehmend aufmüpfig. Sie war es leid. Sie liebte ihre Eltern, aber die Enttäuschung darüber, dass sie ihren Berufswunsch so ignoriert hatten, saß tief. Rosa blieb die Enttäuschung ihrer Tochter nicht verborgen und sie suchte nach einer Möglichkeit, sie wenigstens ein bisschen zu entschädigen.

»Karl, ich habe eine Idee. Ingrid arbeitet so hart, sie hat es gerade nicht leicht und ist immer noch so traurig, dass sie keine Kindergärtnerin werden konnte.«

»Rosa, das hatten wir doch schon mehrfach besprochen. Lehrjahre ...«

»... sind keine Herrenjahre, ich weiß. Aber sie macht ihre Arbeit gut, obwohl sie nicht glücklich darüber ist. Das weißt du. Und sie macht das für uns. Deshalb möchte ihr gerne etwas zurückgeben.«

»Zurückgeben?«

»Als ich damals in der Füllfederfabrik geschuftet habe, musste ich meinen Lohn auch immer in die Familienkasse abgeben. Was hältst du davon, wenn Ingrid ihren Verdienst behalten darf?«

Karl war einverstanden.

Und für Ingrid war die Aussicht auf ihren eigenen Lohn endlich ein Antrieb, jeden Morgen gerne zur Arbeit zu gehen.

»Mama, ich weiß auch schon, was ich mir von meinem ersten Lohn kaufe«, erzählte Ingrid ihrer Mutter eines Abends, als der Vater bei einer seiner Theaterproben war.

Rosa blickte in erwartungsfrohe Augen.

»Ein eigenes Fahrrad.«

Rosa wollte ihre Tochter nicht schon wieder enttäuschen, denn Ingrids Lohn würde wahrscheinlich nicht ausreichen für diesen besonderen Wunsch.

Am Ende des Monats belohnten Karl und Rosa ihre Tochter für ihr Durchhaltevermögen und legten den Rest, der ihr noch fehlte, dazu.

Nachdem Ingrid nun stolze Besitzerin eines vierzig Mark teuren wunderschönen Drahtesels war, der ihr ganz alleine gehörte, genoss sie dieses kleine Stück Freiheit, sooft sie konnte. Sie radelte zur Arbeit, machte Ausflüge mit ihren Freundinnen an den Neckar zum Picknicken und bot sich später auch zum Einkaufen an, da sie mit ihrem Fahrradkorb, den sie sich von ihrem nächsten Lohn leistete, auch Sachen transportieren konnte.

Glücklich mit dieser neuen Situation stand sie ihre Lehre mit Würde durch.

Ihr Vater jedoch hielt eine weitere Überraschung für sie bereit, und es war zunächst wieder keine freudige. Die Buchhaltung für ihn musste sie nebenbei und unentgeltlich machen, denn die Geschäfte liefen nicht so gut, dass er sie hätte bezahlen können. Stattdessen hatte er ihr dank seiner guten Beziehungen ins Rathaus die sehr gut bezahlte Stelle der Bürgermeistersekretärin besorgt, die eben frei geworden war. Dass er seine Tochter damit wieder einmal vor den Kopf stieß, bemerkte er nicht. Im Gegenteil, er war äußert zufrieden mit sich. Wieder war es an Rosa, Ingrid zu trösten und zu versuchen, ihr diese neue Aufgabe schmackhaft zu machen, was ihr zum Glück auch gelang.

Dåmpfnudl mit Wäisoss

Aus 250 g Mehl, 10 g Hefe, 2 Esslöffel Zucker, ½ l Milch, Salz, 30 g Butter und 1 Ei wird ein Hefeteig bereitet und gehen gelassen. Dann 10 – 15 Kugeln formen.

In einem flachen eisernen Topf (der die Kugeln eben gerade gut aufnehmen kann) ½ Tasse Wasser mit 2 Esslöffeln Zucker und 1 Esslöffel Butter lauwarm werden lassen. Wer eine salzige Kruste bevorzugt, nimmt ½ Tasse Wasser mit 2 Teelöffeln Salz. Die Kugeln nebeneinander hineinsetzen, nochmals gehen lassen, bis sich das Volumen der Dampfnudeln zirka verdoppelt hat. Deckel schließen.Flüssigkeit zum Kochen bringen. Dann die Dampfnudeln bei schwacher Hitze etwa 20 Minuten dämpfen.Dabei muss der Deckel des Topfes fest geschlossen bleiben. Sobald ein krachendes Geräusch zu hören ist, Deckel vorsichtig abheben. Das Kondenswasser am Deckel darf nicht auf die Dampfnudeln tropfen. Die Dampfnudeln haben auf der Unterseite eine goldbraune Kruste bekommen. Auf eine Platte setzen und warm servieren.

Für die Weinsoße 2 Esslöffel Mehl, 2 Esslöffel Mondamin, 300 g Zucker, 4 Eigelb verrühren. Langsam 1 l Wein dazugeben und mit dem Schneebesen ständig bis kurz vorm Kochen rühren (wenn Masse dick ist). Vom Herd nehmen und abkühlen lassen. Vor dem Servieren 4 Eiweiß zu Schnee schlagen und vorsichtig unterheben.

Wie viel Schmerz kannst du tragen?

Dåmpfnudl mit Wäisoß

1956 bis 1959

Karls Diabetes begann an dem erst fünfzig Jahre alten Körper zu nagen. Rosa merkte es nicht nur an seinen Zähnen, sondern auch sein Gang wurde immer schwerer. Als er eines Abends mühsam ins Bett kroch, sah sie seine offenen Beine und erschrak.

»Karl, deine Beine sind ja ganz wund! Seit wann ist das so?«

»Rosa, ich bin müde, lass uns schlafen«, brummte Karl.

»Nein, Karl, ich will jetzt wissen, seit wann deine Beine so offen und entzündet sind. Spiel nicht immer alles so herunter. Ich sehe doch…«

»Schon eine ganze Weile«, unterbrach Karl seine Frau.

»Du hast es nur nicht gemerkt, weil ich immer nach dir ins Bett gegangen bin.«

Rosa war geschockt und wurde zunehmend nervös.

Sie wusste, dass Karl ein zäher Bursche war, aber ein Verdränger war er eben auch.

Mit großer Sorge betrachtete sie in den darauffolgenden Wochen die beständig neu aufbrechenden Wunden, der Körper ihres Mannes schien regelrecht zu verfallen. Dabei war Karl doch noch so jung.

In dieser Zeit begann Rosa ein altes Ritual ihrer Mutter wiederzubeleben: Jeden Morgen um sechs Uhr, wenn die Kirchenglocken läuteten, betete sie den ›Engel des Herrn‹. Bereits als Kinder in der Schule wurden sie dazu erzogen, den Tag mit diesem Gebet zu beginnen, aber in den letzten Jahren hatte sie dies vernachlässigt. Als Mutter von vier Kindern waren ihre Gedanken am frühen Morgen ganz woanders. Hinzu kam, dass das morgendliche Geläut von den Nazis verboten wurde, wodurch dieser Brauch noch zusätzlich in Vergessenheit geraten war. Doch nun hatte sie das Bedürfnis, wieder mehr Zwiesprache mit Gott zu führen. Den Tag damit zu beginnen, gab Rosa Kraft.

Mit Karl reden konnte sie über dessen Krankheit nicht. Sofort wiegelte er ab, schließlich sei er doch ein großer, kräftiger Mann, der Versorger der Familie, führe ein Geschäft, das im Großen und Ganzen gut lief, war ein angesehener Gemeinderat; der Diabetes würde ihn schon nicht dahinraffen. Aber er hatte keine Krankheit, die wie ein Schnupfen einfach so wieder vorbeigehen würde – Rosa war sich sicher, dass auch Karl das bewusst war.

»Meine liebste Rosa, ich habe eine Überraschung für dich!«

Rosa war gerade dabei das Frühstück zu richten, wie jeden Sonntagmorgen gab es frischen *Hejfezopf* mit guter Butter und Marmelade.

»Eine Überraschung? Für mich? Wie komme ich denn dazu?«, fragte Rosa neugierig.

Mit einem spitzbübischen Lächeln legte Karl einen Umschlag neben ihren Teller und Rosa sah ihm an, dass er kaum erwarten konnte, dass sie ihn öffnete.

»Na los, mach ihn schon auf«, sagte er ungeduldig.

Sie wischte ihre Hände an ihrer Schürze ab, setzte sich auf den Stuhl und nahm den Umschlag.

Und staunte nicht schlecht, dass Karl ihr einen so großen Wunsch erfüllte, vielleicht sogar den größten überhaupt.

»Karl, Du bist ja verrückt! Wir fahren nach Wien?«

»Freust Du Dich?«

»Ach, Karl, was ist denn das für eine Frage. Weißt Du noch, als wir zusammen in München waren?«

»Wie könnte ich das vergessen, mein Rosinchen!«

»Danke, Karl!« Rosa versagte die Stimme, so gerührt war sie von diesem Geschenk. »Aber können wir uns das überhaupt leisten?«

Durch den schnellen wirtschaftlichen Aufschwung des Landes und den wachsenden Wohlstand rückte für viele Bundesbürger ein Urlaub in den Bereich des Möglichen. Nicht nur innerhalb Deutschlands wurde der neuen Reiselust gefrönt, sondern auch darüber hinaus. Vor allem Italien wurde das neue Sehnsuchtsland der Deutschen, aber auch nach Österreich und in die Schweiz, nach Frankreich oder Spanien zog es immer mehr Urlauber. Karl wusste, wie sehnlichst sich seine Frau wünschte, auch einmal richtig zu verreisen. Und wer wusste, wie lange er das noch konnte. Auch wenn er sich keinen längeren Urlaub hätte leisten können, wollte er ihr wenigstens diese paar Tage schenken.

Rosa war von Wien hellauf begeistert und die beiden genossen die Zeit in vollen Zügen. Gemeinsam schlenderten sie durch den Prater, besuchten Schloss Schönbrunn, den Stephansdom und tranken beim Heurigen nicht nur ein Viertel Wein. Rosa schwebte im siebten Himmel und schwärmte von der österreichischen Küche. Wiener Schnitzel, ganz dünn geklopft mit knuspriger Panade, Tafelspitz und vor allem die unfassbar guten Mehlspeisen wie Apfelstrudel oder Marillenknödel waren wahre Gaumenfreuden. Und natürlich die Sachertorte zu einer Wiener Melange. Sie kam aus dem Schwärmen gar nicht mehr heraus und so kehrten sie gleich mehrmals täglich für einen »Braunen« in einem der vielen Wiener Kaffeehäuser ein. Es waren genussvolle und unbeschwerte Sommertage, die sie mit ihrem Karl in der österreichischen Hauptstadt verbrachte. Sogar seine Krankheit konnten sie für einen Moment vergessen.

Noch ganz dem Zauber dieser Reise erlegen, kehrte Rosa nach fünf Tagen in ihren Alltag zurück. Sie war gerade dabei einen Kaiserschmarrn zuzubereiten, dessen Rezept sie von der Köchin in ihrem Wiener Hotel bekommen hatte.

»Mama, ich muss dir was sagen.« Verschämt grinsend stand ihre jüngste Tochter in der Küche und Rosa sah Ingrid an der Nasenspitze an, dass irgendetwas im Busch war.

»Na sowas«, lächelte Rosa ihrer Tochter neckisch zu, »hat sich da jemand verliebt? Kaum ist man weg, lässt sie das Vögelchen pfeifen.«

»Mama, woher weißt du das!«, rief Ingrid entsetzt.

»Hab' ich also richtig gelegen. Mein Schatz, ich kenne dich eben und so wie du strahlst ...«

»Jetzt hast du mir die ganze Überraschung kaputtgemacht«, gab Ingrid vor, ein wenig verärgert zu sein, schlang die Arme um ihre Mutter und vergrub ihren Kopf in ihrer Brust.

Rosa strich ihrer kleinen Ingrid über die Haare, nahm ihr Gesicht in die Hände und fragte: »Na, wer ist denn der Glückliche?«

»Du wirst ihn mögen, er heißt Fritz und kommt aus Heidelberg.«

»Aus Heidelberg? Wo hast du ihn kennengelernt? Warst du etwa ...«

»Keine Angst, Mama. Nein, ich war nicht in der großen, bösen Stadt. Es war hier beim Tanzen im Dorf.«

Und dann begann Ingrid zu erzählen.

Aufmerksam hörte Rosa zu. Es stellte sich heraus, dass sie den Auserwählten ihrer Tochter kannte, denn er hatte Verwandtschaft im Dorf.

Nun wurde also auch ihr kleines Baby erwachsen!

Wieder überkam sie eine große Wehmut, dieses Mal beim Gedanken, ihr Nesthäkchen ziehen zu sehen.

Wenn sie Ingrid dabei beobachtete, wie sie sich für die Tanzabende zurechtmachte, erinnerte sie sich daran, wie gern sie früher zum Tanz gegangen war, vor allem zum Holzäpfeltanz. Und natürlich hielt auch sie damals nach den jungen Männern Ausschau, das machten doch alle Mädchen. Ingrid war ihr am ähnlichsten, das musste Rosa immer wieder feststellen.

Natürlich tanzte die heutige Jugend nicht mehr zu Volksweisen, sondern zu diesem neumodischen Rock'n'Roll, aber wie Ingrid sich fühlte, das konnte Rosa nachvollziehen. Als sie eines Abends in Ingrids Zimmer kam, sah sie, wie ihre Tochter gerade letzte Hand an die Löcher des goldenen breiten Gürtels legte, der ihre Wespentaille über dem Kleid mit dem weiten Tellerrock mit Petticoat betonte.

Wie schön sie ist!, durchfuhr es Rosa mit unendlich viel Stolz, aber eben auch mit ein wenig Traurigkeit.

Und während ihre Tochter auf Wolke sieben schwebte, verschlechterte sich Karls Gesundheitszustand rapide.

Jeden Abend spülte Rosa auf Geheiß des Arztes Karls offene Beine aus, die seit einigen Wochen nicht mehr verheilen wollten. Das Gehen fiel ihm immer schwerer, an Arbeit war gar nicht mehr zu denken. Er lag in seinem Bett und teilte seine Gedanken mit niemanden, nicht einmal mit seiner geliebten Frau. Rosa musste mitansehen, wie er vor seiner Krankheit resignierte.

»Erzähl mir eine Geschichte«, forderte Karl seine Frau an so manchem Abend auf und sie erfüllte ihm diesen Wunsch, wenn auch mit schwerem Herzen. Zum ersten Mal fiel es ihr nicht leicht, Geschichten zu erfinden, fröhliche und tröstliche Geschichten. Zu schwer wog ihr eigener seelischer Schmerz über das, was kommen würde.

»Was willst du hören?«, fragte Rosa mit so fester Stimme wie möglich.

»Rosa, das hast du doch noch nie gefragt. Was ist los mit dir? Du weißt, ich lausche dir und deinen Geschichten so oder so gern.«

»Lass mich kurz überlegen.«

Die Pflege ihres Mannes übernahm Rosa ganz selbstverständlich, jeder Handgriff funktionierte. Aber ein Stück Kreativität ging dabei verloren, oft fielen ihr keine guten, neuen Geschichten mehr ein. Sie kramte die alten Geschichten aus ihrer Kindheit wieder hervor – die von den Trollen aus dem Steinbruch, die sie mit ihrem Großvater geteilt hatte. Oder die von der Sonne, die sie damals ihrer kranken Mutter vorgetragen hatte.

Karl nahm alles dankbar an und es tat ihm gut, seine Rosa erzählen zu hören. Doch oft lag er wie apathisch neben ihr und reagierte noch nicht einmal auf das, was sie ihm erzählte.

Sie selbst fand keine Ruhe mehr, an Schlaf war so gut wie gar nicht mehr zu denken. Ihr Kopf war voll, das Herz leer. Oft stand sie mitten in der Nacht auf, setzte sich an den Küchentisch und sah durch das Fenster in den dunklen Himmel hinauf.

Der Advent wurde zu einer der traurigsten Vorweihnachtszeiten, die Rosa je erlebt hatte. Eigentlich liebte sie Weihnachten und alles, was dazu gehörte, auch das Backen für die ganze Familie. Seit in den Geschäften wieder ausreichend Lebensmittel angeboten wurden, gab es nicht nur eine Sorte Weihnachtsplätzchen: *Buddagebackenes*, *Spritzgebackenes*, *Kokosmakrone* und *Zimmetstern* mussten bereits am ersten Advent auf dem Tisch stehen. Adventszeit ohne Gebäck war für Rosa undenkbar geworden. Allein der Duft, der durch das ganz Haus zog, erfüllte sie voll und ganz.

Für den Adventskranz bekam sie von der Nachbarin immer Zweige geschenkt und sie schmückte ihn mit roten Kerzen und roten Schleifen.

Die Zweige, die übrig blieben, drapierte sie in ihrer schönsten Vase und zierte auch sie mit kleinen roten Schleifen. Rosa liebte es, in dieser stillen, dunklen und für sie heiligen Zeit des Jahres überall im Haus Kerzen aufzustellen, deren warmes Licht sie mit großer Freude erfüllte. Auch den Gottesdienst besuchte sie im Advent besonders gern, allein schon wegen der vielen schönen Weihnachtslieder, die gesungen wurden. Die festliche Stimmung war in der Kirche besonders spürbar, und ihre Vorfreude auf den Heiligen Abend wurde mit jedem Adventssonntag größer.

Doch in diesem Jahr war alles anders.

Karl wünschte sich von Rosa, sie solle alles machen wie gehabt, aber Rosa fehlte die Muße.

Als der Arzt sie nach einem der Hausbesuche zur Seite nahm, wurde es Rosa unendlich schwer ums Herz.

»Ihrem Mann habe ich es nicht gesagt, weil ich ihm die Kraft nicht nehmen will, aber ich möchte offen mit Ihnen sprechen.«

»Wie lange geben Sie ihm noch?«, kam Rosa ohne Umschweife auf den Punkt.

Er war sichtlich überrascht ob der klaren Worte.

»So genau kann man das nicht sagen.«

»Wie lange noch?«

Es musste gefühllos und kalt klingen, aber Rosa brauchte diese Klarheit, damit sie besser mit der Situation zurechtkommen konnte, auch wenn die Wahrheit noch so grausam war.

»Vielleicht erlebt er das neue Jahr noch. Aber Ihr Mann muss dringend ins Krankenhaus. Wir können hier nichts mehr für ihn tun.«

Als zwei Sanitäter Karl am nächsten Tag auf einer Pritsche in den Krankenwagen trugen, standen seine Kinder und Rosa am Tor. Alle waren sie gekommen, nachdem Rosa ihnen Bescheid gegeben hatte, dass ihr Vater ins Krankenhaus nach Mannheim verlegt würde. Ingrid konnte die Tränen nicht zurückhalten und versteckte sich verschämt hinter ihrer großen Schwester Priska.

»Los, Kinder, ab ins Haus jetzt, und den Nachbarn könnt ihr auch sagen, sie können wieder hinter ihren Vorhängen verschwinden«, gab Karl seine letzten Anweisungen, bevor er in den Krankenwagen geschoben wurde.

Als er sich von seiner Frau verabschiedete, drückte sie sanft seine Hand. Sagen konnte sie nichts.

»Rosa, wir wissen beide, dass ich das nächste Mal vom Bestatter abgeholt werde.«

Als Rosa etwas darauf entgegnen wollte, legte Karl seinen Finger auf den Mund: »Es ist in Ordnung.«

Noch eine ganze Weile blieb Rosa allein auf der Straße stehen und blickte dem Krankenwagen hinterher.

»Nichts ist in Ordnung, Karl«, sagte sie bitter vor sich hin.

Karl war erleichtert, in der Klinik zu sein, weil Rosa damit die Last der Pflege genommen war. Seine letzten Tage waren angebrochen, das wusste er. Als die Sanitäter ihn in Mannheim vor dem Gebäude des Krankenhauses verabschiedeten, antwortete er auf deren »Auf Wiedersehen«: »Das glaube ich nicht, wir sehen uns wohl nicht mehr.«

Rosa kam jeden Tag, sie wollte noch so viel Zeit wie möglich bei ihrem Mann verbringen. Am Anfang fielen ihr die Besuche schwer, vor allem auf dem Heimweg fühlte sie ihren seelischen Schmerz so stark, dass sie es kaum aushalten konnte. Fast jedes Mal suchte sie nach ihren Klinikbesuchen Trost in der Kirche. Oft saß sie allein in ihrer Bank und blickte auf das Kreuz über dem Altar, zur Statue der Heiligen Jungfrau und hinauf zum Auge Gottes, das sie direkt anzuschauen schien. Ihre Zerrissenheit auch ihrem Gott gegenüber schien dieser auszuhalten. Trotz der Wut auf ihn, trotz der Zweifel kam sie jedes Mal wieder gestärkt aus der Kirche heraus. Ihr Glaube gab ihr Halt, wie so oft in ihrem Leben, und wie so oft konnte sie es sich selbst nicht erklären.

Als sie am Abend mit Ingrid bei einer Tasse heißer Schokolade saß, bei der sie dieses Mal extra viel Schokolade in die Milch gerieben hatte, traute sich ihre jüngste Tochter eine Frage zu stellen, die ihr schon seit Wochen auf dem Herzen lag.

»Mama, wie geht es …?«

Rosa unterbrach Ingrid scharf.

»Nicht gut, Ingrid. Das weißt du doch, wieso fragst du denn noch?«

Sie war es leid, immer wieder die gleichen Fragen zu beantworten. Karl ging es schlecht, er würde bald sterben. Es immer wieder auszusprechen, machte die Situation nicht gerade leichter. Wenigstens ihre Tochter sollte doch dafür Verständnis haben.

Ingrid spürte die Gereiztheit ihrer Mutter, ließ aber nicht locker. »Mama, es geht nicht um Papa.«

Erstaunt blickte Rosa von ihrer Tasse auf, direkt in Ingrids Augen.

Bei diesem Blick ihrer Mutter war sie sich nicht mehr sicher, ob sie es wagen konnte, Rosa ihre Frage wirklich zu stellen, aber jetzt waren sie einmal alleine und der Augenblick schien günstig.

»Wie geht es dir?«

Man hätte eine Stecknadel fallen hören können, so still war es für einen Moment, der Ingrid beinahe endlos erschien.

»Ingrid!« Rosas Stimme klang nun viel weicher und sie ergriff die Hand ihrer Tochter.

»Das ist doch unerheblich. Wieso willst du das wissen?«

»Mama, ich bin deine Tochter. Ich mache mir Sorgen. Es muss doch für dich mindestens genauso schlimm sein wie für … mich.«

Ingrids Augen füllten sich mit Tränen. Rosa drückte die Hand ihrer Tochter etwas fester und lächelte.

»Es ist für uns alle nicht einfach. Aber ich wiederhole es gern noch einmal: Es ist unerheblich, wie es mir dabei geht.«

Ingrid setzte zu einem Widerspruch an, aber Rosa ließ einen möglichen Einwand nicht gelten und sprach sofort weiter.

»Wir müssen diese Situation nun durchstehen, auch für deinen Vater und ich möchte nicht weiter darüber sprechen, in Ordnung?«

Es machte keinen Sinn mehr, weiter auf ihre Mutter einzureden.

Warum verschloss sie sich so sehr? Ihre Mutter wollte nicht über ihre Gefühle sprechen und das musste sie akzeptieren, so schwer ihr das auch fiel.

»Darf ich dich noch etwas anderes fragen?«

Ingrids Stimme wurde immer leiser und sie hoffte, ihre Mutter würde diesmal nicht so ungehalten reagieren.

»Wenn es nicht wieder damit zu tun hat, wie es mir geht, gern.«

Rosa fing an den Tisch abzuräumen.

»Darf Fritz an Weihnachten zu uns kommen, damit ich ihn dir endlich offiziell vorstellen kann?«

Rosa seufzte, weil sie ihre Tochter nun ein weiteres Mal vor den Kopf stoßen würde. Sie ging auf sie zu und legte die Hand auf ihre Schulter.

»Ich glaube, das ist keine gute Idee. Und ich glaube, du weißt auch warum. Es passt einfach nicht.«

Am Blick ihrer Mutter konnte sie erkennen, dass Rosa mit dieser Antwort auch eine Antwort auf ihre erste Frage gegeben hatte.

Enttäuscht, aber verständnisvoll legte sie ihre Hand in die von Rosa.

»Das verstehe ich, Mama!«

Ingrid war an diesem kalten Januartag am Vormittag bei ihrem Vater in der Klinik gewesen und immer noch sehr aufgewühlt, als Fritz sie am Bahnhof abholte. Auf dem Weg zu Priskas Wohnung, wo sie sich aus Rücksicht auf Rosa und die Situation mit Karl regelmäßig trafen, vertraute sie sich ihm an.

»Fritz, es war so schrecklich heute Morgen.«

Kaum in der Lage weiterzusprechen, blieb sie auf der Straße stehen. Tränen rollten ihr über die Wangen.

Liebevoll streichelte Fritz über ihren Oberarm, mehr traute er sich in der Öffentlichkeit nicht.

»Ich glaube, es geht zu Ende.«

Fritz pfiff auf die Etikette und drückte das Mädchen, in das er so verliebt war, an sich.

Auch Ingrid war in diesem Moment egal, was die Leute dachten.

»Er hat mir ein Versprechen abgerungen«, schluchzte sie. »Er nahm meine Hand und hat gesagt, ich soll ihm versprechen, dass ich Mama nie im Stich lassen werde.«

Fritz war gerührt. Solch eine Gefühlsregung konnte er sich bei seinem eigenen Vater selbst auf dem Totenbett nicht vorstellen.

»Aber das ist ja klar, dass ihr eure Mutter unterstützt, oder?«, versuchte er verständnisvoll zu klingen.

»Es geht nicht darum, dass wir sie unterstützen, Fritz. Er hat mir das Versprechen abgenommen, mich um sie zu kümmern. Das ist etwas anderes.«

Und nach einer kleinen Pause fügte sie hinzu: »Und natürlich habe ich ihm das Versprechen gegeben.«

Am frühen Abend fuhr Heinz mit seiner Mutter ins Krankenhaus. Sie sprachen nicht viel. Rosa rechnete jeden Tag damit, dass es ihre letzte

Fahrt nach Mannheim sein würde. Aber heute beschlich sie ein ganz besonders mulmiges Gefühl: das Gefühl, dass ihre Befürchtung traurige Gewissheit werden könnte.

»Würde es dir etwas ausmachen, mich mit deinem Vater alleine zu lassen?«

»Lass dir Zeit, so viel du brauchst, Mutter.«

Als Rosa ins Zimmer kam, wendete Karl unter Schmerzen seinen Kopf in ihre Richtung und lächelte. Das hatte er die letzten Tage kaum noch geschafft.

»Du bist unpünktlich, mein Rosinchen! Du weißt, ich hasse Unpünktlichkeit«, sagte er mit brüchiger Stimme.

Rosa drohte ihm scherzhaft mit ihrem Zeigefinger. »Vorsicht, Sie ungestümer Mann, egal, wie es Ihnen geht, werden Sie bloß nicht frech.«

Sie setzte sich an sein Bett und streichelte ihm über die blasse Wange.

»Es ist so weit, Rosa.«

»Was ist so weit, Karl?«

»Ich muss gehen.«

»Solange du noch solche Witze machen kannst wie vorhin, kann es noch gar nicht so weit sein.«

Der Kloß in Rosas Hals wurde größer, die Stimme enger.

Sie fand keine Worte mehr, hielt Karls kühle Hand so fest sie konnte und legte ihren Kopf vorsichtig neben den seinen.

Was würde sie dafür geben, ihn im Leben zu halten.

»Ich liebe dich«, hörte Rosa ihren Mann von weit her flüstern.

»Mein Karl!«

Eine halbe Stunde, nachdem Karl seinen letzten Atem ausgehaucht hatte, verließ Rosa das Krankenhaus und ging still und in sich gekehrt zum Auto ihres Sohnes.

Als Heinz seine Mutter von weitem kommen sah, ahnte er, was geschehen sein musste.

Ihr stummes Nicken, als sie schließlich vor ihm stand, brachte die Gewissheit.

Heinz erstarrte.

Um Fassung bemüht, bat Rosa ihren Sohn, nach Hause zu fahren und allen zu sagen, dass Karl tot war.

»Ich bleibe noch hier und erledige alles Notwendige. Würdest du mich später bitte abholen?«

Heinz nickte wortlos und stieg ein.

Ein letztes Mal ging Rosa zu ihrem Mann, der leblos in seinem Krankenbett lag.

Ihr war zum Weinen zumute, doch sie konnte nicht. Keine Träne wollte fließen.

Es war eine Art der Trauer, die sie noch nicht kannte.

Eine unglaubliche Leere machte sich in ihr breit.

Da saß sie, vor ihr die Liebe ihres Lebens, tot, wie so viele Menschen, denen sie ihr Herz geschenkt hatte.

Und sie fühlte nichts. Konnte nicht begreifen, konnte nicht fassen, dass ihr nun auch Karl genommen worden war.

Die Kühle des Krankenzimmers zog in Rosas Seele ein.

Sie dachte daran, dass sie nun alles organisieren musste: die Beerdigung, den Leichenschmaus, das Geschäft ... an das Geschäft wollte sie noch gar nicht denken.

Aber es musste ja weitergehen. Wie immer weitergehen.

Alle waren sie gekommen, um sich von Karl zu verabschieden: Mitglieder des Musikvereins, des Männergesangvereins, des Katholischen Kirchenchors und des Heimatvereins. Vertreter des Badischen Handballbundes und Mitglieder der Sportvereine, die Karl mitbegründet hatte und in denen er aktiv gewesen war, erwiesen ihm die letzte Ehre. Und natürlich seine politischen Weggefährten aus dem Gemeinderat, seine Genossen. Selbst der im Ort umstrittene Bürgermeister lobte Karl für sein großes Verantwortungsgefühl und seinen selbstlosen Einsatz. Man spürte, wie viele Menschen einen Freund verloren hatten und Rosa schenkte es etwas Trost, zu sehen, wie beliebt ihr Karl gewesen war.

Während der Trauerfeier in der kleinen Kapelle auf dem Friedhof der Gemeinde saß Rosa steif auf ihrem Stuhl und zeigte keine Regung. Immer noch wollte keine Träne fließen. Sie musste sogar lächeln, weil sie sich vorstellte, wie Karl sich darüber lustig gemacht hätte, dass sie einmal mehr ihr gehasstes Schwarz tragen musste.

So sehr sie der Verlust ihres Mannes schmerzte, war sie doch auch froh, dass sein Leiden ein Ende hatte, und sie stellte sich vor, wo er jetzt war und wie es ihm wohl auf seiner letzten Reise gehen würde.

Möge seine Seele Frieden finden.

Die Sonne kam zwischen den Wolken hervor und schickte einen hellen Lichtschein durch das Fenster der Kapelle. Rosa hatte das Gefühl, als würde Karl ihr ein Zeichen senden, dass es ihm gut gehe.

Der Gang zum Grab war ein schwerer. Rosa hatte sich ausbedungen, alleine vor den Kindern zu laufen, aber sie war froh, dass diese ihren Wunsch ignorierten. Dass Heinz sie stützte, gab ihr Halt und Kraft. Sie wollte diese Prozedur so schnell wie möglich hinter sich bringen. Vor allem das Kondolieren und Händeschütteln war ihr ein Graus. Wie froh war sie, als alles vorbei war und sie endlich nach Hause gehen konnte – auch wenn dort der Leichenschmaus wartete.

Als Rosa die Tür öffnete, trat ihr ein neues Gesicht entgegen, das sie nur flüchtig vom Sehen kannte: Das war also der junge Mann, in den sich ihr Nesthäkchen verguckt hatte. Rosa lächelte, als sie den aufgeregten Fritz, der sich in seinem besten Anzug präsentierte, vor sich stehen sah. Er hatte auf Wera und Arndt aufgepasst, weil Rosa und auch die Eltern fanden, dass sie noch zu klein waren, um auf eine Beerdigung zu gehen. Es war Ingrids Idee, dass Fritz bei ihnen blieb und Rosa war damit einverstanden gewesen. Sie spürte sofort, dass er der Richtige für Ingrid, für die Familie, für sie selbst war, und während Fritz ihr etwas verschüchtert die Hand zum Gruß entgegenstreckte, nahm ihn Rosa kurzerhand in die Arme. Solch eine Aufnahme in die Familie hätte er sich nicht träumen lassen. Während des Leichenschmauses nahm sie ihren zukünftigen Schwiegersohn in einem passenden Moment zur Seite.

»Ich danke dir für deine Geduld und dein Verständnis, und dass du für Ingrid da warst in dieser schweren Zeit.«

Fritz war fast beschämt von den Dankesworten.

»Ich danke Ihnen für Ihre Aufnahme an diesem schweren Tag. Ich wollte tun, was ich konnte, Frau …«

»Mutter, nenn mich gerne Mutter.«

»Kinder, ich muss leider los, ich habe einen Friseurtermin!«

Eckhart setzte seine Tasse mit dem morgendlichen Kaba ab und ein Schokoladenbart zierte seinen Mund im enttäuschten Gesicht.

Priska, die ihren Sohn an diesem Morgen begleitete, warf Rosa einen ungläubigen Blick zu, als diese ihren Mantel anzog.

»Mutter, willst du dich nicht noch umziehen?«

Rosa verstand nicht.

Die Kittelschürze, die sie für gewöhnlich zu Hause trug, hatte sie bereits abgelegt, sie trug eine Bluse und einen Rock und passende Straßenschuhe.

»Wieso soll ich mich noch umziehen?«

»Mutter, du kannst doch nicht mit der bunten Bluse und dem braunen Rock ins Dorf!«

Rosa verstand immer noch nicht.

Was gefiel ihrer Tochter daran nicht?

Zugegeben, sie war sehr blass, die Trauer um Karl hinterließ ihre Spuren, und der Rock hing schlaff an ihr herunter. Seit seinem Tod hatte sie ein paar Kilos verloren.

Normalerweise stopfte sie, wenn sie Kummer hatte, das Essen nur so in sich hinein, doch dieses Mal war es anders. Sie hatte einfach keinen Appetit mehr und aß auch nicht gerne allein.

»Was ist mit Oma?«, fragte nun auch Eckhart neugierig.

»Oma, ich finde, du siehst schön aus!«

Ein Lächeln huschte über Rosas Gesicht und sie streichelte ihrem Enkelsohn übers Haar.

Priska wurde deutlicher.

»Mama, du bist im Trauerjahr. Du kannst doch nicht mit einer bunten Bluse ins Dorf, wie sieht das denn aus?«

Schon immer hatte Priska sehr viel Wert auf die Meinung anderer gelegt. Das wusste Rosa wohl. Aber sie hatte diese Kombination gewählt, weil sie fand, dass sie mit der bunten Bluse zumindest ein bisschen besser aussah als mit einer schwarzen. Schwarz stand ihr einfach nicht, das wusste sie bereits seit ihrer Kindheit. Und es machte etwas mit ihr. Die Trauer, die in ihr war, schien sich dadurch noch zu verstärken. Wenn sie in den Spiegel schaute oder an sich herunter sah, dann gefiel ihr dieses Schwarz einfach nicht. Es ließ sie noch trauriger aussehen, als sie es ohnehin bereits war. Dieses Schwarz war kein Trost, es war eine Strafe.

Langsam kam sie dahinter, warum man in Trauer Schwarz tragen musste: Wer trauert, darf nicht gut aussehen. Wer trauert, musste auch nach außen stets zeigen, wie schlecht es ihm ging. Vielleicht bekam man dadurch auch mehr Mitgefühl, da die Menschen beim Anblick einer Trauernden immer wieder sofort daran erinnert wurden, dass das Gegenüber in Trauer war. Für Rosa war das nicht wichtig. Natürlich trauerte sie um ihren Mann, aber das musste sie den anderen nicht durch ihre Kleidung zeigen. Es war ihre Trauer, die ging niemanden etwas an. Und wenn sie sich durch das Schwarz noch schlechter fühlte, als sie es ohnehin schon tat, machte das ihren Karl auch nicht wieder lebendig. Er würde das ganz sicher verstehen. Sie wollte sich doch nur wieder ein bisschen wohler in ihrer Haut fühlen.

»Priska, es ist lieb, dass du dir Sorgen machst. Ich werde den schwarzen Mantel über meinen Rock ziehen, dann sieht es keiner.«

Sie wollte weder ihre Tochter brüskieren oder ihre Kinder in Verlegenheit bringen, noch wollte sie sich erklären müssen.

»Aber Mama, du gehst zum Friseur, du ziehst den Mantel aus. Wenn die Leute dort deine bunte Bluse sehen ...«

Priska ließ nicht locker. Es gab Regeln, an die musste man sich halten. Die Einhaltung des Trauerjahres war ihrer Meinung nach solch eine.

Manchmal wollte Rosa einfach zerspringen. Sie liebte das Zusammenleben in ihrem Ort, aber manches Mal fühlte es sich so an, als sei man wie in ein Korsett gepresst. Musste man diesen gesellschaftlichen Zwängen immer Folge leisten, auch wenn man nicht dahinterstand?

Ihr war jedoch klar, dass ihr Verhalten Auswirkungen auf die ganze Familie haben würde, dass man sich nicht nur über sie das Maul zerreißen würde, sondern dass es auch auf ihre Kinder zurückfallen würde. Alle würden sich für sie rechtfertigen müssen. Sie dachte an Ingrid, die für die Gemeinde arbeitete und mit dem Tod ihres geliebten Vaters nach wie vor nur schwer zurechtkam, sie dachte an Heinz, der als einziger jetzt vielleicht das Geschäft übernehmen konnte, dachte an Res, die im Kirchenchor so engagiert war, und schließlich auch an Priska, für die das Ansehen im Dorf besonders wichtig war, hatte sie doch schließlich in eine wichtige Familie eingeheiratet.

Ohne ein Wort zu sagen, ging Rosa ins Schlafzimmer und zog sich um. Der Blick in den Spiegel zeigte ihre müden Augen.

Erschöpft saß sie beim Friseur und genoss die Gespräche. Es wurde geratscht und geklatscht und für eine Stunde konnte sie ihre Trauer vergessen.

Sie selbst erzählte ihrer Friseurin von dem netten Abend, den sie tags zuvor bei ihrer älteren Schwester verbracht hatte. Barbara hatte für sie beide *Dåmpfnudl mit Wäisoß* gemacht, weil sie wusste, dass Rosa sie so gerne mochte. Sie bestand auch darauf, dass Rosa etwas aß und goss immer wieder Wein nach. Stundenlang saßen die Geschwister beieinander, genossen die köstlich schmeckenden Dampfnudeln und erzählten sich Geschichten von früher. Rosa fühlte sich wohl und geborgen. Ihre große Schwester nahm sie genau so, wie sie war. Bei ihr musste sie nicht stark sein oder sich erklären, das tat so gut. Sie durfte trotz des Trauerjahres lachen und den Wein genießen.

Die anderen Frauen im Salon diskutierten laut, beinahe hitzig, wie sie es bei Frauen selten erlebt hatte, wenn es um Politik ging. Man stritt über Bundeskanzler Adenauer, der mit seinen dreiundachtzig Jahren noch einmal für das Amt des Bundespräsidenten kandidieren wollte, diese Kandidatur aber aufgrund heftiger Kritik wieder zurückgezogen hatte.

Es wurde schlagartig still, als Ingrid tränenüberströmt und völlig außer Atem die Tür zum Salon aufstieß.

Rosa fuhr ein fürchterlicher Schrecken in die Glieder, denn sie wusste sofort, dass etwas Schlimmes passiert sein musste. So aufgelöst hatte sie ihre Tochter nur selten gesehen.

Wenn es nicht so dringlich und schlimm wäre, wäre, dann wäre sie doch nicht extra gekommen?

Ingrid fiel vor ihrer Mutter auf die Knie, schlang die Arme um ihren Schoß und hörte nicht auf zu schluchzen.

»Ingrid!«

Aber Ingrid konnte sich kaum beruhigen. Wie sollte sie der Mutter diese Nachricht überbringen, die sie gerade am Telefon erfahren hatte?

»Ingrid, ich lass mich jetzt fertig frisieren, dann gehen wir nach Hause und du erzählst mir alles in Ruhe.«

»Mama«, brachte Ingrid unter Schluchzen heraus, »du musst sofort mitkommen. Tante Bawett ...«

»Was ist mit Bawett? Ingrid, bitte.«

Sie wurde ungehalten und schüttelte ihre Tochter.

»Tante Bawett ist ... tot.«

Die gespenstische Stille, die sich im Friseursalon ausbreitete, war kaum auszuhalten. Alle Frauen blickten entsetzt zu Rosa.

Behutsam legte die Friseurin ihre Schere zur Seite und zog sich langsam zurück.

Rosa erstarrte. Jede Faser, jede Zelle, ihr Atem, es fühlte sich an, als ob auch sie sterben würde.

Wie in Trance erhob sie sich von ihrem Stuhl, achtete nicht auf ihre vor ihr kniende Tochter, die zu Boden fiel.

Langsam legte sie den Umhang ab, ging mit den Lockenwicklern im Haar zu ihrem Mantel, zog ihn über, nahm ihre Handtasche und trat ohne ein Wort auf die Straße hinaus.

Dort blieb sie stehen, blickte gen Himmel und atmete tief ein.

Ingrid hatte aufgehört zu schluchzen. Schnell stand sie auf und folgte Rosa aus dem Salon.

Als sie neben ihr stand, nahm sie zaghaft die Hand ihrer Mutter. Für einen kurzen Moment standen die beiden Frauen auf dem Gehweg und rührten sich nicht.

Dann ließ Rosa die Hand ihrer Tochter los und begann zu laufen, als gäbe es kein Morgen, zu laufen, als ginge es um Barbaras Leben, als könne sie am Schicksal ihrer geliebten Schwester noch etwas ändern, das grausamer nicht hätte sein können.

»Bleib stehen, Mama! Wo läufst du denn hin?«

Verzweifelt schrie Ingrid ihrer Mutter hinterher.

Als sie sie eingeholt hatte, legte sie den Arm um Rosas Schulter. »Komm, Mama, wir gehen nach Hause.«

Barbara war an Herzversagen gestorben. Nach dem wunderbaren Abend mit ihrer Schwester war sie eingeschlafen und am nächsten Morgen nicht mehr aufgewacht. In Rosas Leben wurde es dunkel.

Innerhalb eines halben Jahres ihren Mann und ihre geliebte Schwester zu verlieren, brachte sie an ihre Grenzen. An die Grenzen ihres Daseins, an die Grenzen ihres Glaubens.

Dennoch zog es sie nach Barbaras Tod fast täglich in die Kirche. An diesem Tag war das Gotteshaus fast leer. Nur in der letzten Bank kniete zusammengekauert eine Frau mittleren Alters, die Hände zum Gebet gefaltet. Rosa ging etwas weiter nach vorne, machte einen Knicks, bekreuzigte sich und setzte sich in die Mitte der Bankreihe.

Wenn sie hier saß, war aller Lärm dieser Welt weit weg, hier drinnen war es ruhig und in dieser Ruhe gelang es ihr, Karl und Barbara nahe zu sein. Vor ihrem geistigen Auge erwachten sie wieder zum Leben, sie konnte sie vor sich sehen, konnte mit ihnen Zwiesprache halten und für einen Moment Trost finden. Hier störte sie niemand, das tat ihr gut.

Es war rührend, wie ihre Kinder sich um sie kümmerten, alle vier, aber sie konnten den geliebten Mann und vor allem die über alles geliebte Schwester nicht ersetzen. Bawett war ihre Vertraute von Kindesbeinen an, mit ihr hatte sie alles geteilt, Freud und Leid. Fast jeden Tag hatten sie sich gesehen. Die Lücke, die ihr Tod in Rosas Herz hinterlassen hatte, war beinahe noch schlimmer als die ihres Mannes. Barbara war neben Karl der wichtigste Mensch in Rosas Leben gewesen.

Wut stieg in ihr auf. Wut auf diesen Gott, der ihr die liebsten Menschen so kurz hintereinander weggenommen hatte. Wieso prüfte ihr Gott sie so sehr? Wollte er, dass sie an ihm zweifelte? Warum stieß er sie von sich? Sie war so verzweifelt, dass sie ihn einfach nicht mehr verstand. Warum ließ er das alles zu und sie so allein? So sehr hoffte sie auf ein Zeichen von ihm, auf eine Antwort. Aber es blieben nur die Fragen nach dem Warum.

Plötzlich spürte sie eine Hand auf ihrer linken Schulter. Rosa drehte sich um und sah in die Augen von Käthe. Als sie etwas sagen wollte, legte Käthe den Zeigefinger auf den Mund und setzte sich neben ihre große Schwester in die Kirchenbank. Lange sprachen beide Frauen kein Wort.

»Kätsche, ich ...«

»Pst, wir warten noch auf jemanden.«

Erstaunt schaute Rosa ihre Schwester an.

Wenige Minuten später öffnete sich die Seitentür der Kirche und Marie sah sich suchend um. Lächelnd ging auch sie in die Kirchenbank und nahm auf der anderen Seite von Rosa Platz. Sie schaute in die Augen ihrer Schwestern und plötzlich war es so weit: Die Schleuse öffnete sich und sie weinte bittere Tränen. Die Trauer floss in Strömen geradewegs aus ihr heraus, ohne Unterlass. Endlich, zum ersten Mal seit Karls Tod, konnte sie weinen, ihren Gefühlen freien Lauf lassen. Käthes Hand auf ihrem Rücken zu spüren, tat ihr in diesem Moment unendlich gut, die Hand von Marie in der ihren gab ihr Halt. Wäre Rosa nicht so unsagbar traurig gewesen, es wäre einer der glücklichsten Momente ihres Lebens gewesen.

»Weißt du noch?«, begann Käthe ihre Schwester zu beruhigen, die immer noch leise vor sich hin wimmerte.

»Ich erinnere mich, wie Bawett dir den Schleier von Mutter für die Hochzeit mit Karl geschenkt hat.«

»Und ich weiß noch, wie sie mich beruhigte, als wir nach Mutters Tod von Großmutter Katharina wieder zurückgeschickt wurden«, versuchte auch Marie die große Schwester mit ihren Erinnerungen ein wenig aufzumuntern.

»Woran erinnerst du dich am liebsten?«

Käthe wusste, was Rosa nun brauchte.

»Komm, erzähl uns von früher.«

Stockend begann Rosa von der fleißigen, artigen Bawett zu erzählen, zu der sie immer aufgeschaut hatte. Von der Schwester, die zurückhaltend gewesen war, während sie die laute, oft auch vorlaute Tochter gewesen war. Von der Schwester, die auf vieles verzichtete und anderen den Vortritt ließ. Von der hervorragenden Köchin, von der sie so viel gelernt hatte.

Die Tränen versiegten und es schien, als säße Barbara in ihrer Mitte, so lebendig muteten ihre Erzählungen an. Alle drei Frauen ertappten sich dabei, etwas zu laut zu lachen, als Rosa ihnen erzählte, dass Barbara neuerdings so gerne Eierlikör getrunken hatte.

»Wisst ihr was, ich habe eine Idee: Ich glaube, es ist wichtig, dass man etwas von dem beibehält, das die Verstorbenen gern getan haben.«

»Willst du jetzt Eierlikör machen?«, kicherte Käthe, und Marie mahnte sie zu Zurückhaltung im Gotteshaus.

»Warum nicht?« Rosa fand die Idee gar nicht so abwegig.

»Aber ich könnte auch einen guten Eierlikör kaufen und jedes Mal, wenn wir uns treffen, trinken wir ein Schlückchen auf unsere gute Bawett, was haltet ihr davon?«

»Rosa, das ist eine wunderbare Idee.«

Lächelnd blickte Käthe in die strahlenden Augen ihrer Schwester und spürte die tiefe Verbundenheit, die sie seit Kindheitstagen hatten.

Von Stund an stand bei Rosa immer eine Flasche mit feinstem Eierlikör im Schrank.

Grienekernsupp mit Måigsknepf

*Für 4 Personen werden 100 g Grünkernschrot
in 2 Esslöffel Wasser eingeweicht.
1 l heiße Fleischbrühe wird einem großen Topf aufgekocht.*

*Grünkern unter Rühren reingeben und mind. 20 Minuten
weich kochen lassen.*

Mit Salz und Pfeffer abschmecken.

*1 Eigelb wird mit wenig warmer Suppe oder Wasser
und 4 Esslöffel Sahne oder Mich verquirlt.
In die Suppe rühren und nicht mehr kochen.*

Dazu kann man als Festtagssuppe Markklöße in die Suppe geben.

*Dazu das Mark zerteilen, dann lässt man es zergehen und seiht es durch.
Hierauf gibt man das nötige Salz, Eier, Muskatnuss und geriebenes
Brot dazu,verarbeitet es gut und formt kleine runde Klößchen daraus,
die man 1/4 Stunde langsam in der Suppe kochen lässt.*

Die Zeiten ändern sich – die *Grienekernsupp mit Måigsknepf* bleibt

1960 bis 1969

Veränderungen standen ins Haus. Karl hatte nicht nur eine Familie zurückgelassen, sondern auch ein Gipsergeschäft. Es lag nun an Rosa, die wichtigen Entscheidungen zu treffen.

Konnten und sollten sie das Geschäft weiterführen?

Auch wenn die Menschen nicht mehr so viele Investitionen tätigten wie zur Zeit des Wirtschaftswunders, wurde nach wie vor viel gebaut. Aber würde es sich rentieren, würden sie weiterhin Aufträge bekommen?

Die Konkurrenz schlief nicht und Karl war nicht der einzige Stuckateur im Dorf gewesen.

Um ihrer Familie mitzuteilen, welche Vorstellungen sie in Bezug auf das Geschäft hatte und zu welchem Entschluss sie nach langem Nachdenken und vielen durchwachten Nächten gekommen war, lud sie alle zum Sonntagsessen ein.

Das Wetter war großartig und Heinz baute im Hof aus Tapeziertischen eine große Tafel, an der sich Rosas Kinder, ihre Schwiegerkinder und die Enkel versammeln konnten.

Die Stimmung war gelöst und fröhlich. Rosa hatte *Schnitzl mit Kadofflzalåt* aufgetischt, worüber sich alle freudig hermachten.

Nach dem Essen schickte sie ihre Enkelkinder liebevoll aber nachdrücklich zum Spielen ins Haus, damit die Erwachsenen ungestört waren.

Sie hatte sich bewusst den Platz am Tischende ausgesucht, schließlich war sie jetzt das Oberhaupt der Familie.

Die neue Rolle als Matriarchin gefiel ihr. Und ihre Kinder und Schwiegerkinder so in Einigkeit vor sich zu sehen, erleichterte es ihr, das zu sagen, was sie nun zu sagen hatte.

Langsam stand Rosa von ihrem Stuhl auf und klopfte mit dem Messer gegen ihr Glas. Innerhalb weniger Sekunden wurde es still. Alle Augen richteten sich auf Rosa, die sich kurz räusperte.

»Meine Lieben, ich habe euch heute hier zusammengerufen – nicht nur, weil ich euch an einem Sonntag gern alle um mich habe.«

Liebevoll lächelte sie in die Runde und empfing von allen ein dankbares Lächeln.

»Vaters Tod hat uns alle hart getroffen und Tante Bawett ...«

Rosa fiel es sichtlich schwer, ihre Gefühle in Worte zu fassen.

»Es ist ein großer Verlust, den wir hinnehmen müssen.«

Sie wollte sich nicht mit ihrer Trauer aufhalten, sondern auf den Punkt kommen.

»Aber das Leben geht weiter und wir müssen uns über unsere Zukunft Gedanken machen. Deshalb habe ich eine Entscheidung getroffen, die wichtig für uns alle ist.«

Alle waren gespannt, was Rosa ihnen zu verkünden hatte.

»Heinz, ich weiß, es ist sicher nicht dein großer Traum, aber ich möchte, dass du das Geschäft von Vater übernimmst. Ich habe dir einen Ausbildungsplatz besorgt, die Ausbildung wird kürzer dauern, weil du ja bereits einen Beruf hast, und du kannst hinterher direkt die Meisterprüfung ablegen, um das Geschäft zu führen.«

Heinz saß mit offenem Mund da. Auch als sein Vater noch lebte, hatten sie immer wieder über eine Umschulung gesprochen. Karl hätte ihn gern als Nachfolger gesehen, aber er wollte das eigentlich nicht, seine

Mutter wusste das. Wie konnte sie ihn vor der ganzen Familie vor vollendete Tatsachen stellen?

»Ich habe mir viele Gedanken gemacht, Kinder, aber das scheint mir der beste Weg zu sein. Ich werde das Geschäft behalten. Ich habe mich bereits als Inhaberin eintragen lassen.«

Rosa schaute in die überraschten Gesichter ihrer Kinder.

Schwiegersohn Fred zog ungläubig seine Augenbrauen zusammen.

»Ja, ich weiß, was ihr sagen wollt. Ich bin eine Frau, ich habe keine Ahnung vom Geschäft. Aber wir brauchen ein Einkommen. Ich habe mir das gut überlegt. So wie es momentan aussieht, werden Gipser nach wie vor gebraucht. Und das Geschäft eures Vaters hat einen guten Ruf im Ort. Deshalb wird Heinz als zukünftiger Gipsermeister die Geschäfte führen, und Ingrid macht uns weiterhin die Buchhaltung. Um alles andere kümmere ich mich. Wir bleiben ein Familienbetrieb und ich möchte euch alle bitten, mich zu unterstützen. Ich bin mir sicher, das wäre auch ganz im Sinne eures Vaters.«

Zufrieden mit sich und überzeugt, das Richtige getan zu haben, erhob sie ihr Glas und sagte: »Trinken wir auf unseren lieben Vater und meinen Karl. Und auf Heinz, seinen Nachfolger!«

Alle stießen sie miteinander an und niemand schien den unglücklichen Ausdruck in Heinz' Augen zu bemerken. Kurz nach der Rede seiner Mutter verzog er sich fast unbemerkt in den Garten hinter den Schuppen. Nur Ingrid hatte ihren Bruder die ganze Zeit beobachtet und folgte ihm.

»Heinz, was ist los? Freust du dich denn nicht?«

Überrascht schaute er in die fragenden Augen seiner Schwester.

»Ach, Ingrid«, seufzte er. »Doch, es ist eine große Ehre, dass Mutter mir das zutraut und mir die Geschäftsführung übergibt.«

»Was hast du dann?«

Ingrid merkte, dass Heinz zögerte und anscheinend nicht so gern mit seiner jüngeren Schwester darüber sprechen wollte.

»Heinz, wir sitzen im selben Boot. Wir tragen die Verantwortung dafür, dass Geld reinkommt. Wir müssen Mama jetzt unterstützen.«

Sie sprach lauter, als sie es eigentlich wollte.

»Das ist es ja gerade«, platzte es aus ihm heraus, ebenfalls lauter, als er es beabsichtigt hatte. »Auf mir liegt nun die Verantwortung. Ich wollte das nie. Was meinst du, warum ich nicht den gleichen Beruf erlernt habe wie Vater? Warum ich nicht Gipser werden und sein Geschäft übernehmen wollte? Ingrid, ich bin kein Geschäftsmann! Und außerdem ...«, Heinz mäßigte seine Stimme, »hätte Mutter mir ruhig vorher sagen können, dass sie alles schon organisiert und eingefädelt hat.«

Ingrid spürte die Not ihres sonst ach so vorlauten Bruders.

»Du kennst sie doch. Sie will, dass es weitergeht. Und ich glaube, wir müssen uns dran gewöhnen, dass sie nun das Sagen in der Familie hat.«

Heinz schmunzelte.

»Außerdem, das Geschäft läuft doch gut. Es gibt viele Junghandwerker wie dich im Ort. Und die schaffen es auch. Und so viel Konkurrenz haben wir auch nicht.«

»Ach, Ingrid, ich hoffe, du hast recht ...«

Ingrid hatte es sich so wunderschön ausgemalt. Nach all den schlimmen Ereignissen sollte dieses Jahr glücklich enden. An Weihnachten wollte sie mit ihrem Fritz Verlobung feiern.

Freudestrahlend fragte sie ihre Mutter um Erlaubnis; und wie enttäuscht war sie von deren Reaktion.

»Ingrid, es ist die erste Weihnacht ohne Karl. Ich möchte keine Feier, nach diesem Jahr ist mir das zu viel.«

Natürlich gehörte Fritz schon fast zur Familie. Und Rosa war den beiden sehr dankbar, dass sie sich um sie kümmerten und immer für sie da waren. Aber dass sie sich ausgerechnet jetzt verloben wollten ...

»Das verstehst du doch, oder?«

Aber Ingrid verstand nicht.

Als Res wenige Tage später mit ihrer Tochter zu Rosa kam, um gemeinsam *Stolle* zu backen, ergriff sie die Gelegenheit, um ein gutes Wort für ihre Schwester einzulegen.

»Mutter, wann willst du eigentlich mal die Eltern von Fritz kennenlernen? Es ist ja offensichtlich, dass Ingrid und Fritz heiraten wollen.«

Rosa, die gerade den den Teig auswellte, hielt inne.

»Res, ich lerne seine Eltern schon noch kennen. Aber da werden wir uns bis zur Verlobungsfeier noch etwas gedulden müssen.«

Ihre Mutter biss noch nicht richtig an, sie musste weiter dranbleiben. »Und deshalb wäre es doch für die beiden schön, wenn die Verlobung bald stattfinden würde, oder?«

Rosa hörte nicht auf, den Teig auszuwellen, bis Res ihr das Nudelholz aus der Hand nahm.

»Mama, warum erlaubst du Ingrid nicht, sich mit Fritz zu verloben? Das ist doch nicht deine Art!«

Überrascht blickte Rosa ihre Tochter an.

»Aber ich habe doch gar nichts gegen die Verlobung! Ich mag Fritz und er ist schon jetzt wie ein Sohn für mich. Wie kommst du denn darauf, dass ich Ingrid die Verlobung nicht erlaube?«

»Du weißt aber schon, wie enttäuscht Ingrid ist, dass du ihr diesen Wunsch abgeschlagen hast?«

Res erzählte Rosa, wie sauer Ingrid auf die Mutter war.

»Aber ich wollte ihr doch nur klarmachen, dass Weihnachten nicht der geeignete Zeitpunkt dafür ist. Res, du weißt, wie viel mir dieses Fest bedeutet. Dieses Jahr nicht mit Karl und Bawett feiern zu können, zerreißt mir fast das Herz. Ich sehne mich nach einem besinnlichen Fest und möchte nicht fröhlich feiern. Und auf der Verlobung meines Nesthäkchens will ich doch fröhlich sein. Nur deshalb habe ich ihr eine Absage erteilt.«

Als das Trauerjahr vorüber war, durften Ingrid und Fritz endlich Verlobung feiern. Herzlich hieß Rosa ihren zukünftigen Schwiegersohn und seine Eltern, Fritz senior und Hedwig, in ihrer Familie willkommen und ignorierte deren etwas abweisende Haltung, vor allem die von Fritz' Vater. Das würde sich schon geben, wenn man sich besser kannte.

Rosa war nach einer langen Zeit der Entbehrung und Trauer wieder glücklich. Sie hatte die leise Hoffnung, dass nun wieder bessere Zeiten anbrachen. Das Geschäft lief gut, die Auftragsbücher waren voll und Heinz fügte sich allmählich in seine neue Aufgabe.

Sie freute sich, mit Fritz bald einen weiteren Mann im Haus zu haben und ließ für die beiden den Dachboden ausbauen. Sogar einen eigenen Balkon sollte die Wohnung im Obergeschoss erhalten. Und als besondere Dreingabe wollte sie dem jungen Paar auch noch einen Kohleofen einbauen lassen.

Ingrid und Fritz würden Augen machen!

Und noch eine besondere Überraschung hatte Rosa organisiert: eine Fahrt mit einem Mercedes in die Kirche. Das Brautpaar hatte sich sehnlichst ein schickes Hochzeitsauto gewünscht und Rosa mit dem Autohändler vor Ort einen guten Preis ausgehandelt.

Als sie schließlich während der kirchlichen Trauung ihres jüngsten Kindes in der ersten Bank in ihrer Kirche saß, war sie zufrieden. Gedanken gingen ihr durch den Kopf. So viele schöne Erlebnisse verband sie mit diesem Gotteshaus, aber auch viele Trauergottesdienste hatte sie hier über sich ergehen lassen müssen.

Heute war endlich wieder einmal ein Glückstag, so viel war sicher.

Als Ingrid am Arm von Fritz zum ›Ave verum‹ in die Kirche schritt, zog es Rosas Herz zusammen. Tränen suchten sich ihren Weg über ihr Gesicht.

Sie stellte sich vor, wie Karl als Vater sein Nesthäkchen zum Altar geführt hätte.

Wie stolz wäre er gewesen. Und er hätte sich darüber gefreut, dass Ingrid bewusst keinen Ersatz für ihn wollte, sondern sich dazu entschieden hatte, gemeinsam mit ihrem Mann in die Kirche einzuziehen.

Sieht sie nicht wunderschön aus, Karl?

Unwillkürlich schaute Rosa nach oben an die Kirchendecke durch das Auge Gottes direkt in Karls Augen.

Sie war sicher, dass er von oben zuschaute, spürte, dass er da war.

Für das anschließende Festmahl hatte Rosa eine Köchin organisiert, denn die Hochzeit ihres jüngsten Kindes wollte auch sie einfach nur genießen. Es gab das klassische dörfliche Festessen: *Måigsknepflsupp mit griene Kern, Meerreddisch mit Kadoffln un Rindflåsch, Schweinebrode un Schnitzl mit Nudln, Gmies un Zalåt* und als Nachtisch *Biskuit un Wäisoß*.

Nach dem Festmahl teilte sich die Gesellschaft auf. Die Männer schauten auf dem Fernsehgerät, das Rosa sich kürzlich angeschafft hatte, das Endspiel der Deutschen Meisterschaft zwischen dem 1. FC Köln und dem 1. FC Nürnberg, die Frauen blieben am Tisch sitzen und redeten über den neuesten Dorfklatsch.

»Wo ist eigentlich Ingrid?«, fragte plötzlich Priska ganz laut in die Runde, so dass es auch die Männer vor dem Fernseher hören konnten.

»Fritz, wo hast du deine Frau gelassen?«

Der horchte auf und wusste sofort, was das zu bedeuten hatte.

Obwohl er den ganzen Tag gewissenhaft auf sie geachtet hatte, musste er sie irgendwann vor lauter Konzentration auf das Fußballspiel aus den Augen gelassen und nicht bemerkt haben, dass einer seiner Freunde dies zum Anlass genommen hatte, die Braut zu entführen.

Schnell schnappte er sich seinen Zwillingsbruder und sie zogen los, um die verlorene Braut zu suchen.

Als einige Zeit ins Land gegangen war und Rosa gerade wieder Wein nachgießen wollte, platzte Fritz' Vater der Kragen.

»Mir reicht's! Wir feiern hier eine Hochzeit und das Brautpaar und ein Großteil der Gäste ist seit über einer Stunde weg. Was sollen wir denn noch hier?«

Weil es ganz danach aussah, als würde er gleich tobend das Haus verlassen, reagierte Rosa prompt. Sie ging schnurstracks in den Keller und holte den guten Schnaps nach oben, den sie für besondere Anlässe aufbewahrt hatte. So ruhig und entspannt wie möglich setzte sie sich mit drei kleinen Schnapsgläsern zu Fritz und Hedwig an den Tisch.

»So, nun haben wir endlich mal Zeit, miteinander einen Schluck auf unsere Kinder zu trinken. Willkommen in meiner Familie!« Sie schenkte die Gläser gut voll und prostete den beiden zu.

Hedwig erkannte, dass Rosa es gut meinte, erhob ebenfalls ihr Glas und gab ihrem Mann einen Stoß in die Seite.

Mürrisch nahm auch Fritz sein Glas in die Hand und die drei prosteten sich zu.

»Wisst ihr, es ist schade, dass Karl, mein Mann, das nicht erleben kann. Er wäre heute sehr glücklich gewesen. Wir alle sind glücklich, Fritz in unserer Familie zu haben. Er war Ingrid und auch mir eine große Stütze in der schweren Zeit nach Karls Tod. Ihr habt wirklich einen guten Sohn.«

Hedwig war gerührt, auch wenn sie es nicht richtig zeigen konnte.

Auch die Gesichtszüge des alten Fritz entspannten sich.

Und bevor man es sich versah, war der Bräutigam samt Braut und den anderen Gästen wieder aufgetaucht und die Feier nahm einen friedlichen und fröhlichen Abschluss.

Ingrid und Fritz luden Rosa jeden Abend zum Vespern ein, was diese sehr genoss. Mittags war sie für das leibliche Wohl zuständig, die Mahlzeiten strukturierten ihren Tag. Das Frühstück zelebrierte sie für sich alleine und machte es sich immer schön und gemütlich. Im Winter zündete sie sich ein Kerzchen an, im Sommer stand immer ein frischer Blumenstrauß auf dem Tisch.

Nach dem Frühstück ging sie zum Einkaufen ins Dorf. Gewöhnlich dauerte es immer etwas länger, denn in dem kleinen Lebensmittelgeschäft unterhielt sie sich gerne mit der Besitzerin und auch auf dem Heimweg hielt sie immer wieder da und dort ein Schwätzchen. Der tägliche Gang durchs Dorf war für Rosa eine liebgewonnene Routine geworden, denn jetzt, da Karl und Barbara nicht mehr waren und ihre Kinder eigene Familien hatten, fühlte sie sich oft allein und vermisste so manches Mal das Gespräch.

Dank ihrer jüngsten Tochter Ingrid, die in ihrer Mittagspause immer zu ihr zum Essen kam, hatte sie auch wieder Freude am Kochen gewonnen. Nach dem Tod ihres Mannes und ihrer Schwester war es ihr schwergefallen, mit Freude Essen zuzubereiten. Zu viele schöne Erinnerungen waren damit verbunden, zu groß war der Schmerz. Auch was das Maß anging, verlor sie völlig das Gefühl und kochte prinzipiell zu viel, weil sie es nicht gewohnt war, nur für sich selbst zu kochen.

Ihre mittlere Tochter Res hatte sich in letzter Zeit rar gemacht und Rosa war etwas besorgt, weil sie vom Leiter des Kirchenchores zuletzt hatte hören müssen, dass die verantwortungsbewusste Res nicht zu den

Proben erschien, was so gar nicht ihre Art war. Und wenn sie dann kam, wirke sie niedergeschlagen und abwesend.

Das Singen machte ihr doch immer so große Freude.

Als Rosa ihre anderen Kinder darauf ansprach, wollte keiner so richtig mit der Sprache rausrücken. Sie musste endlich wissen, was los war, und lud Res kurzerhand zum Kaffeetrinken ein. Der Tisch war etwas festlicher gedeckt als sonst, darauf ein frischgebackener *Käskuuche*, den ihre Tochter besonders gern aß.

»Wera, das ist aber schön, dass du die Oma auch mal wieder besuchen kommst«, nahm Rosa ihre Enkeltochter zur Begrüßung in die Arme.

»Schön, dass ihr beide da seid«, wandte sie sich auch Res zu und bat sie an die Kaffeetafel.

»Wie geht es dir, meine Kleine? Willst du auch ein Stück Kuchen?«

»Wie bitte?«

Rosa stutzte. Was war denn mit ihrer Enkeltochter los? So abwesend hatte sie Wera ja noch nie erlebt. Normalerweise hatte sie keine Scheu zu reden, auch wenn sie ein eher zurückhaltendes Kind war.

»Ich habe dich gefragt, wie es dir geht und ob du auch ein Stück Kuchen möchtest«, setzte Rosa noch einmal sanft an.

Wera nickte nur mit dem Kopf.

Fragend schaute Rosa ihre Tochter an, die nur mit den Schultern zuckte. Auch auf die nachfolgenden Fragen antwortete das kleine Mädchen entweder mit »Wie bitte?« oder gar nicht und wirkte richtiggehend apathisch, so als wäre es mit den Gedanken ständig woanders.

Rosa konnte kaum noch an sich halten und musste endlich wissen, was hier vor sich ging.

»Wera, möchtest du nicht vielleicht Ingrid besuchen?«

Das Gesicht ihrer Enkeltochter hellte sich auf.

»Ist Tante Ingrid denn da?«

»Ja, sie müsste oben sein, geh doch mal nachsehen.«

Nachdem Wera gegangen war, fackelte Rosa nicht lange und ergriff die Gelegenheit beim Schopf.

»Res, ich weiß ja nicht, was los ist, es geht mich auch nichts an, aber mit Wera stimmt doch etwas nicht. Sie ist so ruhig ... und du auch. Willst du mir nicht sagen, was euch beschäftigt?«

Res rührte stoisch ihren Kaffee. Schon immer fiel es ihr schwer, mit der Mutter über ihre Sorgen und Gefühle zu sprechen. Zu oft hatte sie erleben müssen, dass Rosa kein offenes Ohr für sie hatte oder die Gelegenheit nicht günstig war. Nachdem Rosa mitten im Krieg noch Ingrid bekommen hatte, blieb für die älteren Mädchen wenig Zeit. Nach dem Krieg beherrschte die Sorge um Karl die Familie. Nach Karls und Barbaras Tod traute sie sich erst recht nicht mehr, denn sie wollte ihre Mutter nicht zusätzlich belasten. Außerdem war sie erwachsen, musste mit ihrem Leben selbst klarkommen und wollte ihrer Mutter nicht auch noch ihre eigenen Sorgen aufbürden. Und war es mitunter nicht besser, Probleme unter den Teppich zu kehren? Wenn man nicht darüber sprach, gab es auch keine. Zumindest eine Weile konnte sie sich das vormachen.

In den letzten Wochen jedoch ging es Res zunehmend schlechter, ihre Verdrängungsstrategie schien nicht aufzugehen. Sie kam nicht dagegen an, war aber auch nicht in der Lage, etwas dagegen zu tun. Als sie mitansehen musste, wie sich ihre eigene Apathie auf ihre Tochter übertrug, wusste sie sich nicht mehr zu helfen. Dankbar hatte sie daher Rosas Einladung angenommen.

Als sie ihrer Mutter antworten wollte und in ihre Augen blickte, brach es aus ihr heraus. Sie schlug die Hände vors Gesicht und weinte bitterlich.

Rosa rückte nah an ihre Tochter heran, nahm behutsam deren Hände vom Gesicht und hielt sie fest. Res legte den Kopf auf die Schulter ihrer Mutter und hörte nicht auf zu schluchzen.

»Endlich!«, dachte Rosa und ließ Res weinen.

Sie wusste zwar noch nicht, warum ihre Tochter so traurig war, erinnerte sich aber an ihre eigenen Tränen, als sie mit ihren Schwestern in der Kirche saß. Wie lange hatte es gebraucht, bis sie endlich fließen konnten. Wer weiß, was sich bei Res so lange angestaut hatte.

Es musste etwas Schlimmes sein und Rosa war tief bewegt vom Zustand ihrer Tochter.

»Res, magst du mir nicht erzählen, was passiert ist?«, fragte Rosa, als die Tränen langsam versiegten.

Und Res erzählte.

Ihre Ehe funktioniere nicht, ihr Ehemann betrüge sie schon längere Zeit mit anderen Frauen, sie würden sich nur noch anbrüllen und streiten.

»Und Wera leidet natürlich am meisten unter der Situation. Als ich ihn zur Rede stellte, hat er mir klar gesagt, dass ich ihm gar nichts zu verbieten habe. Mama, ich kann nicht mehr«, schluchzte Res erneut.

Rosa stand auf: »Ich bin gleich wieder da.«

Sie brauchte ein wenig Zeit zum Nachdenken und musste ihre Gedanken sortieren.

Versuchte Res ihr gerade zu erklären, dass sie ihren Mann verlassen wollte? Ehe und Familie waren doch mit das höchste Ideal im Leben eines Menschen. Die Ehe war eine Verbindung fürs Leben.

Natürlich hatte man als Frau bestimmte Pflichten in der Ehe.

Hatte Res die vielleicht nicht erfüllt?

Aber hatte sie selbst denn alle Pflichten immer erfüllt?

Welche Rechtfertigung gab es, dass ein Mann seine Frau betrog?

Wenn Karl eine andere Frau ...

Rosa wies den Gedanken weit von sich. Es gab einmal eine Zeit in ihrem Leben, da fürchtete sie ...

Daran hatte sie lange nicht mehr gedacht. Als Karl nach dem Krieg aus der Ukraine zurück kam, war das keine einfache Zeit. Sie hatte öfter das Gefühl, dass etwas zwischen ihnen stand, doch nie gewagt, ihn darauf anzusprechen. Karl schwieg ebenfalls.

Aber nun ging es um Res. Was sollte sie ihrer Tochter raten?

Rosa kannte nur wenig geschiedene Frauen. Auch wenn sie unschuldig geschieden waren, haftete ein Makel an ihnen. Außerdem kannte sie nur Res' Version. Sollte sie sich überhaupt einmischen? Diese Frage verwarf sie so schnell, wie sie aufgekommen war. Es ging um das Wohl ihrer Tochter und Enkelin.

Res saß am Küchentisch und fragte sich, warum ihre Mutter sie so lange alleine hier sitzen ließ. War es klug gewesen, ihr alles zu erzählen? Was, wenn ihre Mutter sie nun verstoßen würde?

»Wera und du, ihr bleibt hier und ich hole mit Heinz eure Sachen«, befahl Rosa, als sie endlich zurückkam.

»Mama, ich kann doch nicht ...«

»Natürlich wirst du ihn verlassen«, brachte Rosa ihre Entscheidung auf den Punkt und verbot Res, die sich nicht zu widersetzen wagte, zu ihrem Mann zurückzugehen.

»Im Haus gegenüber steht schon lange eine Wohnung leer, die mieten wir an. Sollen die Leute doch reden.«

Nach dem Mittagessen hatte sich Rosa wie gewöhnlich auf ihrer Chaiselongue in der Küche ausgeruht. Frisch gestärkt machte sie sich fertig, um ihrem neuen Hobby nachzugehen: Fast jeden Mittag trafen sich ältere Bürgerinnen und Bürger in der AWO-Begegnungsstätte ›Zum Adler‹ im Oberdorf. Erst zierte sich Rosa etwas, denn die meisten waren doch älter als sie und im Volksmund nannte man die Einrichtung ›Altestubb‹.

Sie war jetzt zweiundsechzig, nicht richtig alt, aber seit sie Witwe war, empfand sie es so. Vor allem fühlte sie sich zunehmend müde und erschöpft, seit die Verantwortung für das Geschäft und für die Familie allein auf ihr lastete. Hinzu kam, dass sie wieder Großmutter von zwei reizenden Enkelinnen geworden war, Evelyne, das zweite Kind von Priska und Fred, sowie Gabriele, die Tochter von Heinz und Lisbeth. Ihre Schwiegertochter schickte die Kinder oft zu ihr nach oben, damit sie sich nicht so alleine fühlte. Doch auch wenn sie ihre Enkelkinder sehr liebte und gern Zeit mit ihnen verbrachte, strengte es sie mitunter sehr an. Darum hatte sie beschlossen, die täglichen Geschäfte komplett an Heinz zu übergeben. Sie blieb zwar die Inhaberin, aber ein Stück Verantwortung war ihr damit abgenommen und das war eine große Erleichterung. Ingrid kümmerte sich nach wie vor um die Finanzen und so schien alles in geregelten Bahnen.

Ab und an neckten sie ihre Kinder wegen eines neuen Mannes, aber dafür interessierte sich Rosa nicht. Ein anderer Mann als ihr Karl käme nie in Frage. Außerdem hatten die letzten Jahre an ihr gezehrt und sie brauchte ihre Ruhe. Allerdings wusste sie, dass ihr das Alleinsein auf Dauer nicht gut tun würde und gegen ein bisschen Geselligkeit sprach ja nichts. Also beschloss sie, wieder mehr unter die Leute zu gehen. Nicht nur zu den katholischen Frauen, sondern nun auch in die Altenstube, in der sie sich mit Gleichgesinnten zu Kaffee und Kuchen traf, sich über Koch- und Backrezepte austauschte und über Gott und die Welt plauderte. Und an der Welt war Rosa nach wie vor interessiert.

Diese Welt veränderte sich rasant. Die Wirtschaft in der jungen Bundesrepublik boomte nach wie vor, sogar so sehr, dass die Regierung Arbeitskräfte aus Südeuropa anwarb, um den Bedarf zu decken. Auch in Rosas Dorf wurden einige Gastarbeiter ansässig, doch mit offenen Armen empfing man sie meist nicht. Viele hatten Vorbehalte und brachten den »Spaghettifressern« oder »Kanaken« wenig Respekt entgegen. Rosa fand es furchtbar, wie abfällig über die Menschen aus Italien oder der Türkei gesprochen wurde und überredete Heinz dazu, selbst einen türkischen Gastarbeiter einzustellen.

Während hier die Grenzen vielen Arbeitswilligen aus dem Ausland offen standen – auch wenn die meisten ihr Land nicht freiwillig verließen – war die Grenze zur DDR zu einem unüberwindbaren Hindernis geworden. Seit einigen Jahren trennte die Deutschen in Ost und West eine Mauer. Wenn man allerdings nicht gerade Verwandte im Osten hatte, bekam man im Südwesten davon wenig mit. Auch Rosa war nicht direkt betroffen, ihre Familie hatte keinen Kontakt in das andere Deutschland. Aber ihre Nachbarn waren damals aus Pommern vertrieben worden, ein Teil der Familie wurde in Mecklenburg heimisch. Sie hatten immer wieder von der Vereinigung geträumt. Spätestens seit der Abschottung der DDR vor der BRD durch den Bau dieser über tausend Kilometer langen Grenze aus Beton, Stacheldrahtzaun und Selbstschussanlagen, war diese Hoffnung in weite Ferne gerückt.

Neuerdings zogen auch viele Auswärtige aus der gesamten Bundesrepublik in das kleine Dorf, da Heidelberg und die gesamte Region ein attraktiver Ort zum Arbeiten und Leben geworden waren. Rosas Heimatort wuchs unaufhörlich, Neubaugebiete wurden am Rand des alten Dorfkerns erschlossen, mittelständische Industriebetriebe siedelten sich auf den ehemaligen Ackerflächen an, es wurde immer weniger Landwirtschaft betrieben und auch viele alte Handwerksbetriebe gaben nach und nach auf. Die neue Zeit hatte Einzug gehalten.

»Diese vielen Neubürger, die interessieren sich doch gar nicht für unser Dorf.«

Hans saß neben Rosa und hatte gerade seine dritte Tasse Kaffee geschlürft.

»Na komm, jetzt lass mal die Kirche im Dorf«, antwortete Alfons unter Gelächter der anderen Altenstübler.

»Unser Vereinsleben floriert, da haben auch die Neubürger einen Anteil dran. Und außerdem: Der große Festumzug bei der 1200-Jahr-Feier hat doch gezeigt, wie groß die Gemeinschaft derjenigen ist, die aus dem Ort stammen.«

»Ach, das war ein schönes Fest, die Woche mit den Jubiläumsfeierlichkeiten werde ich nicht so schnell vergessen. Wie schön die Jungen unsere Geschichte dargestellt haben.«

Anna kam ins Schwärmen.

Auch Rosa fand die Festwoche vor zwei Jahren ganz wundervoll, allerdings hatte man die jüngste Ortsgeschichte mir nichts dir nichts ausgeblendet.

»Ja, aber diese Jugend von heute, die macht mir langsam Angst«, grübelte Hans vor sich hin.

»Wieso macht dir das Angst? Was macht sie denn, diese Jugend von heute?«

Alfons, der gegenübersaß, nahm den alten Charmeur, der wohl auch ein Auge auf Rosa geworfen hatte, nicht so richtig ernst, und auch Rosa gefiel es nicht, dass Hans so negativ eingestellt war.

»Habt ihr sie noch nicht gesehen? Die jungen Männer haben lange Haare, hören grauenvolle Musik und Treue spielt für sie anscheinend auch keine Rolle mehr. Und die Mädchen, schlimm … die Röcke werden immer kürzer. Ich frag mich, wo das nur hinführen soll.«

»Sodom und Gomorrha«, rutschte es Rosa raus, und Hans wollte ihr gerade beipflichten, als er merkte, dass auch Rosa sich über ihn lustig machte.

»Du brauchst gerade was zu sagen. Die eine Tochter ist geschieden und die Jüngste trägt meines Erachtens ihre Kleider auch ein bisschen zu kurz, dafür dass sie verheiratet ist. Und ein Kind ist auch immer noch nicht unterwegs.«

Gekränkte Männer können so grausam sein, schoss es Rosa durch den Kopf.

Alle waren gespannt, wie sie auf diesen Affront reagieren würde.

Rosa hielt einen Moment inne.

Was bildete dieser Hans sich ein? Machte ihr den Hof, aber wehe, sie war nicht seiner Meinung!

Solch einem Menschen konnte man nur mit Ironie und Humor begegnen, und darauf verstand sich Rosa gut.

»Ach Hans, hätte ich noch so ein Figürchen wie meine Tochter, was meinst du, wie kurz mein Rock wäre. Hättest du dann vielleicht auch etwas dagegen?«

Mit dieser Schlagfertigkeit hatte er nicht gerechnet. Alfons klopfte ihm auf die Schulter und alle anderen am Tisch begannen zu lachen.

Auf den anderen Vorwurf ging Rosa nicht ein. Das wollte sie weder mit Hans noch mit den anderen hier am Tisch besprechen.

Als sie nach Hause lief, musste sie dennoch über Hans' Worte nachdenken.

Die Jugend hatte sich tatsächlich verändert. In der Zeitung las man von Demonstrationen und von Krawallen, die vor allem der älteren Generation galten. Die Jungen warfen den Älteren vor, sie würden die Vergangenheit totschweigen, anstatt sie aufzuarbeiten.

Und mit der neuen rockigen Musik kamen die Älteren auch nicht mehr mit.

Rosas Kinder waren dafür schon zu alt, bis auf Ingrid, aber auch die hatte ihre Aufmüpfigkeit bereits hinter sich gelassen. Sie trug zwar ihre kurzen Röcke, bis auf den fehlenden Nachwuchs führte sie aber ein eher konservatives Leben: Statt Rockmusik hörte sie lieber Schlager, am liebsten Peter Alexander und Peter Kraus, sie wohnte mit ihrem Mann immer noch in dem Haus ihrer Mutter und über Politik sprachen sie sowieso wenig, seit Karl nicht mehr da war.

Hatten die jungen Leute vielleicht recht, wenn sie sich darüber beklagten, dass ihre Eltern nicht dazu bereit waren, über die Vergangenheit zu reden?

Rosa ertappte sich dabei, dass auch sie nicht mehr darüber sprechen wollte, denn sie war froh, dass diese schreckliche Zeit voller Entbehrungen, Ängste und Nöte endlich vorbei war und wollte sie hinter sich lassen.

Warum wollten die Jungen plötzlich etwas von früher wissen? Sie sollten doch froh sein, dass der Nationalsozialismus Geschichte war. Und überhaupt: Sie konnte mit ihren Eltern ...

Sie stutzte bei dem Gedanken.

Hatte nicht ihr Vater in einer Zeit, in der das überhaupt nicht üblich war, mit ihnen als Mädchen auch schon über Politik gesprochen?

Hatte sie nicht auch gehadert, als Priska damals so begeistert von Adolf Hitler war?

Hätte sie Karl doch fragen sollen, was in der Ukraine passiert war?

War es nicht das Recht der jungen Generation zu verlangen, dass ihre Generation sich zu dem, was geschehen war, äußern und bekennen sollte?

In Zukunft würde sie bei Diskussionen in der Altenstube weniger zurückhaltend sein und ihren Mund aufmachen, wenn wieder einmal gegen die jungen Leute gewettert wurde. Das hätte ihr Karl sicher auch gemacht.

Auf jeden Fall hätte Karl den jungen charismatischen Willy Brandt unterstützt, der 1969 zur Bundestagswahl für die SPD antrat und der vor allem bei den Frauen viel Zuspruch fand.

Rosa schwärmte für den ehemaligen Berliner Bürgermeister, man rechnete ihm aber wenige Chancen aus, obwohl die beiden großen Parteien in den Umfragen gleichauf lagen. Lange sah es an diesem Wahltag so aus, als sei die CDU wieder einmal der Gewinner. Obwohl die SPD in der Großen Koalition nach vielen entbehrungsreichen Jahren nun auch mit in der Regierung saß, war sie der Juniorpartner gewesen und die Koalition seit langem brüchig. Und nun hatte es der junge Berliner tatsächlich geschafft: Willy Brandt wurde der erste sozialdemokratische Bundeskanzler. Für Rosa ein Grund zum Jubeln.

Mehr Demokratie wollte er wagen.

Zumindest hatte er das in seiner ersten Regierungserklärung gesagt.

Rosa erinnerte sich daran, als sie als junges Mädchen nach dem ersten großen Krieg zum ersten Mal den Begriff gehört hatte, und wie ihre Großmutter so glücklich war, als Frau zum ersten Mal wählen zu dürfen.

Noch mehr Demokratie wagen, hörte sich gut an.

Brandt wollte die jungen Menschen mehr in die Verantwortung nehmen, das Wahlalter und die Volljährigkeitsgrenze herabsetzen, und er versprach mehr Mitbestimmung.

Hoffentlich konnte er dadurch auch die zunehmenden Unruhen in Deutschland befrieden.

Mit großem Interesse verfolgte Rosa die Berichte in den Nachrichten, die sie jeden Abend auf ihrem neuen Farbfernseher anschaute.

Überall gingen vor allem Studenten und Studentinnen auf die Straße und demonstrierten für ihre Rechte und gegen die alten Seilschaften. Für vollständige Entnazifizierung, für neue Werte.

Nicht mit allem war Rosa einverstanden, doch sie freute sich darüber, dass sich die Menschen auf diese Weise für ihre Überzeugungen einsetzten.

Solange alles friedlich ablief, hatte sie nichts dagegen.

Auch sie selbst machte von ihrem Recht Gebrauch. Als unter dem neuen Bürgermeister große Bauflächen erschlossen wurden, um dem

Zustrom an Neubürgern gerecht zu werden, und das Dorf immer größer wurde, nahm die Diskussion um eine Eingemeindung nach Heidelberg Fahrt auf.

Die Mehrheit der Dorfbewohner war dagegen und wollte dies unbedingt verhindern.

Einige besonders Engagierte riefen zu einer Demonstration an einem Sonntag nach dem Kirchgang auf und Rosa mobilisierte ihre ganze Familie, dabei mitzulaufen.

Der ganze Ort schien auf den Beinen zu sein und es war ein riesiger Demonstrationszug, wie Rosa ihn nicht für möglich gehalten hätte.

Zunächst lief sie ein wenig zögerlich mit, doch dann wurden ihre Schritte forscher und immer selbstbewusster und sie ließ sich von der Menge mitreißen.

Und tatsächlich zahlte sich der friedliche Widerstand aus.

Der Ort wurde nicht eingemeindet und blieb selbständig.

Rosa war stolz auf sich, ihre Familie und das ganze Dorf.

Zwiwwelkuuche

Für ein Backblech stellt man aus 300 g Mehl, 16 g Hefe (ein halber Würfel), 1 Teelöffel Zucker, Salz, 60 g gute Margarine und Milch nach Bedarf einen Hefeteig her und lässt ihn gehen.

Für den Belag 1000 – 1200 g Zwiebeln schälen und würfeln.

250 g Dörrfleisch in kleine Würfel schneiden, in einem Topf auslassen, Dörrfleisch herausnehmen und beiseitestellen.
100 g Butter zum Dörrfleischfett geben, Zwiebeln darin bei geschlossenem Deckel 15 Minuten glasig dünsten (sie sollen nicht bräunen).
Zwiebeln etwas abkühlen lassen.

Dörrfleischstücke, 3 Eier, Salz und bei Belieben etwas Kümmel mit 300 g saure Sahne zu den Zwiebeln geben, alles gut vermischen. Nachwürzen.

Den Hefeteig auf das gefettete Backblech rollen und nochmal etwas gehen lassen. Zwiebelmasse auf den Teig verteilen.

Im vorgeheizten Backofen bei 200 Grad ungefähr 35 – 45 Minuten backen.

Weinen vor Freude und Angst – *Zwiwwelkuuche*

1970 bis 1983

Rosa saß wieder einmal beim Abendessen bei ihrer Tochter und ihrem Schwiegersohn, es gab beidseitig angebratene *Ståmpferreste*, die noch vom Mittagessen übrig waren, als Fritz plötzlich eine Flasche Sekt aus dem Kühlschrank holte und mit lautem Knall öffnete.

»Nanu, Sekt? Seit wann trinken wir denn unter der Woche einfach so Sekt? Gibt es was zu feiern? Bist du befördert worden?«

Nicht ohne Stolz betrachtete sie ihren Schwiegersohn, der drei Sektgläser auf den Tisch stellte, um dann aber nur zwei zu befüllen.

Anstatt Rosa zu antworten, ging Fritz nochmal zum Kühlschrank, holte eine Flasche Limonade heraus und goss sie in das dritte Glas, das vor Ingrid stand.

Was sollte es heute zu feiern geben?

»Ach, ich weiß, du hast heute eine Prämie bekommen!«, riet Rosa weiter.

Fritz antwortete erneut nicht, sondern lächelte seiner Frau verschwörerisch zu und schüttelte den Kopf.

»Lasst uns erst mal anstoßen«, sagte Fritz und alle drei erhoben das Glas.

»Nun spuckt es schon aus, was gibt es denn so Besonderes?«

Rosa hielt die Spannung kaum aus.

Erst als Ingrid sich die Hand auf den Bauch legte und ihr glücklich zulächelte, fiel endlich der Groschen.

Freudig fiel sie ihrer Jüngsten um den Hals, die ihre Tränen nicht zurückhalten konnte.

Erleichterung, Rührung und unbändige Freude durchströmten sie.

»Ach, Mama, wir haben so gekämpft – und nun wird unser Traum Wirklichkeit.«

Rosa stutzte.

»Ingrid, was meinst du mit ›gekämpft‹?«

»Wir wollten dich nicht beunruhigen, aber es sah lange Zeit so aus, als könnten wir keine Kinder bekommen.«

»Wir hatten die Hoffnung fast schon aufgegeben und unser Leben entsprechend eingerichtet«, ergänzte Fritz.

»Wir gehen nach wie vor viel aus, Ingrid arbeitet ganztags und wir stecken unser erspartes Geld auch in die wunderbaren Urlaube.«

»Weißt du Mama, ich werde dreißig. Alle anderen Freundinnen haben schon so lange Kinder. Wir mussten uns auch einiges anhören. Das war vor allem für mich sehr schwer.«

Ingrid senkte den Kopf und wieder flossen die Tränen.

»Und warum wolltet ihr mich schonen? Warum habt ihr mir nichts erzählt?«

»Na ja, du hast dir doch sicherlich auch von uns ein Enkelkind gewünscht. Und man hat dich doch bestimmt auch schon darauf angesprochen, nicht wahr? Wir wollten dir einfach keine Sorgen bereiten, solange es noch ein Fünkchen Hoffnung gab.«

»Das sich nun endlich entzündet hat«, fügte Fritz hinzu und nahm seine Ingrid liebevoll in den Arm.

Rosa wusste nicht wohin mit ihren Gefühlen. Einerseits freute sie sich riesig über den Familienzuwachs, andererseits fühlte sie den Schmerz, dass das Kind, das ihr am nächsten stand, sich ihr nicht anvertrauen konnte oder wollte.

»Ingrid«, begann Rosa zögerlich und nahm ihre Hand.

»Warum willst du mich vor euren Problemen schützen? Ganz ehrlich: Ich habe in meinem Leben schon ganz andere Situationen gemeistert. Natürlich freue ich mich über euren Nachwuchs, und zwar unbändig, aber wenn ihr keine Kinder hättet kriegen können, wäre das doch auch kein Beinbruch gewesen. Ihr habt ein Dach über dem Kopf, ihr habt eure Arbeit und ihr habt mich, auf die ihr euch immer verlassen könnt. Es tut mir weh, dass ihr mir von euren Sorgen nichts erzählt habt. Vertraut ihr mir denn so wenig? Geteiltes Leid ist doch auch halbes Leid, und ich hätte es gern mit euch getragen.«

Ingrid und Fritz sahen sich verschämt an.

»Aber Mama ...«

»Nichts, aber Mama ...! Lasst uns das nun vergessen und auf das neue Leben anstoßen, das in dir wächst.«

Für Rosa begann eine aufregende und wunderbare Zeit. Ingrids Schwangerschaft schweißte Mutter und Tochter noch enger zusammen, als es ohnehin schon der Fall war.

Die ganze Familie freute sich, dass nun auch das Nesthäkchen ein Kind bekam. Alle halfen mit, das zukünftige Kinderzimmer schön zu gestalten und es gab heiße Diskussionen über einen möglichen Namen für den neuen Familienzuwachs.

Rosa war gerade dabei *Apflpånnekuuche* zu backen, als es an der Tür klopfte und Res ihren Kopf in die Küche streckte.

»Res, wie schön, was machst du denn hier? Warte, ich muss nur die Pfanne vom Herd stellen.«

Etwas unbeholfen blieb Res in der Tür stehen.

»Was ist los? Warum kommst du nicht rein?«

Sie betrat nun die Küche, ging auf ihre Mutter zu, nahm sie behutsam am Arm und führte sie zum Esstisch.

»Setz dich, Mutter. Und bitte, reg dich jetzt nicht auf!«

»Was ist los? Worüber soll ich mich nicht aufregen? So wie du schaust, schätze ich, dass du nicht nur zum Kaffeekränzchen gekommen bist. Also, raus mit der Sprache, was ist passiert?«, fragte Rosa lauter, als sie wollte.

Wie viele Schreckensmeldungen wurden ihr schon auf diese Weise übermittelt.

»Ingrid ... «

»Ingrid, was ist mit Ingrid?« unterbrach Rosa ihre Tochter und schaute Res fordernd in die Augen.

»Sie hatte einen Unfall. Mit dem Auto.«

Einen Unfall? Mit dem Auto? In Rosas Kopf drehte sich alles.

Um Himmels Willen, war sie etwa ... und das Kind?

»Aber es ist alles in Ordnung, sie ist im Krankenhaus und hat einen Schutzengel gehabt«, unterbrach Res Rosas Gedankenkarusell.

Völlig apathisch saß Rosa am Tisch und schüttelte immer wieder ihren Kopf.

»Mutter, hast du gehört, was ich gesagt habe? Es ist alles so weit in Ordnung. Ich hol uns jetzt mal einen Schnaps.«

Res stand auf, holte die Schnapsflasche und zwei Gläser aus dem Schrank, goss ein und wollte ihrer Mutter zuprosten.

Doch die reagierte auch jetzt nicht. Ihr Glas stand unberührt.

Wie in Trance saß Rosa auf ihrem Stuhl.

So hatte Res ihre Mutter noch nie erlebt.

»Hast Du gehört, was ich gesagt habe, Mama?«

»Was heißt so weit?« flüsterte Rosa in die Stille hinein.

»Wie bitte?«

Sie war froh, dass ihre Mutter überhaupt irgendetwas sagte, verstand aber nicht.

»Du hast gesagt, es ist so weit alles in Ordnung.«

»Sie hat ein paar Hämatome, sie wird sich schonen müssen, aber sie hat nichts gebrochen oder so. Und dem Kind scheint es ebenfalls gut zu gehen. So ganz genau wird man das natürlich erst sagen können, wenn es auf die Welt kommt«, fügte sie leise hinzu.

In einem Zug trank Rosa ihr Schnapsglas leer und kam allmählich wieder zu sich.

Langsam, ganz langsam machte sich Erleichterung in ihr breit.

Nicht auszudenken, wenn ihrer Kleinen und auch dem Kind etwas zugestoßen wäre.

»Erzähl mir bitte ganz genau, was passiert ist, Res.«

Res erzählte, dass Fritz und Ingrid mit dem Auto unterwegs waren und dass plötzlich aus einer Seitenstraße ein anderer Wagen geschossen kam und in den Ford der beiden krachte. Anscheinend hatte der andere Fahrer die Vorfahrt nicht beachtet.

Das Auto von Fritz und Ingrid überschlug sich und blieb auf den Straßenbahnschienen liegen.

Fritz hatte als erster die Orientierung wiedergefunden und war aus dem Wagen geklettert.

»Ist er unverletzt geblieben?«

»Nein, er hat eine Gehirnerschütterung, aber er ist auch im wahrsten Sinne mit einem blauen Auge davon gekommen. Er hat versucht, Ingrid aus dem Auto zu hieven, was bei ihrem Gewicht im siebten Monat nicht gerade einfach war. Vor allem reagierte sie nicht.«

»Sie war ... bewusstlos ...?!«

Rosas Stimme überschlug sich, so erschüttert war sie.

»Keine Sorge, Mama, nur ganz kurz. Zum Glück kamen gleich ein paar hilfsbereite Passanten und haben Fritz dabei geholfen, Ingrid aus dem Wagen zu ziehen. Sie kam dann sofort wieder zu sich, noch bevor der Krankenwagen gekommen ist.«

»Mein Gott, was da alles hätte passieren können ... Res, das ist ja fürchterlich. Das Schlimmste, was einer Mutter passieren kann, ist, wenn ihren Kindern etwas zustößt.«

Mit tränenerstickter Stimme fasste sie nach der Hand ihrer Tochter.

»Aber, Mama, Ingrid ist nicht ... tot und Fritz auch nicht. Sie müssen nur zur Sicherheit bis morgen auf jeden Fall im Krankenhaus bleiben und dürfen dann wahrscheinlich schon wieder heim. Du musst dir wirklich keine Sorgen machen«, antwortete Res beschwichtigend.

»Und der andere, was ist mit dem anderen?«

»Fahrerflucht.«

Rosa schüttelte ungläubig den Kopf.

»Wenn der mir in die Finger kommt ... Aber Res, eins ist klar: Bis zur Geburt werden jetzt keine Sperenzien mehr gemacht, dafür sorge ich! Warum lachst du?«

»Weil Ingrid mir am Telefon genau das prophezeit hat: ›Wahrscheinlich wird mich Mama nun bis zur Geburt nicht mehr aus den Augen lassen.‹«

Rosa wich ihrer Tochter nicht mehr von der Seite und war glücklich, als ihr jüngstes Enkelkind wohlbehalten auf dieser Welt angekommen war. Von der wollte sie nun endlich mehr entdecken.

»Was haltet ihr davon, wenn wir mal zusammen verreisen würden?«, schlug Rosa an einem Sonntagmittag ihren verdutzten Schwestern bei *Biskuitroll*, Kaffee und Eierlikör vor.

Seit Barbaras Tod waren diese sonntäglichen Treffen mit Käthe und Marie zu einer geliebten Routine geworden, auf die sie sich die ganze Woche über freute.

»Verreisen? Wohin willst du verreisen, Rosa?«

Marie war sichtlich überrascht von dem Vorstoß.

»Na, ich dachte, es wäre doch schön, wenn wir alle zusammen, ich, ihr beide und eure Männer, wenn wir ein bisschen mehr von der Welt entdecken. Hier kennen wir doch schon alles. Und die Kaffeefahrten sind ja ganz nett, aber da ist man abends wieder zu Hause. Außerdem wollen die ja nur etwas verkaufen.«

»Allerdings, und du kaufst auch noch immer was«, sagte Marie mit scherzhaft mahnendem Unterton.

»Naja, sind ja auch praktische Sachen dabei. Und die Kinder freuen sich, wenn ich ihnen etwas mitbringe.«

»Ob Ingrid sich über die Bügelmaschine und das Kopfwehkissen wirklich gefreut hat«, frotzelte Marie weiter.

»Du willst also die Welt entdecken? Wo willst du denn hin? Nach Amerika?«, sagte Käthe mit einem Lächeln.

Alle drei fingen an zu lachen und nahmen ein Schlückchen von ihrem Eierlikör.

»Ach, ihr wisst, ich war früher mit Karl nie in Urlaub. Einmal in München und einmal in Wien, mehr war leider nicht drin für uns. Und die Kaffeefahrten haben mir einfach Lust auf mehr gemacht.«

»Naja, aber jetzt mach mal halblang. Mit Ingrid und Fritz warst du schon an der Ostsee und letzthin haben sie dich mit in die Berge genommen. Da hast du schon mehr gesehen als ich«, antwortete Marie.

»Ja, aber ich will bei den Kindern kein dauerhaftes Anhängsel sein. Die beiden arbeiten hart und wollen vielleicht ihre kleine Familie auch mal ohne mich genießen. Aber das Reisen, das hat mir schon gut gefallen.

Und deshalb möchte ich so gern Österreich entdecken, einmal die Tulpenblüte in Amsterdam sehen oder ...«, Rosa machte eine Pause und schaute verträumt in die Ferne, »... einmal nach Venedig.«

Ihre beiden Schwestern staunten nicht schlecht.

So träumerisch und unternehmungslustig hatten sie ihre Große schon lange nicht mehr erlebt. Je älter ihre Schwester wurde, umso mehr schien sie den Drang zu verspüren, raus aus ihrem Dorf zu kommen und Neues zu erleben. Und hatte sie nicht recht? So alt waren sie alle schließlich auch noch nicht und das Reisen wurde bezahlbarer, immer einfacher und auch selbstverständlicher.

Käthe schaute in die noch etwas zweifelnden Augen von Marie, zwinkerte ihr zu und erhob zum wiederholten Mal das Glas: »Je oller, desto doller! Auf unsere zukünftigen Urlaube! Lasst uns die Welt entdecken!«

»Aber fliegen tu ich nicht«, fügte Marie an und nahm ebenfalls das Glas zur Hand.

»Höchstens ins Wasser in Venedig«, scherzte Rosa und trank ihr Gläschen beseelt leer.

»Und wie kommen wir da jetzt überall hin? Machst du etwa noch den Führerschein?«

Die drei mussten lachen.

Wäre Rosa jünger gewesen, wäre das für sie durchaus eine Option gewesen. Sie ärgerte sich, dass sie nie gelernt hatte Auto zu fahren. Das hätte ihr so manche Abhängigkeit erspart.

»Wenn das Öl weiter so knapp bleibt, müssen wir eh laufen – oder mit dem Zug fahren. Nein, im Ernst, ich habe mir Prospekte von Busreisen kommen lassen. Was meint ihr?«

»Also, ich finde die Idee großartig. Ich muss nur noch mit Hans sprechen, was er davon hält. Im schlimmsten Fall fahren wir ohne unsere Männer, wäre doch auch schön ...«, erwiderte Käthe frohgemut.

Fortan unternahm Rosa regelmäßige Reisen, nie alleine, immer mit einer Reisegruppe oder mit ihren Schwestern, vor allem mit Käthe. Käthes Mann Hans hatte sich extra einen neuen Fotoapparat zugelegt, um möglichst viele schöne Bilder zu knipsen, die sie zuhause anschauen und zeigen konnten. Die Schwestern wollten so perfekte Fotos wie möglich. Bei ihrem Ausflug zur Tulpenblüte in Holland wählten sie das Blumenfeld als Hintergrund, das farblich am besten zu ihren Mänteln passte, in Venedig musste Hans auf dem Markusplatz so lange warten, bis die Tauben um Rosa herumflatterten. Erst dann durfte er abdrücken. Ein paar Schnappschüsse gelangen ihm trotzdem, die zeigten, wie leicht und unbeschwert die gemeinsame Zeit war, und wie viel sie zusammen lachen konnten.

»Tante Kätsche und du, ihr habt es richtig gut miteinander, oder?«, stellte auch Ingrid fest, als Rosa ihren Kindern die Bilder aus dem letzten Urlaub stolz präsentierte.

»Nur beim Essen, da sind wir uns nicht ganz einig. Ich habe ja kein Problem, alles zu probieren. Letzthin in Venedig zum Beispiel, habe ich ›trippa‹ bestellt, obwohl ich gar nicht wusste, was es ist. Und plötzlich bringt mir der Kellner Kutteln auf dem Teller. Ihr hättet Kätsches Gesicht sehen sollen.«

»Ich finde es großartig von ihr und Hans, dass sie dich immer mitnehmen«, ergänzte Priska.

»Und ihr werdet euch immer ähnlicher, ihr könntet Zwillingsschwestern sein«, bemerkte auch Res.

»Ach, Kinder, ich habe schon vor siebzig Jahren gewusst, als Tante Kätsche auf die Welt gekommen ist, dass sie jemand ganz Besonderes für mich ist«, lächelte Rosa verschmitzt.

Rosa liebte ihre Rolle als Großmutter. Aber fast alle ihre Enkelkinder waren schon so groß geworden und kamen nur noch selten bei ihr vorbei. Arndt und Gabi wohnten zwar im Haus, hatten aber unter dem Dach ihr eigenes Reich, seit Ingrid mit ihrer Familie in ein eigenes Haus gezogen war. Sie schauten im Vorbeigehen immer wieder kurz in die Küche, riefen »Hallo, Oma«, waren dann aber wieder verschwunden. Dafür verwöhnte Rosa nun vor allem ihr jüngstes Enkelkind.

Seit Stefanie acht Wochen alt war, passte Rosa vormittags auf sie auf, damit Ingrid weiterhin halbtags arbeiten konnte. Es erfüllte Rosa mit Stolz, wie beliebt und angesehen ihre Tochter als Bürgermeistersekretärin im Ort war, und dass sie ihr dabei helfen konnte, Kind und Beruf unter einen Hut zu bringen. Das war zu ihrer Zeit nicht üblich gewesen. Nachdem ihr erstes Kind geboren wurde, blieb Rosa selbstverständlich zu Hause. Allerdings hatte sie auch keine Arbeit, die ihr wirklich Freude bereitet hatte. Wäre sie vielleicht Köchin geworden, wer weiß, wie sich dann alles entwickelt hätte. So manches Mal hatte sie sich bei dem Tagtraum ertappt, dass sie selbst Wirtin eines kleinen Lokals geworden wäre oder für die High Society im ›Europäischen Hof‹ in Heidelberg gekocht hätte. Aber dann hätte sie wahrscheinlich weder ihre vier Kinder noch die geliebten Enkelkinder bekommen und diese waren ihr großes Glück. Und kochen konnte sie für ihre Lieben schließlich auch, was sie mit großer Leidenschaft tat.

Übernachtete Stefanie am Wochenende bei ihrer Oma, dann bekam sie morgens nicht nur den obligatorischen Kaba, sondern je nach Jahreszeit auch kleine *Erdbeerkiechl* aus Biskuit, mit Sahne und etwas Zucker obendrauf, oder, wenn Rosa *Riwwäleskuuche* backte, dann stellte sie einige der rohen *Riwwälin* beiseite und verstaute sie an einem geheimen Ort im Küchenschrank, den nur Stefanie kannte. Nachts kroch die Kleine oft in Rosas Bett, schmiegte sich an ihre Großmutter und morgens um sechs beteten sie gemeinsam den ›Engel des Herrn‹. Am Mittag, wenn Rosa ihren Mittagsschlaf auf der Chaiselongue in der Küche machte, kuschelte sich Stefanie gern ganz nah an sie heran und Rosa genoss es in vollen Zügen, auch wenn dann an ein Nickerchen nicht zu denken war, weil sie ihrer Enkeltochter Geschichten erzählen musste.

Dank der regelmäßigen Übernachtungsbesuche ihrer kleinen Enkeltochter hatte Rosa den Schock des Auszugs der jungen Familie schnell überwunden. Als Ingrid und Fritz ihr verkündet hatten, dass sie ein Grundstück gekauft hätten und ein Reihenhaus bauen würden, brach für Rosa zunächst eine Welt zusammen. Auch wenn Heinz mit seiner Familie ebenfalls bei ihr lebte und seine Familie dadurch mehr Platz bekommen hatte, fühlte sich Rosa doch ein wenig verlassen und einsam.

»Mama, du weißt, wir werden dich nie alleine lassen«, hatte Ingrid ihr versichert und Rosa wusste, dass sie dieses Versprechen halten würde.

Und so freute sie sich umso mehr, dass Ingrid jeden Mittag nach der Arbeit zum Essen zu ihr kam und sie Stefanie morgens zuerst zum Kindergarten und dann schließlich in die Schule begleiten durfte.

An jenem Tag blieb Rosa noch eine ganze Weile vor der Tür der Schule stehen, weil dort ein Plakat hing, das sie beschäftigte.

»Na, wollen Sie vielleicht auch noch einmal die Schulbank drücken?«, riss der Rektor der Grundschule Rosa aus ihren Gedanken.

»Nein, nein, ich war nur gerade so irritiert von dem Plakat, das hier hängt.« Rosa zeigte auf ein Fahndungsplakat mit dem Titel ›Dringend gesuchte Terroristen‹.

»Na ja, nach allem, was gerade passiert, müsste das Plakat überall hängen, damit man die Verrückten endlich schnappt.«

»Aber an einer Grundschule? Müssen Sie das den Kindern nicht erklären? Ist das für die Kinder nicht furchtbar?«

»Na ja, es ist schon wichtig, dass die Kinder auch dafür sensibilisiert werden. Wer weiß, wer sich bei uns in der Gegend aufhält. Immerhin kommt ein Großteil von denen aus dem Süden Deutschlands.«

Bevor Rosa etwas erwidern konnte, verabschiedete sich der Rektor von ihr, er habe es eilig, und sie lief in Richtung Dorfmitte, um einzukaufen.

Das Plakat ging ihr nicht aus dem Kopf. Seit Jahren wütete nun schon der Terror dieser Bande. Man konnte ja mit der Politik unzufrieden sein. Aber die Probleme mit Gewalt zu lösen, das hatte doch noch nie geholfen. Zuletzt hatten sie den Arbeitgeberpräsidenten entführt. Was der Mann jetzt durchmachte, wollte sich Rosa gar nicht vorstellen.

Auf dem Plakat, das an der Schultür hing, waren auf einer Seite nur Frauen abgebildet. Für Rosa unbegreiflich. So waren sie doch kein Vorbild für Kinder und vor allem für Mädchen.

Als sie gedankenverloren am Kiosk vorbeilief, fiel ihr Blick auf die Schlagzeile der größten Tageszeitung des Landes: »Wir besiegen die Terroristen« stand da in großen Lettern. Sie hoffte, dass der Bundeskanzler, dass Helmut Schmidt damit recht behalten sollte.

Wenn es Herbst wurde, gab es ein Ereignis, auf das sich Rosa jedes Jahr besonders freute. Die Familie besaß seit Jahren einen kleinen Weinberg im Süden des Dorfes und die Weinlese stand an.

Am Tag davor weinte Rosa in der Küche bitterlich. Aber diese Tränen weinte sie gern, denn sie war gerade dabei, ihren legendären *Zwiwwlkuuche* vorzubereiten.

Niemand in der Familie ließ sich den Lesetag entgehen, alle, ob jung oder alt, standen im Wingert und ernteten die Trauben für den hauseigenen Wein, der in großen Holzfässern im Keller gelagert wurde. Nach getaner Arbeit drängten sich alle in Rosas Küche, aßen Zwiebelkuchen und tranken neuen Wein, über dem Grill im Hof rösteten die *Keschdä* und der Tag klang fröhlich aus.

»Das war doch wieder eine schöne Erntefeier gestern, nicht wahr, Mama?«

»Du meinst, für euch war es lustig, weil ich zu viel getrunken habe«, zwinkerte Rosa ihrer Tochter zu, während sie den *Feldzalåt* fürs Mittagessen putzte und Ingrid am Herd stand.

»Mama, du hattest einen richtigen Schwips«, lachte Ingrid.

»Wie Heinz dich beim Tanzen rumgeschleudert hat und du wie ein Sack zusammengesunken bist und dich deine Schwiegersöhne ins Bett getragen haben – das war ein Bild für die Götter, das musst du zugeben.«

»Na ja, ich musste mir den Frust über meine konservativen Schwiegersöhne etwas schön trinken.«

An diesem Oktobertag hatte es bei den Männern nur ein Thema gegeben: das erste und erfolgreiche Misstrauensvotum gegen einen deutschen Kanzler und die Ablösung des roten Helmut durch den schwarzen Helmut. Es wurde hitzig diskutiert, denn politisch war man sich innerhalb der Familie nicht einig. Fast alle Mitglieder in Rosas Familie waren traditionell Anhänger der SPD, aber bei den Schwiegersöhnen und Freunden der Familie sah das schon anders aus.

Und so tranken sich die einen den Frust von der Seele, während die anderen in Feierlaune waren, weil es endlich wieder eine CDU-Regierung geben würde. Rosa bedauerte es sehr, dass ihr Helmut nun nicht mehr Kanzler war. Seine hanseatische Eleganz hatte ihr immer imponiert und ihrer Meinung nach war er ein echter Staatsmann, der alle Herausforderungen hervorragend gemeistert hatte. Nun war die Ära Schmidt also Vergangenheit und was die Ära Kohl bringen würde, blieb abzuwarten.

»Aber Spaß bei Seite, Ingrid. Kann ich mal was mit dir besprechen?« Rosa unterbrach kurz das Putzen des Salats und wandte sich ihrer Tochter zu. »Es geht ums Geschäft.«

Ingrid verbrannte sich fast am Herd, denn sie war nicht darauf vorbereitet, dass Rosa mit ihr über das Gipsergeschäft reden wollte.

»Was gibt's?«, versuchte sie mit gespielter Leichtigkeit zu entgegnen, doch ihrer Mutter konnte sie weder etwas vormachen noch sie davon abbringen, heute Tacheles zu reden.

Rosa überging schlichtweg Ingrids offensichtliche Unsicherheit und kam ohne Umschweife zum Thema: »Ich mache mir Sorgen. Du weißt, dass sich das Geschäft nach Karls Tod nie richtig erholt hat und dass es nie Heinz' Wunsch war, es zu führen. Und du weißt auch, dass ich als Inhaberin sehr froh darüber bin, dass du dich um die Buchhaltung kümmerst und ich damit nicht behelligt werde. Aber ich habe letztens unseren Steuerberater getroffen und er hat so etwas Seltsames angedeutet. Ingrid, wie sieht es denn finanziell so aus?«

Apathisch rührte Ingrid in ihrer Tomatensoße und wendete den Blick nicht vom Kochtopf. Nicht nur, weil sie so dicht am Herd stand, wurde es ihr heißer und heißer.

»Ingrid, würdest du dich bitte zu mir umdrehen, wenn ich mit dir spreche.«

Der Ton ihrer Mutter ließ keinen Zweifel daran, dass sie nun Farbe bekennen musste.

Heinz hatte sich für das Geschäft von Anfang an nicht interessiert. Er war von seiner Mutter in das Geschäft hineingedrängt worden. Aus Verpflichtung hatte er das weitergeführt, was sein Vater begonnen hatte. Vor allem aber war er kein Geschäftsmann. Ingrid wusste das und hatte versucht, ihm so viel wie möglich abzunehmen. Wie oft hatte sie die Hände über dem Kopf zusammengeschlagen, wenn er wieder einmal keinen ordentlichen Kostenvoranschlag gemacht hatte, und sie sich dann mit den Rechnungen herumplagen musste. All ihre Ermahnungen schlug er in den Wind.

Und Rosa? Wusste von alledem nichts. Ingrid hielt alles von ihrer Mutter fern, obwohl sie nach wie vor die Inhaberin der kleinen Firma war, die mittlerweile vier Arbeiter beschäftigte.

Doch in den letzten Monaten waren die Einnahmen rapide gesunken und nachdem Ingrid mit dem Steuerberater gesprochen hatte, war ihr klar geworden, wie eng es nun wurde. Vor lauter Sorge über die finanzielle Schieflage, in die das Geschäft geraten war, konnte sie kaum noch schlafen, stritt sich sogar deshalb mit ihrem Mann, der die falsche Rücksichtnahme gegenüber Rosa und der Familie nicht verstehen konnte.

Nun verlangte ihre Mutter Rechenschaft. Irgendwann musste es ja dazu kommen und sie war fast ein wenig erleichtert, dass der Moment nun da war.

Langsam drehte sich Ingrid zu ihrer Mutter um und setzte sich an den Küchentisch. Erwartungsvoll schaute Rosa auf ihre Tochter.

»Mama«, das Sprechen fiel ihr sichtlich schwer, »es sieht schlecht aus.« Und dann brach es aus Ingrid heraus. Sie erzählte ihrer Mutter von der schwierigen Situation, die nun schon so lange andauerte.

»Ich dachte, wir schaffen das. Irgendwie.«

»Ich habe es geahnt«, sagte Rosa mit gesenktem Haupt und großer Traurigkeit in der Stimme.

Dann stand sie auf, nahm Ingrids Kopf in ihre Hände und blickte ihrer Tochter in die Augen. »Ingrid, wir regeln das, das kriegen wir schon hin. Aber eines kann ich nicht verstehen: Warum können mir meine Kinder nicht sagen, wenn ihnen etwas auf dem Herzen liegt?«

Ihre Tochter schwieg.

»Ingrid, warum?«

Nudln mit Haschee

Fleisch wird durch den Fleischwolf gedreht.

Fein geschnittene Zwiebeln mit Tomatenmark werden in Butter oder Öl gedämpft, Mehl darin geröstet, mit Fleischbrühe aufgekocht, etwas Rotwein dazugegeben und das gewiegte Fleisch 5 Minuten mitgekocht. Mit Salz, Pfeffer und Paprika abschmecken. (Alternativ kann man das Fleisch auch zuerst nach den Zwiebeln anbraten und die Soße später mit Saucenbinder andicken).

Dazu serviert man Nudeln.

Wenn man sie selbst herstellt, nimmt man für 8 Personen 2 Pfd Mehl, 6 bis 8 Eier und etwas Wasser. Das Mehl wird mit den Eiern und dem nötigen Salz zu einem festen Teig verarbeitet so lange, bis er zähe ist. Hierauf wird er in kleinere Stücke geschnitten, dünn ausgewellt, getrocknet und geschnitten.

Die Nudeln werden in Salzwasser weich gekocht und mit in Butter geröstetem Brot begossen.

Wie weiterleben? *Nudln mit Haschee*

1983 bis 1985

Als Rosa an diesem ersten Mai von einem Ausflug mit ihren Schwestern zurückkam, merkte sie bereits beim Betreten des Hauses, dass etwas nicht stimmte, das Haus fühlte sich irgendwie anders an. Normalerweise ging sie direkt in ihre eigene Wohnung im ersten Stock und schaute selten bei ihrem Sohn Heinz und seiner Familie im Erdgeschoss vorbei, doch an diesem Tag hielt sie kurz inne und beschloss, bei ihm zu klopfen. Die Tür stand einen Spalt offen und sie hörte mehrere Stimmen leise miteinander sprechen. Rosa stutzte und versuchte zu lauschen.

Sie konnte nicht nur Heinz' und Lisbeths Stimmen erkennen, sondern auch die von Ingrid und Fritz.

Und waren da nicht auch Res und deren zweiter Mann Karl sowie Priska und Fred?

Wieso saßen alle ihre Kinder in Heinz' Küche? Und weshalb sprachen sie so leise? Und vor allem: Worüber sprachen sie?

Ohne zu klopfen trat Rosa ein und das Gespräch verstummte.

Heinz saß zusammengesunken auf der Eckbank, Lisbeth stand am Herd, Fred lehnte am Küchenbuffet, die anderen saßen am Tisch.

»Was ist denn hier los?«

»Nichts, Mama«, versuchte Ingrid sichtlich erschrocken die Situation herunterzuspielen.

»Ihr verstummt, wenn ich das Zimmer betrete, und es soll nichts los sein«, sagte Rosa zornig.

Sie konnte es nicht leiden, wenn sie hinters Licht geführt wurde.

»Mutter, es hat sich schon erledigt«, versuchte nun auch Lisbeth, ihre Schwiegermutter zu beschwichtigen.

»Heinz, möchtest du mir vielleicht sagen, was hier gespielt wird?«

Hilflos schaute Heinz zu den anderen und sank immer tiefer in sich selbst zusammen. Ingrid schüttelte ganz vorsichtig den Kopf, um ihm anzudeuten, dass er nichts sagen sollte, aber er konnte nicht anders.

»Mutter, ich habe einen Unfall gebaut.«

Rosa erschrak, beruhigte sich aber sofort wieder, denn Heinz saß ja unversehrt vor ihr.

»Was für einen Unfall?«

»Ich habe eine Frau angefahren. Unten auf der Chaussee.«

»Wann?«

»Heute Mittag.«

»Und?«

Heinz machte eine lange Pause. Zu lange für Rosa.

»Heinz, bitte!«

»Sie ist verletzt.«

»Wie schwer?«

»Sie hat das Bein gebrochen und ...«

Rosa unterbrach ihren Sohn.

»Und da machst du so ein Gesicht! Ja, das ist nicht erfreulich und ich hoffe, der Frau geht es bald wieder gut, aber warum verhaltet ihr euch so seltsam?«

Es war offensichtlich, dass keiner mit der vollen Wahrheit herausrücken wollte. Es war aber auch klar, dass Rosa nicht weichen würde, ehe sie alles erfahren hatte.

»Heinz war …«, unterbrach Fritz die Stille und wollte gerade beginnen zu erzählen, da kam ihm sein Schwager zuvor.

»Ich war betrunken, Mutter. Ich habe betrunken eine Frau angefahren. Nach dem Frühschoppen zum Ersten Mai.«

Das überraschte Rosa nicht. Früher oder später musste es dazu kommen. Nun war es also so weit.

Natürlich war sie nicht blind, es war nicht zu übersehen, dass Heinz gerne einen über den Durst trank, und das in letzter Zeit immer häufiger. Nun bekam er die Quittung für sein Verhalten.

Immerhin schien er Reue zu zeigen.

Was würde Karl jetzt tun?

Sicher würde er sich seinen Sohn nun ordentlich zur Brust nehmen.

Aber sie konnte das nicht.

Warum flüchtete Heinz sich in den Alkohol und fuhr dann sogar noch betrunken Auto?

Hatte sie ihm zu viel aufgebürdet?

Ihre Gefühle fuhren Achterbahn und Rosa fühlte sich völlig überfordert mit der Situation.

»Ich gehe jetzt Spargel schälen.«

Sie verließ die Küche ihres Sohnes und verzog sich in den ersten Stock.

Gott sei Dank war die Frau nicht … Ein Beinbruch war zu heilen.

Aber Heinz …

Rosa schaffte es nicht, mit Heinz ein vertrauensvolles Gespräch über seinen Unfall zu führen. Entweder verschloss er sich komplett oder spielte den Vorfall herunter.

Der Frau schien es wieder relativ gut zu gehen, sah man vom Trauma des Unfalls einmal ab.

Und doch spürte Rosa eine Veränderung bei ihrem Sohn. Hatte er vor seinem Unfall oft den Clown für alle gespielt, wirkte er nun sehr in sich gekehrt.

Rosa wusste sich kaum noch zu helfen und befragte sogar ihre Arbeiter, ob sie eine Veränderung an ihrem Chef festgestellt hatten.

Alle bestätigten ihr, dass Heinz sehr still geworden war, seit diesem Ersten Mai.

Wieder einmal suchte Rosa Rat bei Gott, saß oft in der Kirche und hoffte auf Antworten.

Vielleicht wurde auch alles einfach von allein wieder gut.

Als sie an einem Mittag von der Kirche nach Hause lief, kam sie an Katharina und Anna, zwei Frauen aus dem Kirchenchor, vorbei, die gerade miteinander ins Gespräch vertieft waren.

»So etwas darf einfach nicht passieren.«

»Ja, aber der ist ja ohnehin seit Jahren ein Schluckspecht. Ich habe mir sagen lassen, der säuft auch, während er auf dem Gerüst steht. Da kannst du froh sein, wenn er deinen Auftrag rechtzeitig und ordentlich ausführt.«

»Weißt du, wie es mit der Ehe der beiden steht?«

»Keine Ahnung. Rosa ist echt nicht zu beneiden mit dem Sohn. Wahrscheinlich säuft er sich jetzt zu Tode.«

Beide hatten nicht bemerkt, dass Rosa direkt hinter ihnen stand.

»Kehrt doch vor eurer eigenen Haustüre«, war alles, was Rosa im Stande war zu antworten, und ließ die beiden Tratschweiber ertappt zurück.

Früher hatte es ihr nicht so viel ausgemacht, was die Leute dachten. Sollten sie sich doch die Mäuler zerreißen. Aber die hässlichen Worte über Heinz taten ihr weh. Sie schmerzten, auch wenn sie wusste, dass es in einem Dorf wie dem ihren natürlich immer Gerüchte gab, die gepflegt werden wollten. Und ein Fünkchen Wahrheit schien ja leider auch immer mitzuschwingen.

Auch sie ertappte sich in der Altenstube so dann und wann beim Lästern, musste aber zugeben, dass es ihr zunehmend wichtiger wurde, dass das Gerede nicht ihre Familie betraf.

Gedankenversunken kehrte Rosa nach Hause zurück.

Sie wollte heute *Kånzdrauwemus* kochen, weil die Sträucher im Garten dieses Jahr so viel abgeworfen hatten. Die Kombination von süß und sauer schmeckte ihr besonders gut.

Im Haus war es ungewöhnlich still. Niemand schien da zu sein.

Rosa wollte gerade die Treppe zu ihrer Wohnung hinaufgehen, als sie ein seltsames Geräusch wahrnahm.

Als könne ihr eigener Atem ihre Konzentration stören, hielt sie die Luft an und lauschte.

Da war es schon wieder. Es klang wie ein Stöhnen.

Aber wo kam es her?

Geistesgegenwärtig öffnete Rosa die Haustür und folgte dem Geräusch über den Hof in Richtung Schuppen, in dem Heinz das Gipsermaterial aufbewahrte.

Je näher sie dem Stöhnen kam, desto schneller wurden Rosas Schritte. Dann sah sie ihn. Zusammengekrümmt am Boden kauernd. Schaum vor dem Mund. Neben ihm eine Packung E605.

So schnell sie konnte, rannte Rosa ins Haus, rief den Notarzt, rannte zurück und kümmerte sich um ihren Sohn, der vollgepumpt mit Gift um sein Leben kämpfte.

»Heinz, du musst dich übergeben, los, mach mit!«

In ihrer Verzweiflung versuchte sie, mit kräftigen Bewegungen seinen Oberkörper nach vorne zu drücken.

Aber Heinz war zu schwach, seine Augen waren leer.

Er hatte keine Kraft mehr und ohne seine Hilfe schaffte sie es nicht. Erschöpft sank Rosa neben ihrem Sohn zusammen und strich ihm sanft übers Haar.

»Heinz, bitte, gib nicht auf. Ich bitte dich, bleib wach, der Arzt wird gleich da sein …«

Rosa begann zu erzählen, erzählte ohne Unterlass irgendwelche Geschichten, und als ihr nichts mehr einfiel, trug sie Heinz Kochrezepte vor. Sie erzählte um Heinz' Leben, bis der Notarzt und die Sanitäter eintrafen.

Dann ging alles ganz schnell. Die Männer schoben Rosa beiseite, sie aber erzählte wie in Trance ununterbrochen weiter: »Feingeschnittene Zwiebeln werden mit Tomatenmark in Butter oder Öl gedämft, dann Mehl darin geröstet …«

Wie durch einen dichten Nebel nahm sie wahr, wie sie ihm den Magen auspumpten. Nur langsam kam auch sie wieder zu sich.

Hatte er es geschafft? War sie dieses Mal tatsächlich nicht zu spät gekommen, so wie damals bei ihrer Schwägerin?

Warum hatte ihr Sohn das getan? Dem Unfallopfer ging es doch schon wieder viel besser.

War da noch etwas anderes?

Ging es am Ende gar nicht um den Unfall?

Wie gut kannte sie ihren Sohn überhaupt? Er, der scheinbar alles so leicht nahm.

Und warum hatte er sich ihr nicht anvertraut, wenn er doch so verzweifelt war?

Warum forderte Gevatter Tod sie schon wieder heraus? Und dann auf diese grausame Art und Weise.

Wie schlecht musste es Heinz gegangen sein, dass er versucht hatte, seinem Leben ein Ende zu bereiten?

Rosa zermarterte sich das Hirn und fand keine Ruhe.

Warum?

Aber auch dieses Mal fand sie keine Antworten und es machte sie mürbe. Der Selbstmordversuch ihres Sohnes erschütterte sie in ihren Grundfesten.

Das war doch ihr Kind! Ihr einziger Sohn! Und egal, wie schwierig die Situation für ihn auch gewesen war, was rechtfertigte es, sich selbst das Leben nehmen zu wollen?

Was hatte sie falsch gemacht?

Als sie zwei Wochen später mit Stefanie durch die Hauptstraße lief, kam Katharina auf sie zu. Rosa wollte ihr ausweichen, wollte ihr nicht Rede und Antwort stehen müssen. Die letzten zwei Wochen des Hoffens und Bangens hatten an ihr gezehrt und sie wollte jeden Kontakt mit den Leuten aus dem Dorf vermeiden.

Was sollte sie sagen? Was konnte sie sagen?

Doch es war kein Entkommen mehr möglich, Katharina stand direkt vor ihr. Mit aufgesetzt freundlicher Stimme und geneigtem Kopf schaute sie Rosa mitleidig an, nahm ihre Hand und kondolierte zum Tod ihres Sohnes.

Mit einem Ruck hob Rosa ihren Kopf und schaute ihr wie von der Tarantel gestochen in die Augen. Ihr ganzer Körper bebte.

»Wie pervers seid ihr eigentlich!«, entfuhr es ihr eiskalt, so kalt, dass Stefanie ihre Großmutter erschrocken anblickte.

»Heinz liegt nach wie vor im Krankenhaus. Schämt Ihr Euch denn überhaupt nicht, ihr elenden Tratschweiber?«

Katharina wurde kreidebleich.

Noch bevor sie etwas erwidern konnte, nahm Rosa ihre Enkeltochter an die Hand und schob sich ohne ein weiteres Wort an Katharina vorbei.

»Omi, Onkel Heinz, er ist doch nicht … tot?«, fragte Stefanie ganz leise, als sie nebeneinander die Straße entlangliefen.

»Alles wird gut, mein Steffele, alles wird gut.«

In jener Nacht starb Heinz an den Folgen seines Selbstmordversuchs.

Rosa verlor ihren einzigen Sohn.

Wie weiterleben? Diese Frage stellte sich Rosa in den Wochen nach der Beerdigung täglich, stündlich, minütlich.

Die Eltern, den Mann, die Schwester zu verlieren war das eine, aber ein Kind? Egal wie alt Heinz auch war, er war ihr Kind, Frucht ihres Leibes. Wo konnte sie Trost finden, nach dem, was passiert war?

Das Leben musste weitergehen, wie jedes Mal. Aber die Frage nach dem Wie stellte sich Rosa nach diesem Tod eindringlicher als je zuvor. Ein »Weiter so« konnte es nicht geben, zu sehr spürte Rosa die Lücke, das Loch, das der Tod ihres Sohnes in ihrem Körper hinterlassen hatte, fühlte deutlich, wie er ihn aus ihr herausgerissen hatte.

Schon als Kind musste sie lernen, mit dem Tod ihrer Eltern umzugehen, auch beim Tod ihres geliebten Mannes fand sie Wege, den Verlust zu verarbeiten. Aber beim eigenen Kind …

Rosa spürte eine immer stärkere Verbundenheit zur Mutter Gottes, zu Maria. Sie hatte Ähnliches erlitten, auch wenn deren Sohn getötet wurde und sich nicht selbst das Leben genommen hatte.

Hat Heinz sich damit versündigt?

Sie wollte und konnte ihren Sohn nicht schuldig sprechen, eher sich selbst. Immer wieder drängte die Frage in ihr Bewusstsein: Was hätte ich tun können, wie es verhindern können?

Beim Anblick einer Pietà konnte Rosa im Gesicht Marias genau den Schmerz erkennen, den sie selbst so intensiv spürte. Auch wenn es nur ein geringer Trost war, zu wissen, dass diese Frau ihre Empfindungen kennen und verstehen würde, gab es ihr zumindest ein klein wenig Kraft.

Sie hörte auf, Gottvater die Frage nach dem Warum zu stellen, er würde ihr sowieso keine Antwort geben, das hatte sie nach einem langen Leben und vielen Begegnungen mit dem Tod begriffen. Vielleicht brauchte sie seine Antwort auch gar nicht. Rosa konzentrierte sich auf die starke Haltung der Mutter. Vielleicht konnte Maria sie erlösen oder ihr eine Möglichkeit des Weiterlebens aufzeigen. Und so suchte sie nicht nur auf mentaler Ebene, sondern auch physisch die Nähe zu Maria. Immer öfter machte sie sich auf den Weg zur Schwarzen Madonna in die Wallfahrtskirche nach Leutershausen, um dort in der Kapelle Ruhe zu finden, Kraft zu schöpfen und ihre Sorgen und Nöte abzugeben. Die schwarze Madonna, eine Nachbildung der Loreto-Madonna in Italien, war den Glaubensweg zu Gott bereits gegangen und Rosa ersuchte sie nun um Hilfe für ihren Weg zurück zu Gott und ins Leben.

Konnte Maria ihr vergeben, dass sie wieder einmal an ihm zweifelte? Konnte sie sich selbst vergeben?

Mit den Herausforderungen, die Heinz' Tod an die Familie stellte, ging diese ganz unterschiedlich um. Seine Witwe Lisbeth versteckte ihre Gefühle und zog sich stark zurück, vor allem von ihrer Schwiegermutter. Da Rosa ohnehin nicht genau wusste, wie sie sich ihr gegenüber verhalten sollte, gingen sich beide, so weit das im selben Haus möglich war, aus dem Weg.

Ingrid litt stark unter dem Verlust des Bruders und sie konnte es kaum ertragen, dass Heinz sich das Leben genommen hatte. Aber sie machte sich auch Vorwürfe, nicht erkannt zu haben, wie groß die Verzweiflung des Bruders tatsächlich war, und versuchte diesen Schmerz mit sich selber auszumachen.

Priska kam nur noch selten in die Friedrichstraße zu Besuch und versuchte auf diese Weise dem Leid aus dem Weg zu gehen.

Und Res wählte eine ganz andere Strategie; wann auch immer sie bei ihrer Mutter war, redete sie über dies und das, scherzte, versuchte Rosa aufzumuntern und abzulenken.

Doch über den Selbstmord des Mannes, des Sohnes und Bruders wagte niemand offen zu sprechen, zumindest nicht mit Rosa.

»Oma, Mama, ich habe eine Idee«, platzte Stefanie heraus, als sie mit ihrer Mutter und Großmutter beim Mittagessen in Rosas Küche saß. Es gab *Nudln mit Haschee*, ihr Lieblingsessen.

»Was haltet ihr von einem Wellensittich für dich, Omi?«

»Du willst Oma einen Vogel kaufen?« Ingrid lachte und nahm den Vorschlag zunächst nicht allzu ernst.

Rosa jedoch fand den Vorschlag ihrer Enkelin gar nicht so abwegig. Ein Hund oder eine Katze wäre ihr zu viel Aufwand gewesen, aber so ein Vogel ... Er machte wenig Arbeit, brachte jedoch ein wenig Abwechslung. Die Idee gefiel ihr.

»Die armen Vögel, wie die in diesen Käfig eingepfercht sind.«

Rosa war entsetzt von der Haltung der Wellensittiche, als sie mit Stefanie und ihren Eltern in der Zoohandlung stand, um sich einen Vogel auszusuchen.

Alle flogen durcheinander, es war laut und gab nicht genug Platz für die vielen kleinen putzigen Tierchen.

»Schau mal, Omi, der kleine Gelbe da hinten auf der Stange? Ist der nicht süß? Und ganz ruhig. Und wie der uns so flehend anschaut!«

»Vögel können nicht flehend schauen, Stefanie!«

Fritz war von der Idee seiner Tochter nicht besonders angetan und hoffte immer noch, sie vor Ort davon abbringen zu können. Wenn doch wenigstens seine Schwiegermutter vernünftig wäre.

Doch die hatte sich bereits in den kleinen Piepmatz, der sich so ganz anders verhielt als die restlichen Sittiche im Käfig, verliebt.

»Ich werde dich befreien, kleiner Bubi«, sagte sie leise vor sich hin und etwas lauter fügte sie hinzu: »Den nehme ich mit nach Hause.«

Bubi wurde zum Liebling der ganzen Familie, vor allem aber von Rosa und Stefanie.

Aus dem einst zurückhaltenden Vögelchen wurde ein zutrauliches und freches Kerlchen.

Sobald Rosa ihn aus dem Käfig ließ, flog er auf ihre Schulter und begleitete sie bei allem, was sie tat.

Manchmal bildete sich Rosa ein, er gäbe sogar Küsschen auf die Wange – und sie musste schmunzeln, wenn sie sich dabei ertappte, mit ihrem Haustier zu sprechen.

In der Öffentlichkeit gab sie das natürlich nicht zu. Was sollten denn die Leute denken? Dass sie einen Vogel hatte?

Es amüsierte sie, Bubi und Stefanie bei den Hausaufgaben zu beobachten. Sobald Stefanie ihren Füller und ihr Schreibheft für die Hausaufgaben zückte, hüpfte Bubi auf den Füller und rutschte daran herunter. Immer und immer wieder.

»Bubi, jetzt ist aber genug, sonst werde ich mit meinen Aufgaben doch nie fertig«, ermahnte Stefanie den lustigen Sittich liebevoll.

Bubi brachte die Freude zurück.

Als Stefanie eines Nachmittags zu ihrer Großmutter kam, stand Rosa wie versteinert am offenen Fenster, Tränen liefen ihr übers Gesicht.

»Hallo, Oma!«

Es dauerte eine Weile, bis Rosa auf ihre Enkeltochter reagierte und sie sich zu Stefanie umdrehte.

»Jetzt hat er mich auch verlassen!«

»Wer hat dich verlassen, Oma? Warum bist du denn so traurig? Wo ist denn Bubi?«

Rosa zeigte auf den leeren Käfig.

»Ich habe wohl vergessen, die Käfigtür richtig zu schließen, das Fenster war offen und als ich aus dem Schlafzimmer wiederkam …«

Nun begann auch Stefanie bitterlich zu weinen, und Rosa nahm ihre Enkeltochter behutsam in den Arm.

»Weißt du, mein Kind. Bubi liebte die Freiheit. Und nun ist er in die Freiheit geflogen, Richtung Sonne, in den Himmel.«

Stefanie konnte das kaum beruhigen.

»Aber wird er draußen überleben?«, schluchzte sie.

Die Worte ihrer Großmutter überzeugten sie nicht.

Nach einer kleinen Pause antwortete Rosa: »Ob er es überleben wird, wissen wir nicht. Aber dass er glücklich ist, das ist sicher. Weißt du, Stefanie, niemand will eingesperrt sein. Und wenn ich etwas im Leben begriffen habe, dann, dass Freiheit das Wichtigste ist. Freiheit, das zu tun, was man möchte. Und Bubi wollte davonfliegen und frei sein. Freuen wir uns doch darüber, dass Bubi jetzt seine Freiheit genießen darf.«

Entscheidungen mussten getroffen werden. Wie sollte es mit dem maroden Geschäft weitergehen? Rosa hing an dem Gipserbetrieb, den ihr Mann damals mit so großer Überzeugung gegründet hatte. Trotz der zwischenzeitlichen Misswirtschaft hatte die Firma immer noch einen guten Ruf und beschäftigte weiterhin vier Mitarbeiter, die sie auch nicht im Stich lassen wollte. Rosa war die desolate finanzielle Situation bewusst, dennoch suchte sie nach einem Ausweg: Und der hieß erst einmal weitermachen.

Als Schuldner hatten sie einen Offenbarungseid geleistet. Rosa war sich ziemlich sicher, dass sie mit harter Arbeit und einer Neuausrichtung des Betriebs alle Verpflichtungen begleichen und ihre Gläubiger damit zufriedenstellen konnte. Doch wie hoch die Schulden tatsächlich waren und wie groß die Zahl der Gläubiger war, realisierte sie nicht.

Anstatt ihre Mutter mit der Realität zu konfrontieren, suchte Ingrid in schlaflosen Nächten nach einer Lösung, denn die Schulden waren so hoch, dass die Bank bereits mit Pfändung gedroht hatte. Und das erste, was sie pfänden würden, wäre das Haus.

»Res, ich brauche deine Hilfe!«

Gemeinsam mit Fritz stand Ingrid an einem heißen Sommertag vor der Haustüre ihrer Schwester. Unter Tränen schilderte sie ihr die ausweglose Situation.

»Es droht eine Zwangsversteigerung des Hauses«, schloss Fritz, um Res endgültig davon zu überzeugen, dass sie schnell handeln mussten.

»Habt ihr mit Priska schon gesprochen?«

»Nein, du weißt selbst, dass sie sich nie für das Geschäft interessiert hat und ihr das Haus nicht so viel bedeutet.«

»Ja, aber sie hat Geld, im Gegensatz zu uns.«

Res konnte und wollte das Verhalten ihrer ältesten Schwester nicht gutheißen.

Für sie und ihren Mann wäre es ein Leichtes gewesen, der Mutter aus der Patsche zu helfen, um das Haus zu retten. Aber schon nach dem Tod von Heinz hatten sie signalisiert, dass sie weder gewillt waren, das Geschäft noch das Haus zu retten.

»Wenn es nicht anders geht, dann muss Mama das Haus eben verkaufen. Ich trage die Schulden von Heinz nicht mit«, so Priskas Devise.

»Darum sind wir heute bei dir, Res. Wir brauchen eine andere Lösung, und zwar schnell.«

»Und wir müssen es Mutter sagen«, schloss Res sich Fritz an, »ob du das nun willst oder nicht, Ingrid. Du kannst sie nicht mehr schützen.«

Rosa trug es mit Fassung.

Wenn sie ehrlich zu sich selber war, wusste sie seit langem, dass eine Entscheidung her musste.

Das Geschäft zu schließen war das eine, auch wenn sie sich nur schwer trennen konnte.

Aber womöglich ihr Haus zu verlieren, traf sie ins Mark.

Daher nahm sie den Vorschlag von Res und Ingrid dankbar an, ihnen das Haus zu überschreiben, auch wenn ihr klar war, dass dies für die beiden nur ein Verlustgeschäft bedeuten sollte.

Rosa konnte nicht mehr kämpfen. Das merkten auch ihre Kinder. Und es beunruhigte sie.

Buddakremtort

Zunächst wird ein Biskuit hergestellt:
6 Eigelb, ½ Pfd Zucker wird schaumig gerührt,
nach und nach den Saft 1 Zitrone, 1 Eierschale Wasser und
ungefähr so viel Kirschwasser darunter geben.

Ist es schaumig, so bringt man 150 g Mehl und Eischnee
aus den 6 Eiweiß immer abwechselnd darunter.

Der Teig wird auf einem Backblech oder in der Form gebacken.

Für die Butterkrem werden 3 Eier mit ¼ Pfd Zucker auf dem Feuer
warm und wieder kalt schaumig geschlagen. Unterdessen rührt man
½ Pfd süße Butter mit 60 g Staubzucker schaumig.
Die kaltgeschlagene Eiermasse wird dann in 3 Absätzen
unter die Buttermasse gerührt.

Die so erzielte Butterkrem ist zum Gebrauch
für Garnituren fertig.

Buddakremtort – Der Nachtisch

1985 bis 1990

Rosas achtzigster Geburtstag rückte näher und sollte groß gefeiert werden. Alle halfen bei den Vorbereitungen mit. Fritz und Karl, Res' zweiter Mann, stellten im Hof Bierzeltgarnituren auf, Rosas Enkelinnen hatten Girlanden und Luftballons gekauft, mit denen sie alles festlich schmückten, das Essen wurde von einem der besten Lokale im Ort geliefert. Die Frauen der Familie backten unzählige Kuchen und eine Festtags-*Buddakremtort*, die nun Stufe für Stufe auf der Treppe auf ihren großen Auftritt warteten.

Es war Rosas Wunsch, dass ihre ganze Familie, die Nachbarn und Freunde an diesem Tag miteinander feierten und alle hatten gern zugesagt.

Achtzig Jahre also.

Sie musste zugeben, das hörte sich schon richtig alt an, obwohl sie sich noch gar nicht so fühlte. Und an ihrem Geburtstag erst recht nicht. Denn sie war aufgeregt. So viele Menschen waren schon lange nicht mehr bei ihr im Haus. Aber der bevorstehende Trubel machte ihr auch ein wenig Angst, denn seit Heinz' Tod hatte sie sich doch sehr zurückgezogen.

Außerdem fühlte sie sich in den letzten Wochen sehr schlapp, sie war eben nicht mehr die Jüngste, und ihr Körper fing an, ihr das auch deutlich zu zeigen.

Als immer mehr Gäste in den Hof strömten, überforderte sie dies ein bisschen, weil sie alle begrüßen und mit jedem ein paar Worte wechseln musste.

Aber als sie endlich an ihrem Platz saß und in die Runde schaute, überkam sie ein großes Glücksgefühl.

Zu ihren beiden Seiten saßen Käthe und Marie mit ihren Männern, alle ihre Kinder waren am Nachbartisch versammelt.

Alle?

Es versetzte Rosa einen schmerzhaften Stich ins Herz, dass Heinz nicht unter ihnen sein konnte.

Aber seine Frau Lisbeth saß inmitten ihrer Kinder und Rosa war froh, dass sich ihr Verhältnis seit Heinz' Tod langsam wieder verbesserte.

Auf der anderen Seite des Hofs war der Tisch für die Enkelkinder gedeckt. Wie groß waren sie alle geworden! Fast alle waren erwachsen, die ersten hatten schon wieder eigene Kinder und die Familie wuchs unaufhörlich.

Vom Tisch mit den Nachbarn und Freunden schwenkte ihr Blick wieder zurück an ihren eigenen Tisch, an dem die ›Alten‹ platziert waren.

Neben ihren Schwestern und deren Männern saßen hier auch die Eltern ihres Schwiegersohns Fritz. Für Rosa war es selbstverständlich sie einzuladen, auch wenn ihr Verhältnis in all den Jahren nicht so herzlich geworden war, wie sie es sich gewünscht hätte.

Mit Hedwig unterhielt sie sich gern, auch wenn sie eher zurückhaltend und stiller war, vor allem in der Nähe ihres Mannes.

Mit dem hatte Rosa nach wie vor ihre Schwierigkeiten. Er nahm seiner Frau alle Lebensfreude und auch jetzt saß er grummelig am Tisch und verzog keine Miene.

Wie anders war da ihr Karl gewesen? Ach, wie schön wäre es, wenn er heute bei ihr wäre.

»Alle mal herhören, wir beginnen nun mit dem ersten Programmpunkt!« Res riss Rosa mit lauter Stimme aus ihren Gedanken.

Die ganze Familie hatte sich für diesen Tag ein besonderes Programm einfallen lassen, mit dem sie Rosa ehren wollten.

Ihren Lieblingsschlager ›Ein Festival der Liebe‹ hatten sie auf Rosa umgedichtet und vorgetragen, die Enkel und die mittlerweile vier Urenkel ließen das Leben ihrer Ur-Großmutter in Form eines Gedichts Revue passieren.

Heinz' Sohn Arndt hatte einen Witz nach dem anderen auf Lager und es wurden viele Anekdoten von früher erzählt.

Das Fest verlief ganz in Rosas Sinn und sie konnte es in vollen Zügen genießen.

»Na, was bringst du da Schönes?«, fragte Rosa ihre Enkeltochter Stefanie, als diese sich mit einer Karte wedelnd auf den Schoß ihrer geliebten Oma setzte, was sie trotz ihrer pubertären vierzehn Jahre immer noch gern machte.

»Post für dich. Von Anke. Siehst du, sogar in der DDR denkt man an dich.«

»Anke, wer war noch mal Anke?«, fragte Hedwig, um Konversation bemüht.

»Meine Brieffreundin Anke, aus der DDR«, antwortete Stefanie kurz und gab Rosa die Karte.

»Woher weiß deine Freundin, dass ich heute Geburtstag habe?«

»Na, ihr Opa ist auch gerade achtzig geworden und da habe ich ihr geschrieben, dass du auch Geburtstag hast und da hat sie dir die Karte geschrieben. Und der Opa und die Eltern gratulieren dir auch. Ist das nicht toll?«

»Dass die Roten halt immer zusammenhalten«, bäffte der alte Fritz vor sich hin.

Schlagartig wurde es still am Tisch.

»Fritz, ich glaube, heute ist kein Platz für sowas«, sagte Rosa freundlich aber bestimmt, denn sie hatte keine Lust, sich von Fritz senior die gute Stimmung vermiesen zu lassen.

»Wie meinst du das, Opa?« Stefanie ließ nicht locker.

»Ach, lassen wir das, das kann dir ja deine Oma erklären, irgendwann anders.«

»Ich will es aber jetzt, von dir wissen, was du damit meinst?«

Stefanie stand vom Schoß ihrer Großmutter auf und setzte sich demonstrativ neben ihren Großvater.

Rosa erhob sich ebenfalls und ging an den Nachbartisch, um ihren Schwiegersohn zu holen.

»Fritz, kannst du mal bitte mit rüberkommen, dein Vater will politisieren und Stefanie lässt nicht locker.«

Als Rosa mit Fritz an den Tisch zurückkehrte, hörte er nur noch die letzten Sätze seiner Tochter, die sich vor seinem Vater aufgebaut hatte.

»Und wenn wir wissen wollen, wo wir herkommen oder wenn wir Fragen an euch haben, dann schweigt ihr. Meint ihr, es ist toll, wenn meine Familie nicht bereit ist, mir Antworten zu geben? Ihr geht mir doch immer aus dem Weg, wenn ich euch Fragen über eure Vergangenheit stelle oder mit euch über Politik sprechen will. ›Darüber spricht man nicht‹. Warum eigentlich nicht? Welche Leichen habt ihr denn im Keller? Mit Papa kann ich wenigstens diskutieren, obwohl wir meistens nicht einer Meinung sind, oder Papa? Aber was ist mit euch? Ihr habt doch alle hier am Tisch so viel erlebt. Wieso erzählt ihr nicht von eurer Geschichte?«

Fritz senior fing an, vor Wut zu kochen, seine Frau saß wie versteinert neben ihm.

Allen anderen am Tisch hatte es scheinbar die Sprache verschlagen.

Rosa blickte halb bewundernd, halb entsetzt auf das junge Mädchen und fühlte sich verpflichtet, ihrer Enkeltochter zu antworten, wenn es sonst schon keiner tat.

Sie nahm Platz und bat Stefanie, es ihr gleich zu tun.

»Setz dich bitte mal zu mir, Steffele. Wir verstehen dich ja, aber es ist nicht so einfach. Weißt du, wir alle haben unterschiedliche Erfahrungen gemacht und …« Nach einer kurzen Pause fügte sie hinzu: »Es ist für uns nicht so einfach, über früher zu reden.«

Verstohlen blickte Rosa zu Fritz senior.

»Wieso redest du in der Wir-Form? Sag ihr ruhig, was ich von euch Sozis halte.«

»Vater, ich bitte dich«, mischte sich nun auch Fritz junior ein. »Das ist jetzt weiß Gott nicht der richtige Zeitpunkt. Rosa hat Geburtstag, heute wollen wir feiern und nicht politisieren.«

»Nein, nein, Fritz, ist schon gut. Ich halte das aus. Also, Fritz, dann sag Stefanie doch, was du gegen die Sozis hast?«

»Ihr wollt das wirklich wissen? Gut. Sie haben uns verraten, damals, als wir für das Reich gekämpft haben. Und dass du, Stefanie, aus einer solchen Sozibrut stammst, dafür kannst du nichts. Das ist aber nie mein Wunsch gewesen. Und ansonsten will ich nicht über die Geschichte reden.«

Stefanie hielt die Luft an.

Ingrid war unbemerkt herangetreten und stand mit der Kaffeekanne in der Hand hinter ihrem Mann, erstarrt und bleich.

Der alte Fritz löste eine solche Aggression in Rosa aus, doch sie versuchte, dieser keinen Raum zu geben, damit die Situation nicht weiter eskalierte.

Wenigstens hatte außer an ihrem Tisch niemand im Hof etwas mitbekommen, die Stimmung an den anderen Tischen war laut und feuchtfröhlich und dafür war sie dankbar.

Der Vater ihres Schwiegersohns, dem gegenüber sie immer nachsichtig gewesen war, hatte sie und ihre Familie angegriffen und beleidigt. Ganz offen. Und das an ihrem Geburtstag.

Doch Rosa blieb ruhig.

Solchen Männern, die vierzig Jahre nach Kriegsende immer noch nicht verarbeitet hatten, dass der Nationalsozialismus Geschichte war, durfte man keine Plattform für ihre Wut und ihren Hass geben.

»Steffele, es ist nicht einfach für uns Alte, über das Thema zu reden, vor allem ...«, und dabei sah sie Fritz tief in die Augen, »wenn es unterschiedliche Erfahrungen von Schmerz und Verlust gegeben hat. Ich glaube ...«

»Raus.« Ingrid erwachte aus ihrer Erstarrung und schrie ihren Schwiegervater an. Zuerst zögerlich, dann beinahe hysterisch. »Raus hier. Wenn du meine Familie dermaßen beleidigst, wirst du nicht an unserem Tisch im Haus meiner Mutter sitzen.«

Fritz senior schaute Ingrid verwundert an und blickte dann fragend zu seinem Sohn.

Der zögerte nicht einen Moment und stellte sich demonstrativ neben seine Frau.

»Wir gehen.« Hedwig stand auf, deutete ihrem Mann, es ihr gleich zu tun, und ohne ein weiteres Wort liefen sie Richtung Hoftor.

Sie drehte sich noch einmal zu Rosa um und ihr Blick schien zu sagen: »Es tut mir leid.« Aber sie war der Worte nicht fähig.

Rosa sah ihr tief in die Augen und hatte fast ein wenig Mitleid mit dieser Frau, die nicht in der Lage war, sich gegen ihren Mann zu wehren.

Unversöhnt verließen Fritz' Eltern das Haus, das sie nie wieder betreten würden.

Rosa stand neben ihrem fassungslosen Schwiegersohn, der nicht wusste, was er sagen sollte.

»Fritz, du kannst nichts dafür. Vielleicht können deine Eltern noch nicht mal was dafür.«

Mit einem tiefen Seufzer nahm Rosa wieder Platz an ihrem Tisch.

Etwas erschrocken, aber auch ernüchtert setzte sich Stefanie erneut auf den Schoß ihrer Großmutter und nahm sie in den Arm. »Es tut mir leid, Oma! Ich wollte das nicht.«

»Das braucht dir nicht leidtun. Deine Mutter hat recht. Wer uns so beleidigt, der muss auch nicht mit mir Geburtstag feiern.« Und sie erhob ihr Glas, prostete ihren Schwestern zu und sagte voller Stolz: »Dann lasst uns mal auf die Sozibrut anstoßen.«

Einige Tage später lud Rosa ihre Enkelin zu sich ein und Rosa erzählte ihr zum ersten Mal etwas mehr von ihrem Großvater, Karl, den sie leider nicht kennenlernen durfte, mit dem sie aber so viel Ähnlichkeit hatte.

Das Gehen fiel ihr zunehmend schwer. Ihr über achtzigjähriger Körper tat langsam nicht mehr das, was sie wollte. Es war ein Leichtes, es auf ihr Alter zu schieben, auf ihren Altersdiabetes, aber Rosa ahnte, dass noch irgendetwas anderes nicht mit ihr stimmte. Um nicht mehr die Treppen nach oben steigen zu müssen, hatte sie sich bereits in der kleinen Wohnung im Erdgeschoss eingerichtet, nachdem ihre Schwiegertochter an den Bodensee gezogen war, wo deren Tochter Gabi inzwischen lebte. Der Rest des Hauses stand leer.

»Ich habe mir etwas überlegt«, eröffnete sie ihren Schwestern Marie und Käthe eines Sonntags bei ihrem obligatorischen Kaffeekränzchen, das sie inzwischen aus Rücksicht auf Rosa immer bei ihr abhielten.

»Aber ich bin mir nicht sicher, ob die Kinder das gutheißen.«

Käthe nippte gerade an ihrem Eierlikör und war gespannt, was Rosa nun schon wieder vorhatte.

»Ich will nicht so viel alleine sein. Ihr kennt mich, ich brauche Gesellschaft. Und ich schaffe so vieles nicht mehr. Jedes Mal muss ich die Kinder behelligen. Das will ich ihnen nicht dauernd zumuten.«

»Hast du dir etwa einen Mann angelacht in deinem Alter?«, scherzte Käthe und die drei Schwestern lachten schallend.

»Kätsche, ich bitte dich. Mit so was fang ich doch jetzt nicht mehr an.«

»Chancen hättest du immer noch, Rosa. Ich könnte dir ein paar Männer aufzählen, die seit Jahren versuchen, bei dir zu landen. Wieso hast du nach Karl eigentlich nie ...?«

Rosa unterbrach Marie sanft, aber bestimmt.

»Ich will mit euch nicht über Männer sprechen, sondern über meine Idee wegen des leeren Hauses. Würdet ihr mir bitte mal zuhören.«

Marie gab auf und aß ein Stück von dem *Rotwäikuuche*, den Rosa gebacken hatte.

Dieses Thema würde Rosa wohl mit ins Grab nehmen.

Marie und Käthe blickten erwartungsfroh auf ihre große Schwester.

»Es gibt doch so viele junge Studenten, die dringend ein Zimmer suchen. Ich habe gehört, dass sie es mittlerweile sehr schwer haben, etwas Bezahlbares in Heidelberg zu finden. Und da dachte ich mir, dass es doch für beide Seiten eine gewinnbringende Lösung wäre. Ich bekäme ein bisschen Geld, die jungen Leute könnten mir vom Einkaufen die wenigen Sachen mitbringen, die ich benötige, und sie haben dafür eine schöne Bleibe.«

Marie und Käthe waren baff.

»Du willst hier mit einer Wohngemeinschaft hausen?«, fragte Marie ungläubig, die als erste ihre Sprache wiedergefunden hatte.

»Kätsche, was meinst du dazu?«

So schnell wollte sie sich von den beiden ihre gute Idee nicht ausreden lassen.

Käthe überlegte: »Ich finde die Idee gar nicht schlecht. Auf jeden Fall wäre immer jemand im Haus. Aber glaubst du nicht, dass es vielleicht auch ein bisschen laut werden könnte? Man weiß doch, wie die jungen Leute heutzutage sind. Feiern Partys mit lauter Musik, tanzen ...«

»Ach, es gibt solche und solche.«

»Ja, und auch welche mit diesen furchtbaren Frisuren, die klauen dir vielleicht deine Sachen«, fühlte sich Marie bestätigt.

Rosa runzelte die Stirn.

»Marie, stell dir nur mal Priskas Gesicht vor, wenn hier ein Punker einziehen würde.«

Wiederum brachen alle in schallendes Gelächter aus.

Rosa stand auf, um noch etwas Kaffee und Kuchen zu holen, und Käthe sah ihr erschrocken nach. Wie kraftlos ihre immer so forsche Schwester geworden war. Hatte sie nicht auch abgenommen?

Als sie sich zurück an den Tisch setzte, legte Käthe ihre Hand auf Rosas Unterarm und schaute ihr liebevoll in die Augen.

»Marie und ich sehen doch, dass es dir nicht gut geht. Du läufst schlecht, hast abgenommen, wäre es nicht besser, du besprichst mit den Kindern, ob du überhaupt noch allein hier wohnen kannst?«

Und nach einer Pause fügte sie hinzu: »Wir meinen es doch nur gut.«

So hatte sie sich das Gespräch nicht vorgestellt. Rosa war enttäuscht.

Was bildeten sich ihre jüngeren Schwestern überhaupt ein?

Ja, es ging ihr in der letzten Zeit schlechter. Der Appetit ließ nach und das Laufen wollte nicht mehr, all diese Zeichen der Zeit erkannte sie.

»Ich bin zwar über achtzig und keine dreißig mehr. Das werdet ihr auch schon noch am eigenen Leib erfahren. Da ist man eben nicht mehr so fit. Aber wieso soll ich meine Freiheit aufgeben? Das hier ist mein Zuhause. Und ich möchte auf jeden Fall hier im Haus wohnen bleiben. Ende der Diskussion.«

Sie beendete das Gespräch, um es Tage später mit Res und Ingrid fortzusetzen.

Auch sie standen der Idee nicht uneingeschränkt positiv gegenüber, konnten und wollten aber den Argumenten und dem Sturkopf ihrer Mutter nichts entgegensetzen.

Außerdem würde man durch die Miete auch ein wenig Geld reinbekommen.

Kurze Zeit später zogen die ersten Studenten in Rosas Haus.

Alles lief prima. Ihre neuen Mitbewohner kümmerten sich rührend, Rosa mangelte es an nichts. Jeden Tag klopfte einer der Studenten bei ihr an der Tür und fragte nach ihren Einkaufswünschen.

Dass sie ihr den Einkauf abnahmen, dafür war Rosa zutiefst dankbar, denn der Weg zum neuen Supermarkt oder in den Dorfladen war zu weit geworden, vor allem seit sie die starken Schmerzen beim Gehen hatte.

Die zwei jungen Mädchen, die im ersten Stock wohnten, boten sich an, das Putzen zu übernehmen und verdienten sich damit noch etwas hinzu.

Auch an Gesellschaft mangelte es ihr nun nicht mehr, denn die jungen Leute saßen oft und gern auf einen Plausch in Rosas Küche, auch, weil sie immer etwas zu Essen bekamen. Egal wie stark ihre Schmerzen waren, auf das Kochen und Backen konnte Rosa nicht verzichten, das brauchte sie so sehr wie die Luft zum Atmen. Auch wenn sie inzwischen einfachere Gerichte kochte, bei denen sie nicht so lange am Herd stehen musste, wie *Schinkenudl*, *Låischbrieh* oder *Pejdaläskadoffl*.

Beim gemeinsamen Essen interessierte sich Rosa sehr dafür, was die jungen Leute so beschäftigte und sie erzählten bereitwillig. Einige waren in der Umweltbewegung aktiv, gingen auf Demos gegen die Atomkraft und das Waldsterben. Eine war gar bei dieser noch relativ jungen Partei engagiert, die seit kurzem im Bundestag saß, den Grünen.

Aber auch die Studentinnen und Studenten konnten von Rosas Erfahrung und Erlebnissen profitieren. Und so erzählte sie ihnen mit Freude aus ihrem Leben, von ihrem Mann, der ebenfalls politisch aktiv gewesen war, vom Krieg und der Nachkriegszeit. Wie froh sie war, dass sie in Deutschland nun in einer Demokratie lebten. Vieles, was für die jungen Menschen ganz selbstverständlich war, hatte sie noch ganz anders erlebt.

Nicht alleine und dennoch unabhängig zu sein: Rosa hatte ihr Ziel erreicht.

Nur die moderne Musik war in der Tat nicht ihre Sache.

Von einem Michael Jackson und elektronischer Musik hielt sie wenig.

Aber sollten sie doch machen.

Und so begleitete sie an so manchem Abend der dumpfe Bass in den Schlaf.

»Was ich Ihnen jetzt sagen muss …«

»Sagen Sie es, frei heraus. Wissen Sie, ich habe schon viele solcher Nachrichten gehört. Das einzig Neue ist, dass es dieses Mal mich betrifft. Ich mag das direkte Wort. Also, was habe ich?«

Rosa saß bei ihrem Arzt, deren erste Patientin sie vor fast zwanzig Jahren war, als er sich im Dorf niedergelassen hatte.

Das Verhältnis der beiden war vertrauensvoll, vor allem vertraute sie voll und ganz auf seine Kompetenzen und er mochte seine älteste Patientin.

Und er war beeindruckt. So klare Worte hörte er selten und sie machten es ihm leichter, Rosa die Diagnose mitzuteilen und zu erklären.

Ruhig hörte sich Rosa an, was er zu sagen hatte.

Erst bei den Worten »Hirntumor« und »inoperabel« wurde ihr langsam aber sicher bewusst, was das alles bedeutete.

Nun war es also soweit: Dieses Mal forderte der Tod sie selbst heraus.

Auf dem Heimweg schmerzte jeder Schritt. Doch so schnell wollte sie sich nicht geschlagen geben, noch nicht jetzt. Mit letzter Kraft schleppte sie sich nach Hause.

Da saß sie nun in ihrer Küche und blickte sich um. Einundsechzig Jahre ihres Lebens hatte sie hier in diesem Haus verbracht. Es war ihr so vertraut. Nie wollte sie es verlassen. Nur mit den Füßen zuerst, hatte sie immer gescherzt. Wie sollte es nun weitergehen? Es kann schnell gehen, hatte der Arzt gesagt. Wie lange würde sie noch ohne fremde Hilfe allein in ihrer Wohnung leben können? Mit Einkaufen und Putzen war es bald nicht mehr getan. Sie würde mehr Unterstützung benötigen.

»Kätsche, ich brauche deinen Rat«, rief Rosa, weil sie nicht mehr weiterwusste, ihre Schwester an und erzählte ihr alles.

»Was soll ich tun?«

»Rosa, du weißt, was ich dir jetzt sage.«

»Aber meine Freiheit ...«, flüsterte Rosa unter Tränen ins Telefon.

»Was du jetzt brauchst, ist der Schoß der Familie, ist, dass sich jemand um dich kümmert. Ingrid hat es dir schon so oft angeboten. Und sie haben das Haus, sie haben Platz, du bekommst ein eigenes Zimmer.«

»Rosa, du musst dem jetzt ins Auge sehen«, sagte Käthe eindringlich.

»Wem, dem Tod?«, fragte Rosa etwas zynisch.

Doch sie wusste, dass ihre Schwester recht hatte.

Als sie ihr geliebtes Zuhause für immer verließ, drehte sie sich nicht noch einmal um.

Rosa war genervt. Dieses viele Liegen setzte ihr mehr und mehr zu. Dass sie inzwischen überhaupt nicht mehr aufstehen konnte, ertrug sie nur sehr schwer.

Eingesperrt im eigenen Körper, wundgelegen und bewegungsunfähig. Richtige Löcher hatten sich an ihrem Hinterteil gebildet, die von der Schwester der Sozialstation regelmäßig ausgespült und verbunden werden mussten.

Tag und Nacht lag sie in diesem Bett, konnte nichts machen außer fernzusehen oder ab und zu mit einer ihrer Schwestern zu telefonieren, die beide auch immer gebrechlicher wurden.

Telefonierte Rosa dann mit Marie oder noch öfter mit Käthe, erzählten sie mit großer Freude von früher. Da wurde die eigene Kindheit noch einmal durchlebt, man erinnerte sich an die vielen Reisen, die man während der letzten Jahre gemeinsam unternommen und an die schönen Feste, die man zusammen gefeiert hatte. Die alten Frauen blendeten sehr bewusst die schlimmen Ereignisse aus und konzentrierten sich auf die schönen gemeinsamen Momente des Lebens.

Der Anschluss war oft länger als eine Stunde belegt, was vor allem Stefanie missfiel, weil sie eigentlich diejenige war, die das Telefon stundenlang blockierte.

Ingrid hatte Rosa eine Klingel ans Bett gestellt, mit der sie klingeln konnte, wenn sie etwas brauchte, damit sie nicht so oft rufen musste.

Rosa war glücklich mit ihrer Klingel, und sie klingelte oft. Nicht nur, wenn die Schmerzen wieder einmal unerträglich waren und sie gedreht werden wollte. Sondern auch, wenn ihr langweilig war, so alleine in ihrem Zimmer.

»Ingrid, Kind, du siehst blass aus«, stellte Rosa an jenem Tag fest, als sie ihre Tochter zum wiederholten Mal in ihr Zimmer geklingelt hatte.

»Drehst du mich bitte wieder? Und kannst du mir etwas zum Lesen bringen? Vielleicht auch noch einen Tee, mein Mund ist sehr trocken. Oder setze dich doch ein bisschen zu mir und wir erzählen miteinander. Weißt du früher, da habe ich ganz oft erzählt über ...«

Ingrid antwortete ihrer Mutter nicht, drehte den schweren Körper auf die andere Seite, blickte Rosa mit leeren Augen an, schnaufte einmal tief durch und ging mit einem Kopfschütteln aus dem Raum.

»Ingrid, was ist denn los? Sei doch nicht so unfreundlich!«

Das reichte. Ingrid konnte ihren Zorn nicht mehr zurückhalten, machte auf der Stelle kehrt und stapfte wütend in Rosas Zimmer zurück.

»Mama, ich bin alles andere als unfreundlich. Wir geben alles, um dir die schwierige Situation so angenehm wie möglich zu machen. Aber ich bin nicht deine Krankenschwester und ich nehme auch keine Befehle entgegen. Ich habe hier auch noch einen Haushalt zu organisieren, ich arbeite halbtags, Stefanie macht demnächst Abitur. Wir brauchen auch noch ein bisschen Zeit für uns. Ich kann mich nicht rund um die Uhr zu dir setzen und mit dir erzählen und ich kann auch nicht alle zehn Minuten hier raufkommen. Wenn das so weitergeht, dann schmeiß ich diese Klingel zum Fenster raus, verstehst du?«

Sie hatte sich in Rage geredet und ihre Stimme überschlug sich. Ihre Augen füllten sich mit Tränen.

Rosa war betroffen. So sehr war sie mit ihrem eigenen Leid beschäftigt, dass sie nicht erkannt hatte, was ihre Krankheit für die Familie bedeutete.

»Komm her«, streckte sie ihrer Tochter ihre Arme entgegen, in die sich diese unter heftigem Schluchzen fallen ließ.

»Es tut mir leid«, flüsterte sie Ingrid ins Ohr. »Ich verspreche, ich bessere mich. Soll ich als Zeichen dafür einmal klingeln?«

In Ingrids Tränen mischte sich ein Lachen und sie gab ihrer Mutter einen liebevollen Knuff in die Seite.

»Ach, Mama, mir tut es auch leid ...«

»Pst, das muss es nicht. Ich bin dir und Fritz doch so dankbar, dass ich hier sein kann und nicht in einem Heim oder im Krankenhaus sein muss. Und ich weiß, dass fast alles an dir hängt, welches Opfer vor allem du bringst.«

Ihre anderen Töchter kamen nur ab und an, um sie zu besuchen, in der Regel nur am Wochenende.

Res, die nicht mehr im Ort wohnte, kam oft samstags und unterstützte Ingrid ein wenig.

Priska bevorzugte es am Sonntag zum Nachmittagskaffee zu kommen, brachte eine *Linzertort* mit, die Rosa kaum mehr schlucken konnte, um eine Stunde mit der Mutter zu plaudern, dann aber wieder zu gehen.

Und die Enkelkinder waren mittlerweile in alle Winde zerstreut, hatten selbst Familie und schauten nur höchst selten vorbei.

»Im Frühjahr wird alles besser«, hörte Ingrid von ihrer Mutter von da an in regelmäßigen Abständen.

Beide wussten, dass es so weit nicht kommen würde.

Ihr Körper war Rosa mehr und mehr entglitten und sie fühlte sich völlig ausgeliefert. Nichts konnte sie mehr alleine tun. Dass bei der Abendtoilette mittlerweile die gesamte Familie mit anpacken musste, war ihr unangenehm. Dass nur noch ihr Schwiegersohn es schaffte, sie auf die Seite zu drehen, beschämte sie. Und dass die Enkeltocher sie festhalten musste, während Ingrid sie wusch, missfiel ihr am meisten. Dieses Ausgeliefertsein, dieses Angewiesensein ließ Rosa still werden.

Das Schlimmste, was sie sich jemals hätte vorstellen können, war nun eingetreten.

Wie so oft in den letzten Tagen lag sie bis spät abends wach und ließ ihr Leben Revue passieren. Immer wieder rief sie sich Menschen in Erinnerung, die sie auf ihrem Weg begleitet hatten. Vor allem den bereits verstorbenen Wegbegleitern fühlte sie sich zunehmend näher.

Als sie gerade wieder einmal an ihren Karl dachte, hörte sie Fritz aus dem Wohnzimmer aufgeregt nach seiner Tochter rufen.

»Stefanie, komm schnell runter!«

»Papa, was gibt's denn? Warum schreist du denn so? Sei doch nicht so laut, Omi schläft sicher schon.«

Rosa musste lächeln.

»Keine Angst, mein Schatz, ich schlafe noch nicht«, rief sie ihrer Enkelin durch die geschlossene Tür zu.

»Oma, du sollst doch schlafen!«

Stefanie hatte die Tür einen Spalt weit geöffnet und ermahnte ihre Großmutter scherzhaft.

»Schau du lieber, was da unten los ist, scheint ja wichtig zu sein.«

»Stefanie«, hörte man von unten die ungeduldige Stimme des Vaters, »entweder du kommst schnell runter oder schaltest deinen Fernseher an. Du wirst Augen machen!«

»Na los, geh schon«, forderte Rosa ihre Enkelin erneut auf.

»Ich komme gleich wieder und erzähl dir, was passiert ist.«

Neugierig sauste sie die Treppe hinunter.

Rosa lag da und wartete. Was wohl so Wichtiges geschehen war?

Sie erschrak. War womöglich wieder ein Krieg ausgebrochen?

Ihre Wissbegier stieg mit jeder Sekunde.

Vergeblich klingelte sie mit ihrer Glocke, aber niemand reagierte.

Sie begann zu rufen, nach Stefanie, Ingrid, Fritz, und wurde langsam ungehalten, weil sich niemand von ihnen rührte.

Hatten die drei sie vergessen?

Endlich hörte sie Stefanie eilig die Treppe hinaufrennen und fuhr erschrocken zusammen, als ihre Enkelin die Tür zum Zimmer aufriss und ihr weinend um den Hals fiel. Sie drückte sie so fest, dass Rosa nicht wusste, wie ihr geschah.

»Steffele, was ist denn passiert?«

»Stell dir vor«, Stefanie war völlig aus der Puste, »die Mauer ist gefallen!«

»Die Mauer? Welche Mauer?« Rosa verstand nicht.

»Na, die Grenze zwischen der DDR und der BRD! Omi, sie haben es geschafft. Die Menschen in der DDR haben es geschafft, jetzt wird alles gut!«

Als Stefanie von den tanzenden und feiernden Menschen in Berlin erzählte, dachte Rosa an die historischen 9. November ihres Lebens zurück und welch ein Schicksalstag dieses Datum für die Deutschen doch war. Sie dachte an ihre Großmutter, wie sie sich über die Ausrufung der Republik gefreut hatte, und an die beiden jüdischen Nachbarinnen, die aus ihrem Haus vertrieben wurden. Wie schön, dass sie am Ende ihres Lebens diesen 9. November als Glückstag erleben durfte.

»Na, dann geh du jetzt wieder zu deinen Eltern und schau weiter, aber vorher gib mir doch bitte noch die kleine Kiste, die dort hinten steht.«

Stefanie griff nach der Kiste, die im Regal hinter dem Bett stand. Sie war außer ein paar Kleidern das einzige, was ihre Großmutter aus ihrem Haus mitgenommen hatte.

»Hier, bitte!«

Sie war hin- und hergerissen. Einerseits wollte sie die Nachrichten weiter schauen, andererseits war sie neugierig, was es mit dieser Kiste auf sich hatte.

Aber Rosa machte keine Anstalten, sie in ihrem Beisein zu öffnen.

»Was stehst du noch hier rum, na, los, geh schon runter. Kann man hier denn nicht mal alleine sein«, zwinkerte sie ihrer Enkelin zu.

Stefanie klopfte kurz das Kissen zurecht, gab ihrer Oma einen Kuss auf die Wange und verschwand.

Rosa zögerte. Sie wusste, dass jetzt der Zeitpunkt gekommen war.

Langsam öffnete sie ihren Schatz. Ihre Hand strich über Glückwunsch- und Trauerkarten, Fotos, Zeitungsausschnitte, Briefe, ein paar Schmuckstücke, einen Füllfederhalter, ein altes vergilbtes Kochbuch.

Sie nahm es in ihre zitternden Hände und schlug es auf der letzten Seite auf:

Ein gutes Rezept für eine Köchin:

Man nimmt dazu 5 g Ernst, 10 g Geduld, 20 g Sanftmut,
150 g Liebenswürdigkeit, 200 g Reinlichkeit und
stößt es zusammen in dem Mörser des Glaubens
mit dem Stampfer der Stärke und der Beharrlichkeit,
man rührt dazu ½ Pfd Hoffnung,
schüttet das Ganze in den Topf der Gerechtigkeit
und lässt es auf dem Feuer der Liebe kochen,
dann bewahre man es gut auf,
damit der Schimmel der Eitelkeit es nicht verderbe.

Rosa war bereit.

Nein, der Tod hatte nicht gesiegt, es war die Liebe, die siegte.

Am Ende war Licht.

Epilog

Ist das Kunst oder kann das weg?«

Fassungslos saß ich auf dem Speicher meiner Eltern. Mir war nicht klar gewesen, worauf ich mich eingelassen hatte, als ich ihnen vorschlug, beim Ausmisten zu helfen.

Fünfzig Jahre lebten meine Eltern nun in diesem Haus, das fünfundzwanzig Jahre lang auch mein Zuhause gewesen war. Das, was sich auf den wenigen Quadratmetern um mich herum angesammelt hatte, war ein Zeugnis dieser vergangenen Jahre.

Auf die Idee, das dreistöckige Haus von oben nach unten zu entrümpeln, brachte uns mein neunjähriges Nachbarskind, das ich zum Dampfnudelessen bei meinen Eltern eingeladen hatte – denn meine Mutter machte die besten Dampfnudeln der Welt nach einem alten Rezept meiner Großmutter.

Nachdem wir uns so richtig satt gegessen hatten, zeigte ich dem staunenden Mädchen mein Kinderzimmer. Bis heute ist es bestückt mit Relikten aus meiner Kindheit, in der Ecke steht mein Puppenhaus, ein Familienprojekt: Mein Vater zimmerte, meine Mutter und Großmutter tapezierten aus Tapetenresten unseres Hauses, meine Tante nähte die Vorhänge und Tischdecken. Eigentlich hatte ich mir damals ein Barbie-Haus gewünscht. Das rosafarbene, aus Kunststoff. Meine Eltern weigerten sich, mir diesen »Kitsch« zu kaufen. Stattdessen das Haus aus Holz. Damals eher eine Enttäuschung, heute geliebt.

Aber wo waren eigentlich all die Barbies und die Monchhichis, die in diesem Puppenhaus gelebt hatten?

»Die sind sicher auf dem Speicher irgendwo, bis zu deinem nächsten Besuch habe ich sie gefunden und wir können damit spielen«, versprach ich meiner kleinen Freundin.

Und nun saß ich also hier, vordergründig auf der Suche nach Barbies und Monchhichis.

Womit ich dann allerdings konfrontiert wurde, hatte ich nicht gerechnet. Es war eine Reise in meine Familiengeschichte, vor allem in die meiner Großmutter Rosa.

»Was ist das für eine Kiste dahinten?«

Vielleicht waren es endlich die Barbies, die wir trotz der sieben Müllsäcke, die wir bereits jetzt mit meinen ehemaligen Schulsachen, alten Kontoauszügen und Urlaubsprospekten gefüllt hatten, nicht fanden.

Zum Vorschein kam eine kleine Kiste und als ich sie öffnete, entglitt meiner Mutter ein geräuschvolles Einatmen, dem erst einmal kein Ausatmen folgte.

Es dauerte eine kurze Zeit, bis sie völlig ungläubig rief: »Das ist ja Omas Kiste! Ich wusste gar nicht, dass wir die hier ...«

»... irgendwo in der Ecke im Speicher vergessen haben«, ergänzte ich leicht sarkastisch.

»Was meinst du mit Omas Kiste?«

Meine Mutter nahm mir den Karton aus der Hand, als ob sie das Vorrecht hätte, ihn vor mir durchzusehen, und öffnete ihn.

»Mama?«

Sie schien die Aufmerksamkeit für diese Kiste mit niemandem teilen zu wollen und vor allem war sie nicht gewillt, weiter aufzuräumen.

Erst als ich ein drittes Mal insistierte, nahm sie mich an der Hand und führte mich in mein altes Kinderzimmer, das im letzten Lebensjahr das letzte Zuhause meiner geliebten Omi gewesen war.

Nebeneinander setzten wir uns auf das Bett.

»Stefanie, das ist ein großer Schatz.« Meine Mutter hatte bekanntlich den Hang zum Drama, aber langsam machte sie mich neugierig.

»Als sie damals zu uns kam, hat sie aus ihrem Zuhause nicht mehr viel mitgenommen, das weißt du. Aber sie hat diese kleine Kiste mitgebracht. Die stand dann hier in deinem, in ihrem Zimmer.«

»Ja, jetzt erinnere ich mich. Ich war immer neugierig, was das für eine geheimnisvolle Kiste war. Und kurz vor ihrem Tod habe ich sie ihr noch geben müssen. Das war am Tag, als die Mauer fiel.«

»Nach ihrem Tod habe ich die Kiste wohl auf den Speicher gestellt, weil wir hier wieder dein Kinderzimmer zurückbauen wollten.«

»Die schönere Erinnerung, nicht wahr?«

Sie schaute mich an und lächelte nur.

»Und du weißt auch nicht, was drin ist? Hast du nie hineingeschaut?«

»Ich habe die Kiste völlig vergessen. Ich weiß nur, dass darin Dinge sind, die deiner Großmutter wichtig waren und die sie unbedingt hierher mitnehmen wollte. Was sie bis zu ihrem Ende bei sich haben wollte. Wollen wir den Schatz zusammen heben?«

Ich wurde aufgeregt, nervös und beseelt zugleich. Mit meiner Mutter den Schatz meiner Großmutter zu heben, war ein besonderer Moment. Einer, der uns dreißig Jahre nach dem Tod meiner Oma, die wir beide so geliebt hatten, noch einmal neu miteinander verband.

Was würde uns erwarten?

Im Verlauf eines langen Tages nahmen wir abwechselnd immer einen Gegenstand heraus und erzählten, was wir darüber wussten, erfanden Geschichten, wenn wir die Wirklichkeit nicht kannten.

Um uns herum lagen Glückwunschkarten zu Hochzeiten und Geburtstagen und Trauerkarten wie die für meinen Opa Karl, alte Fotos, Zeitungsausschnitte, Briefe, ein Füllfederhalter der Firma, in der meine Großmutter gearbeitet hatte, und das Kochbuch von Omas Schwägerin Elisabeth aus dem Jahr 1936 – Essenz eines Lebens.

Als ich ein Foto in der Hand hielt mit einer hübschen jungen Frau darauf, stutzten wir.

Auch meine Mutter kannte die Person auf dem Foto nicht.

Wir drehten das Bild um und lasen:

Für mein liebes Karlchen! Denkst du noch oft an dein Goldkäferle?
Rowno 1942

»Das ist ja unglaublich«, entfuhr es meiner Mutter

»Ja, allerdings!«, erwiderte ich erstaunt.

»Stefanie, du tust ja gerade so, als kennst du das Bild.«

»Das Bild nicht, aber die Geschichte dazu. Du nicht?«

»Stefanie, könntest du ein bisschen konkreter werden.«

Meine Mutter wurde ungeduldig und war irritiert, dass ich anscheinend mehr wusste als sie.

»Bei einem meiner letzten Gespräche mit Oma vor ihrem Tod, da habe ich mich bei ihr ausgeweint, weil ich Stress mit meinem damaligen Freund hatte. Und sie begann mir von sich und Opa zu erzählen. Es war das erste – tja und leider auch das letzte Mal – dass sie mit mir so offen über ihre Beziehung, ihre Liebe, ihre Ehe, ihre Gefühle gesprochen hat. Und wie hart die Zeit war, als sie getrennt waren.«

»Ja, aber was hat das alles mit dem Bild zu tun?«

»Bevor Oma zu uns gezogen ist, hat sie beim Ausräumen so einiges, auch bisher Unbekanntes gefunden, so wie dieses Bild aus der Ukraine.«

Mit dem Bild in der Hand saß meine Mutter da und war erschüttert.

»Das heißt, sie wusste bis kurz vor ihrem Tod nicht ...«

»Na ja, ich glaube, sie hat es geahnt, aber sie haben nie über das, was in der Ukraine passiert war, geredet. Und sie hat nie gefragt. Vielleicht weil sie Angst vor der Antwort hatte, vielleicht weil sie es gar nicht wissen wollte.«

»Mir hat sie nie etwas davon erzählt.«

Noch immer versuchte sie, zu verstehen, was der Fund dieses Bildes bedeutete. Enttäuschung schwang in ihrer Stimme mit.

»Mama, ich glaube, es war nicht wichtig für sie. Opa war aus dem Krieg zu ihr zurückgekehrt, das war das Wesentliche. Sie konnte sich seiner Liebe trotz allem sicher sein. Und das hat sie versöhnt.«

Meine Mutter schluckte.

»Stefanie, ich vermisse sie. Ihre Stärke. Ihre Geschichten, die vielleicht nicht nur uns Kraft gegeben haben, sondern sie selbst durchs Leben getragen haben. Ihr Essen, das sie und uns genährt hat. Ihre Lebensfreude, dass es immer irgendwie weitergeht.«

Ich fischte einen Bilderrahmen aus der Kiste heraus, an den ich mich gut erinnerte, weil das Bild über der Küchentür im Haus meiner Oma hing und las den Spruch laut vor: »Wenn du denkst, es geht nicht mehr, kommt von irgendwo ein Lichtlein her.«

Und dann war es so weit. In meinem alten Kinderzimmer, umgeben von den ganzen Erinnerungen, weinten wir. Tränen der Dankbarkeit, der Erinnerung, des Verlusts, der Liebe, die bleibt.

»Mama«, sagte ich schließlich unter Tränen »zeig mir, wie man Dampfnudeln macht!«

Dank

Als meine Mutter am 20. September 2021 ihren 80. Geburtstag feierte, konnte sie bereits auf ein langes Leben zurückblicken. Und sie blickt auf eine Familiengeschichte zurück, die sie und dementsprechend mich als ihre Tochter geprägt hat.

Wir beide sind Rosa, ihrer Mutter und meiner Großmutter, zutiefst dankbar, dass sie in unserem Leben eine so große Rolle spielte. Und wir sind uns dessen bewusst, was sie uns für unser Selbstverständnis als Frauen mitgegeben hat. Ich bin von diesen beiden besonderen Frauen erzogen worden und fühle mich dadurch reich beschenkt. Gleichzeitig ist mir bewusst, welche Bürde unsere nicht einfache Familiengeschichte für uns, vor allem für meine Mutter, bedeutet. Nicht alles war ›rosa‹, über vieles wurde und wird der Schleier des Nichtwissens, der Mantel des Vergessens gelegt. Das scheint leichter, als sich wahrhaft und ehrlich, schonungslos mit dem auseinanderzusetzen, was jedes einzelne Familienmitglied empfindet, welche Entwicklung jede und jeder Einzelne von uns genommen hat.

Ich bin mir der Verantwortung bewusst, eine Geschichte in die Öffentlichkeit zu tragen, die nicht nur die schönen Seiten, sondern auch die Defizite einer Familie immer wieder aufzeigt. Aber ich bin der festen Überzeugung, dass wir nur dann, wenn wir darüber reden, Heilung erfahren können.

Meine Omi hat mir vorgelebt und gezeigt, dass in der Tat immer wieder ein Licht aufgeht, auch wenn es gerade sehr dunkel erscheint. Sie hat mir ihre Liebe und ihr Lachen und die Leidenschaft für das Kochen geschenkt, die ich allerdings erst spät entdeckt habe.

Das möchte ich gerne meiner Familie und vor allem meiner Mutter mit diesem Buch zurück- beziehungsweise weitergeben.

In vielen Gesprächen mit meiner Mama bin ich auch ihrer Geschichte tiefer auf den Grund gekommen, habe ihre Persönlichkeit, ihre Sorgen und Nöte, ihr Menschsein besser verstehen dürfen. Weil wir letztlich alle mit der Geschichte von Familie und Herkunft im Innersten konfrontiert sind, ob wir wollen oder nicht.

Ich bin dankbar. Dankbar für die Menschen meines Lebens.

Dankbar für alle, die zu diesem Buch ihren Beitrag geleistet haben:

In erster Linie meiner Mutter, aber auch meinem Vater, der durch diese Familie ebenso stark geprägt wurde;

anderen Familienmitgliedern, die mehr oder weniger offen und gerne über das Thema sprachen, auch meiner mittlerweile verstorbenen Tante Res, die ihre eigenen Erinnerungen eingebracht hat;

meinem Mann Manfred, der sich meine Geschichten stets mit großer Ruhe anhört und mir immer den Rücken stärkt;

mir vertrauten Menschen wie meiner Freundin Franziska, der geschätzten Barbara, denen ich meine Geschichte im Vorfeld anvertraut habe und die mir wertvolle Rückmeldungen gegeben haben;

Kennern der Geschichte Dossenheims wie Mitgliedern des dortigen Heimatvereins sowie dem Historiker Christian Burkhart, der mir seine Recherchen und Artikel zur Verfügung gestellt hat, sodass diese Geschichte in historischer Wirklichkeit abgebildet werden konnte;

meiner großartigen ersten Lektorin Eva Römer, der ich schon bei »Akte Luftballon« meine Lebensgeschichten anvertrauen konnte, weil sie nicht nur ein Gespür für Sprache, sondern auch für Tiefgang hat, die mitlebt und sich in die Autor*innen, in dem Fall mich, hineinbegibt. Das ist ein großes Glück und ein bereicherndes Arbeiten.

Meiner engagierten Verlegerin Christiane Möschle, die das Buch nicht einfach nur verlegt hat, sondern es zu ihrer Herzensangelegenheit gemacht hat, für ihr Vertrauen in mich und für ihre Inspiration und das ebenso wertvolle Lektorat. Nur durch sie konnte das Buch am Ende so werden, wie es wurde.

Im Verlag gilt mein besonderer Dank auch Mira Preusse, die mich aus der Sicht einer anderen Generation immer wieder zum Hinterfragen herausgefordert hat, was der Geschichte enorm guttat.

Viele der Rezepte sind dem 1936 erschienenen Kochbuch der Barmherzigen Schwestern der Kongregation vom Dritten Orden des heiligen Franziskus zu Gengenbach entnommen, an dem die Schwägerin meiner Großmutter, Elisabeth, mitgeschrieben hat und welches im Besitz meiner Großmutter war. Ich danke dem Heimatverein Dossenheim für die Nutzung des Buchs ›Dossemer Allerlei‹ mit alten Dossenheimer Rezepten, nach denen auch meine Großmutter und meine Mutter gekocht haben. Ich habe bewusst auf die Anpassung der Rezepte an aktuelle Produkte oder Technik verzichtet, freue mich aber, wenn die Leser*innen ihre Variationen der Rezepte nachkochen und -backen.

Das Buch basiert auf historischen Wirklichkeiten. Die historischen Fakten sind der einschlägigen (wissenschaftlichen) Literatur und entsprechenden Quellen entnommen. Die meisten Menschen in diesem Buch existierten, wenn auch unter anderem Namen. Nur die Namen meiner Familienmitglieder wurden nicht geändert. Dennoch ist dieses Buch ein Roman. Entsponnen aus einer Mischung von Wissen, Kreativität, Erinnerungen, Bildern, Ideen und Erkenntnissen. Es ist die literarische Verarbeitung meiner Familiengeschichte. Nicht mehr – und vor allem nicht weniger.

Rezeptglossar

Abg'schmelzde Kadofflschnitz mit hausmacher Lewwer- und Grieweworscht
Abgeschmelzte Kartoffelecken mit hausgemachter Leber- und Griebenwurst (gekochte Kartoffelschnitze, die mit gerösteten Zwiebeln und Butter abgeschmälzt werden und gerne zu kalter oder warmer Wurst gegessen werden)

Apflkuuche
Apfelkuchen (meist aus Hefeteig, mit Rahm und Streuseln hergestellt)

Apflpånnekuuche
Apfelpfannkuchen (Äpfel in einem Pfannkuchenteig ausgebacken)

Backfisch mit Kadofflzalåt
Backfisch mit Kartoffelsalat (der Kartoffelsalat im Süden Deutschlands immer mit Gemüsebrühe, Essig und Öl und ohne Mayonnaise)

Bayarisch Kraud
Bayrisch Kraut (Kohlrezept aus Weißkraut mit Speckwürfel)

Biskuit und Wäisoß
Biskuit und Weinsoße (mit viel Ei und Wein hergestellt)

Biskuitroll
Biskuitrolle oder -roulade (mit Sahne und unterschiedlichen Früchten hergestellt)

Broudsupp
Brotsuppe (ein klassisches Arme-Leute-Essen bzw. Essen im Krieg, viele Varianten)

Buddagebackenes
Buttergebäck (Klassiker des Weihnachtsgebäcks)

Buddakremtort
Buttercrèmetorte (Buttercrème gilt als hohe Backkunst)

Dåmpfnudl mit Wäisoß
Dampfnudeln mit Weinsoße (süße Dampfnudeln mit salziger Kruste aus der Pfanne, kann auch mit Vanillesauce genossen werden)

Eigemachtes Kalbflåsch
eingemachtes Kalbfleisch (Schmorgericht mit heller Sauce)

Elisabeths Kräuderwäi
Elisabeths Kräuterwein (funktioniert mit unterschiedlichen Kräutern, galt als Medizin)

Erdbeerkiechl
Erdbeerküchlein (kleine Mürbeteigkuchen mit Erdbeeren)

Feldzalåt
Feldsalat (auch Ackersalat genannt)

Frankfurter Kranz
Frankfurter Kranz (Kuchen mit Buttercrème und Krokant)

Grienekernsupp mit Måigsknepf
Grünkernsuppe mit Markklößchen (Fleisch- oder Gemüsebrühe mit Dinkelkorn/Grünkern und Markklößchen)

Hackflåschkiechl mit Erbse un Gelwariewe un Brotkadoffl
Frikadellen mit Erbsen und Karotten und Bratkartoffeln (Erbsen und Karotten wurden mit viel Butter angedickt)

Haffergrützschleim
Hafergrützschleim (ähnelt einer dicken Haferschleimsuppe)

Hejfepånnkuuche
Hefepfannkuchen (Pfannkuchen aus einem lockeren Hefeteig)

Hejfezopf
Hefezopf (wird in Süddeutschland im Gegensatz zur Schweiz süß gegessen)

Himbeermus
Himbeermarmelade (ohne Geliermasse hergestellt, nur durch Reduktion)

Hollermus
Holundermarmelade (aus den Beeren, nicht aus den Blüten)

Kadeißerkleß
Karthäuserklöße (Süßspeise aus alten Brötchen, siehe »Weckschniele«)

Kadofflbrei
Kartoffelbrei (mit viel Milch und Butter)

Kadofflbrieh
Kartoffelbrühe (sehr billiges Essen, wenig beliebt, weil oft sehr fad)

Kadofflkleß
Kartoffelklöße (ohne Füllung, meist aus Pellkartoffeln hergestellt)

Kadofflsupp
Kartoffelsuppe (sämige Suppe mit viel Gemüse und Kräutern)

Keschdä
Kastanien (über Feuer geröstet oder im Dampf gegart)

Käschejoggl
Kirschenjockel (Kuchen, auch als Kirschplotzer bekannt, mit viel Kirschwasser und Zwieback oder alten Brötchen)

Käskuuche
Käsekuchen (aus Quark und mit Boden hergestellt)

Kaiserschmarrn
Kaiserschmarrn (österreichische Mehlspeise)

Knepf mit Brieh
Kartoffelklößchen mit Brühe (kleine, nußgroße Klößchen in einer Sauce aus Sauerrahm und Fond der Kochbrühe)

Kokosmakrone
Kokosmakronen (Weihnachtsgebäck mit Kokosflocken)

Kraftsupp
Kraftsuppe (gute Fleischbrühe, lange gekocht, ohne Einlagen)

Läischbrieh
Lauchbrühe (Lauch mit Sahne bzw. Mehlschwitze, Gemüsebrühe und Essig, wird gerne mit Pfannkuchen gegessen, typisches Gründonnerstagsessen)

Linzertort
Linzertorte (Kuchen, traditionell mit Zwetschgenmarmelade)

Mågigsknepflsupp mit griene Kern, Meerreddisch mit Kadoffln und Rindflåsch, Schweinebrode und Schnitzl mit Nudln, Gmies und Zalåt, Biskuit und Wäisoß
Markklößchensuppe mit grünen Kernen, Meerrettich mit Kartoffeln und Rindfleisch, Schweinebraten und Schnitzel mit Nudeln, Gemüse und Salat, Biskuit und Weinsoße (DAS dörfliche Festessen)

Meerreddisch
Meerrettich (geschabter Meerrettich als sämige Sauce zubereitet, meist zum Tafelspitz und Kartoffeln)

Millischriwwäles Supp'
Milchstreuselsuppe (eine Arme-Leute-Suppe aus Wasser und Salz, Streusel aus Mehl und Wasser, wenn vorhanden alternativ mit Milch)

Muggefugg
Muckefuck (Ersatzkaffee aus geröstetem Getreide)

Musebroud
Marmeladenbrot

Nudln mit Haschee
Nudeln mit Hackfleischsauce (mit gemischtem Hack zubereitet, ähnlich der Sauce Bolognese)

Pejdaläskadoffl
Petersilienkartoffeln (Kartoffeln in weißer Buttersauce mit viel Milch/Rahm und frischer Petersilie)

Quiddeschelee
Quittengelee (aus dem Saft der Quitten hergestellt)

Reisbrei –
Reisbrei (Milchreis)

Kånzdrauwemus
Johannisbeermarmelade (mit Kernen, ansonsten muss der Brei noch passiert werden)

Rindflåsch mit Meerreddisch
Rindfleisch mit Meerrettich (als Vorspeise zum Festessen: Tafelspitz mit Meerrettichsauce)

Riwwäleskuuche –
Streuselkuchen (aus Hefeteig, kann mit ohne Obst gebacken werden)

Riwwälin
Streusel

Rosmarinwäi
Rosmarinwein (siehe Kräuterwein, mit Rosmarin hergestellt)

Rotkraud
Rotkohl

Rotwäikuuche
Rotweinkuchen (dunkler Rührkuchen mit Rotwein)

Sagosupp'
Sagosuppe (Suppe aus Stärke)

Saipeffer
Schweinepfeffer (süß-säuerlicher Gulasch aus Innereien oder Fleisch mit Sauce aus Blut)

Salzgurge
Salzgurken (salzig eingelegte Gurken, meist im Steintopf)

Salzkadoffln
Salzkartoffeln (geschält, geschnitten und in Salzwasser gekocht)

Sauabrode mit Spätzl
Sauerbraten mit Spätzle (Rindfleisch in viel Rotwein und Gewürzen über eine Woche eingelegt)

Sauare Bouhne
Saure Bohnen (besonders aromatisch mit eingesalzenem Schweinekamm)

Sauare Niere mit Buuwespitzln
Saure Nieren mit Schupfnudeln (Geschnetzeltes aus Nieren und Nocken, die an kleine Penisse erinnern, daher der Name »Buuwespitzl«)

Schnitzl mit Kadofflzalåt
Schnitzel mit Kartoffelsalat (siehe Kartoffelsalat)

Senfgurge
Senfgurken (süß-sauer eingelegte zuvor geschälte Gurken)

Schinkenudl
Schinkennudeln (breite Nudeln mit Ei und Schinkenwürfel gebacken)

Schneggenudl
Scheckennudeln (Hefe-Süßspeise schneckenartig gewickelt, mit verschiedenen Füllungen wie Zimt oder Nuss)

Spritzgebackenes
Spritzgebäck (Weihnachtsgebäck aus Mürbeteig, durch Fleischwolf gedreht)

Ståmpfer
gestampfte Kartoffelnocken (Stampferreste wurde am Abend in der Pfanne beidseitig angebraten, oft mit »Beernschnitz«, also geschnittenem Obst gegessen)

Steckrieweschelee
Steckrübengelee (oft zu Fleisch gegessen)

Stolle
Christstollen

Verlorene Eier
verlorene Eier (pochierte Eier)

Viktoriatort
Viktoriatorte (Kuppeltorte aus Schokoladenbiskuit, mit Zitrus, Sahne, Rum und Wein)

Weckschniele mit Eigemachtem
Weckschnitten mit eingemachtem Obst (auch arme Ritter genannt, in Pfannkuchenteig ausgebackene, mit Zucker und Zimt bestreute alte Brötchen oder Weißbrotscheiben)

Wellflåsch
Wellfleisch (direkt nach der Schlachtung hergestelltes Kesselfleisch)

Wildbrode
Wildbraten

Zichorienkaffee
Zichorienkaffee (Getreidekaffee)

Zimmetkuuche
Zimtkuchen (einfacher Hefekuchen mit Zucker und Zimt bestreut)

Zimmetstern
Zimtsterne (Weihnachtsgebäck aus Mandelmasse und Eiweißguss)

Zwiwwelkuuche
Zwiebelkuchen (mit Hefeteig hergestellt, kleingehackte Zwiebeln mit Sauerrahm Dörrfleisch)

Von Stefanie Wally bisher erschienen:

Akte Luftballon

Zwei Mädchen, eine Mauer, eine Freundschaft fürs Leben

Ein kleiner gelber Luftballon überwindet 1977 Grenzen und schenkt der sechsjährigen Stefanie aus Dossenheim bei Heidelberg eine Brieffreundin aus Lommatzsch bei Meißen. In unzähligen Briefen, die anfangs die ersten Schreibversuche der Mädchen sind, verbinden Stefanie und Anke ihr Leben miteinander. Versuche, die andere im jeweils anderen Deutschland zu treffen, schlagen zunächst fehl, bleiben aber das große Ziel. Ihnen offenbart sich, wie unterschiedlich sie aufwachsen, doch da, wo die Teilung der beiden deutschen Staaten sich zwischen sie drängt, wird ihre bedingungslose Freundschaft zur Brücke. Erst als Teenager und nach 11 Jahren begegnen sie sich persönlich und schmieden Pläne, die erzwungene Trennung zu überwinden. Sie wissen noch nicht, dass ihre außergewöhnliche Freundschaft längst die Aufmerksamkeit anderer auf sich gezogen hat.

Stefanie Wallys persönliche und hinreißend lebendig erzählte Geschichte ist eine Zeitreise durch die 1970er- und 1980er-Jahre in einem geteilten Kontinent, eine Hommage an bedingungslose Freundschaft und ein Appell für die Menschlichkeit.

Die originalen Briefe, Fotos und Dokumente der Mädchen machen dieses Buch unvergleichbar.

Erschienen im Elisabeth Sandmann Verlag und im Insel Verlag als Taschenbuch.

Informationen zum Buch und der LEBENDIGEN LITERATUR auf:
www.akte-luftballon.de
Kontakt: sprachmanufaktur@stefanie-wally.de

Weitere Bücher aus der Reihe ›Frauenleben‹:

Christiane Möschle
DER DUFT KALABRIENS
Eine Reise nach Süditalien
ISBN 978-3-9820126-0-5

Helga Witkowski
FRAU MAJOLIKA
Erinnerungen
ISBN 978-3-9820126-5-0

Umschlagfotos: © Stefanie Wally (Seite aus dem alten Familienkochbuch);
© Katja Sievers, Karlsruhe (Autorin)
Foto Vor- und Nachsatz: © Foto Rausch Dossenheim. Katrin Hofer
Gesamtgestaltung und Satz: Christina Krutz, Biebesheim am Rhein
Druck und Bindung: LONGO AG, Bozen, Italien, www.longo.media

ISBN 978-3-9820126-6-7

Panima Verlag
Christiane Möschle
Leopoldstraße 2
76133 Karlsruhe

www.panima-verlag.de
@ panima_verlag

www.stefanie-wally.de
@ stefaniewally